ゾラ・セレクション（全11巻・別巻1）

Les Chefs-d'œuvre d'Émile Zola

10

■責任編集＝宮下志朗・小倉孝誠

時代を読む 1870-1900

Chroniques et Polémiques

小倉孝誠
菅野賢治
編訳＝解説

藤原書店

Les Chefs-d'œuvre d'Émile Zola
sous la direction de **Shiro Miyashita et Kosei Ogura**

Tome X

Zola ; Chroniques et Polémiques, 1870-1900

Édition établie, présentée et annotée par Kosei Ogura et Kenji Kanno

ゾラ・セレクション　第10巻

時代を読む　一八七〇―一九〇〇

／目次

第一部　社会・文化・風俗

文学

宗教

パリ

風俗と社会

時代を読む

一八七〇―一九〇〇

凡　例

一　本書は、エミール・ゾラの数多いジャーナリスティックな記事の中から、訳者がテーマ別に選んで編集したものである。詳細は巻末の訳者解説を参照していただきたい。

一　訳注については短いものは本文の中に〔　〕で挿入し、長いものについては番号をふって各テクストの末尾にまとめた。

一　紙幅の関係で、第一部のいくつかの記事は一部を省略した。省略した箇所についてはその内容を要約して、文脈が不明確にならないようにした。

第一部

社会・文化・風俗

女性

いかにして娼婦は生まれるか

最近、娼婦のことがずいぶん話題になった。私自身も記事を一篇書いたし、このことにかんして多くの手紙を受け取りもした。私が受けた質問から明らかになったのは、パリの娼婦がいかなる特殊な貧窮のなかで育つのか知っているひとはほとんどいないということである。そこでもしお許しいただけるのならば、われわれを蝕んでいるパリの売春というこの宿痾について、観察者と道徳家の見地から研究してみたい。

まず統計を調査する必要があろう。みずからの体を売って生きている二万人から三万人の女たちは――この数字は実際より少ないだろう――確かにパリ女だけではない。外国――ドイツ、イギリス、そしてとりわけイタリア――も、わがフランスに堕落の見事な見本とも言える売春婦たちを送りこんでおり、この点でフランスに匹敵することがよく分かる。地方出身の娼婦もまたかなりの数に上る。小さな町に住んでいて誘惑され、その恥辱を隠すためパリに上京して来る娘、駆け落ちし、その後パリの歩道で愛人に棄てられた女、貧しい環境の退屈さを逃れるためにやって来た単なる遊び好き、さらには女中として送りこまれ、綺麗だったり欲望が強かったりしたせいでやがて苦界に身を沈める無数の農民の娘。だが、これらは偶発的な例にすぎない。私がここで語ろうと思うのは、パリで生まれ育ち、パリの土地で堕落し、パリの放蕩を助長する大多数の娼婦たちについてである。

場末のひとつシャロンヌ、そのサン＝マルソー界隈やグロ＝カイユ界隈に足を運び、ぶらぶら散歩し、家並みを調べ、階段を上り、住居を観察してみるがよい。

それは大きく不格好な建物で、一般に中庭があり、多くの小さな住居に分かれており、その住居は監獄のように長い廊下に面している。部屋代が高くてパリの中心部に住めなくなった労働者たちが、そこに密集しているのだ。二六〇世帯あまりが共同でみじめな生活を送るそうした家のひとつを私は知っている。多くの住居には寝室がひとつ、子供たちを寝かせる窓のない納戸、そして台所代わりの狭い空間があるだけだ。食べる、寝るなど、すべては寝室でおこなわれる。薄い壁と羽目板をとおして上下左右に人間のうごめきと、詰め込まれた男女の熱気が感じられる。夏は、廊下の悪臭や中庭の瘴気が扉や窓から入ってくる。冬は、煙突の前でストーブが音をたて、息の詰まるような暑さのなかで台所の臭いがいっそうひどくなる。それは通気が悪く、しばしば照明もない不潔な環境であり、貧しい家族がいわば隔離されているような労働現場の検疫所にほかならない。家族は折り重なるように暮らし、宿命的に堕落し、毒気を発散し、腺病や悪臭という疫病に冒されている。

この部屋で女の子がひとり生まれたとしよう。その子はむき出しの床の上で、絶えず箒がたてる埃のなかで成長する。一方にはストーブがあってその子の肉体をロウのように柔らかくし、他方では廊下の鉛分のせいで嘔吐感が日常的なことになってしまう。両親は女の子を納戸に寝かせるが、子供が息が詰まりそうだと不平を言うので、扉を開け放っておかなければならない。こうして女の子は年を取るにつれて、父母と雑居した状態で大きくなる。彼女はすべてを聞き、見る。そうしたことに卑劣なことは何もない。習慣の問題、住居の必然がしからしむるところであり、それ以上のことではない。両親がたとえこの世でもっとも慎重な人間だったとしても無益なことで、場所がないのだから娘の眼前で暮らさざるをえない。そして実際、彼らは自由気ままに暮らすようになるのである。

しかしときには、他にも子供が生まれる。妹かもしれないし、弟かもしれない。いずれにせよ皆が納戸で寝なくてはならない。同じベッドに子供が三人いっしょに寝ることもある。ごく幼いうちはそれで何の問題もない。ただし成長するにつれて、親は彼らのことを考えなくなる。いったい子供たちをどこに寝かせればいいというのか。またしても場所の問題だ。年月が経てば、マットレスをふたつに分け、ひとつは女の子たち、もうひとつは男の子たちにあてがう。納戸は手のひら程度の広さしかないから、マットレスが接触する。そうなれば近親相姦である。

ああ、何という子供時代だろう！　ときどきこのおぞましい貧困のなかに分け入る警官や医者に聞いてみるがよい。そこでは意識されない犯罪がおのずと生まれてくる。空間と、空気と、日光が必要なのだ。あらゆる欲求と欠乏のせいで苛立った貧しい人々を密集させ、温もりと愛を必要とするような場所に彼らを押しこんだならば、どうして悪疫が発生して彼らを蝕むのを防ぐことができようか。屋根裏部屋の奥に置きざりにされたジャガイモが腐っていくのと同じなのだ。

それだけではない。家族はしばしば泥酔と怠惰に向かう。夫は週に四回は酔って帰るし、妻のほうは怠けて、部屋の掃除さえしない。そうなれば不潔のなかに地獄が出現する。殴打、罵詈雑言、下品な言葉など、卑劣な堕落を教えこむ学校さながらだ。女の子はすべてを吸収する。八歳にもなると一人前の女で、プチブルたちが後に中等学校ではじめて習うようなことをすでに知っている。彼女はすでにそうした言葉を話し、腰の振り方もどこかいやらしい。彼女にとってはこれが家庭の教育なのである。

これまでは、家族が暮らす狭い住居での生活しか語っていない。しかし建物全体があり、街路がある。部屋はいつも狭苦しいし、娘はたえず母親の足手まといになるので、母親は「うんざりだね。階段の踊り場で遊んでおいで」と言う。踊り場には、建物中の子供たちがうごめいていて、階段の上から下までやかましい馬鹿騒ぎを繰りひろげる。階段だけで足りないとなると、中庭に下り、薄暗い片隅に行き、地下室に身を隠す。

それもまた唾棄すべき悪の学校だ。少年と少女が混じりあい、そこにはあらゆる年の子供たちが集まる。私としてはきわめて微妙な問題をあまり強調するつもりはなく、子供を早くから堕落させる多くの原因を指摘しているにすぎない。労働者が住むパリの場末の大きく不格好な建物のひとつで、貧しさゆえにやむを得ず暮らした経験のある者なら誰でも、これらの事実を証明できるだろう。そこに住む子供たちはなんの監視もなく野放しであり、不健全な好奇心の真っ只中に解き放たれ、すでに大きな頽廃の誘惑にさらされている。

そしてついに、街路そのものが娘をとらえる。六歳にもならぬうちから、忙しい母親は娘をさまざまな買い物に行かせる。買い物は二、三スーずつしかできないので、一日中たえず歩き回らねばならない。「あら、バターを忘れた。バターを二スー買っておいで。――おや、父さんが煙草を切らしてるよ。煙草を三ス一買っておいで」。娘はそのつど下におり、通りを走り、店で時間の経つのを忘れる。朝食時に貧しい界隈に足を運んでみたまえ、歩道には七、八歳の女の子たちの姿が見えるはずだ。彼女たちは腕に大きなパンを抱えているか、あるいは豚肉製品や、ソーセージや、パン粉をまぶして揚げた骨付き肉や、イタリア産の二スーのチーズを油紙に包んで持っている。道にはそうした女の子たちがあふれており、彼女たちは人生に疲れた娼婦のように憔悴した様子で古靴をひきずっている。

こうして女の子の教育は完了する。どぶ川に慣れ、はじめは無邪気にその中を歩き回って楽しみ、やがてその泥を探し求めるようになる。幼いうちは馬車に轢き殺されるという程度の危険しかないが、成長し、両親の喧嘩と仲間の刺激のおかげでいろいろなことを学ぶと、最後は街路が彼女を堕落させる。娘はしだいに店のショーウインドウの前で立ち止まるようになり、絵や版画をながめ、果物屋の女将やパン屋の主人とお喋りする。バターや煙草を買うのに、一時間も外をうろつく。母親が怒鳴っても、自分より先のお客がたくさんいたのだと平然と答える。ときには迷子になったと思い、親が探しにいくと、娘は歌手の前でうっとりしているか、酔っぱらいの喧嘩を興味深げに見物しているというありさまだ。片隅でささやかれる噂話、知ってしまった卑しいことがら、目にした汚らわしい光景。パリの街路はこうしたあらゆる混乱の種を、堕落した少女の目覚めた好奇心の前にさらけ出すのである。

女の子は成長し、十五歳になる。しばらく前から作業場で手仕事を習っており、そこには同じように歪んだ子供時代を過ごした二十人ばかりの女工が閉じ込められている。セイヨウカリンが藁のうえで熟するように、女の子はそこで他の女の子たちと交わって成熟を遂げる。

両親の家では生活がますます耐えがたくなる。食べるパンもろくになく、毎晩殴り合いだ。しばしば彼女までがついでに殴られる。とりわけ彼女を絶望させるのは、いつも同じ服を着て、しょっちゅうそれを繕わなければいけないことだ。下品な言葉や、貧困や、不潔さにもうんざりしてきた。美しい娘に特有の優雅さが現れだし、贅沢と幸福な生活を渇望するようになる。もはや無知な少女ではなく、幼い頃から精神が荒廃し、義務もない彼女は、単に若さが生みだすだけのさまざまな欲求を何ひとつ満たせないことで苦しむのである。

そこである朝、彼女は出奔してしまう。彼女の言い草によれば、もはやそこで生きていくことなど不可能だし、自分はあまりに不幸だ、それは親のせいだ、というのである。誰でもいい、たまたまそこに男がひとり現れると、毎日夕食にありつき、清潔な下着を身につけたいばかりに彼女は身をまかせる。こうしてパリには娼婦がひとり増えるというわけである。

では次に、人々の責任について考慮してほしい。娘を売りとばす親については言わずもがなだが、そうした例はいまだに少なくない。私は一般的な話をしてきたわけだが、パリの街路に群がる低級娼婦の少なくとも八割はこのような子供時代を過ごしてきた、と断言できる。彼女たちは酔っぱらいの娘であり、場末の汚穢のなかで成長した。遺伝と環境が彼女たちをつくりだしたのである。

誰が悪いのか？　両親のことを考えてほしい。彼らはほとんど常に正直者で、確かに困窮と酒の生活で変質してはいるが、善意と優しさにあふれたひとたちである。娘が家出すると彼らはすすり泣く。娘にひどい教育をしたじゃないかと非難すると、彼らは驚いてこちらを見つめ、金もないのにどうして娘をお嬢様のように育てられるのかと逆に尋ねてくる。貧困が頽廃をもたらすのだ。彼らが罵り合い、殴り合い、子供が彼らの裸と下劣さを目にしたのは、人生がそうした方向に彼らを追い詰めるからであり、生理学的、社会的な宿命が彼らにのしかかっているからである。道徳観念がどこでも同じものだと考えるのは誤りだ。

娘のほうにしても、すでに述べたような正当な弁明がある。十六歳でひもじい思いをし、毎晩平手打ちを食らうのはつらい。それに彼女の堕落の根はもっと深い。あまりに幼い頃から多くを知りすぎていた。娘にぐれてほしくなければそう言うべきだったし、娘の目の前であまりいろんなことをすべきでもなかった。こうした情況においては、娼婦にならずにすむのは醜い娘だけである。この問題を深く研究してきた私から見ると、冷淡な体質の娘、しっかりした考えの持ち主、倹約家で思慮分別に富み、きちんとした結婚や人生という昔からの夢を実現しようとして、行きずりの男などには目もくれない娘、そういう娘たちだけが腐敗を免れている。こうした例外を除いて間違いなく言えるのは、場末の家庭の貧困と雑居状態のなかで育った美しい娘はみな、子供の頃から少なくとも心は荒廃し、特殊な事情によって悪の淵から救われないかぎり十六歳頃には破滅していくということである。

私から見れば、娼婦をめぐる問題の一端はこのように貧困と雑居にある。結局のところ、ブルジョワジー生まれの売春婦が少ないのはなぜなのか。単に教育と環境の問題なのだ。過酷な労働のせいで労働者は酒に憂さ晴らしをもとめ、両親の飲酒癖と雑居生活の汚らわしさが女工を堕落させる。一階級の社会条件を改善しなければならないだろう。

最後に、娼婦の愚かさについて語っておきたい。娼婦にいかなる精神の輝きをまとわせようとしているのか知らないが、古代の高級娼婦と比較されたりする。しかしそうした高級娼婦はすでに死んでいるし、

19世紀末の売春宿の光景

会ったこともない。だから、そうした比較は止めよう。われわれが知っているのは現代の娼婦であり、そのわれわれに言えるのは彼女たちはひどく愚かだということだ。綺麗な娼婦ほど愚かである。

娼婦と付き合ったことがおありだろうか。彼女たちと夕食のテーブルをともにしたことがおありだろうか。それなら正直に言っていただきたい。娼婦は堅気の女ほどおもしろくないし、その愚鈍さにはあきれるほどだ。彼女たちの宴ほど退屈なものはない。三十歳の分別ある男なら馬鹿みたいになってそこから出てくるから、残された手段はひとつしかない。結婚して、いくらか知性を取りもどすことだ。

娼婦の「饒舌ぶり」は否定しない。パリの街路で成長した娼婦たちはやくざ者のように活力にあふれているし、ときには美しいインコのように喋りまくる。しかしそれを機知と呼ぶことはやめてほしい！　それは機知に似ているだけで、目新しそうに見えるが実は古くさいもの、彼女たちと同様いたるところにころがっていた言葉にすぎない。それを溝《どぶ》の中で見つけただけなのだ。なかには個性的な話し方の娼婦もいるかもしれないが、単調で、確固たる基盤がないから、やがて聞き手が疲れてくる。娼婦というのはみな、外見は派手なものを着ているが、その下には薄汚い下着を身につけているものだ！

例外が持ち出されることはある。ある娼婦は貴人を客にしていたし、またある娼婦は外交官と付き合いがあり、外交官はヨーロッパの運命にかんして彼女の意見を求めた。四十年間にわたって新聞記者や劇場人と交流のあった娼婦もいる。だが外観を削り落とし、借り物の言葉や日々の付き合いで身につけた気取りを剥ぎ取ってみるがいい。そこにあるのは根元的な下劣さと愚かさだけであろう。確かに、フランスの女はたちまち一財産築けるし、成り上がり者の集団にふさわしい人間を演じることができる。娼婦は女王様のように暮らし、ダイヤモンドやレースをまとい、パーティを催しては君臨する。だが招待客が帰った後、寝室の扉に耳を寄せて聞いてみるがよい。シュミーズを脱ぐと同時に気品も捨て去る娼婦のうちに、ガチョウのように愚かで、荷車引きのように卑しい場末の娘が本性を現すのである。

それに、例外があるからといって何の証明になるのだろうか。貴婦人だが同時に娼婦という女はたくさんいる。悪徳は美徳以上ではないにせよ、少なくともそれと同じくらいに愚かしいということは言っておきたい。パリには三万人の売春婦がおり、その狂乱の夜は嘆かわしいほどに陰気である。金めっきされ、歌われ、新聞によれば才知あふれるものとされるこの悪徳は、実は不吉なまでに愚かしいのだ。はっきり認めてほしい。私は娼婦が聡明だというこの伝説ほどいらだたしく、不道徳なものを知らない。これでロト遊び〔宝くじの一種〕の価値も少しは上がるだろう。確かに、家族でロト遊びをするほうが、夜のレストランで娼婦と夜食をとるよりも陽気なのである。

（『フィガロ』紙、一八八一年二月二十一日）

ブルジョワジーと不倫

民衆において環境と教育が娘たちを売春に向かわせるとすれば、ブルジョワジーにあってはそれが娘たちを不倫に向かわせる。

『フィガロ』紙のこの場を借りて私が先週の月曜日に述べたこと〔前項のパリの娼婦にかんする記事〕と対になるような話をさせていただけるだろうか。社会の悪は至るところにあるから、観察者と道徳家はあらゆる階級の災禍を調べ、告発すべきである。場末の汚穢のなかで成長した爛れた花と比較するために、萎黄病〔貧血症の一種〕的な息苦しさのなかで育った病的な花と、ブルジョワが住む小さなアパルトマンで繰り広げられる愚かしい虚栄心を白日のもとにさらけ出さなければならない。

ここでブルジョワジーというのは、民衆から、知性と財産を有する人々にいたるまでの多数の人々を含む漠然とした階級を指している。事務員、小商人、つつましい年金生活者、つまり恵まれない情況のなかで動きまわり、欲望をかろうじて満足させるために奮闘しているひとたちのことである。パリの人口の三分の一は民衆であり、もう三分の一はブルジョワジーで、こちらのほうが人生にたいして貪欲なのだ。

私がここで人心を惑わせ、慨嘆を誘うような残酷な分析をおこなう危険があるということは、自分でも承知している。しかし論理の然らしむるところ、売買春と不倫という二つの話題は並行する。こうした社会問題は断固として直視したほうがいい。すぐに解決できないにしても、問題を提出することが重要なのであり、風俗を矯正するのは後代の立法者たちの仕事であろう。

家族は五階にある狭い五部屋からなる住居で暮らしており、そこで肘を突きあわせながら食事をし、眠る。父親はどこかの事務員か、ものを売る店員か、あるいは細々とした年金暮らしで、けちくさく金を勘定せざるをえない。いずれにしても彼の父親や祖父がすでにそうだったように、閉じこめられた生活、いつも同じ車輪を回している動物のような仕事、いじましく偏執的な不安が彼の血と知性を貧弱なものにしてしまった。母親のほうもまた、息の詰まりそうな環境と貪欲が生みだした産物にほかならない。血の激しさのせいで赤ら顔が青みがかっていたり、貧血に悩まされてロウのように青白い顔で苦しげに歩いている。それは低い天井、暗い事務所、薄暗い店の奥、ワインを断ってまで友人に毎週お茶をご馳走するというような生活上のさまざまな必要の変質によって、萎縮してしまった種族なのである。

狭い住居のなかで娘がひとり生まれたとしよう。労働者の家庭で見られるような貧困や崩壊があるわけではない。ただより不自由で、不健康なのだ。すきま風が吹いていないかどうか厳重に監視され、寝室は温室に変わり、晴れている日でもほんの一時間ほどの散歩しか許されない。女の子はひ弱に育ち、父親から受けついだ愚鈍さと母親から受けついだ萎黄病がいっそう悪化する。しばしば子供の頃からすでに気が変なので、しっかり看病して十四歳のときに起きる発作から救ってやらなければならない。痙攣、衰弱、めまいがあり、最後には鼻血が出る。神経症の兆候だ。

両親はこの娘を結婚させる。すると突然、家庭を荒廃させるような気まぐれな女に変貌する。独身の頃はとてもやさしく、いくらか虚弱に見えたので冗談の種にもなり、結婚すれば元気になるだろうと周囲のひとたちは言ったものだった。しかし実際はまったく違っていて、結婚のせいで彼女はすっかり狂ってしまった。病人なのだ。彼女を娶った青年が医師に相談しなかったのは誤りである。彼はこれから、貧血気味で神経のいらだった女、ごくまじめに育てられたのに、行き当たりばったりに馬鹿な男と浮気するような女のせいで、面倒と苦痛に耐えなければならない。

若い娘が召使いたちによって堕落させられるケースについては、ここで立ち入らない。しかしこれはかなり頻繁に起こることで、つい最近もボルドーの訴訟でその恐るべき実例が示された。民衆の娘が街路で堕落するとすれば、ブルジョワジーの不良少女たちは台所で破滅していく。母親が子供をまったくのおぼこ娘に育てあげるのに成功したことは、私も認めよう。男は生娘と結婚することになる。しかしこの生娘がじつは放蕩女で、解放された人生を享受するようになった途端に遺伝病が明らかになれば、夫のほうはまったく不運としか言いようがない。

そう、ヒステリーがブルジョワ階級のあいだに蔓延している。ただし、一般に非科学的な意味を付与されているこのヒステリーという言葉について、共通の理解をもつ必要がある。生理学者や医学者の最近の研究によれば、ヒステリーとは脳に原因がある神経症、小型のてんかんのようなもので、かならずしも激しい性欲の発作を引き起こすわけではない。激しい性欲の発作は色情狂の特質である。先に触れたボルドーの訴訟の鑑定家たちも、はっきりこの区別をしているようには思えない。ヒステリーは八割がた神経の混乱にすぎず、たいてい遺伝的に冷感質の女性に現れ、とりわけ感情と情念に悪影響を及ぼす。

したがって今問題になっている事例はきわめてはっきりしている。若妻はさまざまな模範を目にしてきたし、そのうえ欲望に苦しめられることもない貧血質である。ただし、両親は堕落的な光景を娘に見せないようにしてきたにせよ、健康体の均衡を付与することはできなかった。女はみずからの内に一族と環境がもたらす頽廃をはらんでいる。そして、じめじめした一階の部屋で貧しい食生活を続け、帳簿をめくったり、下手な文章を書くことに何日も費やす生活を送っているうちにくる病になった先祖たちの犠牲者なのである。それはもはや大気と日光に恵まれた植物ではなく、退化した生物であり、その発作は美徳にも悪徳にも変化しうるのだ。

若夫婦はほとんどすぐに喧嘩を始める。妻は退屈し、一日に二十回も気分が変わり、理由もなく泣いたり笑ったりする。そのため夫のほうは、彼女があちこち痛い、息苦しいと嘆いても肩をそびやかすのみで、最後には乱暴な態度をとるようになる。夫が屈服し、あきらめて妻の犠牲にならないかぎり、夫婦の溝は深まるばかりだ。そしてある夜、妻は愛人の腕のなかに身をゆだねるのだが、それは肉欲に駆られてのことではなく、たんに彼女が苦しみ、正気を失ったからにすぎない。これが不倫、遺伝的な神経症に由来する精神不安によって引きおこされる不倫、とりわけ中流階級に蔓延している不倫であり、じつに頻繁に起こるもので、少なくとも不倫の四割はこうした女性の病的状態に原因が求められるのである。

粗末な住居にいた頃の娘、現代の貧しいブルジョワジーの宿痾たる虚栄心にさいなまれる両親と暮らしていたときの娘をあらためて考えてみよう。減らされた食べ物や、すえた味のするバターで調理した安物の肉を口にするなど食費を削ってまで、母親と娘の服装にリボン飾りをつけ加えようとする。父親のほうは放任主義で、ときにはこうした見せびらかしの浪費を勧めることさえある。成功するというのが彼の原理だからだ。年収は三千フランなのに、巧妙に節約することによって家族は年収が七、八千フランもあるような暮らしぶり。陰ではひどくけちで、あさましい生活をすることで社交上の体面を保っているというわけである。

こうして娘は胡散臭い小細工のなかで育つ。金持ちのふりをするために卑劣なことがなされるのを見て、彼女はお金を崇めるようになる。この世では金持ちだけが尊敬される、貧乏人に見えるくらいだったら嘘をつくほうがましだ、最高の幸せは着飾ることであり、したがって絹のドレスの下に隠れるなら汚いペチコートをはいてもいいのだ、というふうに教え込まれる。要するにそれは金の操作、金のための諍い、激しい金銭欲にほかならない。

その間も娘は成長し、闘いはいっそう熾烈になる。娘を結婚させようというわけで、すさまじいことになるのだ。無慈悲で止むことのない未開人のような狩猟が始まる。娘の身だしなみのために金を使ってきたのだから、両親のほうとしては娘に有利な結婚相手を見つけてやること、つまり持参金なしでも結婚してくれるような裕福な青年を見つけることしか頭にない。そのためとあらば多少の不正はするし、青年を罠にかけ、陽気で豊かそうな外観を見せびらかして騙すくらいの決心はしている。プチブル階級の親というのは、娘をかたづけるという重大な時がくれば、まったく手段を選ばないのである。

娘が十六歳になると、待ち伏せが始まる。母親は近隣で催されるパーティに彼女を連れていく。行き帰りは歩いて、三フラン五十の馬車賃を節約する。ドレスは二か月ごとに新しい飾りをつけて手直しし、同じものだと分からないようにする。そしてこうしたパーティではやさしい言葉を交わし、愛想よい表情を見せ、そっと笑ったりするが、娘が年をとるにつれて苛立ちが募ってくる。娘が二十二歳にもなると、母親は男の腕のなかに娘を投げこみ、それから結婚させる。これはよくあるケースである。

まったく立派な教育で、子供のほうは自分が将来築くことになる家庭で役立てることになるだろう! 誰ひとり自分に富をもたらしてくれない乞食のような男たちについて母親がどのように話しているか、耳を傾けてみるがいい。娘に向かって男たちを「けなす」ので、娘は永久に男に嫌悪感を覚えるようになる。父親のことも容赦しない。他の連中と同じくエゴイストで、怠け者で、自分が有能であるかのように見せびらかして妻を騙した。もしやり直すとしたら、あんな男と結婚などするものか。それから母親は娘に、若い男をどうやって籠絡するか教えこみ、お辞儀や目配せや気絶のしかた、必要だと認められ、家族が許可した放縦の技術をすべて伝授する。まさに上品な売春の講義と言えよう。

こうしてついに両親は瞞着できるような愚か者、あるいはより狡猾で彼らを騙すような男と出会う。娘は金銭や男との「付き合い」かたにかんする教えを胸に、結婚する。八割がたの場合、夫は彼女を満足させない。妻は衣裳の出費や、訪問や、パーティを止めようとしないから、夫の収入は一家の生活ぶりを支えるには不十分なのだ。裕福な男と結婚するようにと育てられ、高価なものを好み、必要とするのに、そうした条件が満たされないとなると、彼女は自分の身分というものを守るためには何でもする。とにかく金が必要だ。夫がくれないならば、他に金を探しもとめる。こうして狩猟が再開するのだが、今度の獲物は夫ではなく愛人である。

もっとも、戦略は変わらない。母親からやり方は教わったのだ。美しく、健康で、愛想よく見られなければならない、そっと手を握らせ、ため息をつき、何気ない愛撫まで進まなければならない、と。彼女はもっと大胆になり、最後まで突き進む。最初の愛人と別れた後は、次の愛人を見つける。はじめは豪華なプレゼントだけを受け取るが、やがて金をもらう。そこに欲望の疼きが絡んでいるわけではなく、単なる金目当てにすぎない。これもまた頻繁に起こる不倫のもうひとつのケースだ。つまり自分の階級から逸脱し、周囲の欲望によって甘やかされ、立派で貞淑ぶった母親に育てられ、男は女に欲しいだけのドレスを着せるためにこの世に生まれてきたのだ、と考えている女の不倫である。

しかしながら私が思うに、ブルジョワジーにおいてもっとも一般的な不倫は愚かさゆえの不倫である。これもまた環境と教育のなせる業だ。父と母は自分たちもよく知らない漠然とした場所、無垢と誠実の場所で娘が生きていく定めであるかのように、娘を育ててあげる。それで異常なまでの心遣いをほどこす。外部から何も入ってこないように、ドアと窓を密閉する。娘が外出するときは母親が恐ろしい目つきで監視する。父親は家にいて『ポールとヴィルジニー』〔フランスの作家ベルナルダン・ド・サン=ピエールの作品（一七八八）で、若い男女の悲恋物語〕を厳重に隠し、新聞はひとつも目の届くところに置かない。両親は娘に清純でいてほしいのであり、それが途方もないほどの無知と愚かさをもたらす。

子供が大きくなると女の先生がついて、検閲されたきわめて凡庸なことだけを教え込む。子供のためということで、言葉も自然も歪曲されてしまう。箱の底や箪笥の引き出しのなかで生涯を送るようなボール紙の人形にとっては、そうした教育や教えもふさわしいだろう。しかし太陽が存在することさえ知らないこの哀れな娘が外に出されて、男の腕に抱かれるときいったいどうなるのだろう、と考えるとぞっとする。

ああ、彼女を本当の女にするために、あまりに過酷な悲惨をひとつひとつそっと教えながら、彼女に人生というものを開示してやることがどうしてできないのだろう！

最悪なのは、厳しい現実のなかにあっても娘に感傷的なロマンスを許容していることだ。彼女はピアノに合わせて小鳥やゴンドラの船頭が出てくるようなロマンスを歌う。彼女の愚かさに穏やかさが加わり、その無知は理想の愛の幻想のなかを泳ぎまわる。世の中のことは何も知らず、彼女が夢想していいことは偽りの感傷に満ちていて、分別に富んだひとでも錯乱しそうだ。彼女が二十歳に近づくと、ときには父親もより寛大になって、娘がある夜『アイヴァンホー』〔イギリスの作家スコットの小説〕を読み耽っているのを見ても黙認する。そうなれば清純な娘としての教育は完璧で、世の母親たちは模範的な娘と見なす。彼女はキャベツから子供が生まれると信じているし、帽子に羽飾りをつけ、風よりも速い大きな黒馬に跨って自分に結婚を申し込んでくれる夫を待ち望んでいるという次第だ。

夫はやって来る。年収千八百フランの事務員か、やがて時計職人や文房具屋となる地方出身のたくましい青年だ。結婚は彼女にとって強姦のようなものであり、彼女は嫌悪をもよおし、同時に茫然とするが、それでも従順な彼女はすべてを受けいれる。しかし新たな一歩を踏み出すたびに、彼女は人生に驚き、傷つく。教育をやり直すべきなのだが、彼女は怠惰ゆえにしてみようともしない。常に欠けているものがあり、彼女はけっして正面から人生と向き合うことがない。

こうして女はまったく無防備で、頭は退屈のあまり空っぽになる。夫は何日間も彼女をほったらかしだ。そこで彼女は再び感傷的なロマンスを手に取り、『アイヴァンホー』を読み返す。同じ階の反対側に口髭をたくわえた男が住んでいれば、女の部屋に入ってきて腕を広げさえすればいい。女は泣きながら男の胸に

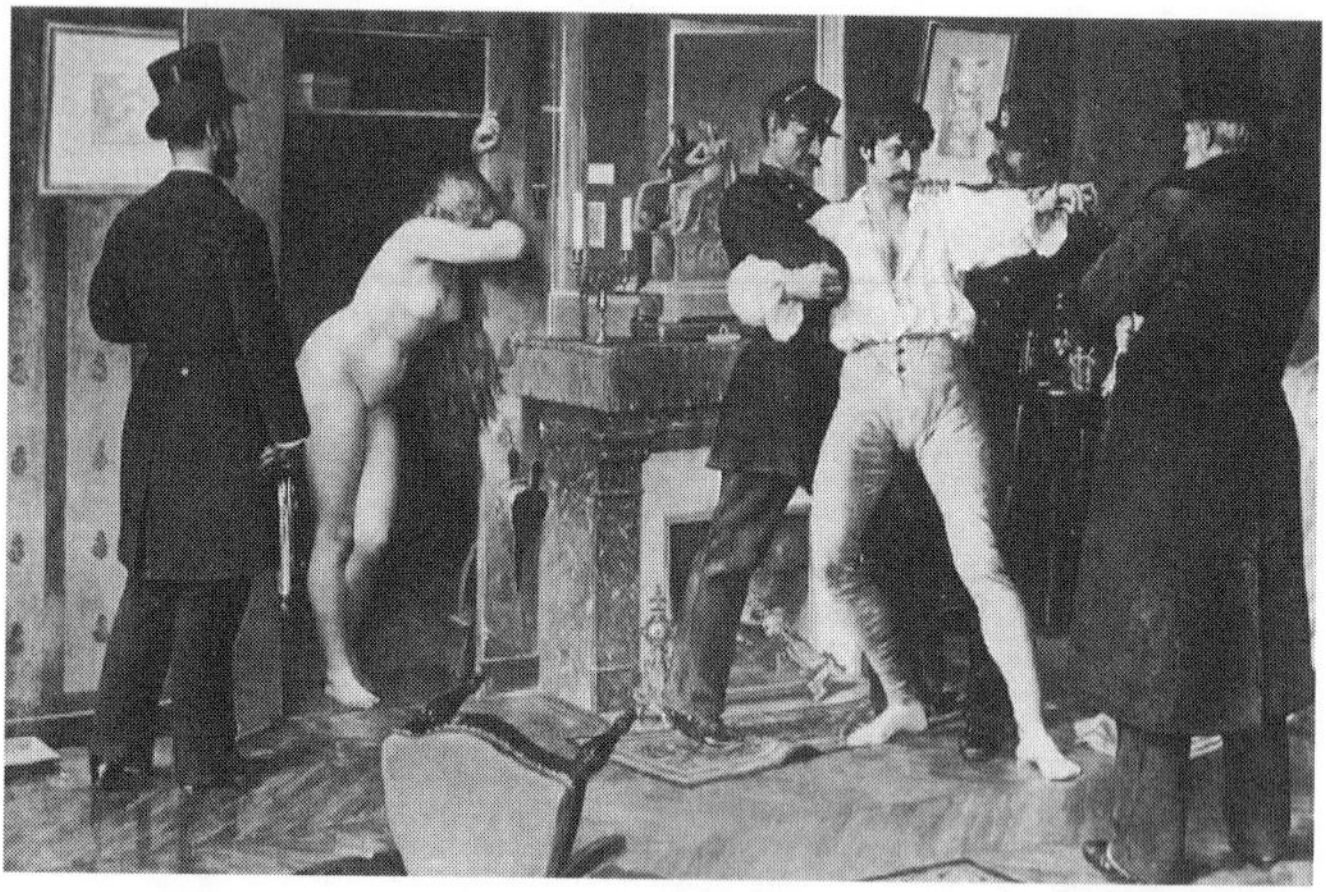

不貞の現場をとらえられた人妻。不倫はブルジョワ社会の病弊だった。

飛び込んでいくだろう。あまりに純粋な娘にかぎって、人妻になったときあまりに尻の軽い罪深い女になるものだ。ひどい愚鈍さのなかで育てられたので、貞淑になろうという分別さえ湧かないのである。

これが愚かさゆえの不倫で、間違いなくもっとも頻繁なケースである。感情的な不倫で肉体とは何の関係もなく、周囲の愚かしさと、両親がいだく奇妙な貞操観が引き起こすあやまちにほかならない。

かくして民衆においては、不健康な空気と雑居が娘を行き当たりばったりの男の腕に投げ込む。結婚前におこなわれる直接的な売春である。ブルジョワジーにおいては、娘は結婚するまで清純に守られる。ただし結婚後は、堕落した環境と悪い教育の影響が表面化し、愛人をつくってしまう。それはもはや売春ではなく不倫であるが、変わったのは言葉だけである。

というのも、これは強調しておくべきなのだが、売春が民衆の災厄であるように不倫はブルジョワジーの災厄だからだ。もし統計を作成したならば、きっと堕落した娘と同じくらい不貞の妻がいることが分かるだろう。自発的な放蕩がそうであるように、そこには性欲などほとんど関与していない。しかし不倫の理由が愚かさであろうと、贅沢への欲求であろうと、あるいは神経的な錯乱であろうと、不貞の妻が社会にとって頽廃の誘因であることは否定できない。

それが人間の本質そのものである以上、悪徳はあらゆる階級に見られる。ただそれが発生する土壌におうじて、特殊な現れ方をするのだ。先週の月曜日にこの場で述べたように、ここでもまた一階級の社会情況を再構築する必要があろう。

(『フィガロ』紙、一八八一年二月二十八日)

上流階級の女性

このうえなく細やかな心遣いのなかで、女の子がひとりレースに包まれて生まれてくる。一週間前から母親は外出することもなく、陣痛が始まると苦しまないように睡眠剤を投与してもらう。そばでは乳母が待ち構えている。産声を上げるとすぐに、女の子に仕える召使いたちがたくさん雇われる。孺子のベッドに寝かされ、医者がひかえて泣く子を見守っている。

その間、母親のほうは二週間にわたってじっと動かずにいる。ちょっと小指でも動かしたら、たちまちガラスのように壊れてしまいそうなのだ。それから部屋の中を少し歩き、長椅子に横たわりながら暮らすことが許可される。母親は特別な服、豪華な部屋着のようなものを仕立てさせ、それをはおって床上げを祝う訪問客たちを迎える。女友だちが皆やって来て、見世物のようになる。

子供は乳母の腕に抱かれ、王女さまのような産着にくるまっている。かわいらしい泣き声を聞きながら人々は子供に笑いかけ、接吻する。

上流階級の女性にとって母親になることは、晩餐会や舞踏会のように贅沢をともなう話題なのである。

こうして生まれた女の子は、多くの愛情と富に恵まれて人々に迎え入れられる。両親としては男の子を望んでいたかもしれないが、それも一瞬の失望にすぎない。彼らは娘につける持参金の心配はないし、街路の危険を恐れる必要もないのだから。

アパルトマンは広大で、娘には専用の部屋がひとつあてがわれる。夜泣きをしても奥様には聞こえないが、乳母があやしてくれる。日中は玩具であふれかえった別室があたえられる。こうしてさまざまな便宜を備えた子供の生活は規則正しいので、奥様は自分が母親であることに気づきさえしない。初めの頃は少し乳が張ったが、やがて普段の生活ぶりに戻り、人々を訪問し、町で夕食し、芝居を見物し、舞踏会で夜をすごすというように、娘のためには一時間も割かない。

娘は愛らしい人形のように成長していく。そして贅沢に囲まれ、絨毯のうえで育つ。奇抜で趣味のいい衣裳を日に二、三度取り替える。夕食に招待客がいるときは、お客に誉められ、接吻してもらうためサロンにだけ顔を出し、それから食事をする。そういう夜は娘は自分の部屋で食べ、それ以外の日は両親といっしょに食べて、正しい行儀作法を学ぶのである。

やがて娘はあらゆる点で母親を模倣するようになる。実例にもとづく教育だ。当然のことながら、彼女は自分が生きていくべき温室向きに成長する。幼いうちからブーローニュの森に足を運び、夏には海水浴に連れていってもらう。冬は広大なアパルトマンの贅沢さに再び取り囲まれ、夜母親に客があるときはピアノの音を耳にしながら眠りにつく。友だちができるとおやつをあげるが、そのおやつというのは大人の食事のように正式に出される豪華なおやつなのだ。六歳にもならないうちから社交界にデビューし、ひそひそ話をする貴婦人や男性たちに囲まれ、男性たちの前ではすでに媚態を示している。

娘に教育をほどこす時期がやって来る。しばしば母親が字を教えてやれると自慢するが、すぐに飽きるので、メイドが代わりを務める。裕福な家庭ではイギリス人やドイツ人のメイドをつけ、メイドは子供たちと接するとき自分の母国語だけを話すというのが一時流行したことがある。このようにすれば子供たちは英語やドイツ語に慣れ、後になって先生がつくとき、すでに使った経験があるので心構えができている。高尚で洗練されたやり方であろう。

やがて重大な問題が出てくる。娘を寄宿学校に入れるべきか、それとも家で家庭教師をつけるべきかという問題である。

私見によれば、フランスの寄宿学校、それももっともよく経営されている寄宿学校で少女たちが受けている教育はまったく凡庸で、不完全なものだ。他のどんな国の少女たちもこれほど嘆かわしいカリキュラムを課されていない、と思う。まず、人生の実際的な分野にかんして彼女たちはまったく無知である。正しい字の書き方を学び、歴史と地理をいくらか勉強し、文学を少しだけかじりはする。しかし彼女たちの知識はそれ以上には広がらない。たとえば娘たちは必要におうじてドレスを自分で縫うことはできないし、鍋を火にかけることや、ひと月の出費をめぐって料理女とやり合うこともできない。まるで彼女たちはこうした卑近な仕事のために生まれてきたのではない、とでも言いたげだ。おそらくそうなのだろう。ただし、家事に精通していれば、彼女たちは多くの煩わしさを経験しないですむし、あらゆる機会に巧妙かつ魅力的に振る舞うことができるのである。

上流階級の女性にとって、ピアノを習うことは不可欠のたしなみだった。

しかし、それはまだたいしたことではない。娘が結婚し、家の内情をはっきり知りたいと殊勝にも考えたとすれば、数か月のあいだ召使いたちの言いなりになっていた末に自分でなんとか切り盛りできるようになる。より重大なのは寄宿学校の精神そのもの、彼女がそこで吸い、ときには永久に彼女を損なってしまう特殊な空気のほうだ。彼女は社交界のために育てられ、洗練にともなうさまざまな偏見を吹きこまれ、流行の衣裳を身につけるマネキン人形に変えられる。こんなふうに揶揄し、あんなふうに考えなければならない。あらゆる領域でふさわしい振る舞いかたがあるように、礼儀作法を守るにもさまざまなやり方がある、というわけだ。

これほど嘆かわしいことはない。女性に生来そなわっている優雅さ、魅力的なのびやかさ、女性の個性を形成するはずのあらゆるものが変質させられ、歪められ、同じ鋳型に嵌められてしまう。

掟と化した慣例や作法に従っているにすぎない。その結果、フランスの上流階級のサロンを満たしている蠟人形のような女性たち、うわべだけで個性的なものは何もない女性たちができあがる。きわめて聡明かもしれないが、中味が空疎なのだ。上品さという偏執、それがフランスのすべてを駄目にしている。娘たちの才能のうちで配慮されているのは稽古事だけである。今では門番でさえ自分の「お嬢様」にピアノを習わせようと思っている。かつてスパルタで子供たちを体育場に送り込んだように、現在では子供たちをピアノに向かわせるのだ。

母親が娘を家に置き、家庭教師をつけることにした場合でも、ほとんど同じ結果が生じる。勉強の内容は変わらないし、稽古事を重視する皮相な教育であるという点でも同じである。家庭という温室で育てば娘はあまり危険を冒さずにすむ、と人々は言う。しかしそこから出てきたとき娘はより陰険な、あるいはより危険なまでに無知な人間になっているのである。

娘は十八歳を迎える。見てほしい。彼女は何も知らず、彼女を娶る男はうまくやっていこうと思えば彼女の教育をやり直さなければならない。

原則は、夫の手にまったく無垢で処女のままの娘をゆだねるということなのだ。それは清純であるという保証付きで配達される商品のようなものである。母親はその後に起こることにはまったく無関心。彼女の役割は終わったのであり、あとはもっぱら夫に責任が降りかかる。

これが訓育と教育の精神である。自然と社会と人間にかんする完全な無知。娘は結婚まで何も知らずにいるべきだし、精神的にも肉体的にも子供のままでいなければならない。後になって娘はすべてを学ぶ、しかも突然、一夜ですべてを学ぶ。最悪なのは、こうした無知の時期を経た後、娘たちがときにおそろしいほど訳知りになるということだ。晩婚の女性がおちいる滑稽な情況のことを言っているのではない。彼女たちは三十歳になっても幼い女の子のふりをせざるをえない。彼女たちが無知なように見えることを世間の風習が要求しているのだし、実際、彼女たちはわざとらしく、苦笑を誘うようなおどおどした態度を示す。

こうして婚期がやってくる。娘は社交界にデビューするが、母親のほうは相変わらず娘を、自然・社会・人間という人生の三要素にかんしては無知な状態に閉じこめておく。他方で、母親は娘に自分と同じ婦人服デザイナーをあてがい、訪問に同行させ、舞踏会に連れ回す。それが社交界の教育、サロンの学習というものであり、肉体と精神は完璧に処女性を保つ。しかし想像がつくように、とりわけ娘の結婚が数年遅くなったときなど、精神の処女性はまったく形式的なものにすぎない。

娘はついに結婚し、まったく新たな生活が始まる。彼女は自由だ。多かれ少なかれ長い蜜月が終わると、夫はいつもどおりの暮らしに戻る。夫には仕事があり、野心もあるから、そのために人々から必要とされる。クラブに足を運び、妻がけっして知り合うことのないさまざまな人々と会う。妻のほうも自分なりの生活を築かなければならない。そのとき導きの例になるのが母親だ。彼女は母親がしたことをする。人々を訪問し、訪問客を迎える日を定め、身だしなみに配慮し、金をくすねようとする召使いたちといざこざになり、毎年冬には晩餐会と舞踏会を何度か催す。

このような上流階級の女性たちの生活は、一見したところ浪費の生活だが、きわめて規則正しいものだ。社交シーズンの冬は毎年似たりよったりで、同じような娯楽が繰り広げられる。夏は、どこかの城館か海辺で別荘生活をおくる。良くないのは、若い人妻が疲労困憊していることだ。夜会にひとを集めようとするパリの女主人がどんなに気を揉むか、他人には想像できない。よその家の夜会に赴き、晩餐会に招かれ、自分も催し、数多くのひとたちと交際しなければならない。それにこうした気苦労がなければ、彼女はひどく退屈するだろう。朝のうちは子供にも少し気を配るが、家のことが順調に進めば考えるのは自分のこと、そして社交界でどんな表情を見せようかということだけだ。社交界でどんな地位を占めるか、家庭をどのように切り盛りするかによって彼女は判断を下されるのである。

上流階級の女性が果たす大きな役割は以上のとおりである。夫は外で運命を切りひらき、ときには高い地位にまで昇りつめる。妻のほうは家を管理する。妻の知恵は、夫をふさわしい環境に置いてあげることで、パリの女性はそうした適切な環境を作りだすことに長けている。なかには喧噪と過度の贅沢を好む女性もいるが、たいていの女性は家庭にどのような枠組みがふさわしいかよく知っている。自分の役割をよく心得ているし、それは社交的な教育によるものである。

残念ながら、こうした健全な家庭ばかりではない。上流階級ほど結婚は乱暴におこなわれる。三組のうち二組のカップルはお互いを知らずに結ばれる。財産が同じくらいということで、結婚が取り決められたのだ。法的に定められた期間が過ぎれば、娘は青年の腕のなかに唐突に投げこまれる。過渡期というものがないので、結婚直後はおそろしいことになる。多くの家庭が不和で、夫婦がやがて別々の生活を始めるようになるのは、ほとんど常に新婚初夜の怒りと嫌悪が原因なのである。二人は行き当たりばったりに結ばれたのだから、その経験が挫折するのは驚くべきことではない。旦那様と奥様にはもはや共通要素はなにもない。二人はあまりに遠く隔たったところで育てられたし、今後も琴瑟相和することはけっしてないだろう。奥様のほうは自分だけの友人や財産をもち、自分だけの楽しみや悲しみを味わって、夫とまったく別の生活をおくる。夜会のとき客の前で、夫婦は表面的に睦まじく振る舞うにすぎない。

暇をもてあまし、自分のことだけ考えているような女がとりわけ危ない。ただし、洗練された教育と賢い贅沢の安楽さのおかげで、女のあやまちはそれほど多くないし、急激に起こることもない。自分の社会的地位と教養に誇りをいだいている女性ほど、容易には堕落しない。もちろん私はここで一般論を述べている。

外国では、フランス女性は軽いと思われている。しかし実際は隣国の女性に較べてはるかに貞淑だ。彼女たちは強い意志をもっており、そのおかげで救われている。容易に怒り、拒絶し、自由でいたいと願う。それにフランス女性は快楽を好む体質ではなく、しばしば空想上の物語だけで満たされる。冗談や戯れを楽しみ、度を超えることはあるが、自分をうんざりさせ、立場を危うくするような愚かな行為となるときっぱり止める。男のおもちゃになることを受けいれるような女性はほとんどいない。

確信していいのは、裕福で、教育があって、育ちのいい女性が不倫を犯すことがあるとすれば、それはほとんど常に夫が悪いからである。あるいは健康上の特殊な理由があるからで、それですべて説明がつく。

上流階級の女性はあらゆる敬意をはらわれて老い、死んでいく。ときには莫大な個人資産を有している。子供たちを結婚させ、夫が亡くなってからも、幅広い人間関係の輪を維持する。老いてもなお魅力的な女性がいるし、そういう女性のサロンにはひとが絶えない。生活の知恵が訓育と教育の欠点を矯正した年齢なのである。女性は申し分なく、寛容になり、すべてを知り、微笑みながらあらゆることについて語る。そして、むしろこれから結婚させたいと思うような状態で息を引き取る。

（『フィガロ』紙、一八八一年六月二十七日）

貴族の女性たち

最後に、貴族階級の女性について述べておこう。

ここでは貴族の称号を有する女性たちについてだけ語り、さらに、特殊な情況や稀有の知性により重要な役割を演じる女性たちをこのグループにつけ加える。

フランスの貴族はブルジョワジーには見られない簡素さによって特徴づけられる。ブルジョワジーはある種の気取りを払拭できないし、個人の努力によって手に入れた富から生じる虚栄心が見てとれる。貴族の家庭にはそうしたものがなく、洗練された態度は世代から世代へと継承される。私は肉屋の主人を思わせるような侯爵と知り合ったことがあるが、美醜にかかわらず、また上品か下品かに関係なく、磊落な立ち居振る舞いと、他人よりも本質的にすぐれているという意識、あるいは自分をそのように見なす習慣はみんなにあった。

たとえば友人のある画家は、フランスのある古い貴族の城館に招かれたとき、彼らの気取らない生活ぶりに驚いた。朝食をとる際に男たちは部屋着とスリッパで、女性たちもあっさりした化粧着だった。言葉遣いにしてもざっくばらんで、かなり奔放だった。「まるで芸術家だよ！」と友人の画家は繰り返し言ったものだ。

このような指摘は好意的であると同時に、意味深いものだ。フランス貴族の静かな没落について長々と語ることもできるが、ここでは女性の研究に限りたい。

貴族の家庭で女の子が生まれたとき、すべてはブルジョワ家庭と同じように進行するが、ブルジョワ家庭ほどの衒いはない。家系を継ぐ男子がまだいない場合、女の子が誕生すれば両親は悲しみを押し隠して受けいれる。昔であれば、女の子に多額の持参金をつけてやるだけの財産がなければ、女の子は修道院に入る運命だった。現在では、貴族の虚栄心が大きな痛手をこうむっている。自分たちの階層に属さない知識人に娘を嫁がせるようになり、修道院に入る娘はほとんどいない。

子供が生まれると乳母がひとり雇われ、女の子には専用の部屋と召使いがあてがわれる。このまま記述を続ければ同じことの繰り返しになるだろう。ブルジョワジーは貴族社会を模倣しているのだから。違いが出てくるのは、子供の教育が始まるときからである。娘を寄宿学校に入れる貴族の家庭はまれで、普通は家庭教師をつける。まず、予備教育のために住み込みの女性家庭教師をひとり雇い、それから歴史の先生、数学の先生、外国語の先生、さらには音楽、ダンス、図画を教える先生を招く。しかしながら、この家庭教育はきわめて皮相なもので、得られる成果は寄宿学校のそれとほとんど同じだ。断片的な知識をいくらか身につけただけで、無知と呼べないような女性はごくわずかである。しかも彼らの教育には興味深い特異性がある。今日世間に流布しているなれなれしい態度や流行の率直さが、もっとも古い家柄にまで入り込んでしまった。昔であれば、子供たちは両親を畏怖しながら育ったものだ。両親を絶対的な主人と見なし、〈君―わたし〉《チュトワイエ》で話しかけることは絶対なく、両親と同じテーブルで食事するのは一定の年齢を過ぎてからのことで、きわめて厳密な礼儀作法を守っていた。朝の挨拶と夜のおやすみの挨拶は、文字どおりの儀式であった。今日では、こうした厳しい関係は少数の家庭で保たれているにすぎない。たいていの場合、母娘は〈君―わたし〉で話しかけないにしても、平等と友愛の関係にもとづいて暮らしている。フランス革命がわれわれの習俗を変え、親子関係にも一種の仲間意識をもたらしたのである。社会は家庭内で確立された新たな関係にもとづいて再編されつつあるのだから、こうした変化は今やほとんど完成したと考えていいだろう。ルソーの理論と一七八九年の平等思想が、家庭という領域にも現れたということである。現在では、貴族よりもブルジョワのほうに堅苦しい儀礼が見いだされる。

家庭で育てられる貴族の娘は、あらゆる衝撃から守られており、理想的な無垢のなかで保護される。しかも、家柄の誇りが防御柵として機能する。伯爵や侯爵の娘で正道を踏み外したひとの例はきわめて少なく、そうした例は病人でもなければお目にかかれない。要するに、すべての点で貴族の娘たちは守られているように見える。ところがまさに上流階級ほど、結婚がもっとも乱暴なかたちで行われるのである。

未来の夫婦の三組に二組はお互いを知らない。両親が彼らの結婚を決めたからだ。財産も社会的地位も同じくらいのふたりがあるサロンで紹介され、お定まりの猶予期間が過ぎれば、娘はいきなり青年の腕のなかに投げこまれる。今度は民衆やブルジョワの場合とは違う。民衆の娘はほとんど常に経験したいという誘惑を覚えるし、ブルジョワにあっては許婚者はすでに知り合いで、初夜がどういうものか分かっている。ところが貴族の娘にとってはまさに強姦で、ひどいことだと思う。

その結果どういうことになるか、見てみたまえ！　貴族階級の夫婦の大多数がそれぞれ勝手に生きているとすれば、この強制された結婚がもたらす嫌悪と怒りにその原因があるのは間違いない。結婚は適当におこなわれたのだから、その経験が失敗したところで驚くにはあたらない。漠然とした不満が顕在化し、やがて関係が冷却し、最後には完全な破綻がくる。夫婦のあいだに共通するものは何もない。不和にならない場合でも、お互いまったく無関心になる。妻のほうは独立した生活をおくり、自分なりの友人関係をもち、楽しみと苦しみを味わい、自分の財産をもっている。表面的に仲直りするのは客を迎える日か、何か厳かなことがおこなわれるときだけだ。再び言うが、私は例外にはこだわらずに一般的なケースについて語っている。

中流階級であれ貴族階級であれ、豊かな女性たちの人生において宗教は当然のことながら大きな比重をしめる。彼女たちの多くは慣例にならって教会に通う。子供の頃から、いくつかの機会に宗教的儀式に参列するよう慣らされてきたのだ。結婚後にこの慣習を破るのは不謹慎だ、と彼女たちは考えるだろう。彼女たちが偽善者だと言いたいのではない。それどころか、彼女たちは宗教的なお勤めを熱烈に信じているし、同じ階層に属するひとたちはみな神を愛し、公共の場で信仰をしめすべきだと思っている。他方で、他に捌け口のない情熱を宗教のなかで満たそうとする女性もいる。夫と疎遠ではあるものの、夫婦の貞潔を裏切るつもりのない彼女たちは神にすがり、神への愛のうちに心の平和を求める。こうした女性はしばしば移り気だ。宗教観にも危機のしるしが見え、危機が過ぎると信仰も衰える。そして最後に、芸術への愛ゆえに信心に凝り固まった女性たちがいる。これは特殊なタイプだ。心から神を信じること、彼女たちの人生のすべてがそこにある。フランスでは無信仰がかなり広まり、宗教上の無関心がいまや通例だから、聖職者にとって女性はもっとも強力な武器のひとつになっている。聖職者がいまだに支配権をもち、ある種の権威を保っているのは、もっぱら女性のおかげなのである。パリ民衆の女性は聖職者を裏切ったが、地方の女性と豊かな階級の女性は聖職者の掌中に握られている。もっとも、女性の影響が現れるのはおもに習俗の領域であって、固有の意味における宗教問題の領域ではない。司祭たちが繰りひろげた目立たない闘いにもかかわらず、女性たちがフランスをカトリシズムに回帰させようとしたことをこれまで指摘しなかったのは、そのためである。他方で、女性の社会的役割には顕著なものがあった。

十八世紀において、フランス女性は当時の社会に君臨し、大きな影響をおよぼしていた。女性の力の源は彼女が女王として君臨していた空間、つまりサロンにあった。サロンが女性に武器を提供し、女性の勝利を確固たるものにしていた。女性はサロンの押しも押されぬ中心人物であり、男たちはみな彼女の足下に集まってきた。そして女性は彼らを知性と優雅さで支配した。暖炉の片隅で会話をみちびく術に長け、文学と政治を論じ、男たちを思いのままに操ったのである。女性の支配は歴史的な帰結であり、数世代にわたって女性たちがフランス社会でこの大きな運動を形成するのに寄与した。国民の知性全体がこの方向に発揮されたのだ。フランス革命に先立つ精神的な奮闘をもたらしたのは、ほかならぬ女性たちであった。現代では、情況が変わってしまった。会話に機知が飛び交い、斬新な思想の哲学があれほど激しい好奇心を煽っていた古いサロンが、フランス革命によって致命的な打撃をこうむったのである。今では、男たちが戦うとき女たちは背後に押しやられてしまう。第一帝政時代にサロンを復活させようとする試みはあったが、第一帝政、復古王政、そして七月王政と政体が次々に変わったので、昔日の習俗を復活させることは不可能だった。新しい社会はあまりに活動的で、勝利の歩みがあまりに早いので、女主人の愛想よい指導のもとに賢明な人々のあいだで過ごす一夜の魅力に屈することなどない。そうした新たな社会で、女性たちは権威を失ったのである。

しかしながら、女性がまったく玉座を諦めてしまったわけではない。これから私が触れようと思うのはまさにこの点である。サロンは今でも存在する。かつてほど賑やかではないし、影響力も大きくないが、その役割は無視できない。文学サロンのことを言っているのではない。私見によれば、文学サロンというものは完全に衰退してしまった。「青鞜派の女性」や上流社会で胡乱な風評を立てられている女性のもとに、いまだに作家たちが集うことはあるが、それは宴や党派の興奮を楽しむ遊び人や貧しい詩人だけの話である。文学が議論される唯一のまじめなサロンは伝統を重んじるサロンだが、これは過去を懐かしむだけで、現代の文学運動にはいかなる影響もおよぼしていない。政治もそこに侵入し、文学はもはや党派的な武器のひとつにすぎない。現在では、文学の混迷があまりにひどいので、まともな女性なら作家を自宅に集めることなどできない。特定のグループだけを受け入れれば、あまりに閉鎖的な集団ができあがるだろうし、誰でも受け入れれば、やがて人が多いだけの市場のようになってしまうだろう。われわれ作家は熾烈な闘いを繰りひろげているから、夜になってから皮相で懐疑的なお喋りにうつつを抜かす気にはなれない。

というわけで、現存する唯一のサロンは政治サロンで、それにかんしてはきわめて興味深い記事を書くことも可能だろうが、ここでは駆け足で触れるにとどめたい。周知のように、この七年間に女性はヴェルサイユのあらゆる危機に参加してきた。五月二十四日の保守派の陰謀〔一八七三年五月二十四日、大統領チエールが失脚した事件〕は、いくつかのサロンで長い間にわたって練られた後に勃発したものだ。そのサロンは貴族のサロンであり、誇り高い閉鎖性を標榜しているから一般大衆にはほとんど知られていなかった。き

貴族のサロンの光景（ウージェーヌ・ラミの版画）

上流階級のパーティ。ジャン・ベロー作《舞踏会》(1878)

わめて陰険な女性たちがこうした貴族のサロンを催し、有名な政治家の背後に隠れている。そして政治家たちに意見を吹き込んで操り、ときにはひどく錯綜した情況を引き起こしてしまうので、フランスは何か月もそのために苦しむことになる。それに加わったあらゆる人物たちを分析し、女が男におよぼすひそかな影響力を暴き出すことによって、内閣変動の物語を語ってくれるような小説家が現れてくれないものかと私はいつも夢想してきた。さらに付言すべきは、共和派のサロンも存在するということである。そのうちのいくつかはとても有名で、運営しているのは、冬にパーティを開催することによって自分がどれほど貢献できるか理解したきわめて聡明な女性たちである。パーティでは微妙に見解の異なる人々が集うが、会ってお互いの意見を述べる機会がなければ敵味方になってしまうかもしれない。こうしたサロンのひとつは、最近の出来事に大きな影響をおよぼした。とても克服できないだろうと思われた多くの困難が、そこで軽減されたのだ。妥協の政策が見いだされ、おかげで今までのところ危険な係争はすべて未然に回避できた(1)。

上流ブルジョワジーあるいは貴族階級に属する女性の役割とは、以上のようなものである。周囲の男性たちにあたえる影響力によって、女性は社会生活に参加する。フランスにおけるその役割は常にきわめて重要なものだった。確かにそれは一部の特権的な女性だけに割り当てられた運命だが、もっと下の階層に目を向けても女性の力を示す痕跡はいくらも見つかる。大きかろうが小さかろうが、女性の力はあらゆる面で感じられるのだ。それは教養がなくても、あるいは悪い教育をうけても、女性が本質的にきわめて聡明で、活動的で、魅力的だからだ。知性と活動力は良い結果にも悪い結果にもつながりうるが、魅力は常に女性の成功を保証してくれる。私の叙述は民衆の女性から始めて貴族の女性で終わるわけだが、いずれにしても女性たちはみな影響力が強く、歴史の動きが機会を提供すれば社会の強力な行動者としての役割を演じることができるのである。

(『ヨーロッパ通報』誌、一八七八年十一月)

(1) フランスの作家ジュリエット・アダン(一八三六—一九三六)への言及。彼女のサロンには共和派の政治家たちが集まっていた。

教育

非宗教的な教育

最近私はジャン=ランチエ通りにある非宗教的な学校を見学し、現在進行しているこの教育運動について語ろうと決めた。あの質素な教室、あらゆる虚偽を払拭したあの民衆教育のなかにこそ未来がある。ジャン=ランチエ通りにあるような学校がいつの日かフランス全土を覆いつくし、共和国を教化し、偉大にしてくれるだろう。

確かにわれわれはまだそうした段階には至っていない。宗教上の問題を排除して民衆を教育しようとする勇気ある人々は、反動的新聞の罵倒を受けてひるんでいるし、共和国の敵たちの侮辱と悪意にさらされている。読み書きを覚え、カトリック陣営の監視に屈しないような未来の民衆が自分たちにとって危険な存在であることを、王党派やボナパルト派は感じとっているのだ。だからこそ、まだ目立たないとはいえ非宗教的な学校に彼らは怯えているし、教権と王権にとっては一七九三年のギロチンよりも怖ろしいこの無血革命を食い止めようと、彼らは必死の努力をしている。リヨンではすでに勝利を収めたと思っているが、パリでの闘いはこれからだろう。彼らはその時を待っている。

小学校の様子

パリでこの教育運動を推進しているのはトレボワ氏だ。とりわけ彼の配慮によって、かつて職業学校の教師をしていたバルディイヨン嬢が運営するジャン＝ランチエ通りの学校が開設されたのである。この学校はできてからまだ半年しか経っていないが、すでに四歳から十二歳までの生徒およそ五十人を数える。新学期は九月十六日に始まり、それ以来、生徒の数が増え続けている。

建物は立派で、大きく、清潔である。私はこの学校を宣伝しようとはっきり心に決めているのだから、実際にそうするからといって読者が私を非難することはあるまい。授業料はきわめて安い。初級クラスと中級クラスが月五フラン、上級クラスが月八フランであり、パリにある小さな寄宿学校はすべてこれくらいの授業料だ。運営する側は無償にしたいと願っているのだが、国家でさえ予算が不十分で約束できないことを、一介の個人にできるはずがない。トレボワ氏は奨学金と半奨学金をいくらか供与してもらうだけで満足せざるをえなかった。平等感が損なわれないよう、これらの奨学金はごく慎重に与えられることになるだろう。

教育はきわめて広範囲にわたる。文法、歴史、地理、代数、さらには物理と博物学も少し学ぶ。教理問答《カテシスム》は注意深く教会にゆだねられ、先生たちは厳密に言うと特別な道徳教育はしない。授業のなかで重要な社会真理やすぐれた人間感情を教え、個々の事実から教訓を引きだし、祖国や正義や真理や知識への愛を生徒たちの心に吹き込む機会を逃さない。いわば彼らは道徳の実地教育をおこなっているわけで、これが最良の方法なのである。

学校の運営者たちは称賛に値するような配慮を示してくれた。家族に一枚の証書を作成するよう求め、そのなかで家族は、子供の宗教教育は自分たちが好きなようにおこなう権利を断固として確保すると言明する。こうして信仰の自由という原理は、きわめて正しく適用されているのだ。教権主義者たちは、義務教育制度のもとでは家長の権威がないがしろにされると騒ぎたてる。しかし学校が彼らの子供をあずかって、市民として不可欠な知識をさずけ、彼らの望むような信仰のなかで子供を育てる自由を与えたうえで子供たちを家庭に戻すならば、教権主義者たちとしても反論はできないだろう。確かに国家には、党派に操られる危険な道具にすぎないような野獣や無知な人間を許容せず、みずからの治安と偉大さを守る権利がある。その国家の自由が終わるところ、すなわち家庭の伝統や信仰の領域から家長の自由が始まるのだ。そのように考えれば学校というのは公共の体育場にほかならず、市民はそこにやって来て、国民の共通利益のためにみずからの知性を訓練しなければならない。

ジャン＝ランチエ通りの学校が成功したのを見て、トレボワ氏は各区に同じような学校を設けるという案を思いついた。こうしてパリ全二十区の非宗教学校協会が正式に創立された。

夏休み中に、トレボワ氏からバロデ氏〔当時のリヨン市長〕への手紙を一通たずさえて、バルディヨン嬢はリヨンに赴いた。こうして彼女は、リヨンの学校運営をささえるシステムを詳しく視察することができた。そのシステムとは、各区に学校を設けるという任務にあたる発議委員会を立ち上げることである。パリの場合、各区からひとりずつ選出された二十人の代表からなる役員会が業務の全体を監視し、教育運動をひとしく推進する。しかも役員会は二十区のさまざまなグループのあいだに、絶対的な連帯心をうち立てる。学校の創立に必要な金額はおよそ一万フラン。この金額の三分の一あるいは半分を集めたグループは役員会に報告し、役員会が一万フランになるよう共通行動に出る。要するに協力体制は中央集権化されているが、個人の裁量にも大きな余地が残されているということである。

発議委員会は十一区、五区、九区などいくつかの区ですでに活動している。これらの区はまもなく非宗教的な学校を備えるようになるだろう、と期待できる。他の区でも運動は広がっている。動きはすでに始まっているのであり、ジャン゠ランチエ通りにあるような種類の学校の成功は、近い将来において完全な勝利が得られることを保証してくれる。

周知のように、公立学校は修道会系と非宗教系が混じっている。修道会員は非聖職者と子供の教育を分担しようとしたが、結局は彼らのほうが大きな部分を占めている。それに非宗教系であろうと修道会系であろうと、公立学校では聖史と教理問答の勉強は必修である。日曜日になれば、子供たちは教会のミサに連れて行かれる。私はしばしば、笑いながら歩道にひしめいている子供たちの長い列に出会ったものだ。彼らにとってそれは楽しみのひとつなのである。教会の中ではお喋りし、つねり合う。そこから出て来たときは、先ほどその前で跪かせられた尊いものにいたずらしたことしか覚えていない。このようにして子供たちを集団でミサに引っぱっていくやり方に、私はいつもショックを受けた。ジャン＝ランチエ通りの学校がしているように、子供たちは家庭に返すがいい。もし母親が子供を教会に連れていくべきだと考えるならば、信仰にたいする敬意を教えるだろう。われわれは義務教育を要求する。それを拒んでいるのはまさしく、数世紀も前から子供たちにたいしてミサを強制してきた人々にほかならない。

すでに述べたように、ジャン＝ランチエ通りの質素な学校、できてから半年にしかならず、せいぜい五十人くらいの生徒しかいないこの学校にこそ未来がある。われらがフランス、われわれのすべての子供たちはこの学校に通うべきだ。そうすれば三十年後には、義務と権利をわきまえて行動する共和主義者たちの世代が誕生することだろう。そのとき初めてわれわれフランス人は、王党派的なヨーロッパにたいしてワーテルローとスダンの復讐を遂げられるのである。

（『クロッシュ』紙、一八七二年九月二十日）

フランスの学校と学校生活

あなたがたの国ロシアではフランスの学校の規則が知られている、と聞いた。しかしフランスの中等学校の生活そのものは知られているだろうか。規則にもとづいて学校生活がどのように形成されたか知られているだろうか。生徒たちはどのような子供であり、教師はどういうひとたちで、授業レベルはどの程度なのか。宗教はいかなる役割を果たしているのか。要するに、卒業試験に合格した青年はどういう人間になるのか。外国人であれば私にこうした質問をするだろうし、私としてもそれに答えてみたい。これまでの私の習慣に従って、深遠な議論を展開するのではなく個人的な観察に依拠しながら、こうしたことについて述べよう。私は自分が見たことを語ろう。どんなに強力な論述よりも実例のほうが説得的だと思う。それが私の人生の一ページになってくれることを願う。私が成長した中等学校でかつて行われたことは、今でもあらゆるフランスの学校で行われていることである。

〔続いてゾラは、南フランスの町エクスで過ごした中等学校時代の思い出を語るが、その部分は省略する〕

地方の公立中等学校《コレージュ》の話をしたので、次にパリの国立中等学校《リセ》について少し述べておきたい。

パリにやって来てまもなくサン＝ルイ校に入学したときの印象は、次のようなものだった。エクスの公立中等学校では私はクラスでも一、二位を争う優等生だった。うぬぼれるわけではなく、驚くほど聡明で勤勉な生徒と見なされていたのである。ところがパリでは上位に入るどころか、六十人の生徒中で二十番目くらいにすぎないことに気づいてひどく傷ついた。勉強のレベルも地方よりパリのほうがずっと高かったことは、言うまでもない。告白すれば、私は自分に嫌気がさし、きわめて平凡な生徒に成り下がった。しかもその頃すでに文学への情熱に完全に取りつかれていたので、授業中は前の生徒の背中に隠れてラブレーやモンテーニュを読み耽っていたのである。こうして古典学級はみじめな成績で終えた。

繰り返すが、パリでの勉強は地方よりはるかに厳しい。初めの頃は、自分と同じ年の少年たちがまるで自ら教師の役割を演じているかのように、いともたやすくきれいに課題を黒板に書き写すのを目にして、私はすっかり面食らってしまった。しかも彼らは決められた課題のほかに異文まで付け加え、定められたカリキュラム以上に勉強していることを示していた。それ以上に私を驚かせたのは、彼らがチョークで一気に黒板にみごとな円を描くということだった。彼らが描く円といったら、完璧にまるかったのである。ああ、地方の生徒が描く円といえば卵のように哀れな楕円、破れた革袋に似たような円だったのだから！

パリで自分が円を描こうとしたとき、私は背後でクラス中の生徒が嘲笑《あざわら》っているのを感じ、ひどい屈辱を覚えたものだ。この円の問題は、一見なんの意味もないように思われるだろうが、実際はパリの生徒と地方の生徒の違いをよく表しているのだ。パリの生徒は頭がよく、口が達者で、手も敏捷で、口と同じくらい巧妙なのに対して、地方の生徒は鈍重で、不器用で、言いたい言葉がなかなか見つからず、手も足も鈍い。現実には、おそらく地方のいくつかの学校の教育はパリと同じくらいしっかりしたものだったろうが、パリの教育のほうがより華々しかったのは確かである。

　そして、それは容易に理解できる。地方と同じくパリの中等学校も監獄みたいなものだが、もっとも騒々しい混乱の真っ只中に置かれた監獄である。生徒たちが教室や自習室にいるとき耳を澄ませば、壁の向こうには都市の喧噪が聞こえる。日中は仕事に向かう群衆の急ぎ足の響きであり、夜は行きかう馬車や、目覚め疾走する快楽の物音である。パリはいつでも喧しく、中等学校はあらゆる方向から現代的活動の荒々しい衝撃におそわれる修道院に似ている。そして外部の空気はどうしても中に入ってくる。扉や窓を閉めたところで、過熱した生活の息吹が入ってきて、教室に充満するのだ。エクスの中等学校のようにタイムやラベンダーのかすかな香り、ひとを鈍くし眠りこませるような心地よい空気を風が運んでくるわけではない。そこにあるのは科学と芸術の熱気であり、人々はそれを呼吸し、それに酔うのである。したがって、生徒たちは温室にいるように成長する。早熟で、開花が早い。

　パリの中等学校生はすでに小さな大人である。外出日には大都市の生活に染まり、葉巻をくゆらせ、芝居を見物し、女に色目をつかう。カフェのテーブルに座り、辻馬車に乗ってブーローニュの森を散策し、あらゆる好奇心を満足させる。夜になって寄宿舎に戻れば、ポケットには女優の写真がいっぱいだ。翌日の休み時間には、シャン=ゼリゼであの娘を見かけたとか、有名な役者の誰それといっしょにアブサンを飲んだというような話を仲間に吹聴する。彼はどんな話題にも通じている。美術館、有名人、パリの労働者地区、そしてパリの歓楽街を知悉している。こうしてパリを歩き回る彼は、いわば都市そのものを自分の靴底に縫いつける。共同寝室でベッドに入れば、辻馬車の最後の響きを聞くだけで今何時か分かるし、芝居がはねる時刻や、労働の都市が眠りに就く一方でこれから始まる夜食も想像できる。

そのうえ生徒たちは、こっそり寄宿舎に持ち込まれる新聞や本を読む。どんな生徒にも——怠惰な生徒の話である——通学生が持ってくる新聞がある。朝の授業はすべてその日の新聞を読むことに当てられるので、中等学校は街路とまったく同等だ。パリでなにか事件が起きれば、その知らせが学校の奥にまで届く。犯罪や、政治的な破局や、著名人の死があれこれ論評される。流行の小説となればひそかに回し読みされ、奇妙な社交教育を完成させる。そのせいでパリの中等学校生は特殊な生徒となり、地方に住む成熟した大人よりも人生をよく知っていたりする。

パリの中等学校生が自分たちの成長する環境のおかげで洗練されるとすれば、他方で彼らは、地方の教師よりはるかに広い知性を備えているすぐれた、ときには有名な教師から学んでいるということは、付け加えておくべきだろう。パリの教師がカリキュラムにたいしてより自由な態度を取っている、ということではない。大学の精神はどこでも同じだ。違いは単に、教師の権威と教え方の明晰さにある。教科は同じだし、パリでも地方でも教師が定められたカリキュラムから外れて現代の問題を論じることは稀である。ただしわれわれは修辞学級で、この困難を克服した教師に習った。その先生は授業中は古典作家しか論じなかったが、授業が終わって生徒たちが一時教壇のまわりに集まると、しばしば同時代の作家や、パリで評判になっている作品や戯曲について自分の意見を述べたものだった。それは非公式なものだったから、先生のほうもいつもの堅苦しさは捨てていいと思っていた。

私の考えでは、パリの大きな欠点は一クラスの生徒数が多すぎることである。エクスの中等学校では、

19 世紀末の中等学校の授業風景

先生たちが生徒の半分を怠けるままに放置しておいた。サン=ルイ校では、自分の目の前に座っている六十人の生徒のうち、教師がきちんと面倒を見たのはせいぜい十五人くらいだった。他の四分の三の生徒は好き勝手なことをしていたし、教師は彼らを罰することがなかった。パリでは教師が生徒を罰することはほとんどない。私が言っているのは、その多くが警官の役割など演じようとしたがらない教師たちのことである。彼らは授業をするのであり、それを活用できない子供にとっては残念だがしかたない。私は事情をよくわきまえたうえで語っている。というのもすでに述べたように、私は劣等生になったし、宿題をひとつもやらず、課業をひとつも覚えなくても何週間ものあいだ罰を受けなかったことをよく覚えているからである。教師はわれわれ劣等生のことを忘れ、われわれは彼にとって存在しないも同然だった。偶然われわれに質問することがあってもどうせ答えられなかったから、教師は誰にも聡明であることを強制する気などないひとのように冷淡なようすで、次の生徒に移るのだった。

生徒の数は二十人を超えてはならないと思う。クラスを分けて、生徒二十人ずつのグループに教師をひとりつけるべきである。そうすればきっと教育水準は上がるだろう。大多数が何もしたくないと思っている六十人ほどの腕白小僧を、たったひとりの人間が良心的に指導することなど不可能である。

これまで述べてきたことから、パリの中等学校生の精神が地方の中等学校の精神とはまったく異なるという結論が容易に導きだされる。子供たちを見ると、親が上品であることが感じられる。彼らの精神はより節度があり、まっとうで、とりわけより洗練されている。パリの中等学校では地方ほど汚い言葉を耳にしなかったし、そこでは悪徳さえ一種の気品がある。もちろん、パリ的な見てくれの下で邪悪な本性まで異なると言うつもりはない。ただ外観はやはり魅力的だし、成長していく中等学校生のうちには、将来舞踏会でコティヨン〔ダンスの一種〕をリードすることになるだろう美青年が看取される。

最後に、いくつか重大な考察を述べておきたい。

中等学校での学業を終えた青年の知的水準はどれくらいだろうか。まず、フランスのバカロレアがどういうものか知っておく必要がある。生徒は修辞学級と呼ばれるものを修了したとき、卒業試験を受ける。一般に試験はそれほど厳しくなく、七年間で教えられたすべての教科を対象とし、筆記試験と口頭試問からなる。しかし試験というものがすべてそうであるように、公平という点に関して言えばこの試験にも欠点がある。口頭試問の場合、与えられた五分間で生徒が自分の本当の知識をきちんと示すことはむずかしいし、しかも試験は、生徒がくじで引いた用紙に記載されている問題だけに限定される。かくして、バカロレアとはまったくのくじ引きにほかならない。劣等生が偶然のおかげで試験に合格した例や、その逆の例を私は見たことがある。試験官自身も特に厳しいわけではない。バカロレアに合格するのはむずかしいことではないのだ。

こうしてバカロレアに合格した若者は、それから何をするのだろうか。いくつかの道が開かれている。大学の法学部や医学部に入学できるし、あるいはさらに勉強を続け、たとえば高等数学を勉強して理工科大学校《ポリテクニック》に入ることもできる。この場合、バカロレアは単なる一段階にすぎず、生徒が通過すべき必要な手続きと見なさなければならない。フランスでは今でも、すべてが資格にもとづいている。立派な地位に就こうと思えば、大学教育を受けなければならないのである。だがそれはこの問題の興味深い側面ではない。私はバカロレア合格者自身を考察し、本人がバカロレアで終わってその上に進まないときどうなるのか知りたい。

ここで古典教育の空しさが感じられる。バカロレア合格者は現代社会ではまったく無用の歯車にすぎない。中等学校で七年過ごし、あらゆる知識の初歩を学んだというのに何の役にも立たないのだ。飢え死にしないだけの個人的な財産がなければ、舗道の上で寒さにぶるぶる震えることになる。彼の知識とはすべて一般的な概念だけで、実践的な指導は受けたことがない。彼は帳簿をつけることができないし、手紙ひとつ満足に書けないし、役所や工場で何かの役に立つこともできない。そしてもっとも滑稽なのは、まったく無益な概念だけをたくさん知っていること、要するに、教育の必要部分は得られずに、その贅沢な側面だけを熟知しているということである。この見事な成果を得るために、彼は七年間も費やしたのだ。さらに続けて大学の課程に進学し、他の段階を上っていくことができなければ、彼は最初の努力を無駄にし、いわば半可通のままなのだ。そうなれば身につけたいくらかの学問に身を助けられるどころか、それに邪魔されてしまう。

いずれにしてもバカロレア合格者は、何とかどこかに落ち着く。たとえば役人になる。これはうだつの上がらない仕事で、数年後に彼らはすっかり愚物になってしまう。資格を捨て去り、帳簿の付け方を習いはじめて人生をやり直すひとたちもいる。そういうひとたちは商売の世界に入り、いくらか勉強したギリシア・ラテン語を忘れ、一般に最後は成功する。もっと哀れな人々がいる。私が知っているひとのなかには、職を求めて会いに行った小商人がバカロレア合格者という資格に怖れをなすので、資格を隠さざるをえなかった者もいた。

こうしたことから得られる教訓は、教育はもっと実践的になるべきだということである。十歳の子供を引き受け、十八歳まで中等学校に閉じこめ、それから放り出すというのは犯罪的だ。子供のほうは怖れおののき、太陽を前にして目をしばたたき、これから入っていく世間のことなどまったく知らないのだ。単なる文学的、科学的な思索のために、哀れな人間の青春をこのように無駄にし、取り去るべきではない。もちろん、ギリシア・ラテン語のような死語によって知性を磨けるということは私も認める。しかしそれと同時に、生きた世界のことも考慮すべきであろう。中等学校で子供たちに手仕事を教えるよう提案する改革者がいるし、それも悪いことではない。たとえそこまで極端なことを言わないまでも、学校のカリキュラムに実用的な知識を入れてほしいという希望は表明してもいいだろう。それによって、修辞学級以後は勉強を続けない青年たちも人生を切り抜けられるはずである。

現代フランスの公立中等学校や国立中等学校は、バラしか栽培しない庭のようなものだ。もっぱら子供たちの知性を発達させるという楽しみのために、知性を発達させている。子供たちは学ぶために学んでいるのであり、それ以上のことではない。バカロレアに合格しても、さらに最後の知識を身につけるための準備ができたにすぎない。彼らの精神はいわば長い間にわたって耕されてきた畑であり、いよいよそこで収穫を期待できるというわけだ。現状のままであれば彼らはいつまでたっても無学な人間だから、これから本当の教育を始めるのである。中等学校七年間の課程を修めなかった人々の知的な苦境に気づいたことがあるだけに、この最初の開墾作業が必要だということを私は否定しない。ただ繰り返して言うが、この精神の体操にあまりに多くの時間を費やしているし、男にふさわしい教育はもっと早く成果をあげるべきだと私は思う。

(『ヨーロッパ通報』誌、一八七七年三月)

ジャーナリズム

フランスの新聞・雑誌

パリの新聞・雑誌は外国でほとんど知られていないと聞いた。隣国ではフランスの雑誌や新聞はかなり熱心に読まれているが、その舞台裏はまったく知られていない。外国人は雑誌や新聞がどのように刊行され、どれだけの意義を有しているのか知らない。それで私はこの便りで、この問題を論じようと思い立った。まずパリのジャーナリズムの舞台裏を概観してみよう。

I

この五年間に、フランスの新聞・雑誌は重大な危機を経験した。ルイ＝フィリップの時代〔七月王政、一八三〇―四八〕の新聞コレクションを通読してみると、判型が小さいのに記事が長いという不釣り合い、論じられている主題がほぼ同じだという事実に驚く。当時のフランスの読者はあまり要求が高くなかったことが感じられる。読者が求めていたのはその日の政治にかんする論説、連載小説、三面記事、そして文壇ニュースだった。それは静かで忍耐強い読者であり、一時間でも早くニュースを知りたいと急ぐでもなく、タイトルから広告まで新聞全体を丹念に読んでいた。

この時代はフランスのジャーナリズムのまさしく黄金時代だった。首都から遠く離れたいくつかの地方ではまだ鉄道がなかったので、パリで出た新聞を三日後に読んでいたものだ。それが当たり前と考えられていたし、誰もそれを不快に思わなかった。現在であれば、三日前に出た新聞など古くさいから、包装紙にしか役立たない。交通の障害が、静かに落ち着いて生きるジャーナリズムを心地よく揺らしていた。最新の外電が朝から読者大衆を不安にすることなどなかった。重要な事件が確認されるまでには一週間必要だったからである。村によっては、月曜日の新聞がまる一週間その価値を失わなかった。当時はある種の無気力が国中に広がっていたのであり、ジャーナリズムにたいする読者大衆の態度は家父長的だった。

こう述べたからといって、揶揄するつもりはまったくない。良い時代だったということである。ジャーナリズムの歩みが遅かったにしても、その上品な歩みがジャーナリズムにより大きな自尊心を植え付けた。もっぱらニュースだけでもつ新聞・雑誌はまだ誕生していなかった。各新聞は、みずからが代弁する見解のおかげで存続していたのである。読者はその見解に同調するから新聞を定期購読し、定期購読者はその新聞を信頼していた。読者と編集者のあいだには密接な繋がりがあり、定期購読者のリストはいわば、その新聞が代弁する党派の枠組みに対応していた。こうした信条の共通性が新聞にもたらした堅固さがどれほどのものだったか、今では想像することもできないだろう。

新聞を一部ずつその場で売るというやり方はほとんど存在しなかったから、新聞が広場に散らばったり、通りすがりのひとの手に渡るということもなかった。一部ごとに特定の読者に配達され、家族つまり定期購読者の大家族の枠から出なかった。編集者は少数で、わずかの考えだけで満足し、一定の思想を擁護していた。各新聞が信者であふれかえる神殿のようなものであった。最終的に採択され、称賛に値するほど辛抱強く貫かれる方針があって、突風のようにやって来ては自分の武器をいきなり発砲してその方針を混乱させる、義勇兵のような編集者が入り込む余地などなかったのである。

いくらか堅苦しく、目先の利益を考えなかった昔のジャーナリズムとはこのようなものだった。ジャーナリズムはみずからが代弁する政治集団や文学集団から力を得ていた。

しかし、徐々に別のジャーナリズムが形成されていった。事実によって引き起こされる変化は緩慢だった。鉄道と電線が距離を消滅させるにつれて、読者はますます要求が高くなる。他方で、生活は熱に浮かされたように激しくなり、飽くことを知らない好奇心が抗いがたく読者大衆の心をとらえる。こうしてニュース新聞が誕生した。新聞は特定の見解を表明する機関紙ではなくなり、何よりもまず三面記事と日常生活の細部を語るようになった。時評欄が幅をきかせ、すべての紙面を満たした。この波の侵入を前にしては論説も影が薄くなったことは言うまでもなく、ついに意見ではなく事実が新聞の主要素となる日が到来した。そうなれば、重要な事件を論評するにも二段あれば十分だし、ときにはスペースがなくて論評が削除されてしまうこともある。問題はニュースをいかに配分するかであり、新聞に必要なのはもはやさまざまなニュースを切り取ってくるための鋏だけだ。

私はニュース新聞を非難するつもりはないし、存在理由があることも認める。それがフランスで驚異的な成功を収めているのは、必要性が感じられていたからである。この種の新聞はアメリカからやって来たというひともいる。そうかもしれないが、フランスではニュース新聞は読者大衆によって創られたのだということは付け加えておくべきだろう。それは読者の欲求を満たすため、徐々に発達したものだ。私はそのつつましい発展を見てきた。まず新聞は新たな欄をいくつか設け、定期購読者の好奇心が求めるのに応じて、日常のゴシップ欄をしだいに重視するようになった。やがて新聞はいたるところに侵入した。今や厚かましいことが新聞の原則となり、新聞が入り込まない領域はない。新聞はすべてを知り、すべてを語ろうとする。

それが悪の根源なのだ。確かに、かつての新聞、やり方の冷静でいかめしい新聞が新たな社会を表現することはむずかしい！　しかし変化が大きすぎて、ジャーナリズムは威厳を喪失した。記事を書くのに考える必要がなく、すべて事件の下品な露骨さで代用するというのはあまりに安易であろう。現在では才能ある人間を新聞に引きつけるのではなく、二十人ほどの記者を街に派遣すればそれで十分なのだ。記者たちは帰ってくるとニュースの包みを開け、それで新聞はできあがりというわけだ。少し長い記事となると、誰も読まないという理由で削除される。普通の出来事にかんする五、六十行の記事、一般的な考察など抜きの、何か単純で目的に向かって直進するようなものがほしい編集者は、文学的スタイルの記事には怖れをなす。今日では、才能ある者が頭角を現すことは困難になってしまった。思想をいくらか詳しく展開させることが禁じられているのだ。ニュースばかり詰め込まれた読者は、それ以上中味の濃い食べ物には耐えられない。それに日々の事件を報道しさえすればいいのに、該博な教養や思考など何の役に立つというのか。それゆえ、編集部はまさしく遊撃隊になってしまった。協力者がひとり現れると、別のひとりが去って行く。もはや確固たる信念など求めはしない。かつて新聞の編集部を構成していた同質の集団は雑多な群れに、文字どおりのバベルの塔に取って代わられた。そこでは各々のジャーナリストができるだけ騒ぎ立てて、読者大衆の注目を引きつけようとしている。規律が消滅し、それとともに新聞の道徳的な力もなくなった。

新たな新聞の特徴は、それがとりわけ一部ずつ売られているということである。たとえば『フィガロ』紙の場合、特に毎日新聞を買うことが容易でない地方に一定数の定期購読者がいるが、パリでは一部売りが主要な販売方法である。ニュースを通読し、しばしば一ページ目をめくりさえしない通行人が買っていく。あまり真剣でないこうした読者大衆は、新聞がまさしくひとつの制度であったかつての地方の定期購読者とは大きく異なる。『シエークル』紙や『コンスティチュシオネル』紙を、創刊当初から定期購読していた地方の弁護士や公証人を私は知っている。彼らは屋根裏部屋いっぱいにこれらの新聞を全号そろいで持っていた。三十年におよぶ購読の習慣で結びついた新聞の帯封を切り離すときの彼らの恭しい態度は、まさに一見の価値があった。

現代のパリの新聞について語る前に、以上のような歴史的概観を述べておくのが不可欠だと私は考えた。さもなければ、現代のいくつかの新聞の特質を説明することがきわめて困難になろう。それに昔からある新聞と新しい新聞の境界線がそれほどはっきり引かれているわけではない。昔からある新聞は若返ったし、新しい新聞は古い新聞に見られたような堅苦しい様相をまとうようになってきた。その辺の事情をすべてこれから解説してみよう。

II

〔穏健で上品な新聞として『ジュルナル・デ・デバ』と『タン』について説明しているが、省略する〕

III

〔昔からあるが現在では影響力を失った『シエークル』、『コンスティチュシオネル』、『プレス』、ボナパルト派の新聞『ペイ』と『オルドル』、正統王朝派の新聞『ユニオン』と『ユニヴェール』、そしてオルレアン派の新聞『ソレイユ』などにかんする説明がなされるが、省略する〕

IV

さていよいよ私の論考のもっとも興味深い部分、もっぱら情報だけで成り立っている新聞に関連する部分に入るとしよう。これらは現代ジャーナリズムの大きな動きを示してくれる新聞である。『フィガロ』紙はこの種の新聞の典型である。その役割と意義をよく理解するためには、数年後戻りしなければならない。帝政下の一八六五年、『フィガロ』は週に二度発行される純粋に文学的な機関紙だった。当時すでに編集長だったヴィルメッサンがスキャンダラスで、皮相で、過激な編集方針を採用し、それが今日の成功をもたらした。この頃すでに、『フィガロ』はカフェでよく読まれており、もっとも饒舌で突飛なパリの作家たちが寄稿していた。帝政末期の一八六六年、ヴィルメッサンは日刊新聞にこそ未来が開かれていることを悟り、『フィガロ』を放棄することなく、毎日出る十サンチームの文学新聞『エヴェヌマン』紙を創刊した。付言するならば、『フィガロ』は三十五サンチームしたので、一部ずつ売るというやり方には不都合だった。その年の間中ずっと、『エヴェヌマン』の成功はきわめて大きく、四万部以上発行されていた。しかし政治新聞ではなく、きわめて激情的な作家を寄稿者にしていたから、いくつかの訴訟沙汰に巻き込まれ、最終的に発禁処分となった。そこでヴィルメッサンは伸び悩んでいた『フィガロ』を日刊紙として再スタートさせる決心をし、政治新聞に変える許可を取りつけたのである。(1) 要するに、現在あるような『フィガロ』にしたというわけだ。一八六八年のことである。ヴィルメッサンにとって小手調べとなった『エヴェヌマン』紙と合体したのでなければ、『フィガロ』はあれほど大きな新聞になれなかっただろう。

『フィガロ』はたったひとりの人間の刻印を帯びており、それが大成功のもとになっている。ヴィルメッサンの個性がすべてそこに映し出されている。その個性はもちろん凡庸なものではない。饒舌で、自分のプライベートなことを好んで公表し、汚れた下着を街路で洗うのが好きというような性格で、絶えず読者に語りかける――そしてそれが読者を大いに喜ばせる――ヴィルメッサンは、何よりもまずパリの歩道の人間である。みんなと知り合いで、みんなに笑いかけ、あちこちで握手する。成功に酔いしれ、たとえ自分の公然たる敵でも自分の道を切り開いた者にはけっして反感を抱かない。そのうえ彼はかなりがさつで、噂話が大好きだ。気質的にお喋りで、他人からこっそり聞いたことを大声で話す。彼の肖像の仕上げになるのは、彼の精神、言いたいことは遠慮せず何でも言うセールスマン的な精神である。彼は何事にも驚かないし、何を前にしてもたじろがず、どうしても成功したいと思う人間がそうであるように平然と前進する。本質的に邪悪な人間ではなく、何よりも自分の新聞を愛しているのだ。ときには寄稿者にたいしてとても親切に振る舞う。人間性の欠点を知悉し、それを利用する投資家のように無頓着に生きている。そしてさらに驚くべき宣伝能力と、太鼓を叩いて自分のまわりに野次馬を集めるきわめて特異な器用さを備えている……。それがヴィルメッサンだ！

『フィガロ』がどういう新聞かお分かりだろう。この新聞はとりわけ噂話でもっているのであり、毎朝噂をまき散らし、それがパリの町を一周する。そこでは不謹慎が芸術の域にまで高められ、人々はスキャンダラスな出来事を知るためにこの新聞を読む。それに『フィガロ』には機知が欠けていないから、もっとも危ういことでも容易に報道される。もし愚かな新聞だったら不愉快このうえないだろう。それだけでこの新聞がなぜ成功しているか理解できる。読者のほうは、『フィガロ』が明らかに読者を喜ばせようと努力していることに感謝しているのだ。かつてヴィルメッサンは、少なくとも月に一度は購読者と話し合いをもち、それから驚くべき方法を思いついた。読者にオレンジや、腕時計や、香水をプレゼントし、おかげで読者の好奇心が維持されたのである。こうした手法の意義をよく理解するためには、たとえば『ジュルナル・デ・デバ』紙の独断的で没個性的なやり方を想起すればよいだろう。『フィガロ』はそれとまったく反対である。個性にあふれたこの新聞は絶えず「私」と言う。前面にしゃしゃり出て、読者をみずからの台所に招き、街路で暮らしている。寄稿者たちの文体もまた特殊だ。彼らは軽薄で、断定的である。パリの名において論じ、すべてを知っているとうそぶき、反論を許さない。一家の主たるフィガロ、皆をうんざりさせ、苛立たせ、何時間も喋りまくり、あらゆる悪戯をし、誰にも敬意を払わず、成功の前では膝を屈するスペインの理髪師フィガロ〔十八世紀の作家ボーマルシェの戯曲に登場する人物〕は、確かに新聞の名称として選びうる最良の看板である。『フィガロ』を読むたびに、私の耳には思わず祭りの音楽や、群衆を引きつけ熱狂させる大道芸人の声が聞こえてくるような気がする。

最初の数年間、ヴィルメッサンは実際のところかなり苦労した。全身全霊を傾けなければこのような事業を立ち上げることはできない。いわば彼は窓から金を捨てて、それが扉から戻ってくるようにしたのだ。たとえば、寄稿者の報酬を大幅に上げた。一年に二万五千フランも支払われる時評欄担当者もいた。二十行の記事にたいして三、四百フラン出した。当時のジャーナリストの報酬は低かったから、この金額は途方もないものに思われていた。ヴィルメッサンは三面記事欄に配慮した最初の人間である。パリの町に十人ほどの若者を派遣してあらゆる種類のニュースを集めさせ、それを一行につき高額の値段で買い取った。ニュースはそれから編集者の手にまとめられ、読者に提供された。こうして新聞のすべての部分に並々ならぬ心遣いが払われた。ヴィルメッサンが望んでいたのは、読者が新聞を隅から隅まで、タイトルから刊行者の名前まで読むことだった。広告が半ページを超えると、読者はそんなものに関心がないと言って不満の色を隠さなかった。花火のような効果を生みだす思いがけない記事や号外など、読者のために快い驚きを発明した。彼の格言のひとつによれば、必要な常任編集部のなかに、読者の関心を刺激できるような新しい要素をときどき取り入れ、単調さをうち破らなければならない。読者は彼の子供みたいなもので、彼はあらゆる方法で読者を甘やかそうとした。『フィガロ』が大きな人気を博しているのはそのためで、パリでもっとも良く書かれた新聞だという評判は正当なものである。

しかし事情は大きく変わった。もっとも堅固な意志でさえ鈍らせてしまうことが、成功につきまとう宿命である。現在の『フィガロ』は、かつて読者を獲得するために払った努力の果実を摘みとっているにすぎない。今や五万部以上も売れているのだから、そのうえ苦労して何になろうか！　繁栄に恵まれたヴィルメッサンは吝嗇になったのだろう。寄稿者にもはやかつてほど高い報酬を支払わないし、新聞の刊行にはできるだけ費用をかけずに、なるべく多くの利益を上げようとしている。新聞にあまり多くの宣伝広告を載せることを嫌がっていた時代は、すでに遠い過去のことだ。今では『フィガロ』全四ページのうち〔当時の日刊新聞はおおむね四ページから成っていた〕、一ページが広告に占領されていることもめずらしくないし、厳密な意味での編集部の役割はしだいに小さくなっているように思われる。ヴィルメッサンはさらに新たな広告手段さえ見つけた。広告により多くの紙面を割くため、週に一度八ページの号を出すのである。しかし最悪なのは、新聞の文章がだんだん下手になっていることだ。そこにはもはや意外なものは何もなく、いつも同じ話で、編集は無味乾燥で単調だ。あらゆる号が似たり寄ったりで、どの号もひどく空疎である。そして『フィガロ』のいわゆるニュースというのは、飽きるほど聞かされた架空の作り話にすぎない。ニュースが三つあれば二つは常に虚報で、もうひとつは疑わしい。この新聞は毎日のように矛盾したことを報道せざるをえない。ある種のニュースの酔狂さに較べられるのは、そのニュースを読者に提供するときの平然とした厚かましさだけである。図々しさが誠実の代わりとなり、どんなに醜悪なことでも何の後悔もなく印刷される。

　成功の力がどれほど大きいか見てみるがよい。『フィガロ』の文章がかつてほど良くないこと、五号のうち四号は馬鹿げた話しか載っていないことは誰でも知っている。それでも、今やパリの悪徳のひとつになったこの新聞を読者が買う妨げにはならない。誰もが自分の悪徳と折り合いをつけ、それを維持しているものだ。もっとも熱心な読者はまさに、もっとも厳しくこの新聞を批判する者たちなのである。これは確固たる栄光のもつ威力をまざまざと示す興味深い一例にほかならない。多くのひとが私に言う。「しかたないじゃありませんか。『フィガロ』はしばしば空疎で、そこで報道されていることの半分は信じてはいけません。しかしそれでも、ときどき日常生活について情報を提供してくれる唯一の新聞なのです。それに私は『フィガロ』を読む習慣が身についているし、特に意識せずに読んでいます。朝この新聞に目を通さないと何か物足りないのですよ」。これが現在『フィガロ』が成功を博している本当の理由なのである。

さてここで、フランスの名誉に関係する問いに答えなければならない。この新聞の影響力はどれほどのものなのか？　政治的影響力はゼロに等しいと私は断言できる。この新聞が選挙である候補者を支持すると、そのひとはかならず落選する。『フィガロ』はフランス全体が軽蔑の念から肩をすくめるような、ごまかしと根拠のない冗談からなる気紛れな政治を推進する。強いのは宣伝広告の分野だけで、何かの出来事をパリ中の人々に知ってもらいたければ、この新聞でわずか二行そのことに言及すればいいのである。もっとも広く流布している新聞だから、『フィガロ』が流した噂はもっとも速く広がる。本も化粧水も同じくらいに売り出せる唯一の新聞なのだ。だが繰り返すならば、この新聞は何も、そして誰も後押しすることができない。それ自体があまりに非道徳的なので、何であれ道徳的な力を付与することはできない。数多くの人々に読まれ、しかしまったく信頼されないというのがこの新聞の宿命なのである。

私が特別に厳しいわけではない。時が経って『フィガロ』の歴史を書く歴史家は、おそらくもっと厳しい判断を下すことだろう。この新聞の影響はまったく嘆かわしいものだった。凡庸な者たちの成功を助け、偉大な才能の持ち主たちを侮辱することによってパリの文学の質を下げた。この新聞が汚辱にまみれさせなかったような傑出した人間はひとりもいない。また『フィガロ』は悪徳を喧伝することによって、道徳的頽廃を引き起こす大きな要因になった。政治の領域においては、影響力がないにもかかわらず、常に自由を抑圧するようそそのかし、進歩派の人間にたいしては暴力さえ用いた。

『フィガロ』の成功は当然のことながら模倣者を生みだすことになった。そのなかでは『ゴーロワ』紙[2]だけがこの強力なライバル紙と同じ地位を保つことができた。第二帝政末期に創刊された『ゴーロワ』は当初いろいろな困難を経験した。しかし編集長のタルベ・デ・サブロンはとても賢明で、エネルギッシュな男で、ヴィルメッサンと同じくらい情熱をこめて自分の新聞のために尽力したので、ついに成功を勝ちえたのである。その間に帝政は崩壊し、正統王朝派の見解を広める『フィガロ』と異なる党派色を出すために、『ゴーロワ』はボナパルト派に与し、同時に今後は文学に大きな比重を置くと告げた。この新聞の独自性と成功はもっぱらパリ的な性格に由来している。これは新刊図書目録と巻頭記事を毎日載せるパリで唯一の新聞であり、現在では文章も『フィガロ』よりはるかに良い。しかしその成功は『フィガロ』ほど大きくない。発行部数は一万部を超えないだろう。情報収集における『フィガロ』との闘いはきわめて興味深い様相を呈しており、なんらかのニュースを最初に発掘したほうが勝ち誇るのである。ある犯罪者をめぐって両新聞が競争し、記者を警官に変えて、司法機構より早く真実を明らかにするようなこともある。毎月のように両者のあいだに諍いが発生するし、パリの町でライバル新聞よりも前に死体を発見するという幸運に恵まれたほうの新聞が見せる、得意満面の誇りほど滑稽なものはない。そのうえで政治的・道徳的な観点から言えば、『ゴーロワ』は『フィガロ』と同じくらい下劣である。

大衆新聞として、やはり『フィガロ』と対抗するために創刊された『エヴェヌマン』紙にも言及しておこう[3]。ただしこの企図は失敗した。編集長マニエはうぬぼれが強いと同じくらい無能な男で、自分の新聞を救うためにはもっとも過激な共和派の見解を唱導するのがいいと考えた。しかし彼にはまったく権威がないし、ほとんど読まれていないこの新聞がどうして生き延びているのか私には理解できない。

V

次に、近年めざましい成功を収めた新聞のひとつについて述べておこう。『ラペル』紙のことで、これは『フィガロ』と同じくらい流布しているが、その歴史はまったく異なる。

第二帝政末期に、ヴァクリーとムーリスを中心とするヴィクトル・ユゴーの忠実な同志の小集団が、『ラペル』を創刊することにした。巧みなやり方だった。彼らは抒情趣味と極端なロマン主義にもかかわらず、本質的にきわめて慎重だった。新聞が自由を取りもどしたのを利用して、反帝政の勢力を築こうとした。この新聞は一八六九年の暮れから出るようになったが〔実際は一八六九年五月四日に創刊された〕、それは政治的に沸騰している時期でタイミングが良かった。そして新しい機関紙の創立者たちは独創的な思想を表明した。ただ繰り返すが、帝政の最後を彩ることになる劇的な事件の前夜という、きわめて好都合な創刊時期が『ラペル』の成功に大きく貢献している。新聞はいつでも、国が混乱している時代に栄えるものだ。ナポレオン三世の失墜がこの新聞に役立ったと主張しても、間違いにはならないだろう。別の時期であれば、あれほど急速に発展しなかったはずである。

新聞の創刊者たちが考え出した方法とは、まばゆいばかりの文体と機知を備える第一面にすべてを従属させ、残りは適当に紙面に投げ込むというものだった。『ラペル』は政治的な機関紙だが、編集者たちは堅苦しく衒学的な新聞にするつもりはなかった。そこで政治欄は廃止され、その代わり第一段にはみごとな論争記事を掲げ、その後には、形式は気紛れだがじつは矛先鋭い攻撃が隠されているような二、三篇の記事が掲載された。こうしてきわめて洒脱で、機知に富み、読みやすい第一面が生まれた。ヴァクリーとムーリスが何よりもまず文学者だったということは認めざるをえない。彼らは政治をもっぱらすぐれた文体の観点から、読者の目を楽しませるために文飾をまとい、演劇的なやり方で提示されるものと考えていたのである。当然この第一面は彼らの担当で、彼らと同じく詩人で空想家である二、三人の才能ある寄稿者の協力を仰いだ。彼らは自分たちに高額の報酬が出るようにした、という噂もある。残りの三ページは当初から、給料の安い無能なひとたちに任され、彼らが新聞を適当に料理していた。『ラペル』ほどニュースの少ない新聞はなく、しかも寄せ集めのニュースしか載せない。パリの噂話、法廷通信、演劇欄などはまったくぞんざいに扱われている。新聞は第一面だけが輝いており――それで十分だった。

四、五万部の発行部数を誇っていた『ラペル』の大成功の理由は、きわめて特殊なものである。すでに述べたように、この新聞は良い時期に発刊された。しかしそれだけではない。最後のロマン主義者たちの機関紙であるこの新聞は、まさしく読者大衆が必要とするような政治言語を語っていたのである。人々は冗談に、ヴァクリーとムーリスをヴィクトル・ユゴーに仕える「二人の侍臣」と呼んだ。彼らはユゴーの栄光に身を捧げ、みずからは星から発するいくらかの輝きだけで満足した。頑迷なロマン主義者、ヴィクトル・ユゴー自身よりもロマン主義的で、激しい抒情をいっそう誇張し、ロマン主義のうちに世界の救済を見ていた。しかし今やロマン主義の流行は過ぎつつあるし、その信望者の群れも日々減っている。ロマン主義的な作品は劇場も新聞も取りあげなくなってきているし、読者のほうもしだいに関心を失っている。それゆえこの小集団はひどく不安だったし、おそらくそれでヴァクリーとムーリスはジャーナリズムの世界に飛び込んだのであろう。実際、他の手段でもはや金を稼げないのなら、どうしてジャーナリストになっていけないことがあろうか？　その日、ヴァクリーとムーリスは確かに天才的なひらめきを持ったのである。

そうなのだ！　ロマン主義の虚栄心はこうして羽根飾りや、鮮やかなぼろ着や、強烈な対照法を振りまわす絶好の機会を見つけた。そうしたものはすでに演劇や小説で使われていたが、政治はそうした美辞麗句や金箔を一度も用いたことがなかったので、群衆は驚き、魅了されることになった。この成功を理解するためには、フランス国民をよく知らなければならない。フランス人はいまだに美しい比喩を好む大きな子供であり、通俗劇や、豪華な衣裳を身につけて絶望のあまり腕をよじる役者が好きなのだ。『ジュルナル・デ・デバ』紙や『タン』紙や『レピュブリック・フランセーズ（フランス共和国）』紙をフランス人に読ませても、ほとんど理解できない。まじめで深刻な政治には嫌気がさし、退屈するのだ。フランス人には比喩に富んだ政治が必要なのであり、『ラペル』はまさにフランス人が必要としている新聞である。ヴァクリーが激しく体を動かし、芝居のように怖ろしい目をむき、大声を張り上げながら主役を演じるのを目にするとき、読者大衆はまるでポルト＝サン＝マルタン劇場にいるような気がしてくる。大衆は劇場で上演されるこの種のロマン主義の芝居には食傷していたが、それが新聞に取り入れられると再び関心をよせる。編集者がポーズを取り、誇らしげにペンを振りまわしながら名優の技で長台詞を口にすればいいとなると、聡明で念入りに推敲された議論や記事など何の役に立とうか。『ラペル』が成功を収めたのはもっぱらそのためである。

ムーリスはずいぶん前に表舞台から退いたが、ヴァクリーのほうは今でも果敢に活動し、新聞を代表する顔である。確かに彼には才能が欠落していないし、みごとに論争もする。しかし華やかさと機知以外のものは要求しないようにしよう。いまだに詩人で劇作家である彼は、文学の方法と極端なロマン主義を政治の領域に移しかえたにすぎない。彼はあらゆる情況を芝居がかった仕草や、一時の沈黙や、注意深く選んだ言葉によって表現する。実のところ、彼は採掘する金の鉱脈を見つけた巧妙な男なのだ。ヴァクリーはしばしば下院議員になるよう勧められたが、ジャーナリストとしての多大な利益に固執してその勧めを断ったらしい。


不敬にもヴィクトル・ユゴーの店と渾名されるこの『ラペル』ほど閉鎖的な党派はない。そこではロマン派の小集団が専制君主として君臨している。八年前にムーリスの客間で思いつかれたこの新聞は、それ以降ごく少数の寄稿者だけで運営されてきた。一度発刊されたら、新聞の扉には鍵が掛かってしまったのである。巧みに中に入り込んだ稀なひとたちにしても、初めのうちはもっとも目立たない役割を果たさなければならなかった。『ラペル』はヴィクトル・ユゴーの公式の機関紙だから、まず彼の前にひれ伏し、それから熱狂的なロマン主義を標榜する必要があった。とりわけ、才能がありすぎて主人たちに脅威を感じさせてはならない。主人たちは『ラペル』の輝く星であり続けようと望んでいるから、みずからの輝きを失わないために自分の側には凡庸な人間しか置かない。したがって彼らの従順な奴隷の立場に甘んじる者しか編集部の中に入れない。彼らは自分の家に収まっており、専制君主のように君臨したいのだ。

『ラペル』は定期購読料と新聞の店頭売りに文字どおり革命をもたらした。一部の値段は十サンチームで、これが『ラペル』の成功に大きく貢献している。そして定期購読者の半分を奪われた『シエークル』紙がもっとも深刻な被害をこうむった。パリ中の人間がみんなこの新聞を読む。なんとも巧妙なことに、『ラペル』は急進的民主主義の機関紙のひとつと見なされながら、常に官憲の訴追を免れてきた。ロマン主義的なやり方、誰も重視しない単なる形式上のやり方でうまく切り抜けるのである。この新聞はあらゆる問題をめぐって羽根飾りを揺り動かし、民衆は喜び、政府はにやにやするだけだ。

『ラペル』の成功はまったくロマン主義によるものなので、次に比較対照のために『ビヤン・ピュブリック（公共の利益）』紙が徐々に発展してきたことに触れよう。(4) 数年前に創刊されたこの新聞はさまざまな紆余曲折を経た後に、裕福な企業家にして下院議員であるムニエの所有物となった。『ラペル』と同じく一部十サンチームで売られ、過激な共和主義思想を標榜している。この新聞はすでにムニエにとって高くついており、それというのもひとえにその知的な雰囲気が読者大衆をいくらか怯えさせるからである。この新聞は冒頭の銘句として二つの文章を掲げていた。右側には「進歩は人間のモノにたいする作用に比例し、人間の人間にたいする作用に反比例する」、そして左側には「われらの目的は好戦的で宗教的な文明に、科学と生産の文明を置き換えることである」と記されていた。もちろんこの銘句にはけばけばしいところは何もなく、科学そのものと同じように厳粛で冷静なので、読者はなかなか増えない。読者は杏色の衣裳をまとい、雄弁な長台詞を口にする若き主役である『ラペル』のビロードや絹のような記事を好むのだ。しかしながら、ようやく発展しつつあるこの『ビヤン・ピュブリック』は、将来おそらくパリで最良の新聞のひとつになるはずだ。十五年間『タン』紙は損を出して発行されたことを想起してほしい。多くの忍耐と厖大な資本を投入しなければ、真面目な新聞を創りあげることはできない。

過度に共和主義的な傾向のいくつかの新聞について何か語ることは、私にはきわめて難しい。そうした新聞は発刊されるとたちまち雨あられのように訴訟沙汰となり、罰金と禁錮刑で廃刊に追い込まれてしまう。六か月の間に『ラディカル』紙、それに代わった『ドロワ・ド・ロム（人権）』紙、さらにその後を継いだ『モ・ドルドル（合い言葉）』紙と三つの新聞が相次いで発刊された。まるでそのつど灰から甦る不死鳥である。共和制の前衛的な開拓者たるこれらの新聞は、その成功のもとになっている激しい論争によって際立っている。一般によく売れるし、そのためより穏健な『ラペル』の読者を奪っている。記事の書き方はいい加減で、あらゆる問題にめくら滅法に介入し、論争を極限まで押し進める。その利点は精彩に富んでいて、みずからの思想を徹底的に主張する唯一の新聞だということである。しかしこれらの新聞に格調や節度を求めてはならない。

『ナシオナル』紙についても一言述べておこう。一部五サンチームで売られながら大判を維持するという問題を解決した新聞である。しかし例外的に安いこの値段も、多くの定期購読者を引きつけるには至っていないし、発行部数がごく少ないのでほとんど話題になることもない。共和派だが、記者たちに精彩がなく何も言うことがないので、彼らが記事を載せる新聞を生殺しにしている。

『ソワール』紙と『テレグラフ』紙を忘れるところだった。この二紙は、それが出る時刻ゆえに成功できると当て込んでいた。パリの夕刊紙は五時以降に売り出されるが、それはこの時刻を過ぎるともう最新ニュースを報道できないからで、とりわけ議会がヴェルサイユに置かれているときはそうである。新聞はかろうじて議会の審議の初めの成り行きを報道できるにすぎない。この欠点を補うために発刊された『ソワール』は夜八時頃売り出されて、議会の審議を詳細に伝え、夕方のニュースを伝えてくれる。『テレグラフ』も同じ目的で創刊された。しかしこの二紙の売れ行きはきわめて不規則である。波瀾万丈の日は飛ぶように売れるが、読者の関心を引くような出来事がないときはまったく売れない。事業としてはうまくいっていないと思う。唯一の違いは、『ソワール』が保守派で『テレグラフ』が共和派だということである。

VI

パリの新聞はもっと詳しい研究に値するだろうが、ここでは簡潔に済ませなければならない。『プチ・ジュルナル』紙の創刊と驚異的な成功は、近年のもっとも特徴的な出来事のひとつに数えられる。創刊は一八六三年に遡る。まず数年前に死んだ創刊者ミヨーの紹介から始めよう。金融資本家にして通俗劇作家、あらゆる手段をもちいて富を築こうとし、きわめて巧妙で、大いなる空想家であった彼は、久しい以前からアイデアを求めてパリの町を歩き回っていた。彼が抱いたアイデアはあまり良いものではなかった。銀行事業は放棄せずに小劇場のために芝居を書き、新聞を立ち上げても十号までしか続かなかった。そのミヨーがある日、次のような天才的なアイデアを思いつく。

それは単に一スー〔五サンチーム〕の新聞を発刊することだった。計画それ自体には何ら目新しいところはなく、すでに同じ試みがなされていたが、失敗に終わっていたのである。独創的だったのは、ほとんど文盲の読者を含めて誰もが読み、理解し、愛せるような一スーの新聞を作りあげたことである。ミヨーはこの計画を実現させたが、それというのもあるジャーナリストに出会ったからにほかならない。今は亡きレオ・レスペス、ティモテ・トリムの筆名で数年間にわたって毎日記事を執筆し、それが急速に大きな名

『プチ・ジュルナル』日曜版のタイトルページ。1863 年に創刊されたこの新聞は 19 世紀末には百万部近い発行部数を誇った。

声を博するに至った男である。確かに記事の文章はあまり文学的ではないし、その技法はしばしば稚拙だったが、教養のない読者でも編集者と同じレベルに立つことができた。それがレオ・レスペスが途方もない人気を勝ちえた理由である。しかも編集部全体の意志が統一されていた。三面記事、事件、そして犯罪が特に重視され、法廷通信は完璧で、門番、労働者、庶民によって体現される民衆におもねり、彼らの稀な美徳を誉めそやした。そうしたことがすべて、誰にでも分かるきわめて平凡な文体で書かれていた。他の諸新聞は長い間『プチ・ジュルナル』を揶揄したものだった。新聞の記事には文法上の誤りが無数にあると強調し、不細工な文章をあげつらい、新聞とその読者をあらゆるやり方で愚弄した。しかしそれも、逆に『プチ・ジュルナル』の成功が大きくなることを妨げはしなかったのである。

それはまさに前例のない成功だった。新聞が印刷されていた悪質の紙を含めて、すべてがこの成功に寄与したと私は思う。号によってはあまりに印刷がひどくて読むのさえ困難だったが、その場合はいっそう売れたらしい。数か月のうちに目覚ましい成功となった。ミヨーが猛烈な活動を展開したことは言い添えておくべきだろう。地方に数多くの販売員を派遣したおかげで、『プチ・ジュルナル』はもっとも辺鄙な村にまで行き渡った。これは大規模な宣伝を前提とするし、実際、ミヨーはパリであらゆる種類の奇行に打って出た。金箔で、郵便馬車のような馬具を装備したみごとな馬車を作らせ、オペラ゠コミック座のような衣裳をまとった御者に運転させた。そしてこの馬車が道や大通りを走ったのである。建物の壁には巨大な広告が貼られた。どちらを見ても『プチ・ジュルナル』はいたるところに存在した。しまいにミヨーはラ・ファイエット通りに彫刻で覆われた建物を造らせ、そこに印刷所と編集部を設置した。今や彼の繁栄は確固たるものになった。

実際、『プチ・ジュルナル』はひとつの欲求に応えるものだったし、この新聞が大成功を収めたのはそのためだ。すでに述べたように、新聞というものは一定の読者層に向けられないかぎり成功しない。『プチ・ジュルナル』が狙いをつけたのはまさしく、それまで自分たちの新聞を持っていなかった貧しく無学な人々の集団だった。この新聞が新たな読者階級を生みだしたと言われるのも故なしとしない。ひどく馬鹿にされたとはいえ、この新聞はその点で確かな貢献をしたのである。人々に読むことを教え、読書への興味を生じさせたのだから。もちろん、提供された糧はかならずしも高級ではなかったが、それでも精神的な糧であったことに変わりはない。ひどく辺鄙な地方の片隅で、羊飼いたちが『プチ・ジュルナル』を読みながら羊の群れを見張るという光景を、ひとは目にすることができた。農民がほとんどものを読まないフランスにとって、これはきわめて特徴的なことである。

ところがミヨーは気紛れから、それまで儲けていた金を馬鹿げた企てにつぎ込んで、『プチ・ジュルナル』という立派な事業を危うくしてしまった。彼が死んだとき、この新聞はかなり困難な情況にあったのである。それでも『プチ・ジュルナル』は繁栄を続け、現在はある会社によって刊行されている。発行部数はときに四十万部に達する。定まった形式を守り続け、編集長アンリ・エスコフィエがトマ・グリムという筆名で書く論説記事を毎日掲げ、その後にニュースが載る。細かなニュース、三面記事、犯罪などにかんしてはもっとも詳しいパリの新聞のひとつであり、多くの政治新聞より基盤が安定している。

これほどの成功は当然のことながら模倣者を生みだした。『プチ・ジュルナル』が十四年前に発刊されて以降、あらゆる方面からライバル紙が出てきた。その大多数は長く続かなかったし、存続できた新聞はかなりの利益を上げてはいるものの、『プチ・ジュルナル』ほどの人気はない。たとえばダローズが経営している『プチット・プレス』紙と『プチ・モニトゥール』紙は『プチ・ジュルナル』の卑屈な敷き写しで、しかもその独特の親しみある調子がない。『プチット・レピュブリック・フランセーズ』紙は存続に苦労しているし、『ランテルヌ』紙にはロシュフォールが筆名で記事を発表している。

網羅性を期すために、フランスに数多くある挿絵入り新聞についても述べておこう。もっとも古いのは『イリュストラシオン』紙で、これはいわば挿絵の入った『ジュルナル・デ・デバ』といったところ。調子は勿体ぶっていて、あまりに堅苦しく、文章はよく練られているが少し衒学的な新聞だ。ライバル紙『モンド・イリュストレ』紙もかなり売れている。『イリュストラシオン』より安く、そのため二流のカフェに多くの定期購読者を得ている。この二つの新聞の定期購読者はとりわけカフェとクラブで、それに一般家庭の読者がいくらか加わるが、店頭売りの部数はごくわずかである。さらに『ユニヴェール・イリュストレ』紙もあり、これはミシェル・レヴィ社が刊行している新聞で一時期よく売れた。だがこの辺でやめておこう。パリの町に雨後の筍のように生まれるモード新聞にまで話を進めれば、挿絵入り刊行物は限りなくある。

諷刺新聞もまたきわめて多い。長老格は『シャリヴァリ』紙で、その名声はルイ=フィリップの七月王政時代にまで遡る。当時は精彩を放っていたが、現在は過去の栄光のうえに生きており、絶えず同じことを繰り返している。そこに載る機知にあふれた言葉のいくつかは、すでに三十年も前のものだ。もはやドーミエなどのように偉大な諷刺画家はいないし、残っているのはシャムだけだが、このシャムはいつも同じことを繰り返すので読者が退屈する。諷刺画も文章もすべてが黴臭い。フランス的な機知が立ち直り、もっと新しい主題を見いだすべきときであろう。いずれにしても今や『シャリヴァリ』を読むのはカフェの客だけで、意義を失った。

その他の諷刺新聞については語らないつもりだが、ただひとつ興味深いのは『リュヌ・ルース（赤い月）』紙で、この新聞にはアンドレ・ジルがときに独創的な諷刺画を掲載しつづけている。ジルは近年において才能ある唯一の諷刺画家で、人気が高い。

第二帝政期に大成功を博しながら、現在はかなり困難な時期を経験している挿絵入り刊行物がある。『ヴィ・パリジエンヌ（パリ生活）』誌である。第二帝政下における社交娯楽の公式雑誌としての重要性はよく知られている。帝政全体が『ヴィ・パリジエンヌ』に表現されていると聞いたことさえあるし、実際その全号を繰ってみると、あの消え去った社会を容易に思い浮かべることができる。しかし時代は移り変わり、編集長マルスランはもはや時代の流れについていけないと言われる。事実、この雑誌はもう話題にもならない。

ここで文学的な定期刊行物の全体について論じることは不可能である。それに恥ずかしながら告白せざるをえないが、政治が完全にわれわれフランス人の心を独占しており、文学的な定期刊行物はいわば存在しないに等しい。かつて本誌に掲載された記事のひとつで、私は『両世界評論』誌の現在の立場を分析したことがある。これが現在フランスにある唯一まともな雑誌で、それに較べると他の雑誌は存続できない。フランスにはこの種の刊行物に適した土壌がなく、『両世界評論』ですらかなり重要性を失った。いまだに大きな利益を上げてはいるが、アカデミー寄りの党派に閉じこもってしまい、新しい文学運動とは無縁である。もっとも、それ以外となると名前を挙げるに値するほどの文学雑誌は見あたらない。確かにかつての『フィガロ』を模倣した『ナン・ジョーヌ（黄色い小人）』誌はあるが、『フィガロ』ほど豊かな想像力や機知はない。さらに『ヴィ・リテレール（文学生活）』や『クーリエ・リテレール（文学通信）』やその他雑誌のように、若いひとたちが刊行しているまったく取るに足りない雑誌もある。こうしたものは二十くらい挙げられるが、いずれも常に赤字で蠅のようにばたばた死んでいく。

この論考はできるかぎり詳細であろうとしたが、パリのすべての新聞・雑誌を列挙したわけではない。フランスで出る刊行物や専門的な定期刊行物の数は想像しがたいほど多い。パリだけでも三五〇を超えるし、地方ではその数が倍になるから、フランス全土における定期刊行物の数は千くらいになる。まったく、何という紙の無駄使いであろう！

以上でこの論考を終わりにする。私の考えでは、新聞にとって最良の枠組みは新たな欲求に対応するという条件での古い枠組みである。私としては『ジュルナル・デ・デバ』を維持し、ニュースにかんしては、『フィガロ』の成功の原因である多様性と豊富さ、生き生きした文体と現代的な精神をそこに注ぎ入れたい。かつての独断的な考え方と現代の報道記者が好む誇張の中間に位置づけられるような方式を見いだす必要があろう。新聞は科学的なプランにもとづいて編集され、同時に読みやすく、快いものでなければならない。難しい課題だが、時とともに解決されるだろうと私は期待している。

（『ヨーロッパ通報』誌、一八七七年八月）

（1）『エヴェヌマン』紙はゾラが一時期寄稿していた新聞で、一八六六年末に発刊停止となった。他方、ゾラは『フィガロ』発行の経緯について思い違いをしている。当初週刊だったこの新聞は、『エヴェヌマン』紙の後を承けて一八六六年十一月十六日から日刊となる。一八六七年五月二十八日からは政治問題に触れてもいいという許可が下り、大判の紙面で発行されるようになった。

（2）『ゴーロワ』紙は一八六八年七月の創刊。ゾラは一八六九年一月から九月まで、この新聞で書評欄を担当した。

（3）ここで話題になっている『エヴェヌマン』紙は、前出の同名の新聞とは別のもので、エドモン・マニエが一八七二年九月に創刊した新聞である。

（4）『ビヤン・ピュブリック（公共の利益）』紙は一八七一年三月五日に創刊され、一八七八年六月三十日まで続いた。本稿が書かれた時期を含めて、ゾラはこの新聞に数多くの書評、批評文を発表しているし、一八七六年には『居酒屋』の前半を、翌七七年から七八年にかけては『愛の一ページ』を連載した。

訣別の辞

これが最後である。この紙上で一年間闘うという当初の約束を私は守った。今の時点ではこれで十分だと思う。(1)

『フィガロ』紙の鷹揚な申し出を受け入れたとき私が考えていたのは、新聞のなかでもっとも反響の大きい論壇を借りて、自分にとって大事だと思われる少数の単純な考えを読者大衆にたいして擁護するということだった。ただひとつの思想でもその勝利のためにはひとりの人間の一生が必要とされる、というのが私の意見である。新聞に課される当然の要求も考慮しなければならない。結局のところ言うべきことはすべて言ったのだから、自分の主張を広く受容してもらうために私は同じことを繰り返さないことにする。

私はこの場でほとんどあらゆることについて私の同業者と反対の見解を述べたのだから、立場はいっそう微妙なものだった。宗教、哲学、文学、そして政治の面で、われわれは同じような見方をしていなかった。私は誰も傷つけないよう努力しなければならなかったし、後悔するような筆禍事件を起こさずに自分の務めを果たせたことは幸いだと感じている。今だから告白できるが、私は他人以上に自分自身にたいして不信の念を抱いていた。俗悪な作家という噂を立てられながら、気むずかしい多くのひとに囲まれて闘いを続けるのは容易な作業ではなかったからである。幸運なことに、『フィガロ』の部局長たちの善意が強力な助けとなった。

というわけですべてがうまく行き、私は喜んでいる。繰り返しになるが、怖ろしい自然主義、記者や批評家たちから腐敗したものと見なされた自然主義がこの場で清潔な白い手と、文学の品位への配慮と、良識や真実への愛を示すことができただけで十分である。私は単に『フィガロ』の中で裁判の資料を提供しようとしたにすぎない。われわれはこのような人間であり、われわれの論敵はあのような人間であることを示そうとした。そのうえでわれわれに判断を下してほしい。

政治の面では、騒々しい凡庸さと、国民の安寧を犠牲にしてまで自らを満たそうとする激しい野心にたいする憎悪を述べた。語調が矯激だと非難されたが、私は本当に激しかったのだろうか？　読者は私の真意を誤解したのだろうか？

私の議論において共和制が批判されたことは一度もない。それが正当で可能な唯一の政体だと思っている。私が嫌悪を覚えたのは人々の下劣さと愚かさである。私は政治家でないから手加減する党派はないし、通り過ぎていく矮小な人間たちにはっきりものを言ってやれる。共和制を汚す、あるいはそれを蝕むひとたちを攻撃することによって共和制そのものを攻撃している、と私を非難するのならば、共和制が毎朝顔を洗い、髪に櫛を入れればそれだけ元気になるだろうと私は答えよう。権力に野心を抱くとき、ひとは自分が必要とする人間の潰瘍や甲状腺腫を隠そうとする。しかし独り自由に生きている人間なら、権力に群

LES LUNDIS DU FIGARO
FIGARO
Ou le Naturaliste empaillé par lui-même. — Ce qui le fait loucher, c'est l'ANE qui rit.
24 Nov 1880

『フィガロ』紙で健筆をふるっていた頃のゾラを諷刺したアンドレ・ジルの戯画

がるそうした病人や障害者をどうして受け入れることができようか。そのような人々を排除しようとするのは国の健康のために尽くすことであろう。

確かに民主主義的な変化は避けがたいし、歴史の流れを食い止めようとするのは狂気の沙汰である。われわれは致命的な災厄をこうむり、後悔の念を表明するしかない。もっと安定した世紀、均衡の時代、ひとつの政体をつうじて社会がしばらくの間確立した時代に生まれなかったという悔いの念である。だがフランス社会が再び歩み始め、われわれが道の危険な場所を甘受しなければならないにしても、だからといって混乱の間にそのうえ、公衆の不幸を利用して肥え太ろうとする愚か者やならず者たちの侮辱に耐えなければならない、という理由にはならない。そうした寄生者の増殖、彼らが引き起こすけたたましい騒ぎ、いかなる才能もなく、常に裏切られる野心への渇望を満たそうとする男たちに蝕まれる偉大な国民の恥ずべき光景、そうしたものに私は怒りを覚えるのだ。おそらく社会に洪水が発生するたびに、波がそうした泡を運んでくるにちがいない。古い世界を壊すためには誘因が必要だが、だからといって心の底まで憤怒の念に駆られることに変わりはない。ひとは疑心暗鬼に陥り、才能だけが未来の世紀の動因になってほしいと望む。

だからこそ私は、文学の優位性をあれほど声高に要求したのである。文学だけが永遠に君臨できる。文学は絶対的なものであり、政治は相対的なものにすぎない。混乱した今の時代には、国民が動揺しているせいで政治家が巨大で不健全なまでの影響力を持つようになったが、それを打倒しなければならない。彼らの虚飾の犠牲となって国家が錯乱するのを望まないのならば、こうした一時の操り人形、自分たちの言動がどんな結果をもたらすか予想できず、ほとんど意識もしていない単なる道具のような人間は、彼ら本来の器の大きさに引き戻されるべきなのである。政治家がすべてではない！　時代は学者と作家のものであり、政治家が時代を牛耳っているのではない！　それが現代の政治沙汰を超えて、私が絶えず響かせようとしている叫びにほかならない。あなたがた政治家の喧噪は止み、われわれの作品は残るだろう。あなたがたは無で、われわれはすべてである。たとえそう叫ぶのが私一人になっても、強く叫びすぎると怖れることなく常にそう叫ぶだろうし、自分の仕事が正しく、あなたがた政治家は結局無能だということを確信するだろう。

たとえば、人々は私のラン氏(2)にたいする手厳しさに驚いた。私が彼を標的にしたのは、まさしく彼が二十年もの間すぐれた男と見なされながら次々に失敗を重ねてきた政治家の典型だからである。小説家としては凡庸であり、ジャーナリストとしては平凡で、彼と同程度のジャーナリストなら二、三十人はいる。経営者、政治家としては何もしなかった。ラン氏がまったくの馬鹿と言うのではない。彼に本当にいくらか才能があれば、彼のようなケースはもっと哀れになる。それなのに、ラン氏はすぐれた人間のひとりだと言うのか？　何ということだ！　ガンベッタ氏(3)が彼の背後にいなければ、彼の論説など読まれないだろうし、その論説の行間に読者は師ガンベッタの思想を読みとろうとしているにすぎない。またガンベッタ氏がいなければ、彼が必要な人間として振る舞ったパリの九区で下院議員に選出されることもなかっただろう。ラン氏が頭脳の片隅にいくらかでも個性を宿しているのかどうか、私は知らない。現在の彼は単なる影にすぎず、その資格でのみ生きている。それに今や下院議員なのだから、友人たちがずっと前から予言しているように彼がついに非凡な男になるだろうと期待している。ジャコバン派の騒々しいラッパが彼には才能があると確約しなかったならば、われわれは彼にそれを要求したりしないだろう。ラン氏としてはこれ以上自制するのは誤りというものである。

ガンベッタ氏自身について考えてみよう。確かにそれは勝利であり、栄誉である。政治がこの男を捉え、頂点に据えた。今や彼はフランス中を騒がせている。だが、それが何だというのか！　聡明な人間なら用心するだろう。ガンベッタの人気を説明するために、彼の新聞『レピュブリック・フランセーズ（フランス共和国）』紙は最近彼を一種の偶像に祀りあげ、この偶像によって国が理想的な政府の好ましい改革や、良識や、勇気を体現しているとした。こうしたイメージはきわめて正しいが、偶像にとっては危険だ。聖人に雨乞いすることに倦んで、ついにはその像の首に石をくくりつけて川に投げ込んでしまったという農民たちの話がある。ガンベッタ氏が自然を支配できないことに気づいたとき、国民はどうするのだろうか。農民偶像とはそうしたものだ。金箔で覆われた木製の偶像には知識や、権力や、才能があるとされるが、実際はそんなものなどないのである。

現在ガンベッタ氏の取り巻き連中は、彼が科学的な政治を実践していると主張する。結構なことだ。ただこの科学的な政治がシャロンヌの失敗の後で生まれたのが残念である。今やガンベッタ氏は、あらかじめ定められた堅固な思想によって決定づけられたのではなく、個人的な野望の問題によって必要とされる運命的な変化を起こしつつある。彼の思惑に反して、彼がまだ先に引き延ばそうとしていた実験を現実の出来事が早めてしまった。われわれはその実験に立ち会うことになるだろうし、そのとき初めてガンベッタ氏に判断を下すべきだろう。というのも、実際にはありもしない才能を政治家が持っているように思わせる錯覚により、これまで国民は彼のうちにもっぱら自らの欲求と希望しか見てこなかったからである。彼にとって、予告されていたように偉大な人間になるべき時がついに来たのだ、普通は政治という忌まわしい領域ですべてが崩壊していくあの恐るべき時が。
そう、勝利者自身もそこでは砂利道につまづいてひっくり返る。確実なのは科学と文学だけで、その前にだけは時間と空間が開けている。もしひとりの人間が絶えずこの真理を繰り返すべきだとしたら、私こそがその役割を引き受けたのであり、その役割に倦むことはないだろう。

文学の領域で私は、十八世紀の科学に端を発して十九世紀に歴史学、批評、小説、そして演劇を変えた偉大な自然主義の流れを強調した。現代の素晴らしい作用のすべてがそこにある。新たな社会はそれぞれ新たな文学をもたらす。現代の民主主義社会は、ルソーに始まりバルザックを経て、今日の実証主義的、実験的な作品にいたる運動を引き起こした。

第三共和制初期の大物政治家
レオン・ガンベッタ

文学における進歩という概念について、共通の理解を得ておく必要があろう。それ自体として見たときの人間の才能、芸術家の個性はもちろん時代をつうじて進歩するわけではない。世界の初めに出現したホメロスはシェイクスピアと同じくらい才能に恵まれていた。人間の頭脳を耕して創造力を拡大することはできない。あるいは少なくとも、古代ギリシア・ラテンの時代よりも現代人が傑作を生みだす能力に富んでいることを証明するような事実はまったくない。しかし確実に進歩するのは表現の物質的手段や、人間と自然にかんする正確な知識である。

たとえば音楽を考えてほしい。例は驚くほど決定的なものだ。リュリ、ラモー、そして他の音楽家たちはおそらくベートーベンや、マイヤーベーアや、現代フランスの音楽家たちと同じくらい才能に恵まれていた。それなのになぜ彼らの作品は今日空疎で、子供じみて、歴史的にみて単に珍しいものにしか見えないのだろうか。それは音楽には技術的な側面、まったく科学的な定式というものがあって、それが大きく進歩したからである。おそらく音楽的才能は拡大していないが、科学のおかげで音楽的才能がますます強力な表現手段を手に入れ、それによってこれまでとは比較にならないほど大規模な作品を展開できるようになったのである。

この観点から言えば、音楽の歴史ほど教訓的なものはない。わずか二世紀ほどの間に、科学がひとつの芸術にもたらしうる進歩がどのようなものか、一歩ずつ辿ることができるのだ。とりわけ管弦楽法は、リュリの数個のヴァイオリンからワーグナーの無数の楽器に至るまで大きな発展をとげた。他の芸術、たとえば絵画においては、われわれの新たな知識が進歩を引き起こしたようには見えないことは知っている。しかし現代の画家がみずから化学者となり、絵の具の調合にかんして業者を頼らなくなったら、材料を正しく用いて強力な効果を見いだすかもしれない。絵画にかんして言えば、表現手段の進歩のほかにもっと重要な進歩がある。すなわち分析精神の進歩、モデルにたいするより明晰で人間的な認識、現代の流派を変え、おそらく近い将来それを偉大なものにするだろう自然主義的な定式である。

さて文学においても、情況は今日まったく同じである。われわれ現代作家のペンやインクがかつてより良いかどうかは、おそらくたいした問題ではない。他方、フランス語がかつてより便利な道具になったわけではない。辞書だけは豊かになり、文体にしなやかさと輝きをもたらしてくれた。実際に進歩したもの、われわれに新たな、そしておそらく拡大された定式をもたらしてくれたものは人間とものごとの正確な分析であり、文学研究に適用された科学的方法にほかならない。自然がわれわれの領域だとするならば、科学がわれわれに自然とそのメカニズムを解明してくれるとき、作品がどれほど堅固になるか理解すべきである。われわれは自然の支配者となり、生のあらゆる繋がりを捉え、古くからのあらゆる主題を取りあげ、観察と実験がもたらす異論の余地ない資料にもとづいて新たに論じることができる。

十九世紀の社会的進化がもたらした自然主義的な定式とは、以上のようなものである。定式として見れば、それは論理的に古典主義的定式やロマン主義的定式の後を継ぐものであり、疑いもなくそれらにたいする進歩である。私が思うに、今日ホメロスやシェイクスピアのような人間が生まれて同じだけの才能を備えているとしたら、自然主義的な定式のなかにより広大で堅固な枠組みを見いだし、より偉大な作品を残すだろう。いずれにしても、彼らの作品はより真実で、世界と人間についてより多くのことを語ってくれるだろう。

要するに文学的には、私はこの自然主義的な定式を明らかにし、作家の個性を考慮しながらもこの定式がいかに強力に要請されているかを示そうとした。私にとってひとつだけ遺憾だったのは、その途上でヴィクトル・ユゴーという偉大な人間に遭遇し、他の多くのひとたちのように嘘をつけなかったことである。わが闘いの論理の然らしむるところ、ロマン主義の大聖堂がすでにどれほどの残骸を地面に撒き散らしているか、私は述べざるをえなかったのである。私は敵の頭を攻撃しなければならなかった。ヴィクトル・ユゴーが素晴らしい抒情詩人にすぎないことを皆が大声で認め、彼が世紀を代表する哲学者・思想家であるなどと考えなくなれば、自然主義は勝利し、新たな文学の時代が公式に始まることになるだろう。私はそのことを確認したかったが、時代の流れを速めるという大それた希望は抱いていない。

私の訣別の辞は以上のとおりである。だが告白するならば、長剣を鞘に収めるにあたって、闘いがしばしば倦怠と嫌悪を感じさせたにもかかわらず、私にはそれを懐かしむ気持ちがある。

十五年以上も前から、私はジャーナリズムで闘っている。当初はとても苦労して生活の資を稼がなければならなかった。三面記事から議会通信に至るまであらゆる仕事に手を染めたと思う。後年、著作の収入だけで暮らしていけるようになったときでも、私は闘争の情熱に引かれて騒乱のなかに留まった。私は孤独で、自分の主張に賛同してくれるような批評家にひとりも出会わなかったので、みずから自分を擁護しようと決心したのである。戦場にいるかぎり、勝利は確かなように思われた。もっとも激しい攻撃こそ私を鞭打ち、勇気をあたえてくれた。

私の戦略が良かったかどうかは、いまだに分からない。ただ少なくとも、ジャーナリズムの世界を熟知するという恩恵はこうむった。私の先輩である著名な作家たちは私の前で、怖ろしい非難の言葉をつらねてジャーナリズムを糾弾した。いわくジャーナリズムは文学を殺し、言葉をあらゆる溝《どぶ》に引き入れ、世界中を愚かにする大衆的な手段である、と。もっとひどい非難については省略しよう。私は耳を傾け、これほど恨みを込めて語っているわりに彼らはジャーナリズムを知らないと考えていた。もちろんジャーナリズムが彼らの非難とまったく無縁だからではなく、ジャーナリズムには力強い側面があり、そうした非難を十分に償ってくれるだけのものがあるからだ。長い間ジャーナリズムに苦しみ、それを活用してはじめて、ジャーナリズムを理解し愛することができる。

私に忠告を求める若い作家にたいして、「泳ぎを学ぶため水に飛び込むように、ジャーナリズムの世界に必死で飛び込みなさい」と私は答えよう。現在ではそれが唯一の男らしい学校であり、ひとはそこで他人と交じり合い、逞しくなれる。そしてまた作家の職業という特殊な観点からいっても、ジャーナリズムで毎日書く記事という恐るべき金床の上でひとは自分の文体を鍛えられるのだ。ジャーナリズムはひとを疲弊させ、まじめな研究やより高尚な文学的野心からひとの注意を逸らしてしまう、という批判があることはよく知っている。確かに意欲のない者は疲弊し、容易に満足する野心しか持たない怠け者や落伍者はジャーナリズムにからめとられる。しかし、だからどうだというのか！　私は凡庸な人間のために語っているのではない。凡庸な人間は、たとえば商売や公証人職の泥沼にはまり込んだであろうように、ジャーナリズムの泥沼にはまり込む。私は強者のために、働き、意欲のある者のために語っているのだ。そういう人間は恐れずに新聞の世界に入っていくがよい。兵士たちが戦から帰還するときのように、彼らは鍛え上げられ、全身に傷を負いながら自分の仕事と人間を熟知して新聞の世界から帰還するだろう。

現代の最良の作家たちはこの試練を経て来なかっただろうか。われわれは皆ジャーナリズムの子供であり、われわれは皆そこで最初の地位を手に入れたのだ。ジャーナリズムこそがわれわれの文体を磨き、われわれに資料の大部分を提供してくれたのだ。ただしジャーナリズムに利用されるのではなく、それを利用するためにはかなり足腰がしっかりしていなければならない。ジャーナリズムは自らにふさわしい人間だけを受け入れる。

これはもっとも精力的な人々が高い代償を払って手に入れる実践的な教訓である。私は自分のことを語っている、というのもジャーナリズムから受けた傷は焼けるように痛く、私はしばしば呪ったからだ。先輩作家たちが口にした糾弾の言葉を、私は幾度となくジャーナリズムにたいして向けている自分に気づいたものだ！　ジャーナリストという職業は最低の職業で、道端の泥をすくい、石を砕き、下品で汚らわしい仕事に就いているほうがまだましだったろう。何か卑劣なことが急に暴露されて嫌悪感をもよおすたびに、こうした嘆きが繰り返された。ジャーナリストの世界では、こうして愚鈍と不誠実の泥沼に落ち込むことがある。不快だが、しかし避けがたい側面である。ジャーナリズムの中でひとは汚され、噛みつかれ、呑み込まれ、しかもそれが人々の愚かさのせいなのか邪悪さのせいなのか、はっきり確定できない。そういう時は正義が永久に滅んでしまったように感じられるものだ。その場合は、外部の雑音が少しも耳に入らず、人々から遠く離れた静寂のなかで無私無欲の作品を書けるような、閉めきった書斎の奥に隠棲することを夢想するのである。

しかしやがて怒りと嫌悪は消え去り、ジャーナリズムが絶大な力を有する情況は変わらない。ひとは昔の恋に戻るようにジャーナリズムに戻ってくる。それは人生であり、行動であり、ひとを陶酔させるものであり、勝利を収めるものである。一度ジャーナリズムから離れるにしても、永久に離れることになるとは断言できない。ジャーナリズムというのはその広がりを知ると、必要性を後々まで感じ続ける力なのだから。ジャーナリズムのせいで恥をかいても、ジャーナリズムがしばしば愚かで嘘つきだとしても、それが今世紀でもっとも取り扱いが難しく、もっとも有効な道具のひとつであることに変わりはない。勇気をもって現代の仕事に着手した者であれば誰でも、ジャーナリズムに恨みを抱くどころか、闘う必要が出てくるたびに武器を求めてそこに帰っていく。

(『フィガロ』紙、一八八一年九月二十二日)

(1) 本稿は『論戦』(一八八一)の掉尾を飾る論文である。ゾラは『フィガロ』紙に一八八〇年九月六日から翌年九月二十二日まで一年間にわたり、五十五篇の論説を寄稿した。『論戦』はそのうちの三十九篇を集めたもので、本稿は一八八一年九月二十二日に発表されたまさしく最後の論説であり、ゾラが「これが最後である」と言っているのはそのためである。

(2) アルチュール・ランは政治家・ジャーナリスト(一八三一—一九〇八)。一八七七年にゾラの『居酒屋』を激しく批判する論考を発表している。政治的には共和派のガンベッタに近く、後に下院議員、さらには上院議員にまでなった。『論戦』に収められた「豪胆な男」と題する記事のなかでゾラはランをかなり厳しく批判している。

(3) 第三共和制初期を代表する政治家・ジャーナリスト(一八三八—八二)。穏健共和派の政治家として国民の人気が高かった。一八七九年に下院議長、一八八一年の選挙で彼の率いる党が勝利を収めた。ゾラが本稿を執筆した一八八一年九月は、彼の人気が頂点に達していた頃である。ガンベッタは同年十一月には首相となるが、内閣は左右両派の攻撃をうけて短期間で崩壊した。

ジャーナリズムの功罪

一般に私は、序文を書いてほしいという頼みはすべてきっぱり断ることにしている。今回その方針を変えて受諾したのは、パリの諸新聞の編集次長たちが私に、彼らの共著を読者に紹介してほしいと愛想よくしきりに頼んできたからである。(1) 自分にはその著作の冒頭ページを増やす資格はない、現代のある偉大なジャーナリストこそむしろその役にふさわしいだろうと指摘したが、無駄だった。彼らは実にこちらを喜ばせるほど執拗に言い張ったので、私はその依頼に屈したのである。

だが結局のところ、私はここで行きずりの招待客の役割を引き受けているにすぎない。著者たちは月一度の夕食会に集まって友誼の絆を深めようという、うまい考えを思いついた。本書はそこから生まれた、つまり文学的に自分たちが手を携えている姿を示し、自分たちの結びつきを永続的に証明しようという気持ちから生まれたものである。本書が正当に評価されるためには私を必要としない。本書を愛することは読者にお任せするとして、私としてもその多岐にわたるページに、自分の手になる数ページをわずかな寄付金として付け加えたいと思う。だとすれば、もっぱらジャーナリストたちによって書かれたこの短篇集においては、ジャーナリズムのこと以外に話題がないのではないだろうか。

ああ、このジャーナリズムはどれほど悪しざまに言われてきたことだろう！　確かに三十年ほど前からジャーナリズムは途方もない速さで変化しており、その変化は徹底的で恐ろしいほどだ。第二帝政初期の抑圧され、比較的数が少なく、もったいぶったスタイルの新聞と、まったく自由に解き放たれ、情報の激しい波を過度なまでに作りだす現代の溢れるほどの新聞を比較すれば、それはすぐに分かることである。情報、それが新しい方式なのだ。拡大することによって徐々にジャーナリズムを変貌させ、長い論説記事を抹殺し、文学批評を滅ぼし、外電や、大小のニュースや、報道記者とインタビュアーの報告の重要性を日々ますます高めたのが、この情報である。今やすぐに情報を得ることが大事なのだ。新聞が読者大衆のうちにこの高まる好奇心を目覚めさせたのだろうか？　それとも、読者大衆のほうが新聞にますます迅速にニュースを広めてくれることを要求したのだろうか？　実際は両者が互いに熱くなり、一方の欲望は、他方が自分のためにそれを満足させようと努力するにつれて激化していく。そのとき公的生活のこのような興奮を前にして、それが良いことなのか悪いことなのかとひとは自問してしまうし、多くの人々は不安に駆られる。五十歳のひとは皆、より緩慢で節度のあった昔のジャーナリズムを懐かしむ。そして現代のジャーナリズムが断罪される。

私は文学の観点からとりわけこの問題に関心を抱いている。ジャーナリズムが文学にとって有害だという非難はよく耳にするものである。ジャーナリズムは若いひとたちの活力を呑み尽くし、芝居の観客と小説の読者を減らし、必要に駆られて、あるいは何らかの事情でジャーナリズムに生息する者を文学的な仕事には不向きにしてしまう、というのである。この意見について私がどう思うか、ひとはときに知りたがった。ジャーナリズムを支持し、ジャーナリズムの側につくというのが私の返答である。

地方の青年がわが家にやって来て私に忠告を求める度に、私はジャーナリズムで闘いに身を投じるよう勧める。青年は二十歳で、人生を知らず、とりわけパリを知らない。そういう彼に何をしろというのか？　場末の部屋に閉じこもり、誰か大家の模倣をした詩句を作り、空虚な夢想を無益に反芻することか？　五、六年後に部屋から出たとき彼は以前と同じくらい人生に無知だろうし、まだこれからすべてを学ばねばならないし、知性は無為のために病んでいるだろう。唯一ものごとと人間について教えてくれる日々の闘いの中に身を置くほうが、青年にとってどれだけいいことか！　こうして二十五歳になれば、自己弁護したいという欲求によって武装し、人生を知り、十分に成熟して作品を書けるようになるだろう。ジャーナリズムは青年の多くを疲弊させると言われる。おそらくそうだろうが、意欲のない者だけが常にジャーナリズムで疲弊するのだ。弱者が問題になっているのではない。そのような者たちは公証人職や食料品販売業でも同じように蝕まれたことだろう。ここで問題になりうるのは強者だけ、かつての言い方に倣うならば天職をもった才能ある作家だけである。そういう人々にとって、最初にジャーナリズムを経験するのは力の源、すぐれた戦闘訓練であり、それを終えた頃は逞しく鍛えられ、成熟し、パリを掌中にしていると私は主張したい。

そのうえ私は、新聞に書くという強制的で、迅速で、毎日おこなう作業によって文体が練られるとさえ断言しよう。私が語っているのはやはり、自分の文体を持った才能ある作家のことだ。というのも文体は努力して獲得できるものではなく、髪がブロンドか栗毛かというのと同じく持って生まれるものだからである。テーブルの片隅で日々記事を執筆すると文体が荒れる、と言われる。私の考えでは逆に、これ以上

ジャーナリズムで活動を始めた頃の青年ゾラ

に文体を鍛えてくれるものはない。文体は柔軟になり、もはや語を恐れることなく、言葉を支配できるようになる。それは夢であり、言葉は奴隷のように従属しなければならない。もちろん私は、語の群れを目にして青ざめる芸術家たちの苦労を断罪することはできない。私自身もそうして生命を磨り減らしたのだから。しかしそれほど彫琢された作品はもう十分であり、これからの世代はあまり入念に綴られた文章からは解放されたほうが得るところが多い、と私は考える。素朴で、明晰で、力強い文体こそ未来の真実を語るための立派な道具であろう。だからこそジャーナリズムという常に熱く、常に響きわたる金床の上で文体を鍛えることは有益なのだ。そのとき文体は形容語から解き放たれて動詞だけとなり、最小限の語で最大限の意味に達する。パリにやって来たあの二十歳の青年を想起してほしい。文章を書こうとして怖じ気づき、どこから文章を始めていいか分からず、語や句読点にそれがもたらしえないものを無理に要求して身動きがとれなくなっていた青年だ。そして今の彼を見たまえ。数年にわたって新聞記事を書き、今では少なくとも言うべきことは言えるようになった。もうひと頑張りだ。真の作家だけがその過酷な仕事に耐えられるし、それをつうじて単純さを獲得し、逞しくなっていく。他の人々は訳の分からない文章を書くようになるだけだ。ジャーナリズムは誰にも文体を提供してくれない。すでに文体を持っているひとにとって火の試練になるだけだ。われわれは皆それを経験したし、それによって何かを得たのである。

現在のジャーナリズムを前にして私が感じる唯一の不安は、ジャーナリズムが国民を神経的な過度の興奮状態に陥らせているということだ。ここで私は文学の領域から離れて、社会現象を論じることになる。今日ではどんな些細な出来事でも途方もない重要性をおびてしまうことに、注意してほしい。数百の新聞が同時にその出来事を報道し、解説し、誇張する。そしてしばしば一週間というもの他のことは話題にもならない。毎朝のように新しい細部が加わり、記事の欄がそれで埋まり、各新聞が読者の好奇心をいっそう満足させて発行部数を伸ばそうとする。それゆえ読者は絶えず動揺し、それが国の端から端まで広がっていく。ひとつの事件が終われば、新しい事件が始まる。新聞は危険なものがなければ生存できないからである。興奮の材料がなければ、新聞はそれを捏造する。かつてはもっとも重大な出来事でさえ今ほど解説されず、世間に広まらなかったから、人々を興奮させなかったし、そのつど国に激しい熱狂の発作を引き起こすということもなかった。そう、私が嘆かわしいと思うのは、この絶えず興奮を誘発しようとするやり方である。国民はそのせいで冷静さを失い、物音におののき、恐怖のなかで破滅を待ち望む神経質な女性に似てくる。数年前から看取されることだが、健全な理性の平衡が破れているように思われるし、事件の反動が並はずれて大きい。そして本当に重大な情況が出来した際に、われわれは立派な行動に必要な平静さを見いだせるのだろうか、とひとは不安に駆られつつ自問するようになる。

いずれにしても、常に未来を信じるべきだ。何事であれ最終的な判断を下されるものはない。すべては前進しているからである。そのことは、今とりわけジャーナリズムについて当てはまる。ジャーナリズムの弊害だけをあげつらうのは正当な判断ではない。おそらくジャーナリズムはわれわれの神経を狂わせ、汚らわしい散文を垂れ流している。文学批評を抹殺してしまったように見えるし、しばしば愚かで暴力的である。しかしジャーナリズムは、きっと明日の社会のイメージを普及させるのに貢献しているのだ。それは現代のわれわれにとっては目立たないが、誰もその結果を予想できない、しかしながらきっと必要な作業であり、そこから新たな生が出てくるだろう。ひとつの世界を創造するためには、どれほどの悲惨と流血が必要なのだろうか？　人類は一歩前進したとき、かならず敗者を押し潰してきた。文学の問題だけに限定すると、もし文学が教養ある者たちの娯楽、ある階級だけが享受する楽しみなのであれば、確かにジャーナリズムはそうした文学を滅ぼしつつある。ただジャーナリズムはそれ以外のものをもたらす。読書の習慣を広げ、大多数の人々に芸術を理解させる。それがどのような定式に至るのか、私は知らない。ただ確認できるのは、エリート層の文学が死に瀕しているとすれば、それは近代民主主義の文学がこれから誕生するからだということである。歴史の推移を食い止めることはできないから、腹を立てたり、抵抗したりするのは滑稽だろう。あらゆる生の表現の後には、流血と廃墟の中にすら何か偉大なものが横たわっているのだ。

（一八八九年）

（1）この論考は複数の著者による短篇集『最終校正刷り』（一八八九）の序文として書かれたもの。内容は作品の紹介ではなく、ジャーナリズムの推移、文学とジャーナリズムの関係を論じており、ゾラのジャーナリズム観を知るうえで貴重な文章になっている。原書（『ゾラ全集』第十二巻、六四三—六四六頁）では「序文」としか題されていないが、テーマを考慮して訳者が「ジャーナリズムの功罪」という題をつけた。

文学

共和国と文学

I

私は政界といかなる繋がりもないし、政府からはいかなる種類の地位も、年金も、報酬も期待していない。自尊心から言っているのではない。本論の冒頭にあたって、必要な確認をしているだけである。私は独立しており、自由だ。これまで作家活動をしてきたし、現在もしており、生活の糧はそこから得ている。

他方で、第二の点を明確にしておく必要がある。私は昔からの共和主義者である。つまり、第二帝政がまだ存続していた頃から、自分の著作や新聞・雑誌で共和思想を擁護してきた。ほんの少しでも政治的野心を持ち合わせていたならば、私は獲物の分け前に与ることができただろう。穂を刈り取った後で屈みさえすれば、それを拾いあげることができたのだから。

かくして私の立場ははっきりしている。私は共和国に寄生していない共和主義者である。さて、自分の考えを遠慮なく述べるにはこれは素晴らしい立場だ、ということに私は思い至った。多くの人々がなぜ語ろうとしないか、私はよく分かっている。ある者は勲章を期待し、またある者は行政機関の中で占めている地位に固執し、三番目の者は昇進を待ち望み、四番目の者は県議会議員、さらには下院議員、大臣、もしかしたら共和国大統領になりたいと思っている。日々の糧の要請と、栄誉への強い欲求は、もっともあからさまな率直さでも抑圧してしまうほど恐ろしい束縛なのだ。欲望や野心があると、ひとはどんな人間にでも屈服する。なぜなら、もしあなたが政治家たちをあまり露骨に批判すると、目の前のすべての扉を閉じてしまうことになるし、ある問題について思いきって真実を語れば、強い党派を敵に回すことになるからである。しかし野心を持たず、誰にも頼らずに生きていこうとすれば、たちまち束縛はなくなり、あなたは個性を取り戻して陽気で冷静になり、好きなように右にも左にも自由に歩きまわることができる。みずから耕す小さな畑の収穫でつつましく暮らすこと、隣人を当てにせず、大空に向かって考えていることを大声で語り、その言葉が風に流され散らされるのを心配せずにすむこと——ああ、それこそ夢ではないか！

政党には、いわゆる規律というものがある。強力な武器だが、醜悪なものだ。幸いなことに、文学の世界では規律など存在しえない。とりわけ個人の著作が支配的な現代ではそうである。政治家が、自分を支えてくれる、そしてそれなしでは自分も存在しえない多数の人間を周囲に集める必要があるとすれば、作家のほうはひとりで、読者大衆とも関係なしに存在できる。たとえ本が売れなくても作家は存在するし、収めるはずの成功ならいずれ勝ちえるだろう。だからこそ、存在条件によって規律を強いられない作家は、政治家を判断するのにうってつけの立場にあるのだ。作家は現況を超越しているし、ある種の出来事の圧力のもとで語るわけではないし、一定の結果をめざして語るわけでもない。要するに集団と一体化してないし、何を言っても自分の生活を乱さず、財産を危険にさらすこともないので、作家は単独で自分の意見を表明できる。

しかしながら、私がきわめて重大だと考える問題を検討するのでなければ、政治という過酷な情況に足を踏み入れたりはしない。その問題とは、共和国と文学がうまく同居できるのかどうかということである。文学というのはもちろん現代文学、バルザックが始動させたあの自然主義的あるいは実証主義的な大きな流れのことだ。この領域は危険地帯であるように思われたので、私は長い間ためらっていた。それに八年前から喧噪がかまびすしく、紛糾が急速に進んだので、一介の書斎人が慎重な調査をあえて試みたり、とりわけ賢明な結論を出したりすることは困難であった。だが現在は、喧噪は続いているものの、潜伏期は終わり、共和国は現実に存在している。共和国は機能しており、ひとはその行動によって判断を下せる。したがって共和国と文学を対峙させ、文学が共和国から何を期待すべきか見定め、分析家、解剖家、人間にかんする資料の収集家、事実の権威しか認めない学者であるわれわれにとって、現代の共和主義者たちが味方なのか敵なのか調べるときがやって来た。この問題の解決はきわめて重要なことで、私から見れば共和国自体の存在がそれにかかっている。われわれの方法を受け入れるか、それとも拒絶するかによって、共和国は生きもし死にもするだろう。共和国は自然主義的なものであろう、さもなくば存在しないであろう。

そこで私は政治の契機と文学の関係を検討する。それゆえ私は必然的に、国民を統治している人々を自分が望む以上に判断せざるをえないだろう。ただし繰り返し言っておくが、私の意図はフランスの運命についての見解を述べることではないし、すでに錯綜している多様な意見にさらに自分の意見を付けくわえる

「自然主義の勝利」(『カリカチュール』紙の 1880 年 2 月 7 日号に発表された戯画)

ことでもない。共和国が存在するという事実が私の出発点であり、作家である私は単に共和国が作家にたいしてどのように振る舞っているか検討してみたいのである。

〔続いてゾラは、十九世紀フランスの政治史を手短に振り返って、共和主義との関わりに触れる。共和派のおもな潮流として保守的な「正理論的共和派」、文学運動と繋がりの深い「ロマン主義的共和派」、社会主義思想の流れを汲む「熱狂的共和派」をあげるが、いずれも時代の推移に適合していない、と批判する〕。

II

〔ゾラは、これら三つの潮流が文学、とりわけ自然主義文学にたいしてどのような態度を示しているか分析し、いずれも同時代の文学の新たな流れに無理解であったと糾弾する。そしてさらに、どのような政体であれ、政府は常に文学上の独創や刷新に反対してきたのであり、そこには「文学への憎悪」が看取されるとする〕。

先ほど述べたように、共和派が新しい文学の方法を明らかに敵視している背景には、偶発的な理由のほかに一般的な理由がある。そして、その理由はあらゆる政体のもとで作用している。共和主義者たちも権力の座に着くやいなや、支配者になった者は誰でも書かれた思想を怖れはじめるという、あの普遍的な法則から逃れられなかった。野党に回っている間は、ひとは言論の自由や検閲の廃止を熱心に唱える。しかし翌日、革命が勃発してそのひとが大臣の椅子におさまると、まず検閲官の数を二倍に増やし、新聞の三面記事まで牛耳ろうとするのだ。確かにどんな束の間の大臣でも、自分の名でルイ十四世の時代を再現したいという立派な熱意に燃えるらしいことは、私も知っている。ただしそれは、彼が自分の出世を祝うために演奏する音楽にすぎず、ほんとうは芸術や文学は重要でなく、政治にしか関心がない。それに自分の治世の評判を高めたいという気持ちが強く、実際に作家と芸術家に配慮するようになれば、文字どおり災難だ。彼は自分の知らない問題に口を挟み、異常な行動で市民を驚かせ、ひどく凡庸な人間たちに報酬や年金を支給するので、大衆でさえしまいには肩をそびやかすようになる。当初はどのような善意をもっているにせよ、権力を握った人間はすべてこうした状態に至るものだ。宿命的に平凡な人間を励まし、他方で、才能ある者を迫害しないまでも遠ざけてしまう。それはおそらく国家理性のようなものだろう。政府は文学を疑うが、それは文学が政府の支配を逃れる力だからである。偉大な芸術家や作家が強力な手段を手に入れて規律に従わないように感じられると、政府は彼らに戸惑い、怖れをいだく。絵や、小説や、芝居をまともな娯楽として受け入れるが、それが家庭で許される楽しみの枠をはずれ、画家や小説家や劇作家が独創性を発揮し、人々を熱狂させるような真実を表現するようになると、たちまち恐怖におののく。相も変わらず「文学への憎悪」である。自立した強い人間であってはならない。独特の音色や、色調や、香気をもった生き生きした文体で作品を書いてはならない。とりわけ、新たな変化を引き起こしてはならない。さもないと執務室の大臣を不安にし、怒らせてしまうからだ。王政、帝政、共和制などあらゆる政体が、文芸を保護していると誇った政体ですら、独創的で斬新な作家を拒絶してきた。私はここでとりわけ、書かれた思想が恐るべき武器となった近代の話をしている。

情況は以上のとおりであり、これを要約してみよう。自然主義作家と共和国は敵対している、なぜなら共和国はいまや決定的な政体であり、したがって、私が「文学への憎悪」と名づけたあの特殊な病に冒されたからである。そのうえ自然主義作家は正理論的共和派、ロマン主義的共和派、熱狂的共和派、要するに共和派の主要なグループを敵に回している。これらのグループの偽善、利害、あるいは信条に抵触するからだ。これ以上強調する必要があるだろうか？　舞台裏を知らず、表面しか見えない外国人は、共和派が彼らとともに成長し、彼らの仕事と類似した仕事をする若い作家たちをこれほど激しく「こきおろす」のを目にして、またも驚くのだろうか。もっとはっきりした事実を引き合いに出すこともできただろうが、さしあたっては一般的な原因を示しただけで十分である。ほんとうに作家の味方と言えるのは、自然主義的共和派だけだ。科学と実験的方法にもとづく共和国を望んでいる者は、われわれ自然主義作家が彼らと共に歩んでいると感じている。それは現代のすぐれた人々であり、もちろん多数ではないが支配している、あるいはこれから支配することになるだろう人々だ。あらゆる党派に見られる人材払底の中、彼らが凡庸な戦士たちを利用しなければならないにしても、少なくともこれまでに犯された愚かな行為を後悔し、政体の中に日々より多くの真実と力を注ぎいれることを期待している。

ある種の共和主義者たちの奇妙な知性を示す典型的な例をひとつあげよう。自然主義文学に向けられるもっとも手厳しい非難は、それが事実の文学、したがってボナパルト的文学であるというものだ。少し曖昧なので、説明しよう。問題の共和主義者たちから見れば、帝政は事実に依拠し、他方、共和国は原理に依拠する。事実しか認めず、絶対的なものを拒否する文学はボナパルト的文学だ、というのである。笑うべきか、怒るべきか？　よく考えてみると、事は重大だと思われた。この驚くべき非難の根底には、共和国の存在そのものにかかわる問題が横たわっているからである。

かくして多くの共和主義者が、共和国は絶対的なものだと宣言する。熱狂的共和派はそれが厳密な定理であるかのように主張するし、ロマン主義的共和派はまっすぐ理想にむかって進み、羽根飾りを振りまわし、共和国を天国のように神格化して、フリギア帽〔フランス共和国の象徴マリアンヌがかぶっている帽子〕をかぶって太陽のもとで光り輝く父なる神に祀りあげる。これほど子供じみて危険なものはない、と私は思う。まっとうな人々を安心させるために警察があるように、原理というものが存在することは認めよう。ただし絶対的なものとは、ゆったりくつろいでいるときに好んで論じる単なる哲学的娯楽にすぎない。それを人間世界の基盤に据えるのは無のうえに何かを建てることであり、わずかの風でも崩壊する建物を造ろうとするようなものだ。すでに説明したように、人間が多様な欲求を抱くようになれば、相対的なものの時代に入るのだし、そうなれば事実だけが支配する。帝政を既成事実の政体だと見なせばそれで押し潰せると考えるのは、愚かしいことである。事実と無関係の政体など存在するだろうか。共和国は今日、既成事実の政体ではないだろうか。そして共和国を最終的に築きあげたのは、ほかならぬ事実ではないだろうか。

　第二帝政を考えてみよう。今だから本当のことをはっきり言える。第二帝政が存在しえたのは、共和国〔一八四八―五一年の第二共和制〕がフランスを疲弊させたからである。共和国は事実と関係のないところに樹立され、国民の欲求に応えようとせずに、空疎な宣言や、うんざりする論争や、もっとも曖昧で非現実的な理論ばかりを弄んでいた。あの一八四八年の共和国の時代を想起していただきたい。共和国がした試みはひとつも堅固な基盤にもとづいていなかったので、すべて水泡に帰した。人道主義的な空想、もっぱら思弁的な社会主義、ロマン主義のレトリック、そして理神論的な詩人たちの宗教性が共和国を蝕んでいたのである。共和国はみずからが統治しようとしたフランスについて、明確な考えをけっして持てなかった。まるで死体で実験するかのように、フランスという国に実験を施そうとした。確かに自由、平等、友愛、美徳、名誉、愛国心といった言葉は素晴らしかったが、しょせん言葉にすぎず、支配するためには行動が必要なのだ。この世でもっとも善意にあふれ、きわめて立派で善良なひとが何も知らない国、何も知ろうとしない国にたどり着いて、奇妙な考えからその国にもっぱら理論的な政体を適用すると想像してほしい。その国は日常生活を掻き乱され、ついには実験そのものを拒否してしまうだろうことは疑いない。そして、その先に待っているのは独裁制にほかならない。実際、十二月二日〔一八五一年十二月二日、ルイ・ナポレオンがクーデタを敢行した日〕に起こったことがそれだった。許容できる情況を見いだせないまま三年間も混乱させられて疲れきったフランスは、独裁者を受け入れたのだった。

第二帝政の十八年間を検討してみると、そこには同じように事実の抗い難い力が認められる。一時しのぎの手段、慰めとして歓迎された帝政はおのずから没落し、共和主義思想が熟す機縁になった。そして帝政が崩壊したとき、共和国を最終的に樹立したのは事実の力である。このことはいくら強調しても足りないので、あらためて繰り返しておく。今日共和国が存在しているのは、絶対性や原理ゆえではなく、もっぱら事実がそれを望み、事実によってそれがフランスで可能な唯一の政体とされ、国の諸要求をすぐに正しく満たせる政体とされたからなのだ。おそらく権利は存在するが、権利とは上級の事実にほかならず、それはいわば中間的な事実をつうじてあらゆる国民がめざす最終的な事実なのである。社会的真理としての共和国に到達したと仮定しよう。そこにわれわれを導いたすべての政体がそうであるように、その共和国もまたやはり事実を基礎にしている。それを大地から切り離し、詩人の漠然とした理想や党派的な人間の哲学的絶対性のなかに押し込もうとするのは馬鹿げたことである。

われわれ自然主義作家は事実だけに依拠していると非難する共和主義者たちの批判に、どれほどの意義があるかこれでお分かりだろう。そうだ、われわれにとっては事実だけが科学的な確実性を有しており、近代科学全体がもっぱら事実にもとづいて成長してきたのだから、われわれは事実だけを信じている。人間にかんする資料がわれわれの堅固な基盤である。絶対性こそが数世紀にわたって人間による真理の探究を阻害し、逸脱させてきたと確信しているわれわれとしては、名称は何であれ理想や絶対性などは夢想家にまかせておく。われわれは事実を提示し、判断を下さない。判断を下すことは、観察家・分析家であるわれわれの仕事ではない。われわれは第二帝政という時代の歴史家になって、その事実を述べた。同様に共和国が歴史の一部となり、新たな習俗をもたらすようになったら、われわれは共和国の事実を語るだろう。自然主義をボナパルト的文学と見なすのは、理想をつむぐ修辞家たちの偏狭な頭脳に芽ばえるひどい愚かさのひとつである。共和国がすぐれて人間的な政体であり、普遍的な調査にもとづき、大多数の事実によって規定され、要するに一国民の観察され、分析された諸要求に応える政体だと考えるならば、私は逆に、自然主義こそ共和主義的な文学であると主張する。十九世紀の実証科学はすべてそこに由来するのだ。

文学論争の根底には、かならず哲学的問題がある。その問題は漠然としているかもしれないから、そこまで遡らなくてもよいし、非難された作家たちにしても、自分たちの信念が何であるかはっきり言えないこともあるだろう。いずれにしても、諸流派の対立は真理をめぐる根本理念から生じる。たとえば、ロマン主義は疑いもなく理神論的である。それを体現するヴィクトル・ユゴーはカトリック教育を受けたし、それからきっぱり抜け出すことがけっしてできなかった。そしてユゴーにあっては、カトリシズムが汎神論に、さらには曖昧で抒情的な理神論に変貌していった。彼の詩句の最後には、かならず神が現れる。信仰箇条として現れるばかりでなく、とりわけ文学的な必然性として、ロマン派全体を要約する理想の表現として現れてくるのだ。次に自然主義に移ってほしい。たちまち実証主義的の領域にいることが感じられるだろう。これは事実だけを信じる科学の世紀の文学にほかならない。理想は排除されていないが、少なくとも脇に除けてある。自然主義作家は神の問題について見解を述べる必要はないと考える。創造力というものがあるだけだ。この創造力をめぐって議論を始めるわけでなく、それが何か具体的に述べるわけでもないが、自然主義作家は自然の研究を最初から、分析の段階からやり直す。その作業は化学者や物理学者のそれと同じである。資料を収集し、分類するだけであり、それを何らかの共通の尺度と関連づけたり、結論として理想を持ち出すことはない。それはいわば理想と神そのものにかんする調査であり、現に存在するものの探究であって、古典派やロマン派のような教義をめぐる論述ではないし、超人間的な定理に修辞上の粉飾をほどこしたものでもない。

古典主義者、ロマン主義者、そして理神論者が宗教的情熱にそなわるみごとな狂信を示して、われわれ自然主義作家を汚そうとするのはよく分かる。われわれは理想を考慮せず、すべてをあの絶対性と結びつけたりせずに彼らの神を否定し、彼らの天国から立ち去るからである。ただ私を常に驚かせたのは、共和派の無神論者たちまでが盲目的なまでに激しくわれわれを攻撃することだ。なんということだ！　宗教の教義を打破し、神を殺せと主張する人々が、文学の領域では絶対に理想を必要とするというのか！　彼らに必要なのは安物の天国、神々しい描写、超人間的な抽象概念なのである。社会科学においては、彼らはもはや宗教など必要ないと言明し、宗教はひとを破滅させるとまで言うのに、文学のことが問題になるやいなや、作家が美の宗教を奉じないと彼らは怒るのだ。

しかし実のところ、この宗教にはもうひとつ別の宗教がともなっている。いわゆる美や、いくつかの方針にもとづいて決定される絶対的な完璧さとは、人間が夢想し崇拝する神の物質的な表現なのである。もしこの神を否定し、哲学的な問題を世界の研究そのもの、自然と人間の段階からあらためて論じようというのであれば、自然主義文学を受け入れなければならない。これはまさしく、今世紀が探究した新たな科学的解決を示す文学的手段なのだから。科学に賛同する者は誰でも、われわれ自然主義作家に賛同しなければならない。

Ⅲ

〔ゾラは検閲の廃止、言論と表現の完全な自由を求め、政治にたいする文学の自立性を主張する。それは社会と世論のなかで、政治があまりに大きな位置を占めていることにたいする警戒心から来ている〕。

要するに、騒ぎはもうたくさんである。共和国を享受しようではないか。共和国に頼って生きている貧しい者や野心家たちは、アメリカに行って権力をめざしたり、富を築いたりすればいいのだ。音楽を奏で、踊り、花を栽培し、すぐれた本を書こう。作家と芸術家が共和国にたいして不信感を抱いていることは認めざるをえない。共和主義者は芸術と文学にたいしていつも憲兵のように堅苦しい態度をとってきたから、作家や芸術家はこれまで彼らに好かれていると感じたことがない。ピューリタン的な物腰と、教育し説教したがる気持ちを示し、平等と有用性という主張を振りかざす共和国はわれわれ作家にとって最悪の政体である、とふだんから言われてきた。だが付言すべきなのは、共和政体は現在までフランスにおいて必要な安定性を獲得したためしがないから、それが実際には一度も機能していないということである。

私の結論は単純である。最終的で持続的な政体には文学がある。一七八九年と一八四八年の共和国は国民のうえを危機のように通過していったから、文学を持ちえなかった。現在の共和国は正当なものに見えるし、したがっていずれ独自の文学表現を生み出すだろう。そして私見によれば、その表現とは必然的に自然主義、つまり分析的で実験的な方法、事実と人間にかんする資料にもとづいた近代的な調査、というものになるだろう。原因である社会の動きと、結果である文学表現のあいだには対応関係があるはずだ。もし共和国がみずからに盲目となり、共和国が科学の定式の力によって存在しているのだということを理解せず、文学においてこの科学の定式を迫害するに至るならば、それは共和国がまだ事実の面で成熟していないし、再び独裁制という事実の前で消滅する運命にあるというしるしなのだ。

(『フィガロ』紙、一八七九年四月二十日)

著者と出版人

ポール・ブールジェ氏〔フランスの作家、一八五二―一九三五〕が出版人ルメール氏〔一八三八―一九一二、高踏派の詩人たちを世に出し、貴重なコレクションを刊行した〕にたいして起こした訴訟によって巻き起こされた興味深い問題を論じる前に、私は裁判所の判決が出るのを待ちたいと思った。判事の裁定を左右しようとした、と一瞬でも非難されるのは嫌だったからである。ルメールが訴訟に敗れた現在、私は自由な立場にあり、この問題についてごく冷静に語ることができる。

それに私の関心を引くのは、ブールジェ氏とルメール氏の個人的な争いではなく、それが提起している著者と出版人の関係という一般的なケースのほうだ。問題はより大きな次元にあり、個人から共同体へと広がるから、ここでそれを要約し、全作家の利害にかかわる教訓を引き出すのが有益であろう。

文芸家協会会長を四年間務めた経験が、おそらく私にこの件にかんして発言する能力をあたえてくれる。それに私は心安らかに自分の考えをすべて述べることができる。というのも、私はほぼ二十五年来ルメール氏の優しく忠実な友であり、この四半世紀の間彼に一度も自分の著作の会計報告を求めたことがないからである。

情況をよく理解するためにはまずはるか昔まで遡り、最初の出版人がどのようにして開業し、文学の商人となったかを説明しなければなるまい。ここではそうした研究をする時間も紙幅もない。ただし大雑把に言って、文学の著作権が所有権ではなかった時代に、原稿の値段を決めるのがきわめて困難だったのはよく分かる。法のさまざまな不備、あらゆる剽窃行為が出版人という仕事を不安定にし、しばしば海賊同士の戦いの様相を示した。さらに付言すべきなのは、時代精神によれば文学は作家に生活を保証する職業ではなく、知的な気晴らし、偶然と贅沢の開花にすぎないと見なされていたから、出版人は他の商人と異なり、値のついた商品に投資し、定まった規則にもとづいて生産者に報酬を払うことができなかった。行き当たりばったりに花を摘み、それから間違いに気づくこともあった。だから出版人は、生け垣の中にノバラを見つけ、麦畑の中にひなげしを見つけたからといって金を払わせられることに、常にいくらか驚きを禁じえなかったのだ。

そこから不可避的な賭けが生じる。原稿は十スーの値打ちもないかもしれないし、十万フランの価値があるかもしれない。そんなことが誰に分かろうか？　長い間、出版人はみずからの嗅覚を信じて原稿を一定の金額で買い取っていたから、出版人のほうであれ著者のほうであれ、どちらかが損をしていた。その後、一部につき一定の著作権料を著者に支払うという考え方が生まれたときは、調査がむずかしいために揉め事が無数に起こった。そして常にその根底にあったのが、出版人という職業は他の職業と異なり特別な危険を冒している、今日でさえほとんど商品と見なされていない商品を捌いているのだ、という考え方である。出版人は自分が作家の恩人だと思いつづけ、他方、作家のほうは出版人が自分のおかげで生きており、自分の頭脳が生み出す最良のものを搾取して金儲けしていると非難する。こうして長い戦争が続き、店の奥の間では小競り合いとなり、バルザックは大きな訴訟を起こし、「恩知らず」や「盗人」といった言葉が帳場のうえを飛びかう。対立するふたつの種族の昔からの反目である。

確かに情況は大きく変わった。現在ではパリの大手出版社は、商業的にはまったく申し分のない関係を著者と保っており、それは著作権についてより明確な合意が成立したことにもとづいている。他の商店が絹製品やレースを売るように本を売るこうした出版社が帳簿をきちんとつけ、公正な取引をするようになったので、かつてあったような両者の争いが再燃したり、調査のむずかしさから絶えず疑惑が生じるようなことはなくなった。しかし、出版人という職業にたいする昔ながらの考え方は残存している。現にブールジェ氏はルメールと争い、きわめて奇妙な行動と興味深い典型的なケースを露呈するような訴訟沙汰にまで発展したのだから。しかもこの出版人は、こっそり商売している多くの同業者のように無視できるような出版人ではないし、現代の出版活動において重要な位置をしめてきた。要するに重要人物であり、一定の役割を果たしてきたのである。

実際正直なところ、非難や称賛といった先入観なしに言って、ルメール氏はじつに興味深い描写対象であろう。彼がしっかりした教養や教育を受けたかどうか知らないし、彼にはこれまで二、三度しか会ったことがない。会ったときは教養があるというより激しい人間、育ちが良いというより自己満足した人間のように見えた。そもそも立派な出版人になるためには、教養に富んだ人間である必要がない。本能があれば十分だとさえ思う。ここで本能というのは、売れる本や、結果的に出版社の繁栄を決定づけてくれるような取引を嗅ぎつける本能のことである。そして他の者ならば破産していたであろうような情況の中で一財産築いて、ルメール氏が素晴らしい嗅覚を示したことは疑いないのだ。当初ショワズール小路の小さな店で、売れそうもない詩人の作品だけを刊行していた頃の彼を知る必要があろう。しかし彼の力はまさにそこから、自費出版し、彼が本を売り尽くせなかった詩人たちから始まったのである。

ルメール氏は自分を疑わず、騒々しくて厚かましく、利益をもたらしてくれるような著者にたいして、ときには乱暴なまでに溢れるばかりの善良さを示した。本能的な人間がみんなそうであるように、彼もまた自分の運命の星に向かって進み、かつてパレ＝ロワイヤルの書籍商たちが作っていたと想像されるような、一種の文学結社《セナークル》を店の奥の間に開いた。すると詩人たちが、若く戦闘的で、未来の勝利者たる詩人たちが大勢集まってきた。彼らの多くは自費出版したが、それでも出版人であるルメール氏に感謝の念を抱き、その結果ルメール氏はいわば自分の家族、まさに親衛隊を形成し、それが後に彼を守ってくれることになった。事実、著名な作家たちが彼に変わらぬ友情を捧げてきたし、それは彼が築きあげた絆の強さを証明するものである。だが私がとりわけ着目したいのは、こうして成り立っていく商業的な関係である。

彼らは家族だ。ルメール氏は著者たちに〈君—僕〉《チュトワイエ》で話しかけ、気兼ねする必要のない縁者や弟のように扱う。しかも、彼は自分の立場をきわめて重要視している。あの詩人や小説家たちを世に送り出したのは自分だ、自分という人間がいなければ彼らの作品は出版されず、したがって間違いなく彼らも存在しない。彼は確実に不朽の名声をもたらす叢書を創りだした。そしてひとが征服地を所有するように、彼は文学を所有している。そうなると金銭の問題が浮上してくる。みんな家族なのだから、貸借勘定など何の役に立とうか？　ルメールは求められれば金を出すし、精算は後だ。もし著者が自分の作品が売れているかどうかどうしても知りたいと言えば、彼は紙片に概数を走り書きする。帳簿といったら、法律で要求されているものしか付けていない。刷り部数や仮綴じにかんする帳簿など何になろう。家族じゃないか。そこでは人々がきわめて善良に、まったく自然なまま廉直に暮らしている。父親が子供から信頼を要求するように、彼は著者たちに信頼してくれるよう要求するのだ。争いが発生すれば、誇りの念から厳しい調査をきっぱり拒むだろう。

ルメールが常に理解してきたような意味での出版人としての誠実さは、もちろん疑いを入れない！ 搾取だって！ ああ、なんと忌まわしい言葉だろう！ 彼が立腹し、胸とテーブルを拳で叩くのは当然だ。これまでの彼の言動は礼を失したものですらないし、旧いタイプの出版人のやり方にほかならない。著者は出版人にすべてを負うている、出版人は価値の定かでない所有物にたいしていつも著者に多すぎるほどの金を払っている、出版人だけが資金を投入したのだから危険を冒したのは彼だけだ、したがって自分の良心だけの評価にもとづいて、儲けた金を分配するのはまったく出版人の自由である――そう彼は確信しているのだ。

ルメール氏の弁護士であるプイエ先生が法廷で発したきわめて喜劇的な、みごとな呼びかけの言葉がここで炸裂する。「おお、ラ・フォンテーヌ！ おお、金のなかった十七世紀の偉大なる作家たち！ おお、短靴を一足しか持たず、ときにはそれを修繕させる間裸足で待っていた哀れなコルネイユ！ あなた方は現代の作家といかに懸け離れていたことか！」確かにそうである。おお、搾取されるままになっていた偉大なる作家たちよ！ 今やあなた方がいなくなり、出版人に搾取されなくなったのは何と遺憾なことだろう！

そして今度はポール・ブールジェ氏の登場である。私は彼とかなり以前のちょうどデビュー時代、彼がルメール氏のもとに現れたであろう頃に知り合った。当時の彼は内気でぶるぶる震え、手には初期詩篇の原稿をたずさえていた。健気にも大学と縁を切ったばかりで、ギー=ラブロース通りの狭い部屋で暮らし、ナポレオンとスタンダールとバルザックに熱狂し、飽くことを知らぬ醒めた知性をそなえ、あらゆる感覚が生に向かって開かれていた。その後のことについては贅言を要さない。猛烈な執筆活動、生み出された素晴らしい作品、高潔なる文学的忠誠心、全面的に文学に捧げられた生活、そしてその生活は現代小説の世界においてもっとも独自で、もっとも高貴な地位のひとつを占めるという栄誉によって報われたのである！

顧客であるルメール氏の代理として、プイエ弁護士がきわめて遺憾な弁論によって愚弄し、汚辱にまみれさせようとするのがほかならぬこの作家だ。まず、周知の理屈が持ち出される。ブールジェ氏はルメール氏にすべてを負うているし、感謝の念からその友人となったのに、この神聖な友情にたいして醜悪な忘恩行為でお返しをした。続いて、ブールジェ氏は金儲けだけを考えている人間であり、ルメール氏に出版契約を解除するよう強いるため嘘や中傷さえ厭わなかったと非難される。しかもそれがもっぱら、より得になる申し出をしたらしい別の出版人と契約を結ぶためだというのである。しかもブールジェ氏は皮肉をこめて偉大なる心理学者とされ、最後は彼のプライベートな書簡の秘密まで暴露される。審問の際に、意地の悪いことに彼の手紙が読み上げられたのだが、それによって彼の評判を傷つけ、友人たちと仲違いさせることを当て込んでのことだ。要するに、ブールジェ氏が十二年前の古い会計をはっきり理解しようとしたのだから、卑劣なのは彼のほうだというわけである。

きわめて複雑な様相を呈するこの訴訟を、ここで網羅的に論じることはできない。そうするだけの紙幅が許されていても、やはり躊躇するだろう。なぜならそのためには、『フィガロ』紙とルメール氏のあいだで係争中の別の裁判について、少なくとも付随的に言及せざるをえないからであり、それは不適切だと思う。しかし事件を手短に要約するのは不可欠であり、本質的にブールジェ氏の主張はきわめて明解で正当なので、これは容易な作業である。

ルメール氏とごく親しくし、〈君―僕〉と呼び合うまでになった仲だが、一連の出来事、とりわけ『コスモポリス』の英語版がアメリカで出版されたことが、ついにある日ブールジェ氏の出版人にたいする絶対的な信頼を揺るがした。ことはきわめて複雑で長引いた。友情の快いくつろぎに浸っていたのに、わずか数時間で裏切られたという確信を抱けるものではない。釈明を求める議論となり、ルメール氏はついにこれまでの売り上げをまとめて精算する必要があることを認めた。こうして一八九五年十一月に結ばれた新たな契約では、両者が臨席して決済すること、その決済は一八八三年以来、つまり十二年間でルメール氏が印刷したと言うブールジェ氏の全集四十一万部を対象にすると定められた。この取引はきわめて単純だった。反論の余地ない証拠にもとづいてこの十二年間に印刷された正確な部数を出し、

ポール・ブールジェの肖像

出版人がすでに印税を著者に支払った部数をそこから差し引き、この引き算によって出版人がどれだけの部数の印税を払い残しているか決める、というものであった。

訴訟はそこに起因する。一八九五年十一月の契約にもかかわらず、ルメール氏は両者が臨席して刷り部数を確認するのを妨げ、ブールジェ氏の代理人を納得させるのに必要な書類、とりわけ印刷部数と仮綴じにかんする帳簿を見せるのを拒んだからである。ルメール氏は立腹し、このような調査は侮辱的な疑いを示すものであって、自分には誇りがあるからとても許容できないと言明した。要するに根底にあるのは相変わらず調査の問題であり、出版人は自分が印刷し、売り出す部数を正確に著者に証明すべきであるという問題なのだ。争いの種はほかにない。ブールジェ氏は他の多くの著者たちに続いて、ルメール氏が印刷部数をごまかしているのではないかと疑惑を抱き、決定的な証拠とともに部数を知らせてほしいと要求した。彼がルメール氏を商事裁判所に召喚したのは、ルメール氏がこの証拠を彼に提出しなかったからであり、彼がそれを提出するよう裁判所に命じてもらうためなのである。

周知のように、裁判所は仲裁人を指名することによってブールジェ氏の要求を認めた。仲裁人は訴訟の当事者と対審で、全真実を明らかにするのに不可欠と思われる書類をすべて提出してもらったうえで、決済に着手しなければならない。したがって、印刷部数と仮綴じにかんする帳簿を要求するのは間違いない。ルメール氏が主張するようにそうした帳簿は存在しないというのであれば、少なくともその代わりとなるような書類、たとえば領収書、在庫目録、入金・出金の通知書などを提出するべきである。いずれにせよ、真実が明らかになるだろう。

結論に入る前に、プイエ弁護士について一言述べておきたい。というのも、この事件におけるプイエ弁護士のやり方に私は唖然としているからだ。わが同胞の作家諸氏よ、彼の役割をはっきり見きわめ、思い出しておく必要がある。

プイエ弁護士はプライベートな手紙まで法廷に持ち出し、ブールジェ氏は金銭欲に目がくらんで友情を裏切った者であり、欲深さから旧い友人にして恩人である人間を中傷しているとして、ブールジェ氏の名誉を汚そうとした。これは事件の弁護をし、もっぱら自分の顧客を無実にするため相手側を侮辱する弁護士がよくやる、愛想のいい演技にすぎない。しかし忘れてならないのは、プイエ氏は現在、弁護士会会長の職にあるということである。弁護士会会長たる者は細心の注意をはらうべきであろう、とりわけ相手がブールジェ氏のような文学の巨匠で、濃密な執筆活動と高い自尊心に裏づけられた生活からして、これほど卑劣な侮辱とは当然無縁なはずのひとである場合には、と私は想像していた。

しかし各自が好きなように自分の立場を誇るのだから、弁護士会会長の件は置いておこう。われわれにとってより興味深いのは、プイエ弁護士は国際文学・芸術協会の会長であり、したがって著作権の問題に強い関心をいだくのが責務であり、われわれ作家を愛し、世界中で作家の権利を守るのが専門だと見なされているということだ。最近も、ベルヌ条約を改正するためにパリで開催された会議に出席したではないか。わが同胞の作家諸氏は誰ひとりそこでわれわれの要望を述べるべく呼ばれなかったのだから、おそらくプイエ弁護士が会議の席で全権委員として作家の代表を務めたのだろう。

そしてまさしくその当人がブールジェ氏を罵倒し、ルメール氏のためにきわめて疑わしい訴訟の弁護をし、しかも出版契約にかんして受け入れがたいような理屈を持ち出して弁護しているのである。その理屈がパリ裁判所で文字どおり驚きの念を誘発したことを、私は知っている。プイエ氏の主張によれば、著者は出版人の協力者ではなく、出版契約は双方の参加にもとづく契約ではなく、信頼にもとづく契約である。したがって、出版人の言うことはそのまま信じるべきであって、証拠書類を提出する必要などなく、著者のほうは出版人が搾取したと納得させられないかぎり黙って諦めるしかない、というのである。

さらに、この奇妙な主張はよりいっそう奇妙な推論にもとづいている。なぜ著者が出版人の協力者でないか、お分かりだろうか？　著者はこの件で何も危険を冒さないが、出版人は金を賭けるからだ、と言うのである。著者は何も危険を冒さないだって！　とんでもない、著者はすべてを、頭脳、心情、魂、生活全体を危険にさらすのだ！　著者こそ賭け金であり、出版人は通りすぎていく搾取者にすぎない。問題の根底にあるのは、相も変わらず慈善家としての、文芸保護者としての出版人、著者がすべての恩恵をこうむる出版人という考え方なのだ。ブールジェ氏はみずからの才能と努力によって、フランス文学においてもっとも高い地位のひとつを獲得したわけだが、プイエ弁護士の言うところでは、その地位を手に入れられたのはルメール氏のおかげなのだ。ああまったく、お笑い草ではないか！　ブールジェ氏は自分の力だけですべてを手に入れたのだし、ルメール氏こそブールジェ氏のおかげで財産を築いたというのが真相である！　著者がなければ出版人はないが、出版人がいない著者、たとえば自費出版する著者はいくらも考えられる。これは言わなければならないことだから、今ここで言っておく。ただそれでもやはり、出版人と著者がお互いに奉仕して感謝の念をいだき、もっとも親密な人間関係を保つことに私は賛成する。

出版人ルトゥゼーとアネのきわめてうさんくさい事件でプイエ氏は勝訴したが、そのときの彼の態度に私はすでに驚いた。そして今、私は確信している。プイエ氏はわれわれにとって裏切り者、敵方に寝返った弁護士である。彼はわれわれ作家を愛し、常に作家の権利を守ると断言しているが、われわれから見れば彼はいつでも作家の利益に反して出版人と搾取者を擁護する弁護士にほかならない。しかもそれは彼の愛のしからしむるところだとし、著者を敵に回すのは、著者をみずからの行き過ぎから守ってやりたいからだと言い張る。ありがたいことだ！　まったく驚くほど喜劇的な話ではないか？　君たち、だまって搾取されたまえ、印刷部数について少しぐらい嘘を言われても目をつぶりたまえ。そうすれば、少なくともその点ではあのラ・フォンテーヌやコルネイユに似るのだから！

先の著作権会議でわれわれの権利を擁護したのが、このプイエ弁護士である！　ああ、わが同胞の作家諸氏よ、われわれの権利はなんとよく擁護されたことだろう、プイエ氏はわれわれ作家にいだいている奇妙な愛をどれほど力強く主張したことだろう！

以上から導き出される結論は、出版契約は確かに双方の参加にもとづく契約であり、それは著者に絶対的な調査の権利を付与するのだと裁判所に宣言させることによって、ブールジェ氏が作家に多大の貢献をなしたということである。このような訴訟が引き起こすさまざまな厄介事や不愉快なことを耐え忍んでこの権利を最終的に確立してくれたことで、われわれは全員、彼に謝意を表する。

ルメール氏とともに、ひとつの世界が終焉した。彼の身に起こったことは、いずれ起こるべき運命だった。慈善家と賭博者が混じり合い、帳簿などつけないとうそぶき、著者たちに〈君—僕〉で話しかけ、印税の支払いは気紛れで、自分がもたらしてやるのだと思いこんでいる不滅の名声を勘定に組み入れるような、そういう旧いタイプの出版人の最後の生き残りがルメール氏だった。そういったことは今やすべて終わりで、われわれはその崩壊に立ち会ったわけである。

著作権はひとつの所有権であり、文学的な著作は、何であれすべての著作の利用を現在規定している法律に従わなければならない。ほかならぬそこにこそ、正義と自尊心が宿っているのだ。他に行動指針はないのだから、すでに何年も前からパリの大出版社はそのことをよく知っているし、入念に帳簿をつけ、自分の著作の会計決算を知りたいと望む著者にはいつでも見せられるようにしている。

印刷部数にかんしては、簡単な調査手段が見つかれば、おそらく多くの軋轢が避けられるだろう。文芸家協会でもその手段をいろいろ探したし、現在もなお探していることを私は知っている。いずれその手段が見つかるのは疑いないし、同様に確かなのは、それが本当に適用可能ならばすべての大出版社がそれを受け入れるつもりだということである。そうなれば昔からの争いは終わり、この世で才能ある作家が増えることはないにしても、少なくとも誠実さは増すだろう。


（『フィガロ』紙、一八九六年六月十三日）

宗教

ルルドの奇蹟と政治

奇蹟が驚くほど次々に起こっている。足の不自由なひとが歩けるようになり、瀕死のひとが蘇生し、水腫患者は体のむくみが消える。まるで天が人々の心を捉えるために猛烈な努力をしているかのようである。

第二帝政期に天は休息していた。奇蹟を司っていたのはオスマン氏〔第二帝政期のセーヌ県知事、一八〇九—九一〕とピエトリ氏〔政治家、一八一八—一九〇二。一八六六—七〇年にパリ警視総監を務める〕である。聖人たちはボナパルトにたいして絶対的な親近感を抱いてはいなかったが、彼を許容していたし、舞台裏で雷を鳴らすのはふさわしくないと考えた。帝政初期には、青い衣をまとった婦人が確かに出現した。[1] しかし警察の監視が行き届いている国を歩き回ることにはすぐに飽きたらしく、末期にはまったく出現の奇蹟が起こらなかった。巡礼者たちは音もなく通過し、奇蹟がもたらす些細な満足は信者たちの狭い集団に限られていたのである。

共和制が到来し、天は目覚める。埃にまみれていた天のゴブレットがきれいになり、整頓される。人々は腫瘍、カリエスになった骨、麻痺した手足、損傷した背骨を隠した。天は共和制を望まず、だからこそ激しく動いている。瀕死の下女を癒すが、それはおそらく天がフランスの治療を試みる日にどのような成果が得られるか示すためなのだ。その間にも巡礼団が鳴り物入りで組織され、人々は群をなして奇蹟の泉や洞窟に赴く。途中でひどく騒ぎ立てるので、その騒動を聞くと国中のひとたちが行列がどこかを通っているのだと知る。奇蹟の市場のようなものである。

誰がこの流れを始動させたのか私は知らない。しかし想像するに、それはいくらか偏狭で、あまりに信心深い聖人君子に違いない。疑わしい話がこのように再び流布するのを嘆き、そのため真っ先に被害を受けるのは宗教ではないか、と正当にも恐れる数多くのカトリック信者に私は出会った。何十人かの無学な農民を宗教の側に取り込むような奇蹟は同時に、妥協を嫌う正しい知性の持ち主たちをきっと同じだけ失わせることになる。不信仰者に信仰を取り戻させるためとはいえ、彼らに醜悪で受け入れがたい信仰を強制することほど拙い手段はない。最近の奇蹟はおそらく無邪気なひとたちを喜ばせたであろうが、巧妙なひとたちによって活用されることはまったくなかった。それゆえ私は、奇蹟という天の魔術がこのように熱狂的に覚醒したのは単に過度の信心があったからだと考えている。

私がこのような人々の立場にあったら、こうした古くさい手段は控えめに使うだろう。もはやひとは誰も回心させることなどできないし、英雄的な時代を再現しようとすれば同胞を失う。われわれは今や神話とは無縁の時代に生きているのだ。叙事詩を書くために超自然的なものを必要とするのはド・ロルジュリル氏〔作家・政治家、一八一一—?〕だけである。科学の世紀に叙事詩は死滅したし、ペローの童話はルイ・フィギエ氏〔科学知識の普及に努めた作家、一八一九—九四〕の科学的な啓蒙書に取って代わられた。子供たちは親指太郎〔ペローの童話の主人公〕などもはや信じていないし、太陽系惑星群の中に天国のための場所はないことを知っている。このような物語の終焉、現代の実証主義的な流れは忌まわしい徴候と思われ、王党派的あるいは宗教的な寓話を紡ぐ詩人たちをがっかりさせるかもしれない。それでもわれわれは目的に向かって進んでいる、つまり、地平線のもやの中に高い建造物がかすかに垣間見えるだけとはいえ、自由と真理の都市に向かって進んでいる。

ド・フランリウ氏〔カトリックで王党派の政治家、一八一〇―七七〕がルルド〔南仏の聖地〕の洞窟まで行って、義務教育に反対する投票用紙を探し求めるのは理解できる。科学が糾弾され、アルファベットの最初の文字を学ぶことが不幸の始まりというわけである。中世の闇では奇蹟が星のように輝きながら出現していた。その後、近代の陽光が上るにつれて、奇蹟は古い月のようにかすんでしまった。現代の太陽を背景にすれば、奇蹟などもはや真昼に灯されたロウソクの消えかかった淡い斑点でしかない。そして科学がさらに輝けば、完全に消えてしまうだろう。

要するに右翼はルルドに行って、闘うための力や尽きない言葉や有無を言わせぬ論拠などを要求しなければならない。学校の扉を閉めて、ルルドを守ることが重要なのだ。議員たちの聖なる行列は、ド・フランリウ氏の白旗に先導されて洞窟まで登っていくだろう。裸足で登り、洞窟にたどり着いたら奇蹟を懇願するだろう。その場での奇蹟ではなく、カバンに入れて持ち運べるような、そして望みの場所で出現してくれるような力をもった奇蹟である。議会が再開したら、グループの中でもっとも純粋なド・ガヴァルディー氏〔極右の政治家、一八二四―一九一〇〕がカバンを机の上に置くだろう。すると奇蹟がそこから出てきて、フランスは教育という災厄から救われるだろう、というわけだ。

奇蹟の洞窟には 1864 年聖母マリア像が設置された。

ルルドには聖堂が建立され、多くの巡礼団が押し寄せた。

いったいこの奇蹟とは何だろう？　それは微妙な問題である。強硬派の人々はティエール氏と内閣を滅ぼしてくれるような雷の一撃を望んでいる。穏健派の人々は、青いドレスと黄色の胴衣を身につけた美しい婦人が顕現することによって、罪人《つみびと》が改悛することを夢想する。他方、抒情的な魂の持ち主たちは罪人の運命を気にかけることなく、シャトレ劇場で行われるような舞台の急変が起こり、それが議会の演壇を、年金と肩書きを有する貴族を周囲にしたがえて国王が座る玉座に変えてくれることを望んでいる。ただし懐疑的な人々——以上のひとたちの中に懐疑的なひとはかなりいる——が言うには、このようなちょっとした社交ゲームはルルドの洞窟よりもロベール＝ウーダン〔手品師、一八〇五—七一〕の小部屋でより簡単に見いだせるはずだ。

教権派があえいでいる。政治集団がお祈りをするようになったら、死期は近い。もし実際に多くの議員がド・フランリウ氏の呼びかけに応じれば、右翼は降参し、修道院に隠遁して、この世の悲惨を改良する務めは良識と活動力をもった人々にゆだねることだろう。王政とその支持者を超人間的な雲のかなたに決定的に追いやり、共和国が静かに現世を統治することを可能にするこの巡礼の旅を、われわれとしては歓迎する。

ああ！　もし奇蹟がどれほど邪悪な者たちの企図に役立つものか天が知っていたら、奇蹟を起こすという仕事はいっさい止めることだろう！　共和主義者の奴らときたら、泉や洞窟がまだ足りないと思っている。そして教権派の怒りをすべて水に流せるような泉と、フランスの狂女たちをすべて閉じ込めておけるような洞窟をほしがっている。まったくあなたがた教権派の人々は臆病すぎるし、奇蹟の治癒を十分もたらしていない。今のところ麻痺と、腹部や下肢の病気を治してくれるだけだ。体のもっと上のほうに配慮し、盲目のひとの目を開け、斬首されたひとの首を繋ぎ合わせ、死者を甦らせてみたまえ。そうなればわれわれも嬉しい。私があなたがたの立場にあったら、天の高みから処女マリアを降臨させるだけでなく、天国全体を一列に降臨させるだろう。道では誠実な通行人と出会うように聖人たちと出会い、彼らが挨拶してくれることだろう。聖ヨセフと昼食を、聖アントニウスと夕食をともにするだろう。それなら少なくとも気持ちはいい。共和制はそれより三か月前には宣言されるだろう。

そう、あなたがたが予期していないこの唯一の奇蹟をあなたがたは目にすることになろう。あなたがたの泉、洞窟、聖遺物、行列、おとぎ話はすべて、民衆が蝕まれている古くからの社会的麻痺を癒し、おかげで民衆は共和制の真実を悟って怒りのために蜂起することだろう。

（『クロッシュ』紙、一八七二年九月二十九日）

（1）「青い衣をまとった婦人」とは聖母マリアのこと。実際、第二帝政期にはフランスのあちこちで聖母マリアが顕現するという奇蹟が起こった。もっとも有名なのは南仏ルルドで一八五八年、羊飼いの少女ベルナデットが洞窟の中に聖母の姿を認めた奇蹟である。宗教史的に言うと、一八五〇年代は聖母マリア信仰が頂点に達した時代であった。

科学とカトリシズム

宗教は永遠だと言われる。もちろんそうだろうが、科学もまた同じように、あるいはそれ以上に永遠である。すべての誤解は宗教という言葉とカトリシズムという言葉の混同から生じる。宗教や宗教感情が永遠だということは認めるし、私もそう思う。しかしだからといってカトリシズムが永遠だということにはならない。なぜならカトリシズムは宗教の一形態にすぎず、いつでも存在したわけではないし、その他の宗教形態がそれ以前に存在していたし、その他の形態がこれから生まれるかもしれないからである。せいぜい言えるのは、現在のところカトリシズムが最良の宗教形態だということで、この点にかんしても議論の余地はある。カトリシズムが最良の宗教形態だと考えているひとがいることは私も理解できる。しかしその逆だと考えているひとがいることもまた、ごく当然である。

カトリシズムを擁護する者の主張によれば、それは最良の統治機構であり、階層、治安、権力、統治そのものである。そのように主張するとき彼らはまさにそのことによって、もしこの統治形態がすでに時代遅れであり、新たな時代の波に押し流されてしまいかねないことが証明されれば、自分たちこそが真っ先にカトリシズムを消滅の危機に追いやってしまうかもしれない、ということに気づいていないのだろうか。
　だが私の本当の論拠は別のところにある。私から見れば、科学がカトリシズムの教義をすでに解体し、今後もますます解体していくだろうから、カトリシズムは科学を前にして消滅する定めにある。そして教義のないカトリシズムはもはやカトリシズムではなく、別のものになる。科学は宗教に避けがたく影響を及ぼすのだから、両者はまったく別ものだと言うのは冗談にすぎない。天国や地獄の観念が打ち砕かれ、未来の報いや罰をもはや信じない教養ある国民にあっては、カトリシズム全体が崩壊する。ローマに本拠を置く宗教形態は何も残らない。

　こうして科学が宗教を破壊してしまう、と私は言いたいのではない。ただ科学は確かにカトリシズムという宗教形態を破壊するだろう。新たな宗教が生まれるとすれば、それは別の宗教になろう。カトリシズムが現代世界でもはや存続できないのであれば、かつて異教が消滅したようにカトリシズムも消滅するだろう、あるいはむしろ変貌するだろう。お望みとあらば、新たな宗教も福音書に依拠するだろうが、その場合は福音書が異なる解釈を施され、単に道徳律と見なされるだろう。

　確かなのは、宗教感情が人間において永遠のものだとすれば、カトリシズムはその感情の一形態にすぎず、科学によって粉砕されてしまうかもしれないということである。というのも科学の成果は永久に獲得されたものであり、科学が見いだす真理は持続するからだ。教義が科学に適応してくれるように科学は教義を追い込むが、他方、科学は教義に適応する必要がない。例の科学の破産という説は途方もなく馬鹿げた主張である。[1] 科学は万能であり、信仰こそが科学を前にして揺らいでいるのだ。カトリシズムは国家がそれを基盤にできないほど腐敗していない、と政治家たちは思っている。しかし学者や単なる良識人の感じでは、カトリシズムという古くさい形態が崩壊し、何らかの分裂によって若返り、現代社会と、より知的で自由な未来の国民に適応できるようになる日は遠くないだろう。

ヴァチカンはどれほど柔軟になろうと、ある一定の妥協点を越えれば持ちこたえられない。勇敢ならば、教義をひとつひとつ放棄してみじめに滅びるより、最後まで活動するほうを好むだろう〔私が描いたボッカネラ枢機卿[2]がまったくそうだった〕。それにヴァチカンはいかなる教義も放棄できない。教義を象徴的な観点から理解すべきだと主張する人々はそれをローマ教皇に言ってやるべきだろう。教皇がどのように彼らを遇するか分かるはずだ。カトリック教義の神秘や奇蹟を前にして国民全体が肩をそびやかすとき、十年後か百年後にはカトリシズムも終わりだ。腐った果実のように落ちるだろう。

ローマ教皇レオ13世(在位1878–1903)。ゾラの小説『ローマ』(1896) にも登場する。

例の科学の破産という問題に立ち戻る。科学が後退したことがあるだろうか。カトリシズムこそ科学を前にして常に後退してきたし、これからも常に後退せざるをえないだろう。地球が太陽のまわりを回っているというガリレオの考えは、聖書に対する冒瀆として処罰された。だが今では、司祭自身も大学では地球が回っていると教えている。太陽を止めたヨシュア〔聖書中の人物〕についても同様である。科学は絶えずカトリシズムがこのように後退し、聖書を解説し、象徴による解釈に逃

ヴァチカンに赴いたゾラが門前払いを食ったことを揶揄するロシアの諷刺画

れることを強いるだろう。科学はけっして立ち止まることなく、絶えず誤謬を訂正して真理を獲得していく。科学がすべてを一気に説明できないからといって科学が破産したと言うのは、じつに愚かしいことだ。科学はますます狭まるとはいえ一定の領域を常に謎のまま残し、これからも残すであろうし、啓示された仮説が常に謎の解明のために用いられるかもしれないが、それでも科学が古い仮説をますます打ち砕き、これからも打ち砕いていくだろうことは確かである。そうした古い仮説は証明された真理を前にしてはもはや成り立ちえない。カトリシズムの場合がこれに当たり、今後ますますそうなるだろう。

常に何か未知のものが残るのは確かだから、おそらく人間は永遠に信仰を抱くだろう。私がここで信仰というのは、観察と実験の科学を離れたところで、啓示された仮説つまりわれわれの理解を超越する真理と見なされた仮説を証拠なしに信じることである。

常に何か未知のものが残り、われわれは最終原因についてはけっして正確な情報を得ることはないと認めよう。そして科学がおこなうますます複雑な調査を前にして、宗教感情がどうなるか見てみよう。もちろん教義は単なる象徴に還元されざるをえないだろうし、宗教は日々ひどい迷信や、奇蹟の観念や、自然に反する主張を放棄し、道徳や、未知の優れた力という観念や、あらゆる神話を払拭した理神論の中によりいっそう逃れることになるだろう。

かつての、そして現代のあらゆる宗教と同じように、カトリシズムも本質的にはひとつの世界解釈、できるかぎり多くの幸福と平和を地上にもたらすための優れた社会的・政治的な法にすぎない。

ローマ教皇と枢機卿団はともに、カトリシズムこそ幸福で善良な生活を保障する唯一の規範であり、それから外れれば悲惨と破滅しかないと確信しているに違いない。カトリシズムという法はそれゆえすべてのことに関連し、人間的なものになり、そしてすべての人間的なものがそうであるように死すべき運命を定められている。一方でカトリシズムはそれ自体で存在し、他方では科学も存在すると主張してカトリシズムを特別視しようとするのは、冗談にすぎない。科学は全体的なものだし、そのことはすでにカトリシズムにじゅうぶん思い知らせてきた。カトリシズムが最後の裂け目の中に呑み込まれる日まで、科学が作り出す亀裂をカトリシズムが絶えず修復するよう強いることによって、科学はそのことをいっそう思い知らせるだろう。人々が科学にひとつの役割を指定し、ある種の領域に参入することを禁じ、科学はもうこれ以上進歩しないだろうと予言し、ついにはこの世紀末に至って、すでに疲弊した科学は退行していると言明するのを目にすると、笑わずにはいられない。ああ矮小な者たち、偏狭な頭の持ち主あるいは頭の悪い人間、姑息な手段しか知らない政治家、追い詰められた独断家、実現されなかった昔の夢を復活させようとする権威主義者よ、科学は前進し、あなたがたとあなたがたの論拠を枯れ葉のように押し流してしまうだろう！

文学者、学者、あるいは哲学者が十九世紀末に科学は破産したと平然と宣言するという精神的風土は、興味深い研究対象であろう。未来に向けて何と大きな恥辱、何とひどい物笑いの種を彼らはみずからに用意していることか！　未来の諸発見の真っ只中でこれから始まろうとする世紀にあって、フランスの学校や実験所の奥で今まさに練り上げられているあらゆる研究がみごとに開花する中で、これから生まれるべき偉大な国民の広く穏やかな知性に辱められた彼らの記憶は、何と卑しく貧相な姿を示すことだろう！　健全で疲れを知らない生涯を送るためには、人生は常に良いほうに向かっており、現在の混乱した波乱の多い時代はきっとより平穏な真理の時代を準備しているのだ、という希望を持つべきだし、またそう考えるべきなのだ。しかしながらあの不幸の預言者たち、あの性急な人々、あの臆病な人々、あまりに長い道のりの恐怖感にとらわれたせいで今からすぐ後戻りしようとしている人々を許してやろう。彼らにもそれなりの弁明があり、それを列挙したり、敷衍したりすることはできよう。それに独創性を追い求める若い文学者、青年たちの思想に不安を抱く老人、勃興する民主主義に狼狽している支配者、人々の魂の救済をつかさどり、いまだにトルコのスルタンとヴェネツィア共和国を結びつけることを夢想しているような生まれの良い作家、購読者に媚びようとする新聞社主、彼らはみんな国民を救済しようとしている病んだ頭脳の持ち主で、自分たちの無為に残された最後の理性を騒乱から救いたいと思っている暇人なのだが、結局のところそうした人々はけっして多くないのである。

要するに、それは微々たる少数者にすぎない。彼らが科学の破産を宣言している間にも、真の青年、多くの青年、学校と場末の青年は明日の真理のために働き、成長していく。科学が破産したはずがない、なぜなら科学は何も約束しなかったのだから。真理を徐々に獲得していく過程にほかならない科学は、絶対的なものを約束できなかった。ひとが何かをあげたり、建物を建てるときのように、科学が一気に全真理を提供しようなどという自惚れをもったことは一度もない。

カトリシズムのような構築物は、まず第一に啓示と形而上学と信仰が生みだしたものである。科学の役割はまさしく、それが進歩し、明晰性から構成されるにつれて誤謬を打破していくことにほかならない。しかし少なくとも現在では、科学は完全な最後の言葉を言えると約束できないし、自分の役割を論理的に踏査を続行することだけに限定している。となれば、これまで何物にも止められなかった歩みの途次で破産するどころか、科学こそ教養のある健全な頭脳の持ち主たちにとって唯一の真理ということになる。科学に満足できないひと、直接的で全体的な認識を必要とするひとには、どんな宗教的仮説でも立ててみるという手段がある。ただし、もし彼らが正しいことを言っているのだと思われたいのならば、すでに承認された真理だけにもとづいて仮説を樹立するという条件つきではあるが。明瞭な誤謬にもとづいて打ち立てられたものはすべて、崩壊するしかない。

（一八九六年、『パリ』の準備ノートの中に見出されるテクスト）

（1）「科学の破産」は批評家ブリュヌティエール（一八四九―一九〇六）が唱えた有名なテーゼ。ブリュヌティエールは『両世界評論』誌の主幹を務めた社会的カトリシズムの論客で、自然主義文学を厳しく批判していた。一般的に言って、十九世紀末は文学、哲学、社会科学の領域で知識人のカトリシズム回帰が顕著になった時代である。

（2）ボッカネラ枢機卿はゾラの作品『ローマ』の作中人物で、非妥協的カトリシズムを体現する。

パリ

オスマン時代のパリの浄化

第二帝政には清潔ということにかんして奇妙な気紛れがあった。部屋の真ん中を掃き、ごみを家具の下に押し込む主婦のようにしていたのである。帝政はパリの舗道を掃き清め、泥はすべて家々や邸宅の中に入れていた。

絹のドレスをまといながら汚れたペチコートや、穴のあいた靴下や、ぼろぼろのシュミーズを身につけている哀れな女がいるものだが、帝政はまさにそうした女に似ていた。下水口に金箔を塗っていたようなものだ。その夢といえば町に塗料をぬって盛装させ、通りを一直線にすることであり、その後は町がいわば裸足になっても構わず、裂け目や脂の染みをレースのリボンで隠していた。

建物の偽りの贅沢さをすべて正面だけに並べようとするこの欲求ほど特徴的なものはない。盗人だけが自分は正直者だと言い、汚い人間だけが手を洗うふりをする。リヴォリ通りや、ラ・ファイエット通りや、その他の新しい道路は帝政には不釣り合いなくらい真っ直ぐだ。オスマン氏(1)のパリは巨大な偽善、途方もなく陰険な虚偽である。広くすっきりした大通りは偽りであり、オスマン氏と結託していた。大通りは十二月二日からスダンに向かって延びていたわけではない(2)。花が植わった小広場や大きな公園は偽善者の微笑を浮かべ、それによって汚いベンチを隠し、町を吹き抜ける臭い風を食い止めようとした。新しい石膏、漆喰、けばけばしい塗料などはすべて醜い割れ目を隠し、家の崩落と、不治の傷と、やがて来る崩壊を隠蔽していた。

入れ歯と鬘をつけ、コルセットで腰を大きく膨らませたフランスはしなを作り、ヨーロッパ中に愛嬌を振りまいた。それゆえ、風が吹いて歯と巻き髪が飛ばされ、体つきが崩れたとき、まるで一週間前から何も食べていないのにシャンペンで酔いしれた都市のように、哀れなパリの町は絹のぼろ着をまとってぶるぶる震え、蒼白く、痩せ細っていた。

町を清掃するために、オスマン氏はまず古いパリ、民衆のパリに切りこんだ。シテ島地区を取り壊し、伝説に富む界隈の真ん中に大通りを走らせ、裕福な界隈を城壁まで延長した。そして清掃の仕上げとして民衆を追い出し、近くの森に閉じこめようと考えた。

行政当局はとりわけ、パリ市に併合された郊外の祭りに激しい憎悪の念を抱いた。その祭りは、帝政が夢見た巨大な家具つきホテルのような町の美しいシンメトリーを乱したからである。帝政が望んでいたのは輝く階段の手すりであり、磨かれた廊下であり、各住人の戸口に置かれたブーツであり、あとはホテルのボーイたちが目立たないように往来する姿だった。要するに、大きな厩舎のように清潔に保たれた廊下に従僕の群れがいるという状態である。

民衆の祭りはこの理想を妨げるものだった。祭りのときは絨毯の上に大道芸人のぼろ着や、くずれたパイ菓子や、パン・デピス〔ライ麦・蜂蜜などで作るアニス入りケーキ〕のかけらが散らばる。上品ぶった帝政は目を伏せて、民衆という巨大な女を見まいとした。道化師のとんぼ返りや足蹴りにかすかな嘲笑を感じとっていた。そして高尚な芸術観は手回しオルガンや、縁日のサーカスの彩色布や、野営地の混乱のなかで歩道にそって立ち並ぶ粗末な小屋を許容できない、と帝政は言っているようだった。

したがって帝政は周辺地区の祭りをきびしく取り締まり、モンマルトル、ベルヴィル、モンルージュの祭りなどを次々に廃止した。大きな縁日、とりわけパン・デピスの縁日にも手をつけようとしたが、時間がなかった。他方で帝政は露天商人、大道芸人、そしてあらゆる種類の賭け事を追い詰めた。帝政末期にある露天商人が私に、仕事にまつわるあらゆる苦労を語ってくれたものだ。彼らは警視庁の言いなりで、警視庁はお気に入りの商人たちに最良の場所をあたえ、ちょっとした違反でも商品を押収し、祭りの民をまるで徒刑囚の群れであるかのように支配した。

シャン＝ゼリゼ大通りはおそらく、古くからの市門は恥ずかしいと言い張り、帝政はシャン＝ゼリゼ大通りの言い分を認めたのだ。というのも市門では、縁の欠けた卵立てをもらえるトゥルニケ〔ゲームの一種〕や、二スー出せばオペラグラスで恋人を眺められる粗末な見世物小屋が禁止されたからである。

そこでオスマン氏は祭りを整理し、大通りにふさわしいものにしようという称賛に値する素晴らしい計画を思いついた。パリの町を驚かせたあの白と緑の縞模様のはいった小屋を建てさせたのだ。その小屋は帝政のすべてを語っている。それは不可能性のなかで発揮されたかわいらしい滑稽さである。見た目には上品であり、文明の魅力に貼りつけられた張り子材料である。

セーヌ県知事オスマンのパリ改造計画にもとづく土木工事

小屋にはひとが入らなかった。それならば白と緑の制服をまとい、窮屈で陰気なこの小屋に行って、野外でガレットを焼く大きなかまどを据え、丸いクッキーを賭けるトランテ－キャラント〔トランプゲームの一種〕をし、遺体安置所のようにケンケ燈の下で光り輝くガラス細工を並べるがいい。歩道に沿って設営されたテントで起こる偶発事、けばけばしい色彩をもちいる商人たちの想像力、パレードの太鼓とともに鳴り響くあけすけで陽気な喧噪、フライパンの油、トゥルニケの鉄線を引っ掻くペンがきしる音、そうしたものは民衆の祭りに残しておかなければならない。喚くもの、目をくらませるもの、強烈なにおいを放つもの、それが祭りなのだ。

行政当局は町の直線化がもっぱら公爵夫人が住むのに役立つと悟ったとき、祭りを追放しようとした。そして祭りを流刑にしてある島に閉じこめようとし、その任務をゴディヨ氏に託した。選ばれたのはサン＝トゥアン島である。広大な芝地が恒久的な露天市に変えられ、そこに店を開きたい露天商は嬉しいことに、三年間にわたってわずかな土地を使用できることになった。悪い考えではなかった。貧しい人々にとっても、場末からほど近いところに散歩場ができたのだから。

最初の年は天候が不順で、この試みはあまり成功しなかった。二年目は戦争が勃発し、この小さな植民地にとっては破滅的だった。工兵隊が彼らを追い出した。小屋は手押し車に乗せられて寂しくパリに戻り、露天市は移動させられ、その代わりに砲弾が製造されるようになった。

巨木が生い茂る林で、遠くのほうでセーヌ河の水に緑の陰を落としていたサン＝トゥアン島は、今ではもう単なる荒れ地、平らで灰色の土地にすぎない。それは死んで灰色の水に浮かんでいる巨大な鱒の腹のようにに見える。

帝政時代のように偽善の欲求を感じない共和国は、パリ市に併合された村々に祭りを返してやるのが賢明というものだろう。この世界を取り締まるのが困難で、露天商人の集団の中にはならず者が多く混じっていることは私も知っている。しかし祭りは貧しい界隈の楽しみであり、数多くの不幸な人々の生きる支えなのである。悲惨な今の時代、これは決定的な論拠であろう。

宵の生暖かさの中で、脂のにおいが子供たちの鼻をうつ。蒼白い顔の大柄の娘がぶらんこに乗って、詩人が謳った怠惰なサラ(3)のように何時間も揺らしている。槽《ふね》と鏝を背負ったまま耳を傾ける左官たちに向かって、もし自分がていねいに断らなかったら未開人の女王さまと結婚していただろうと、あるお人好しの男が言う。十九歳の奇妙な男が十六歳の奇妙な娘に向かって、ウーブリ〔円錐形のゴーフル〕をご馳走してやろうと粋な申し出をする。そして一群の男たちが葦の横笛でシューベルトの幻想曲を奏でながら通りすぎていく。

その間にも、消えた豆ランプに星の光が暖かい雨のように降りそそぎ、貧しい人々は自分たちのシャン＝ゼリゼ大通りの楽しみに満足しながらベッドに入るのである。

（『クロッシュ』紙、一八七二年六月八日）

（1）ジョルジュ・ウージェーヌ・オスマンは政治家・行政官、一八〇九―九一。第二帝政期ナポレオン三世に抜擢されてセーヌ県知事となり、首都パリの大改造事業を断行した。その事業の評価については当時から賛否両論があった。

（2）「十二月二日」は一八五一年十二月二日のことで、ルイ・ナポレオンがクーデタを敢行した日。スダンは一八七〇年の普仏戦争でフランス軍がプロシア軍に敗北を喫した場所で、これによって第二帝政が崩壊した。

（3）ヴィクトル・ユゴーの『東方詩集』（一八二九）に収められている「水浴びするサラ」への言及。この詩は「美しく怠惰なサラは／身をゆする／ハンモックにおさまって」という詩句で始まる。ちなみに、ユゴーはゾラが青年時代に愛読した作家である。

ロンシャンの競馬

　フランスでは賭博者は追い詰められ、賭博場があるという通報を受ければ警察は容赦なくそれを閉鎖するなどと、いったい誰が言っているのか。日曜日の真っ昼間、太陽のもとで巨大な賭博場が開かれ、莫大な金額が賭けられた。軍隊はいたが、それはなんと賭博者を追跡するためではなく、逆に必要とあらば彼らを助け、保護するためだった。

　警察が競馬場を現場検証するよう促すことによって、私は善良な市民としての義務を果たすことになると思っている。もし飢えてやつれた何人かの哀れな男たちが夜バティニョール界隈の小さな家に集まり、脂じみたトランプでカード遊びをしたら、警官は腹を立てて駆けつけ、道徳やその他立派なものの名においてその男たちを追い払うだろう。ところが、立派な身なりの紳士たちが、それ以上に立派な身なりの淑女たちをともなって、鞭や日傘を弄びながら馬や馬車でブーローニュの森にやって来れば、話はまったく別である。(1) 彼らは平然と巨額の金を賭けられる。道徳がそれを許容しているし、警官は広さが二、三平方キロもある賭博台のまわりに野次馬連中を並べる。上流社会の人々はまじめに、春のように優雅に破産していく。

賭博、なんと下品な言葉だろう！　上流社会の人々は賭博なんてやらない、賭け事をするだけだ。その違いは大きい。大きいからこそ政府は競馬を奨励し、賞を設け、ロンシャンで大きな競馬があるときは要人が臨席するのである。

看板がある。「馬種改良」と書かれた滑稽な看板だ。ああ、まったくお笑い草だ！　自転車と鉄道の現代にあって、馬を改良し、町全体を騒がせて得られた改良の結果を確認するというのは、想像しうるかぎりもっとも途方もない冗談のひとつであろう。まったくここだけの話だが、競馬が始まって以来、一般に使用されている馬、たとえば辻馬車の馬が以前より速く走り、馬肉が以前より歯ごたえが柔らかくなったと思う読者はいるだろうか。

そう、競走馬は温室でつくられた産物で、外気に当たれば衰えてしまうのだということを率直に認めていただきたい。それは大小の賞を勝ちえて馬主の利益になるだけなのである。調教は生理学的に興味深いというだけの話で、それ以上のことは何もない。一日でいいから馬に課した規律を止めれば、馬は善良で健気な動物にもどり、有益な仕事のためにまっとうに走り回るだろう。

もしどうしてもレースが見たい、改良するという強い熱意があるのならば、なぜ大通りの女性たちのためにレースを設けないのか。彼女たちこそ訓練によって体を鍛え、優雅さと健脚をそなえてもらうのがふさわしい種族なのだから。これは検討に値する考えである。

ロンシャン競馬場のグランプリ・レース（上）とパドック〔レース前に馬の状態を観客に見せる場所〕に群がる男たち（下）

その間にも、ティエール氏〔政治家・歴史家、一七九七―一八七七。当時の大統領〕がわざわざやって来る。氏は仕事をさぼり、ヴェルサイユを出てロンシャンに来たのだ。まわりには大臣たちが控えており、盛大な儀式である。軍法も忘れられる。共和国大統領は晴れやかな顔で大勝利を予想し、「ベリエ」という馬の魅力に思わず微笑を浮かべる。翌日議会に辞表を提出し、もし議会が辞表を受理したりすれば内乱になるだろう、などとはもはや考えない。今は馬種改良が偉大な人々の心を占めているのである。

ご婦人方の観客席は満員だ。貴族の女性、パリの美女や優雅な女性たちが皆そこにいる。若鶏が血を抜かれると考えただけで気絶するような怖がりの女性たちもやって来て、馬が転倒して騎手のあばら骨を折るというような事故をひそかに待ち望んでいる。太陽のせいで白い手が日焼けし、雨のせいでスカートの広いすそ飾りがびしょ濡れになる。それもまた快い。ご婦人方は崇高なまでの微笑みをたたえ、オペラコミックの書き割りを見るように風景にオペラグラスを向ける。なかには馬を見つめるご婦人もいる。

権謀術数に長けた政治家ティエール。1871–73 年に共和国大統領を務めた。

馬車がひしめき、ぶつかり合う。群衆がブーローニュの森のあらゆる小道へと流れていく。十万人もの物見高い人々がやって来るが、彼らには何も見えない。爪先立って眺めると、舞い上がる埃の中にようやく赤、黄あるいは青の点が四つ五つ目に入る。それが騎手だ。群衆は何も理解できないが、それでも興奮する。

というのも、十万フランの大賞のためにフランスとイギリスが争っているからである。群衆もご婦人方もティエール氏も、愛国心からそこにいるだけなのだ。この闘いの大きな意義を理解できないのは私のような薄情者だけであろう。グラヴロット〔フランス東部の村で、普仏戦争の激戦地〕でさえこれほど劇的な逸話はなかった。「クレモーン」が先頭に立つと、フランス人全員の心が凍りつく。「ベリエ」が数馬身リードすると、イギリス人全員の心が張り裂けんばかりになる。劇的な瞬間、極度の興奮。フランスに神々のご加護がありますように！

注意してほしいのだが、「ベリエ」は「クレモーン」と同じようにイギリス産であり、イギリス式に飼育され、乗っているのはきっとイギリス人騎手なのである。フランス的なのは名前だけ。しかも私はその名付け親を祝福しようとは思わない。動物につけるべきではないような華々しい名前があるものだ〔ベリエは有名な弁護士・政治家、一七九〇―一八六八〕。しかしどれほどイギリス的であれ、「ベリエ」はフランスの厩舎に所属するのだからフランスの馬というわけである。奇妙な屁理屈だ。告白すれば、これには少し当惑するし、これほど国籍の疑わしい馬の脚に自分の愛国心をささげることには躊躇を覚える。

その間にも、大きな悲しみが群衆のなかに広がる。ティエール氏は打ちのめされ、ご婦人方はこっそり涙を拭う。「ベリエ」が敗れたのだ、フランスが敗れたのだ。十万人の観衆の心がひとしくすすり泣きながら鼓動する。競馬場では数人のイギリス人が勝利に酔い、勝ち誇って野蛮な叫び声をあげる。可哀想なフランス、これが最後の打撃だ。フランスがイギリスから借りた馬よりイギリスの馬のほうが速く走るという今、フランスはけっして立ち直ることはないだろう。

夜は当然のことのように、マビーユ〔シャン=ゼリゼにあった遊興場〕では騒ぎが起こった。勝者と敗者はご婦人方の彩色された鉄板を張った寝室に赴いて、競馬の話で盛りあがることになるだろう。ただこの裕福な道楽息子たち、侯爵、伯爵、あるいは単なる百万長者たちは酒がはいると気が荒くなり、デザートの頃には愛国心が昂揚する。そうなると飛びかからんばかりに馬の話となる。フランス万歳！　イギリス万歳！　そして殴り合いだ。これがわれわれの復讐の始まりなのである。

（『クロッシュ』紙、一八七二年六月十三日）

（1）現在もブーローニュの森の中にあるロンシャン競馬場は、パリ最大の競馬場である。オープンしたのは第二帝政期の一八五七年のこと。当時の競馬場は上流階級の社交場のひとつになっていた。

パリの廃墟をめぐる散策

私は哀れなパリの街路を歩き回った。パリは雨で黒ずみ、陰気な春の湿気に覆われていた。家並みは深い憂愁につつまれ、大通りは、にわか雨に穿たれ泥をかぶった急流の河床のようである。そしてセーヌ河はまるで、空から降ってくる不吉な煤をすべて黙々と押し流しているようだ。

私は廃墟がどうなっているのか見たかったのだ。(1) おそらく晴天の日が数日続けば、歴史建造物も木々のように再生するだろうと私は考えていた。熱い太陽のもとで壁は立ち直り、屋根が花咲き、青いスレート葺きの葉を広げることだろう。パリの腐植土は肥えているから、古い石にも生命の樹液をたぎらせるだろう。ところが春はあまりに寒く、水は木々の根を腐らせ、すべてが未熟なままに生えてくる。

この冬のような空の下で、私は崩れかけた壁や開いた窓が目に入ってくるだろうと予期していた。パリはまだ夏の装いができていない。一本の木が雷に打たれると、翌年の春には至るところから緑の芽が生えてきて、それが枝の裂け目や幹の傷を隠してくれる。木の葉は絶えず若返るのだ。他方、都市の死の苦悶はもっと長く続く。

ほとんどすべての家は焼かれたり、砲弾で壊されたりしたが、今では真新しい漆喰の白さを見せている。まだ新しすぎる。いくつかの地区では、壊れずに残った黒ずんだ家々のそばにそうした白い家が立っている。屋根のない家があれば、端から端まで砲弾が貫通した家もある。またある家は、道の曲がり角で目についた白い動物の残骸のように空《から》で、窓にはすべて火災の痕跡が黒くなまなましく残っていた。そして今や広場の片隅で白い漆喰をドレスのようにまとった家は、まるで花嫁のようではないか。家主が家に住人を呼び戻そうとしているのだ。

国家の復興はもっと緩慢だ。裁判所は修復されつつあるが、残骸の撤去に数か月要したし、現在は壁に取りかかっている。天秤〔正義の象徴〕を持っている蒼白い「無邪気な女」の像を冬の間中寒さに震えさせておくわけにはいかないのだ。法廷と監獄は社会の基盤であり、その堅固さは秩序を維持するのに必要である。

パレ＝ロワイヤルも修復されており、そこにはどうやら中央郵便局が設けられるようだ。屋根組はすでに出来ており、林立する工事の足場のあいだから新しい屋根が見える。工事のほうはまだ何週間もかかるだろう。

そしてまたレジオン・ドヌール館も修理が進んでいる。ここでは労働者たちが見事な働きを示してくれた。外壁工事はすべて完了している。あとは内装を復元するために指物師、錠前屋、そして塗装工を呼べばいいだけだ。

これがすべてである。他の場所ではひとりの労働者の姿も見かけなかった。まもなく基礎工事をするポ

鉄骨ガラス張りのパリ中央市場。ゾラの小説『パリの胃袋』(1873) の舞台となる。

ルト＝サン＝マルタン劇場については語らないが、これは特殊な工事である。それを除けば、新たな建設計画と見積もりが定められた市庁舎や、チュイルリー宮や、国務院《コンセイユ・デタ》や、食糧貯蔵庫〔パリ四区にあったが、一八七一年に焼失〕には誰もいない。廃墟は雨にさらされて風化し、開いた傷口をとおして恐るべき年を相変わらず物語っている。

告白させてもらえば、重苦しく謎めいた偉容で何かしらエジプトの墓を想わせる国務院の四角い大きな建物がなくなっても、私は少しも残念に思わないだろう。建物のたっぷり半分は廊下と階段で占められている。どんなに巨大な家具付きホテルでも、手すりや廊下にこれほど贅を凝らしたことはない。建築としては、軽やかな鉄のレースで作られたような中央市場のほうがいい[2]。また役立つ建造物としては、いま議会が心をこめて選びつつある国務院評定官のため、最低の建築家でもどこかの宮殿の中にもっと便利な住居をしつらえられるだろうと思う。

同様にして私はチュイルリー宮を断罪する。今では眺望の邪魔になっているからである。シャン＝ゼリゼ大通りをカルーゼル門まで延ばすために取り壊すべきであろう。新ルーヴルの馬蹄形の建物配置は、大通りの向こうに見える素晴らしい眺めになるだろう。地平線が広がり、こんなに美しい眺望をもつ都市は世界中にない。チュイルリー宮のほうは、もはや未来の国王を誘惑することもあるまい。

穀物貯蔵庫は再建されることになり、旧財務省があった場所に建てられる。ところで春の雨空に不吉な姿をさらす廃墟がもうひとつある。黒いシートに覆われたティエール氏の家は灌木の中にうち捨てられ、霊柩車に似ている。(3) 引き剝がされた梁が積み重なり、すでに苔がむし始めている。崩れた石のあいだにイラクサが生えているのが見えた。放棄という重くるしい平和の中では墓地の草が急速に伸びるものである。邸宅の横壁に張りついたキズタは枯れたと思っていたのに、今や柔らかい緑の新しい葉をつけている。こうした死の光景を目にすると、生命への努力はもの悲しい。

パリの城壁跡まで足を延ばしてみると、穏やかな様子を取りもどしていた。場末の界隈にとってはたいせつな城壁跡である。かつて馬鹿にされていた罪のない壁や、家族が細い木々の陰で腰をおろした草の絨毯が目にはいってくる。

城壁の銃眼は草の塊で塞がれた。堡籃《ほうらん》〔防御のために土や石を満たしたかご〕が積み重ねられていた場所にはひな菊が咲いている。砲弾があけた穴にはひなげしが生えてきた。われわれの傷口の血を想起させるのは、もはや赤い染みだけである。かつて大砲が轟いていたところでは、今アトリが静けさの中で叫び声を上げている。雀が火薬庫で騒ぎ、子供たちは土手のまわりをうろついてコガネ虫を「拾い上げ」ようとしている。

かつて城壁跡が無垢だった頃、私はそれを愛していた。奥まった場末に住んでいた私は、城壁跡に行って最初の夢想を紡いだものである。とくに好きだったのは堀と、人気のない場所と、無限の孤独だった。家が並んでいない村の静かな道でもあるかのように、私は灰色の高い城壁に沿って歩みを進めた。まるで穴の底にいるようで、聞こえてくるのは近くの兵舎のらっぱだけ、目に入るのは細長い空だけだった。片隅には陽の光が溜まり、あざみが生えて、無数の昆虫が住みついていた。その片隅は羽音と暖かさにあふれている。そして城壁から闇が降りてくる頃になると、パリの喘ぎがもはや微かなため息でしかないこの寂しい場所には、眠気を催させるような極度の静寂と揺らめきが訪れる。

日曜日は、土手がすっかり陽気になる。小市民たちがハンカチを広げて座り、風景を眺める。家族連れは食事をする。労働者たちは仰向けに寝そべってパイプを吸う。帯状の芝地を歩いている間も、私の耳にはパリ・コミューンの激しい砲撃の音が聞こえてくるようだった。私はそこで二人の砲兵が頭を割られて死ぬのを見たのだった。今その同じ場所では、伸びた草のうえで大きな娘たちの集団が手を取りあってくるくる回り、歌っていた。「あたしたちはもう森には行かない、月桂樹は切り倒されてしまったから……」〔有名な大衆歌謡〕

（『クロッシュ』紙、一八七二年六月十四日）

（1）ここでゾラが廃墟というのは、一八七〇年の普仏戦争、翌年のパリ・コミューンとそれにともなう内戦によってパリの町がこうむった被害を指している。その一年後に書かれた記事であり、当時はまだ首都のあちこちに戦禍が残っていたのである。本文に出てくるチュイルリー宮も焼け落ちてその無惨な姿をさらしており、その後二度と再建されることはなかった。

（2）この記事を書いた当時、ゾラは『ルーゴン=マッカール叢書』第三巻『パリの胃袋』を準備していた。パリ中央市場とその周辺を舞台とする小説で、中央市場の建築が繰り返し描かれている。

（3）一八七一年五月十日、パリ・コミューンの公安委員会はティエールの動産を差し押さえ、その家を取り壊す決定を下した。ティエールは当時パリ・コミューンと敵対し、プロシアとの和平を推進する臨時政府の首班を務めていたのである。やがて彼の率いるヴェルサイユ軍がパリに侵攻して、コミューン勢力を徹底的に弾圧することになる。

パリ、一八七五年六月

〔シャルル・ド・レミュザの死、ユゴーの文筆活動、競馬のグランプリ・レース、賭博などにかんしての記述があるが、省略する〕

競馬が終わるとたちまち、パリの町は人が少なくなる。サロンは閉まり、一歩外に出れば荷物を積んで駅のほうに向かう馬車を見かける……。かつてであれば、夏にパリを離れられるのは大金持ちだけだった。ちょっとした旅行でも高くついたし、準備がたいへんだったからである。今では移動がごく容易にできるようになったので、ブルジョワの家族や役人の夫婦はかならず夏の一時期を海辺や温泉地で過ごす。流行が大きく寄与したということにも注意しよう。暑い季節を自宅で過ごすのは野暮というわけだ。しかし今年は空模様が悪いせいで人々の出発が遅れた。五月は素晴らしい天気が続いたのに、六月は天候不順になったからである。それはまずひどい雷雨から始まり、あまりに激しかったので庭の木や家の煙突に長い間その影響が残りそうだ。わずか数秒のうちに、町の至るところに枝の破片や石膏のかけらが散らばった。それから雨が降り始め、いったん止んでまたどしゃ降りになるということが繰り返された。毎時間、ちょっとした洪水が引き起こされた。そのためすでに出発の荷物を用意した人々はあらためて衣類を箪笥に戻し、太陽が出てくるのを慎重に待った。こんな湿度が高いときに自然の中で寒さに震えて何になろうか? あまりに性急に旅立った友人のひとりが、滞在しているノルマンディー地方の僻村から手紙に書いてきたところによれば、朝から晩まで一日中樫の木の枝を燃やしているがそれでも暖まらないという。フランスの田舎では扉や窓がけっして閉まらないし、暖炉はよく燻るからである。要するにみんながすでにパリを離れているべきなのに、実際は人々がまだ出発していない。そうした情況のせいで町は退屈と不安の混じった様相を呈している。住民全体が何らかの理由で突然列車に乗り遅れ、駅の待合室であくびをしているさまを想像していただきたい。

しかし、新たな出来事がないと不平を言うべきではないだろう。想像力は絶えずみずからを養うものを見いだすものだ。今月はとりわけさまざまな気晴らしが多かった。最後のレースが終わって競馬場のトラックが清掃されたかと思うやいなや、マク=マオン元帥〔王党派の政治家、一八〇八―九三。当時の共和国大統領〕がロンシャンの演習場で、パリ駐屯部隊全軍の閲兵式を執りおこない、多数の群衆が押し寄せた。パリの人間は大空の下で行進する部隊にたいして、敗北の後ほど大きな愛着を示す。それは復讐の考えとはまったく関係がない。民衆は単に、フランスの過去が数世紀にわたる軍事的栄光から成り立っていることを覚えているだけであり、大国のリストから抹消されるのが承服できないのである。だからこそ、かつての栄光の一部、一握りの兵士たちが目の前に現れるだけでどんなに拍手喝采することか! 民衆は国家の精神そのものに敬意を表するのだ。フランスを占領しようとする者にたいしてフランスはまだ屈服することはない。最後になって、元帥が競馬場を去ろうとする時ひどいにわか雨がブーローニュの森に襲いかからなかったら、閲兵式はつつがなく終わっていただろう。十万人近い見物客がおり、馬車は一台もなかった。

事故を防ぐため、警察当局が辻馬車に軍事パレードに近づくのを禁じたからである。とりわけ女性たちは困り果ててスカートをできるかぎり捲り上げ、男たちはハンカチで帽子を覆って守ろうとした。みんなが雨宿りしようと茂みの中に入り込んだが、雨があまりに激しくて木の葉の間から降り注いだ。まるで子供のように人々は結局この出来事を受け入れ、ドラマはやがて喜劇に変わった。そのうち笑い声しか聞こえなくなった。パリでは何でも笑い飛ばす。雨だといって笑い、お祭りのときは城壁跡のそばを散歩しながら笑う。若いブロンドの素敵な女性が首に降りかかる大粒の雨を心から楽しむのを目にしたことがある。撫でられているようだ、と言うのである。（中略）

雨に濡れたパリでは、明るいドレスで外出する女性たちがわれわれにとって春の慰めのひとつになる。にわか雨の下で、どれほど多くの白いストッキングが膝まで見えることだろう！　冬の分厚い衣裳を脱いだ女性は、確かにこれから花が咲く木の芽に譬えられよう。それを覆っている固い外被をうち破って、樹液にあふれた緑の葉をさわやかに広げようとする木の芽に。女性はノバラや、ライラックや、春の花のように匂う。肩が透けて見える軽くて明るい色の衣服に身をつつむと、女性はあまり衣裳をまとっていないように見える。ごく淡い青とピンク色が夏のドレスのメインカラーだ。身なりを特徴づけているのは快い奇抜さである。スカートには大きなプリーツがあり、そのうえに丸みをおび、奇妙なリボンがついたエプロンをまとっている。ブラウスは鎧のような形のカット。道で出会う女性はみんな新しく組み合わせた花束に似ている。たくましく勝ち誇った女性たちは、まるで籠から逃げ出した小鳥のように外気の下で往来し、小さな靴の踵が敷石のうえで鳴り響く。明るい布地が彼女たちの肌に特殊な白さと、開いたばかりの花に特有のビロードのような感触をもたらす。最初に夏のドレスを着ようと決心した女性たちは、衣裳の襞で快い日々を運んできてくれるのだ。彼女たちを見つめていると、愛したいといつも夢見てきたような彼女たちに長い別離の後で再会したような気持ちになる。今この瞬間の彼女たちの力はきわめて強いので、どんなに奇妙な流行を発明しても滑稽になることはないし、醜く見える怖れもない。

今年はチェックの素材が大流行している。それも細かいチェックではなく大柄のチェックで、チェック模様が三つあればブラウスの丈に十分なほどである。まるでご婦人方は、マットレスを覆うために買った粗布でドレスを作らせたかのようだ。それでも彼女たちはやはり優雅である。彼女たちが望めば、道化師の装いをしてもいいだろうし、ブラウスとドレスの飾りを例のチェックの布地で作り、残り、つまり袖とスカートを無地の素材で作ってきわめて荒唐無稽な組み合わせを発明することもできよう。女性たちはわれわれの散歩の楽しみであり、春のパリを彩る永遠の装飾であるという特権を維持しているのだ。

時評欄担当者としてご婦人方に敬意を表した後は、先月私の心にたまった怒りの念をすべて吐き出さねばならない。事件は次のようなものである。バロー氏という出版者が「徴税請負人版」という名で知られている種類の版で、ラ・フォンテーヌ〔フランスの作家、一六二一―九五〕の作品の豪華版を刊行する計画を立てた。もっぱら愛書家のためのもので、バロー氏はその準備のために数年かけた。特別な活字を注文し、特殊な紙を手に入れるなど、要するに物質的な面はすべて解決した。十八世紀の刊本を寸分違わずに復刻しようとしたのである。エザン〔デッサン画家、一七二〇―七八。ラ・フォンテーヌ『コント集』の挿絵は代表作〕の版画がその本のもっとも興味深い細部を提供してくれるはずだった。図版は最良の芸術家たちに委託され、彼らのおかげで高度な印刷が実現できると期待されていた。内務省の許可が下り、『コント集』第一巻が印刷に回っていたときバロー氏は突然、検事の監視局が公衆道徳紊乱の罪により彼を訴えたと知らされた。司法当局も今度ばかりは羞恥心にかんして内務省よりも細心になり、いくつかの版画がいくらか大胆な表現をしたことに不安の念を抱いたのである。実際に訴訟となり、バローは有罪を宣告された。もっとも言語道断なのは、裁判所がエザンの図版を破棄するよう命じたことである。それは芸術界に文字どおり暴動を引き起こした。何ということだ！　百年前の版画、美術史において時代を画するほどの作品が、十八世紀の魅力的な自由思想《リベルティナージュ》の痕跡をあまりに鮮やかに留めているからといって、それを破棄し、壊し、打ち砕くとは！　それならなぜギリシア彫刻が裸だからといって壊さないのか、大家があまりに激しく愛を描いた絵をなぜ破らないのか。さらに悪いのは、ラ・フォンテーヌ自身もこの騒動で傷つけられたことである。裁判官たちはラ・フォンテーヌを容赦せず、彼の『コント集』が有害で、道徳観念を欠く作品だと宣言したのである。事ここに至るとは！　今やわれわれはラブレー、レニエ、ブラントーム〔いずれも十六世紀から十七世紀初頭の作家〕、そして彼らに続いて国民的な小説家や劇作家の作品を焼いてしまうしかあるまい。当局はいったい何をしようというのか。十九世紀の焚書か。軽罪裁判所がフランスの偉人たちを裁き始めたら、みんなを晒し台にかけなければならないだろう。彼らの誰ひとりとして、少女のために作品を書いたわけではないのだから。一国民の文学が、お嬢さんたちの寄宿学校向けの概説だけから成り立っているわけがない。人間の才能には自由を認めてやるべきなのだ。それにまた、ラ・フォンテーヌの新版が一部の愛好家向けに、きわめて限られた部数だけ出版されることになっていたことに注意しなければならない。それなのに謹厳な司法官たちは、見せしめのために罰することが正当だと考えたのだった。

　結局、これはきわめて重大な対立だった。フランスの社会風俗のもっとも奇妙な一側面を映し出す出来事として、私はこのことを指摘しておきたい。

悲劇的なパリ、自殺と殺人のパリもあり、怪しい界隈で激しく唸っている。

人生がこれほど重荷に感じられたことはない。大きな社会変動の後では、しばしばこうした生への嫌悪や大地の眠りへの欲求が見られた。それは風が運ぶ死の瘴気である。どこで発生したのか分からないペストのように、自殺の流行が明らかになりつつある。パリでは日によって自殺者が十人もでる。平均すれば一日に二、三人である。住民が悲しげで、孤独のうちに大きな苦悩を抱え、多くのすすり泣きが喧噪にかき消されてしまうパリは、自殺という災厄にうってつけの町なのだ。絶望した者たちが大洋に身投げでもするように、死ぬためにパリにやって来る。繰り返すならば、それにしても死の伝染病がこれほど多くの犠牲者を出したことはないように思われる。

悲惨ゆえか狂気ゆえか、橋の上から身投げする男たちがいる。彼らの死体は船底に引っ掛かってセーヌ河で見つかる。ロープで首を吊るほうを好む者がいる。なかにはヴァンセンヌやブーローニュなど近くの森に行って首を吊るひともいるが、大多数のひとはそうした遠出などしないで、梁があればどこでも首を吊る。扉のかげや、屋根裏や、廊下に首吊り人がいるのだ。最近、自分の陋屋に帰るために五階上る手間さえ省いて、階段の手すりにロープをかけて自殺した者がいた。それに較べると、毒をあおいで死ぬひとは少ない。いまだに阿片チンキやマッチ一箱分の燐を呑み込むのは女性だけだ。これはときに優雅な自殺になる。女性もまた浴槽の中で静脈を切開する。生温い湯の中で死がゆっくりひとを眠らせていく。先週、失恋の悲しみで正気を失った十六歳の娘がこのやり方で死のうとした。石炭による一酸化ガス中毒は今でも、貧しい人々を眠らせ、いつでも手に入る安上がりの解決策になっている。労働者の住む場末で、扉の下からなま暖かい臭いが出てきたら、「誰かが中で死にかけている！」というのが最初に口から発せられ

自殺の悲劇。男は首を吊り、女は毒をあおぐ。

る叫び声である。そこで扉をぶち破り、粗末なベッドで喘いでいる瀕死の人間をときには間一髪で救うこともある。ナイフによる自殺は稀だ。きらりと光る刃を体に突き刺すにはあまりに大きな勇気が必要だからである。ピストルのほうがより簡単だ。指をちょっと動かせばいいわけだし、その後はしばしば神経的な痙攣だけですむ。それに今は連発拳銃があるから、一発目でしくじっても、死ぬためにはまだ四、五発の弾が残っている。最後に付言すれば、公共建造物はもはや使われない。ノートル＝ダム大聖堂の塔の上から、あるいはヴァンドーム広場の円柱から舗道に飛び降りて死ぬ人は年に一人か二人いるくらいのものだ。しかしこの途方もない跳躍、この空間への飛翔はみごとな死に方だった。永遠性の眩暈の中で砕け死んだにちがいない。

ひとりの女が一週間仕事を探した後、一ボワソー〔約十二・八リットル〕の石炭を付けで買って燃やした。それから幼い二人の娘、二人のブロンドの子供を抱きしめながらベッドに入った。その後で固くなり、青白く、抱き合った三人の死体が発見される。あるいはまた、八十歳になる老夫婦が絶望のあまり、死が訪れるのを待とうとしなかった。急いでいた彼らは一緒に死ぬことを願い、剃刀《かみそり》でお互いの体をひどく切りつけた。血管を流れる血の音を煩わしく思った剛健な男が心臓を止めようとするのなら、まだ理解できる。しかし老人が自殺するのを目にすると憤慨せざるをえない。人生の悲惨をすでに呑みつくし、いま少しの勇気を持てば静かに死を迎えられるというのに、なぜ死に急がなければならないのか。しかし老人の自殺よりも悲しいものがある。それは子供の自殺だ。深い憐憫の情が臓腑から湧き上がってくる。子供がみずから命を絶つくらいだから、大人のような不幸を味わったに違いない。そして、この幼い頭の中で死ぬしかないのだと最終的に結論づけた恐ろしい苦悩を思わないわけにはいかない。希望が失われ、木が幹から

パリの「モルグ」。モルグとは身元不明の死体を公示した場所で、誰でも自由に入れた。

切られ、人生が侮辱され、否定されたのだ。自殺という災厄が子供たちにまで及ぶようになった。わずか十歳の哀れな男の子が雇い主から追い出され、自分を殴る両親のもとに戻ろうともせず河に身投げした。またある少年は、自分より妹のほうが愛されているというので嫉妬から首を吊った。さらには十二歳の中等学校生が、なぜかは分からないがやはり首にロープを巻き付けた。おそらく諦観から、人生にすでに倦んでいたために彼は死を選んだのだろう。

ああ、人生とはぼろ切れのようなものだ！　なんと人生は辱められていることか！　子供たちさえもはや生きたいと望まず、人生の喜びを軽蔑し、人生を知るまで待つことさえなく今や自殺する。老人は生きたことを後悔し、これ以上長く生きることを拒む。五月の太陽が墓石を暖める頃、人々は墓地の穏やかな眠りだけを欲して嫌悪感から大量に死んでいく。さらには犯罪の血が道に飛び散る。人々は自殺し、あるいは殺される。ある者は死を渇望してみずから命を絶ち、ある者は殺人者のナイフに刺されて恐怖の叫びを上げる。皆が死に、死体公示所《モルグ》の敷石の上に並ぶ。恐れの中で流されるにしろ、あるいはついに自由になれるという喜びとともに広がるにしろ、相変わらず血なのだ。パリはそのどす黒い痕跡を留めているのである。

（『ヨーロッパ通報』誌、一八七五年七月）

風俗と社会

万国博覧会の開幕

I

五月一日、パリで万国博覧会が開幕した。フランスの歴史において一時代を画することになるだろうこの日の出来事を私は語ろうと思う。

まず一八七一年のわれわれの不幸をすべて想起する必要がある。(1) 八年前のあの当時、フランスはまるで致命傷を負ったかのように、瀕死の状態で痙攣しながら横たわっていた。血にまみれた敗北と、敵軍の侵略が引き起こす恥辱や破滅の後で、内乱がまさしくわれわれに汚辱の烙印を押した。二度にわたって包囲され、破滅のせいで錯乱したパリは、古代の町ソドムやバビロニアがそうであったように、滅亡に向かう狂気の町の光景を世界にさらそうとしていた。五月のある夜、火の粉が吹き出す巨大な薪の山のようにパリは四方で燃え上がり、細かな灰が風にのって周囲数里にわたって散り広がった。そしてその後の二、三年間、フランスの廃墟を見物するためにヨーロッパ中から野次馬連中が押しかけたのである。ロシア、イギリス、ドイツから観光客がやって来て、市庁舎やチュイルリー宮殿の廃墟を見に行き、黒焦げになった壁を目にして、一国民の狂気の発作に動揺し、物思いに耽りながら帰って行った。われわれを愛している人々はひどく悲しげな様子で帰国し、これほど酷い危機の後で国が立ち直るには少なくとも四半世紀は必要だろうと考えた。数千人の市民が敵方に殺され、内乱の犠牲者になったし、五十億フランの軍税がドイツ人に支払われ、それ以上に重大な損害が商工業の停滞によって引き起こされ、人命と金が途方もない損失を被り、財政と行政が完全に解体し、風俗と国民精神が乱れた。しかもそれは歴史上かつてないほどの規模だったのである！

八年経ち、今やわれわれは廃墟から抜け出した。八年の間に、労働と倹約がすべてを償ってくれた。一時期フランスを滅亡の危機に陥れるかに思われた傷の痕跡を国内で探そうとしても、今では見つからない。傷跡さえ、もはや目につかない。まるで新しい人々が誕生し、金がひとりでに金庫に流れこんだようなものだ。この奇蹟的な再生には、隣国の人々も驚きの目を向けている。フランスの肥沃な国土、国家のめざましい活動、そしてわれわれが有している膨大な資源によってこの奇蹟が実現したのである。敗れたフランスは、今や勝ったドイツよりも豊かなのだ。われわれから奪った五十億フランを持ちながら、ドイツは飢え死にしかけており、予算のバランスをとろうと必死に努力している。フランスの奇蹟的な再生を事実の面で裏づけなければならなかった。今や、その事実がある。万国博覧会が開幕したのだ。われわれが被ったような虐殺の後で、このような巻き返しを夢想しえた王国や帝国がどこにあろうか？　そしてこの巻き返しはもはや夢ではない。屈辱を味わったフランスは立ち直り、労働と才能という平和的な舞台で勝利を収めたのである。

今回の万国博覧会の意義はまさにそこにあるのだ、ということを理解しなければならない。他の諸国民をフランスに招くことによって、われわれは何よりもまず自分たちが元気に生きていることを彼らに証明しようとした。復讐しようという意図を持っていたのだが、舞台は戦場ではない。事態の推移を見守るという政策を採らざるをえないフランス人は、今後は特にヨーロッパの平和と人類の進歩のために際立った役割を果たそうと考えた。これは立派な、敬意に値する役割である。戦争に抗議し、労働の健全な力を示すため、博覧会にこれ以上ふさわしい時期はなかった。ただし、現在実現されたもの、つまりシャン＝ド＝マルスとトロカデロで開催され、確かな成功を収めている博覧会が、魔法の杖の一振りで何の障害もなく誕生したと考えてはならない。東洋の戦争や世界紛争という恒常的な脅威についてここでは語るまい(2)。それもまた、ドナウ河岸で繰り広げられている悲劇が、セーヌ河岸で展開している平和的な競争から人々の注意を逸らしてしまうのではないか、という不安を抱かせるのではあるが。

ここでは博覧会がフランスで遭遇したさまざまな困難について、より詳細に述べることにしよう。国内の政治的争いの中で、博覧会は一度ならず水泡に帰しかけた。それは共和国が決定したことであり、反動家たちは白眼視していたのである。一年前、五月十六日の議会クーデタ(3)の際には、それまで進められてきた事業が中断されるのではないかという危惧さえ生じた。ところが、当時総選挙によって共和制を回避しようと期待していたボナパルト派と王党派が連合して、博覧会を奪取するほうが立派で利益にかなうやり方だと思い込んだのである。もちろん総選挙に勝利した後で、新たな情況を盤石のものにしようという底意があってのことであった。帝政や王政が復活し、その復古体制の直後に博覧会が開催されると想像してほしい。何という幸運、国民の和解を説くのに何といい手段、何と容易な勝利であろう！　しかもその名誉はすべて時の政府のものになるのだ。それゆえ五月十九日に成立した内閣のもとで、連立内閣を支持する諸新聞にたいして万国博覧会を攻撃しないよう示唆したのである。敗北の後、つまり総選挙〔一八七七年十月〕の結果、共和派が再び下院で圧倒的多数を占めるようになり、政府があらためて共和派の手にゆだねられたとき初めて、反動派の新聞は戦略を変え、シャン＝ド＝マルスの盛大な催しに卑劣な敵意を見せはじめた。博覧会が共和国の事業となり、共和国がそれによって利益をこうむり、より堅固に、そして最終的に確立されるというだけで十分だった。ボナパルト派と王党派から見れば、そのために博覧会は決定的に断罪されたのである。そうなると彼らは博覧会にたいしてあらゆる嘲笑、多かれ少なかれ直接的な攻撃、迫害、そして中傷を向けることになった。幸いなことに、国民の躍動はきわめて強烈でみごとなものだったから、彼らの反愛国的な運動は挫折する運命にあった。しかも私の考えでは、国民感情がこうした悪意によって刺激され、保守派にたいする共和国の決定的勝利が博覧会という壮大な事業の大成功と、五月一日の開幕がもたらした熱狂におおきく貢献したのである。

共和制のフランスが勝利を収めた。それが現在の大きな動きから明らかになったことだ。何にもましてボナパルト派を心配させているものが何か知るためには、彼らの機関紙を読まなければならない。ボナパルト派は、第二帝政が一八六七年に催した万国博覧会が、共和国が一八七八年に開催したそれよりも大きな成功を博したことを証明しようとした。彼らには申し訳ないが、そのような命題は証明できない。いま開催されている博覧会は一八六七年の博覧会より二倍も規模が大きいし、トロカデロ宮とその滝だけでも、すでに世界中の注目を引けるだろう。それに入場者数はすでに、一八六七年の入場者数をはるかに上回りそうである。(4) だからこそ反動家たちは些細なことを批判するに留まり、ほんのちょっとした指摘をするたびに苦々しい顔をする。彼らが否定できないのは、今回の万国博覧会がその意義においても、セーヌ河岸に建てられた二つの館によっても、かつて開催されたなかでもっとも素晴らしい博覧会だということだ。これまで目にしてきたものはすべて、規模と贅沢さにおいて凌駕されてしまった。誰かがこれと同じほどに驚異的なものを造るのに成功することはあるにしても、それを追い越すことはおそらくできまい。フランスは完璧の域に達したのである。

五月一日は国民の祝祭だった。われわれは復讐を祝ったのであり、この催しを見物した外国人たちはそのことをけっして忘れないだろう。全員一致でのさまざまな行事、パリの町全体を包んだ熱狂が示してくれたのは、この飛躍の中に単なる喜びではなく、国民全体の覚醒や、労働と倹約が戦争に勝利を収めたという事実を見てとるべきだということである。皆の心が晴々した。すでに前日から、家々には国旗が掲げられ始めた。家を飾るようにと示唆する新聞に印刷された数行が、町の隅から隅まで愛国心の昂揚をもたらしたのである。商店経営者、ブルジョワ、質素な職人など誰もが家の窓に国旗を掲げた。街路は国旗の三色に彩られ、陽光の下できらめいていた。旗の数はじつに多くて壁を覆いつくすほどであり、密集して、クマシデの枝のように絡み合っていた。パリがこのような様相を呈するのを誰もかつて目にした覚えがない。王政の祭典のときも帝政の祭典のときも、家々がこれほど多くの国旗と旗に埋めつくされたことはない。この祭典には公的なところがいささかもなく、政府の関与は無きにひとしく、国民自身によって開催されたものだということが感じられた。

夕方になって祭典はいっそう強い印象を与えた。夜は素晴らしかった。パリが突然、光り輝いたのだ。

ここでもまた政府は脇役にとどまり、ガス燈に彩られた公共建造物にはとりわけ注目すべきところはなかった。他方、歩道や小路は眺めていて楽しい。あらゆる家と窓に飾りちょうちんが掲げられていたのである。遠く一度にいくつもの通りを見渡せる交差点ほど幻想的で、画趣に富み、独創的なものは想像しがたい。遠くの丘には色とりどりの飾り玉が煌めいていた。陰になった家は見えず、何もない空間で輝く光があちこちに見えるだけで、それが無限に天の星まで続いていた。詩人の謳うヴェネツィア、遠いロマン主義時代のヴェネツィアとはきっとこのようなものだったろう。しかもパリ中の市民が街路に繰り出し、歩道は群衆に埋めつくされた。馬車は並足で進み、群衆は興奮のあまり陶酔してお喋りし、笑う。「こんなものはこれまで見たことがない！」という叫び声が至るところで聞こえていた。

事実そうだった。ナポレオン三世治下に催されたもっとも華やかな祭典ですら、今回の熱狂に較べれば色褪せて見える。当時はイリュミネーションを飾ったのは役人だけで、民衆は関わっていなかった。それに対して、今回の前例のないような夕べでもっとも感動的だったのは、イリュミネーションが自発的に飾られたことである。民衆がみずから祭典を催し、飾りちょうちんが足りないときはステアリンろうそくを灯して窓辺に置いた。今後長い間、これほどの興奮が再び繰り返されることはないだろう。われわれが目にしたのは、まさに民衆的な最初の祭典であった。

私はある別の夜、呪わしい夜を思い出す。プロシアが宣戦布告した日のことだ。大通りには無数の群衆が蝟集していた。人々の集団が旗を振りまわし、松明《たいまつ》を手にして、「ベルリンへ！　ベルリンへ！」と叫びながら歩道の上を通りすぎていった。歩道を埋めた群衆はときどき拍手をしていた。しかし人々の頭上を吹き渡っていたのは不気味な風だった。国民の心がともなっていないこうした叫びや血生臭い示威行進から、不吉な予感を抱いたことを私はいまだによく覚えている。それに較べれば一八七八年五月一日の群衆は何と多様で、一八七〇年七月の群衆とは何と異なることだろう(5)！

五月一日、私は歩道にみんなが出て来るのを再び目にした。しかし人々は笑いさざめき、イリュミネーションの光が強烈で数も多かったので、夜でも真昼のように明るかった。人々の頭上には歓喜が、混じり気のない純粋な歓喜の情が漂っていた。「ベルリンへ！　ベルリンへ！」と喚くひとは誰もいなかったし、みんながシャン=ド=マルスとトロカデロの勝利に満足していた。血生臭い戦争の精神は周囲に感じられず、一滴の血も流さず、祖国に幸福と名誉を回復させてくれるはずの勝利への確信だけがあった。

II

五月一日午後二時ちょうど、マク=マオン元帥が発した「共和国の名において、ここに一八七八年の万国博覧会の開幕を宣言する」という言葉によって、博覧会は始まった。

この厳かな言葉を発するために、共和国大統領は滝を見下ろすトロカデロ宮の演壇の上に立っていた。そしてシャン=ド=マルスのほうに向かい、その足下には芝生に覆われた高台、セーヌ河、陸軍学校まで地平線を埋めつくす建物の列が延びていた。大統領の右側にはスペインの将軍姿のフランコ・ダシジ卿、左側には騎馬近衛隊将校の軍服に身をかためた英国皇太子が控えていた。後方にはアオスタ公、オランダ王子ヘンリック、デンマーク皇太子、リヒテンベルク公など外国の王族や、大臣、大使、上院議員、下院議員、そしてその先頭に両院議長の姿が見えた。パリに君臨するこの集団ほど威厳にあふれ、世界中に向け

1877 年の万博会場の全景。セーヌ河を挟んで左がトロカデロ、右がシャン=ド=マルス。

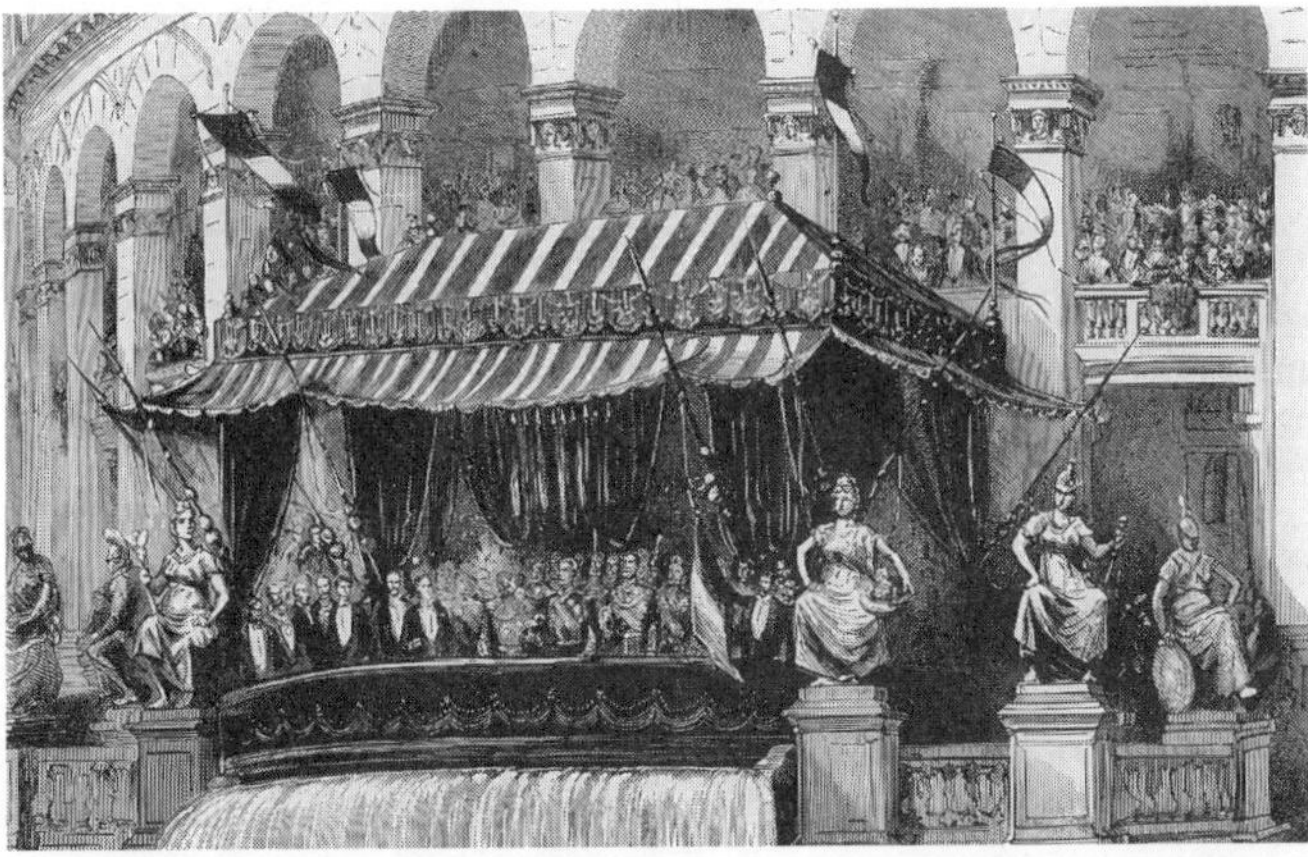

トロカデロの中央パビリオンに設けられた貴賓席。マク=マオン大統領の姿が見える。

て発せられた「共和国の名において、ここに一八七八年の万国博覧会の開幕を宣言する」という言葉ほど厳かなものを想像するのは難しい。

トロカデロ宮の円形建物からどんなに素晴らしい光景が広がっているか、知っておく必要があろう。下方には大きな滝が美しい姿を見せ、泉水が青空を映しだしている。左右では小道が交差し、芝生が続き、その中に風にたなびく国旗を屋根に掲げた各国のパビリオンが並んでいる。その先ではセーヌ河の緑の線が風景を横切り、橋の向こうにはシャン=ド=マルスが広がり、奇妙で威圧的なシルエットを見せる巨大な会場が聳えている。遠くから見れば、まるでひとつの町全体かと思われるほどだ。それは奇妙で、近代的で、鋼鉄と鋳鉄で作られ、大きなガラスで照らされた町であり、そのガラスは最近の鉄道駅と同時に古くからの大聖堂を彷彿させる。フランス建築はまさしくそこに表現されていた。現代芸術がこれ以上に特徴的で独創的なものを創りだしたことはない。あらゆる屋根に国旗が掲げられたので、まるで祭りの日に満艦飾の船で賑わう港を見ているようだった。そしてはるか彼方には、陽光を燦々とあびたパリの町が広がる。ムードンとシャティヨンの丘が緑をなして遠景にとけ込み、世界に例を見ないこの地平線の上には空の宏大な青い天蓋が広がっている。

元帥の演説がまだ終わらないうちに、合図にしたがって滝が一斉に吹き出した。噴水があらゆる方向にほとばしって細かな霧となって飛散し、他方では泉水に沿って水が銀色の縁取りのように落ちていた。大砲が轟き、軍楽隊が演奏し、拍手が鳴り響いた。私はこれほど壮大なスペクタクルを見たことがない。

私はこの日の出来事をできるだけ詳しく語らなければならない。それに関連するあらゆる逸話とともに、歴史に記録されるだけの価値があるからだ。朝の八時から、パリでは興奮が始まった。街路には晴れ着を

トロカデロ宮前の滝と噴水

身につけた人々の群が繰り出し、皆シャン＝ド＝マルスに向かっていた。それは本能的で抗い難い奔流のようなもので、誰もがみんな博覧会へと引き寄せられていたのである。午前十時になると、もう辻馬車ひとつ見つけることができなかった。それで人々はじつに異様な交通手段まで使い、なかには奇妙な荷馬車まであった。蒸気船や、乗合馬車や、鉄道の近くには多くの群衆が押し寄せたので、長い行列ができてしまい、環状線の汽車には乗客が殺到した。そのうえ歩行者がいた。多くのひとは何時間待っても無駄だと見切りをつけ、徒歩で会場に向かう決心をしたので、歩行者はきっとたくさんいたはずである。野次馬連中の数が五十万に上ると見積もっても、誇張にはならないだろう。

そしてもっとも驚くべきは、この群衆がそこに入れる希望はまったくないのに博覧会場に足を運んだことである。会場の門はかなり遅くなってから、四時か五時頃に開くということは皆が知っていた。それまでは招待状を持った特別の人物しか中に通さないのだ。招待状の数はかなり多いのだが、それでもシャン＝ド＝マルスに駆けつけた巨大な群衆に較べれば、招待客はごく少数にすぎない。群衆を見て恐れをなし、これほどの人だかりを前にして突然恐怖に襲われて引き返すひとがいることに、私は気づいた。それだけでも通りに押し寄せた人間の波がどれほどの規模か、想像がつくだろう。そしてこの群衆がしだいにセーヌ河の両岸や、通りや、十字路を占領し、博覧会の広大な会場を三重の人垣で取り囲んだ。誰にも何も見えなかったにもかかわらず、である。パリで楽しむためには、人々が楽しんでいる場所の近くにいるだけで十分なのだ。時には四輪馬車が通り、その中には招待客の名簿に名を連ねる高位の将校や、裁判官や、高官の制服が見えた。野次馬たちは満足し、それ以上のことを求めなかった。その間にもシャン＝ド＝マルスやトロカデロの周辺では群衆がいっそう膨れあがり、家のあらゆる窓にひとの顔が現れた。屋根の上に陣取った見物客がいたし、煙突の上にまでひとが座っているのが見えた。腕白な子供たちは木に登っていた。

もっとも残念なのは、天気が曇りだったことである。朝方はどしゃ降りだった。正午頃、人々は心配そうに空を見上げた。大きな黒雲が西に現れ、驚くほど急速に流れた。あっという間に太陽が隠れ、ひどい雷雨が始まったのである。大きな稲光が雲を刺し貫き、雷鳴が耳を聾するばかりに轟きわたり、雨が滝のように落ちてきた。こうした危機的な瞬間のパリ人、このような驟雨に見舞われたときのパリ人は一見の価値がある。彼らはうっとりするほど善良にみずからの運命に従うのだ。彼らは傘を開いた。初めはあちこちで罵り声が聞こえたが、やがて誰もが冗談を口にするようになり、野次馬たちは誰も退散しなかった。ご婦人方だけは衣裳が台無しになるかもしれないというので、嘆いていた。通り雨だったのは幸いである。二十分もすると空は再び穏やかになり、パリの彼方ペール＝ラシェーズの丘の方に雷雨が遠ざかり、その後に灰色の靄の帯がたなびいていた。それを見たときは皆が陽気さを取り戻し、体を揺すって雨を払い、陽光で衣服を乾かし始めた。群衆はまるで水から出てきたかのようであった。

だがもっと深刻な厄介事が野次馬たちを待ち構えていた。多くのひとは博覧会場近辺のどこか、パシーかグルネルで昼食をとろうと思って家を出た。ところがレストランとカフェだけでは人々の群れをすべて吸収できなかった。それで二時頃になると人々はひどく空腹になったのだが、ほんの骨付きロース肉ですら見つからない。いちばん幸運なひとたちはパン一切れとハムを手に入れた。用意周到に食べ物を持参してきた見物人は——そういうひとは多数いたようだ——、そうでないひとたちの仏頂面を見て大いに面白がった。幸いなことに誰も飢え死にしなかったし、結局みんな何とか食べられた。

次に招待客といっしょに博覧会場に入ってみよう。サン=ラザール駅を出発した特別列車が上院議員と下院議員を運んできた。両院事務局のメンバーたちは騎兵隊に護衛されながら、豪奢な四輪馬車で到着した。一般招待客のほうはすべての門から一斉に入場し、招待状の色にしたがって分けられていた。二万台以上の四輪馬車がシャン=ド=マルスにやって来たと見積もられている。昼の十二時半に雷雨が始まったとき、招待客たちはまだ会場の庭園にひしめいていたから、どんな騒ぎになったかは想像がつくだろう。特に女性は雨に濡れないところに非難しようとしたが、パビリオンがまだ閉まっていたので動転して走り回り、避難所を探したが無駄だった。水族館の洞窟ではたいへんな事件になったらしい。洞窟の近くにいた男性たちがそこに駆け込んだのだが、雨は土砂降りで、まさに急流のように階段を流れ落ちたので、地下室は水浸しになりかけた。不運な男性たちに残されたのは、足が水に浸かるか雨の中を外に出るか、そのどちらかの方策だけだった。すでに述べたように、幸いなことに雷雨は長く続かなかった。しばらくして皆が濡れてはいるものの微笑しながら庭園に出てきた。もっとも遺憾だったのは、水浸しになった小道で人々が泥の中にはまったことである。海辺のように砂が柔らかくなってしまったからだ。女性たちは衣裳を犠牲にしなければならなかった。そのとき大砲の音が元帥の到着を告げ、すべてが忘れ去られた。好奇心がその他のことより強かったのだ。

万国博覧会の開幕はきわめて簡素に行われた。マク＝マオン元帥は公共事業大臣の演説を聞いて、先ほど報告したような言葉でそれに答礼した後、トロカデロ宮の階段を下り、シャン＝ド＝マルスに向かった。そして彼の後ろには外国の王族と重要人物たちが続いていた。二列の歩兵隊がすでに配置されていたが、行列が橋に差しかかったとき歩兵隊の列が解かれ、招待客は自由に庭園の中を散歩できた。しかし橋の監視は続いていたので、トロカデロからシャン＝ド＝マルスへ移動するためには長い間順番を待たねばならなかった。数多くの招待客がそこに押し寄せ、元帥の到着は「共和国万歳！」という大きな歓声で迎えられた。博覧会場のメインゲートの前では、各種の同業組合や、アカデミー、裁判所、公共企業体、市町村の代表団がじっと元帥の到着を待っていた。彼らはみんな行列に合流することになっていたからである。その後、急ぎ足での博覧会見物が始まった。共和国大統領はまず外国のパビリオンに足を運んで実行委員たちを祝福し、各国のパビリオンの入り口に控えていたイギリス、スペイン、イタリアの兵士たちの挨拶を受けた。市庁舎パビリオンでは軽食が用意されていた。元帥はそこから大急ぎで博覧会の最終部分を見て回り、フランスのパビリオンでしばらくの時を過ごしてから四時に会場を後にした。

大統領が出発した後の四時になってはじめて、博覧会の門が実際に開かれたと言ってよい。有料見物客の入場が始まったのである。すでに時間がかなり遅かったし、待ち時間が長かったせいで入場者の数に影響が出てしまった。その数は一万二千人に留まったのである。人波はゆっくりとセーヌ河岸を流れていたが、すでに反対側のパリに向かい始めていた。

一八七八年の万国博覧会の公式開幕は以上のとおりである。元帥の後を追って群衆がトロカデロの高台を去っていく間、私はいちばんの高台に佇み、パリを眺めた。パシーの高みからは広大な都市全体が見渡せる。奇妙な偶然だが、私は最新作『愛の一ページ』のある場面をまさしくここに設定していた。そしてかつてしばしば凝視した果てしない地平線を、今私はあらためて目にしていたのである。ここで私の小説の一ページを書き写すことを許していただきたい。博覧会を取りかこむ都市の素晴らしい眺望は、博覧会にはいかにも似つかわしい背景であろう。パリという大洋を見下ろしているからこそトロカデロ宮は壮麗で、世界に類例を見ない建造物なのだから。

〔続いてゾラは『愛の一ページ』第一部第五章の数ページを引用するが、割愛する〕

Ⅲ、およびⅣ

〔各パビリオンの詳細な探訪記〕

Ⅴ

以上で私の探訪は終わりである。技術的な細部には触れずに、博覧会全体にかんして正確かつ網羅的な報告をするという、私の目的は果たした。

おそらく読者はいくつかの数字に興味があるだろう。シャン=ド=マルスに設けられた一八六七年の博覧会場の広さは十五万三千平方メートルだったが、一八七八年の会場の広さはシャン=ド=マルスが二十七万平方メートル、トロカデロが五万平方メートルある。ご覧のように倍の面積になっている。当然それに応じて出費が拡大した。一八六七年には二千三百万フラン。一八七八年にはまず見積もりの段階で三五三一万三千フランだったが、実際にはこの見積もりをはるかに超えた。博覧会に要する費用は五千万フラン以上になるだろうと推定されている。ただこうした巨額の出費にもかかわらず、この催しは利益をもたらすだろうと考えられている。シャン=ド=マルスの会場を解体した後で、その資材を売却すればおよそ七五〇万フランになると計算できるし、入場料や関税などで三千万フラン以上の利益が上がると期待されているからである。合計すれば、国の財布から出るのは千百万ないし千二百万フランにすぎず、しかもその千二百万フランにしても消費税のかたちで、そしてとりわけ国家が税金を徴収している鉄道収入の増加によって、結局は国庫に戻ってくるだろう、というわけだ。

いずれにしても、こうしたことは希望にすぎなかった。ヨーロッパが不況で、フランス国内で政治的争いが続いている情況では、これほど巨大な事業は危険なことだった。失敗していたら、破産はしないにしても、当惑と恥辱を感じたことだろう。だからこそ万国博覧会の開幕には危惧がともなっていたのだ。開幕して二十三日経った現在、最終的な判断を下すことはむずかしいが、成功は疑いないように思われるし、しかもその成功はあらゆる予測を超えるものである。国中の熱狂に誘われて、人々は大挙してシャン=ド=マルスやトロカデロに足を運んでいる。まだ地方のひとや外国人は少なく、パリ市民だけが魅了されているが、しかしパリ市民に独特の魅了のされ方である。五月一日以来、一日平均四万人の入場者があり、日曜日になると身動きも取れないくらいだ。今月十九日は晴天に恵まれた快い日曜日で、九万七千人が博覧会を訪れた。この数字は今後も増えていくだろう。多くのパビリオンはまだ開館していないし、博覧会のいくつかの部分は未完成で、改良すべき箇所はたくさん残っている。すべてが完成し、手早く見物するだけで数日必要となれば、いったいどうなることだろう。

主催者はないがしろにしたが、人々を引きつける手段のひとつは外国のレストランとカフェである。一八六七年の万国博覧会の際に、設けられたレストランやカフェが好評を博したことを私は覚えている。今回の実行委員長クラーンツ氏は厳格すぎて、博覧会に国際見本市的な性格を与えまいとしたが、やがてその決心を翻さざるをえなかった。氏は奨励はしないが、少なくとも禁止しないことにした。この寛容さのおかげでイギリスの食堂、チュニジアやアルジェリアのカフェ、オランダやベルギーの居酒屋、ロシア、スペイン、イタリア、オーストリアのレストランなどがあちこちで店開きしている。これらの店はとても楽しい。ロシアのレストランとオランダの居酒屋は今からすでに大成功疑いなしである。また一種のオーストリア風地下倉があり、そこでは奇妙なワインが飲め、ジプシー音楽が聴けるとあって、いつも人だかりがしている。チュニジアのカフェではマール〔ブドウの搾りかすで作るブランデー〕とコーヒーが飲めるし、日焼けした三人の男による太鼓とギターの演奏が聴ける。どちらも現在、入場者の強い関心を引きつけている。

これから六か月間、万国博覧会の見物はまさしく祝祭になるだろう。これほど大規模な事業がこれほど大きな成果を予想させたことはかつてない。これまでの万国博覧会はすべて、今回の巨大なそれと較べればちっぽけなものだ。可能性の限界が超えられ、奇蹟が実現した。これ以上に偉大で驚異的なものを企てることはできないだろう。ヨーロッパに何も破滅が起こらず、事態がこのまま進展していけば、フランスは栄光に包まれ、国際協調の場で再びしかるべき位置を占めることになるだろう。
待とう、そして期待しよう。

（『ヨーロッパ通報』誌、一八七八年六月）

（1）一八七〇年の普仏戦争による敗北、プロシア軍による侵攻、パリの包囲、一八七一年のパリ・コミューンの内乱、それが引き起こしたパリの荒廃など一連の出来事を指している。
（2）一八七六年のブルガリアの反乱、一八七七―七八年のロシアとトルコの戦争への言及であろう。
（3）一八七七年五月十六日、大統領マク＝マオンが共和派のシモン首相を更迭し、後任に王党派のブロイ公を指名した事件。そして王政復古を目論んだマク＝マオンは同年十月に総選挙を施行するが、王党派は惨敗を喫してしまう。
（4）実際、期間中の入場者数は一八六七年の万博がおよそ七百万人だったのに対し、一八七八年のそれは千六百万人を越えた。
（5）フランスとプロシアのあいだに戦争が始まった一八七〇年七月に、パリの民衆が繰り広げた示威行進は、長い間にわたってゾラの脳裏に記憶された。『ナナ』（一八八〇）の末尾では、戦争勃発を知った群衆が「ベルリンへ！　ベルリンへ！　ベルリンへ！」と叫びながらパリの街路を練り歩く有名なシーンが語られている。

離婚と文学

離婚法案がわずか三十数票の差で、下院において否決された。それはつまりこの問題がもっと熟した頃、アルフレッド・ナケ氏〔共和派の政治家で、離婚法の提出者〕が未来の下院でこの法案を可決させるだろうということである。不幸な結び付きをし、殴りあったり姦通したりするようになった男女が帽子を手に取り、別れてそれぞれ自分の好きな方に立ち去ればよいという時代が遠くない、と考えていいだろう。(1)

率直に言って、何か月も前から世論の喧噪をかきたてている離婚の問題が私の興味を強く引いたことはない。論理的に言えば離婚は当然の権利として要求されうるだろうし、それによっておそらく、われわれの法律の正しい均衡が増すだろう。離婚は復活させるべきであるし、それが賢明な措置だと思う。ただし、理性はそれで向上するにしても、人類の幸福がそのおかげでいくらかでも増大するかどうかは大いに疑問である。

私の考えでは、すでに結婚している場合、最良の方策は自分の家庭で折り合いをつけ、できるかぎり幸福な結婚生活を送ることである。それはまったく、共に暮らす男女次第であろう。二人の人間が絶えずいっしょに暮らすことはたいてい不愉快なものだから、お互い寛容にならなければならない。人生は悲しく、愚かさや卑劣さはいたるところに蔓延している。したがってひとは自分の運命を甘受し、できるかぎり理性を用いて運命を改善しようと努めるべきなのだ。そしてとりわけ、どちらを見ても苦悩は同じだし、それゆえ他所で完全な至福を得ようとしても何の現実的な利益もないということを納得すべきなのだ。ベッドの中で絶えず寝返りをうっても本当に楽な体位を見いだせない病人を想像していただきたい。そう、この病人こそ結婚生活を送る哀れな人類の姿なのである。

家庭の幸福という問題は夫婦同士の寛容によってしか解決されえない、と私は強く確信している。法を改善し、きわめて正しい、論理的な法にするがよい。それでも法がまったくの空想であることに変わりはないし、多かれ少なかれ巧妙に作られた機構にすぎない。法は人間の情念を統制できないから、社会機構が外面的に機能している中で、われわれの苦悩の怖るべき横溢、涙、破滅、絶望を放置しているのだ。もし論理への愛のために活動しているのなら、離婚法に賛成したまえ。だが人類の幸福のために活動しているのなら、男女に向かって最初の出会いで満足するよう言いたまえ。というのも、男女は動き回れば動き回るほど苦しむことになるからである。狂人を相手にするのでないかぎり、双方がいくらかの良識を持ち、多くの憐憫を抱くとき、耐えられなくなるほどの地獄のような夫婦生活などない。

無数の事件を語り、結婚が解消できないときひとがどれほど不幸かを証明することによって、離婚の支持者たちは自分たちの主張を認めさせたことになるかもしれない。離婚を復活させたまえ。しかし十年も経たないうちに、新たな法を適用したがゆえに生じた同じくらい嘆かわしいさまざまな出来事を引き合いに出すことができるだろう。再び言うが、人々は正義の観念と幸福という事実を混同している。民法を改

Numéro 249.　PRIX DU NUMÉRO : 40 CENTIMES　4 Octobre 1884.

A. ROBIDA
ÉDACTEUR EN CHEF

La Caricature

JOURNAL
HEBDOMADAIR

bonnements d'un an, Paris et départements : 20 francs. — Union postale : 24 francs. — Trois mois : 7 francs. — Bureaux : 7, rue du Croissan

FESTIN DE DIVORCE. — Texte et Dessins par A. ROBIDA

FESTIN DE DIVORCE

« Le Tribunal civil de la Seine vient de prononcer le divorce entre Monsieur Eugène Pontdouilly et Madame Pontdouilly, née Berjou.

» Monsieur Pontdouilly et Mademoiselle Berjou, ex-dame Pontdouilly, ont le plaisir de vous en faire part.

*» Et vous prient d'assister à la signature à la mairie et au repas de divorce qui aura lieu au restaurant ***, le ..... »*

結婚式ならぬ「離婚式」。離婚法が復活した1884年に『カリカチュール』紙に発表されたロビダの諷刺画。

良しようと考える立法家たちが興奮するのはよく分かる。しかし裏切られた男や殴られた女が、寝室を変えれば裏切りや殴打がなくなるだろうと想像して有頂天になるのならば、私はそういう男女に衷心から同情を禁じえない。棒に繋がれて粉を挽くロバは製粉所を変えても無駄で、扉の陰にはいつでも棒が待っているのだ。

というわけで、各人は現存する法律からではなく、みずからの理性から幸福を期待すべきだと私は確信しており、離婚の実践にはまったく興味がない。離婚をめぐって私に関係する唯一の問題は、文学的な問題である。

何年も前から、涙に暮れる夫たちが自分の事例を語るようになってから、動転した妻たちが痣のできた腕を見せるようになってから、そして講演者や下院議員が、フランスのあらゆる姦通事件の書類を提示して繊細な心の持ち主たちを動揺させるようになってから、私自身は暖炉の片隅で利己的な小説家として、闘争を始めたこのひとたちがわれわれ作家の観察領域を大きく変えることになるだろう、と考えている。離婚が復活するときは、文学の世界にまさしく大異変が発生するということを、読者はご存じだろうか。ところが誰もそのことを考えたように思えないのだ。文学者仲間の誰一人としてそのことで動揺しなかった。しかしこれはおそろしく重大なことなのである！

十年後の情況を想像してほしい。新たな法律が施行され、不貞あるいは単にいくらか激しい口論が起こっただけで、法廷において結婚が解消される。男女は愛しあうようになったときと同様に別れ、誰もそのことには驚かない。それどころか、他の結末に至ればそのほうが驚きの種だろう。そうなれば、現在まで書き継がれてきた小説や、とりわけ戯曲はどうなるだろうか。それらはまったく無意味なものとなり、滑稽な産物になり果てる。現代の小説や戯曲はすべて多かれ少なかれ姦通をめぐって組み立てられているし、刃傷沙汰や、猟銃の発砲や、無益でおぞましい暴力行為といった許しがたい結末を迎えるからだ。妻を棄てられるようになれば、もはや不実な妻を殺すことはできなくなるだろうと私は思う。離婚という制度の下では、たとえ不貞の現場をとらえた場合でも、妻を殺害する夫は重罪裁判所に召喚され、ギロチン刑に処されることになろう。下院議員はその条項を法律の中に盛り込まなければならない。

こうして芝居の演目が失われる。たとえば『クロードの妻』〔デュマ・フィスの作品、一八七一〕を再演しようとする劇場はなくなるだろう。クロードが鳩を撃ち殺すように妻に発砲するとき、劇場全体がこの忌まわしい暴挙に憤慨するだろう。デュマ・フィス氏のほとんど全戯曲はこうして大きな痛手を蒙ることになるが、それというのも氏の戯曲は一般に、解消不可能な結婚が引き起こす葛藤にもとづいているからである。エミール・オージエ氏やサルドゥー氏のいくつかの作品も同様だし、同一の主題をあつかった数多くの戯曲については論を俟たない。実際三十年ほど前から、舞台で上演されてきたのはほとんどすべて男女をめぐる社会問題の多様な側面にほかならない。姦通の問題、父性の問題、子供の問題、客間から寝室に至る家庭のさまざまな問題などである。ところがこうした戯曲はすべて、崩壊しない家庭という観念に依拠している。もし離婚が導入されれば戯曲は機能しなくなり、もはや人々の苦笑を買うだけの埃っぽい文献にすぎない。

注意していただきたいが、私は離婚の大義を擁護するために書かれた作品についてだけ語っているわけではない。離婚が復活すればそうした作品が消えうせるのは明白だが、同様に離婚復活をめざす闘いが勝利すれば、もっとも見事な口頭弁論でさえ色褪せて見えることだろう。ここではエミール・オージエ氏の傑作『カヴェルレ夫人』に言及しておきたい。フランスでもスイスと同じように簡単に離婚できるようになれば、この作品は多くの意義を喪失し、もはや骨董品にすぎなくなるだろう。

フランスの作家たちが、現在あるような結婚という袋小路に追い詰められ、暴力的な手段に訴えなければそこから抜け出せないような人物を描いている作品は無数にあり、私はそうした作品について述べているのだ。未来の観客は事情を理解するために努力を要することだろう。容易に別れられるというのにどうしてこんなに話を紛糾させるのか、と彼らは呟くだろう。芝居の演目は、離婚法制定前の演目と離婚法制定後の演目の二つに分類されることになろう。そして前者はもはや芝居の博物館にすぎなくなり、人々はまるでルーヴル美術館に歴史的な宝石を見物しに行くように、昔日の風俗を見るためにやって来ることだろう。

離婚が風俗とさらには文学にもたらす革命のせいで、すでに書かれた作品が古びるだけではない。今後書かれる作品もまた変化するだろう。

すでに扱われた主題を再び取り上げ、離婚の実践が提供する新しい筋書きを加えてあらためて利用することも可能だろう。そうなれば、もっとも著名なフランスの劇作家たちが久しい以前から足踏みしている結婚と姦通という領域が、完全に刷新されるだろう。それがはらむ豊かさを現在の段階では予想することさえできないが、それというのも、離婚の慣例が社会生活で引き起こすであろう興味深い事例にわれわれはまだ気づいていないからである。私としては、演劇用語で言うところのまったく新たな情況が出現するその扱い方が刷新されるだろう。観察者や分析家にとってはまさに処女地であり、収穫の期待できる広大な畑である。

離婚はすでに、未来を予告するこうした戯曲のひとつを生み出した。つまりサルドゥー氏の『離婚しよう！』のことで、この作品は華々しい成功を収めており、機知に富むこの作家が『ダニエル・ロシャ』を書いて偉大な文学的・哲学的喜劇の域にまで高まろうとしたことが、どんなに大きな過ちだったかを証明している。しかし、巧妙な手段を用いる必要などない未来のフランス作家は『離婚しよう！』を否定するだろう、しかも生真面目に。パレ＝ロワイヤルの好ましい笑劇を正劇に変えてみたまえ、あるいはそれに彫琢を施し、文章を整えてコメディ＝フランセーズで上演されるのを観てみたまえ。半世紀後、離婚が結婚と家庭を根底から変えたときに、われわれの息子たちの前で上演されるであろう芝居がどんなものかきっと想像できるだろう。私はここで、確実に生起するはずの必然的な変化を予想して楽しんでいるにすぎない。

八九年〔一七八九年、フランス革命勃発の年〕の社会運動が十九世紀の文学運動にどれほど決定的な影響を及ぼしたか、お分かりであろう。フランスの小説と演劇は、新しい社会を作りだした新しい民法から生まれた。どんなに観念的な作家でも時代と環境の影響を蒙るものであり、だからこそまずブルジョワジーが、次いで民衆が書物と芝居の世界で市民権を獲得し、そこから王侯貴族をしだいに追い出しさえしたのだ。その運動はいまだに続いており、下院が採決する法律はすべて多かれ少なかれ風俗を変えるにちがいないし、将来は文学的な波及効果をもたらすことだろう。そして離婚法は確かに、小説家と劇作家の素材になっている男女関係という主題に関係するのだから、甚大な影響を及ぼす法律のひとつなのだ。

利害関係の絡まるいかなる観点からして離婚がわれわれ作家の興味を強く引いているかは、以上のとおりである。作家にとってはなすべき仕事が用意されている、というわけだ。新たな病気が出現すれば医者の心は痛むが、それでもやはり楽しい知的好奇心を覚えて、颯爽と袖をまくりあげることだろう。今われわれ作家は、これから吹いてくる離婚の嵐を前にしてそのような観察への欲望と、発見の喜びを感じている。注意したまえ！　われわれのきわめて鋭利なメスを研ぎすませ、ペンと紙を用意しよう！　われわれが絶えずその胸中を探っている操り人形の内で、いったい何が起こるのだろうか。それは相も変わらず同じ悲劇、人間の悲惨さであり、病であり、その果ての死であろう。だが不幸は左に向かうのか右に向かうのか。しゃっくりや身震いの中にわれわれは人生のいくらかの神秘を、われわれに仕事への意欲をあたえてくれる唯一のものであるあの絶えざる希望を不意に見いだすのではなかろうか。

結論として、偉大な作家の真の役割は社会的な大義を擁護することではなく、人間性を探求し描くことだと主張したい。

離婚が風俗として定着すれば、離婚をめぐって賛成あるいは反対の意見を表明した作家たちの作品がどれほど色褪せてしまうか、先に私は指摘しておいた。ある時代の諸問題という相対性のうちに留まるのであれば、そのつど同じ情況が現出する。たとえば、後世の人々がルソーの何に着目してきたか考えてみるがよい。作家の人間性が余すところなく露呈している『告白』はこれからも読み続けていくだろうが、体系にこだわるモラリストとしてのルソーしか感じられない『エミール』にはすでに退屈している。というわけで、現代の有名なフランス作家が書いたもっとも評判の高い作品でも、それを生み出した歴史的瞬間が過ぎ去ればそれにともなって消滅するのでないか、と私は怖れている。というのもまさしく、そうした作品は現代性ゆえに今日の読者を熱狂させるが、後に思想も欲求も変化した読者を前にしたときは、ほとんど理解されないからである。

たとえばもし私がデュマ・フィス氏であれば、特定の主張を標榜する問題劇、同時代人の心をもっとも強く揺さぶった問題劇のことを思って慄くだろう。主張はまたたく間に古びる。問題劇には固有の主張があるものの、それは世紀が移れば人々の嘲笑を買うだけだ。観察の領域から出て弁護に入り込めばたちまち、ひとは大理石や青銅の記念碑を建立することを諦めなければならない。結局のところ、社会的な視点から考察された結婚という永遠の問題ほど狭隘なものはない。妻を殺すべきか、愛人を殺すべきか、夫を殺すべきか。この問題は無数のやり方で論じられてきたし、この現代の「熱狂」が問題になるとひとはその場で飛び上がってしまう。しかし十八世紀はこの熱狂を知らなかったし、二十世紀になれば人々は肩をそびやかすだけだろう。

社会は移り変わるが人間は不変だということを、ここで言っておきたい。社会的で、人道的で、進歩的なだけの文学はすべて、半世紀後には滑稽で、とても読めないような代物になってしまう。それに対して、人間について書かれた作品は人間性そのものと同様に永遠不滅である。ホメロス、シェイクスピア、モリエール、バルザックが同時代の結婚制度を変えようなどという、奇妙な考えを抱いたことがあっただろうか。不貞をはたらいた女性を殺すべきか否かを証明するために、彼らはもっとも意図的でもっとも整った想像力の産物を構築したというのだろうか。いや、決してそんなことはない！　彼らは永遠の人間を登場させ、同時代の社会の中に据えて探求したにすぎない。彼らの作品には、ある時期における結婚の実相が見いだせる。彼らは人間に関する資料を提供するだけであり、それを弁護によって歪曲したりはしない。法が不正で論理を欠いているとしたら、後年になって介入してくるのは立法者の務めである。

われわれ作家は書記にすぎない。殺し合うがいい、離婚するがいい、われわれは調書を作成しよう。われわれの中でもっとも偉大なのは人々に幸福を望んだ者ではなく、人々の真実を語った者であろう。

(『フィガロ』紙、一八八一年二月十四日)

(1) これより三年後の一八八四年、ナケは再び離婚法を下院に提出し、可決される。

動物への愛

喧噪に満ちた通りで迷い犬を見かけると、どうして私は衝撃を受けるのだろうか？

あちこち行ったり来たりし、人々のにおいを嗅ぎ、怯え、飼い主が見つからずに明らかに絶望しているこうした動物を目にすると、どうして私は苦しみの混じった憐憫の情を覚え、そのあまり、こうした出会いによって散歩の楽しみをまったく台無しにされてしまうのだろうか？

なぜその日の夜や翌日まで、この迷い犬の記憶がいわば絶望のように取り憑くのだろうか？　なぜその記憶が絶えず甦ってきて、私は兄弟のような同情を強く感じ、犬が何をしているのか、どこにいるのか、誰かに拾われたのか、食べ物はあるのか、そして車除けの石のかたわらで寒さに震えていないかなどと知りたくなるのだろうか？

どうして私はこうして記憶の奥底で、しばしば目覚める大きな悲しみを感じ、十年、二十年前に出会った捨て犬のことを覚えているのだろうか？　そうした捨て犬の姿は、話すことができず、現代の町では働いても食べ物にありつけない哀れな生き物の苦悩そのものとして、私の内面に刻みこまれたのである。

なぜ動物の苦しみがこのように私の心を揺り動かすのか？　冬の夜、自分の猫に飲み水があるかどうか確かめるために起き出すほど、動物が苦しんでいるという思いに私が耐えられないのはなぜなのか？　なぜこの世のあらゆる動物が私の縁者であり、動物のことを考えただけで慈悲と、寛大さと、優しさの念に満たされるのか？

なぜ動物はみんな人間と同様、そして人間と同じ程度に私の家族の一員なのか？

私はしばしばこの問いかけをした。そして生理学も心理学もこの問いかけにたいしてまだ納得のいく回答を出していない、と思う。

まず分類すべきであろう。われわれのような動物好きはたくさんいるが、動物が嫌いなひと、動物に無関心なひとも少なくない。要するに動物の友、その敵、無関心なひとという三種類の人間がいるのである。その割合を知るためには調査が必要だろう。次になぜひとは動物を愛したり、憎んだり、無視したりするのか解明しなければならない。おそらく何か一般的な法則が見いだせるかもしれない。誰もまだその作業を試みていないことに私は驚いている。この問題はわれわれの内にある人間性の本質そのものを揺り動かすだけに、あらゆる重要問題と関連していると考えられるからだ。

信心だけでは心が満たされない老嬢の場合、動物は子供の代わりをしているとかつて言われたことがある。だがそれは正しくない。女性のなかで母性愛が目覚めたときでも、動物愛は存続するし、母性愛に負けることはない。子供の大好きな母親が動物にたいする若い頃からの愛情を以前と変わらず強く、活発に持ちつづけた例を、私は何度も目にしてきた。この愛情はきわめて特殊なもので、他の感情によって損なわれることがなく、他の感情を損なうこともない。これによって次のようなことが決定的に証明されるだろう。つまり動物への愛情はそれ自体で別個に存在し、他の感情と異なるものであり、それを感じるか否かに関係なく普遍的な愛の完璧な現れであって、ひとつの特殊な愛の様式の変化や倒錯ではないということである。

　神を愛すれば神への愛であり、子供を愛すれば母性愛であり、両親を愛すれば孝心である。男が女を愛すれば至高の愛、永遠の愛である。そして動物を愛すれば、それもまた愛、それ独自の条件、必要性、苦しみ、喜びをともなうもうひとつの愛である。ある種の女性を好きになれない男が、他の男がその女性を愛するのを認められないのと同じように、動物に愛情を感じないひとたちは動物への愛をからかい、腹を立て、馬鹿げていると言う。偉大な感情がすべてそうであるように、動物愛は滑稽であると同時に甘美であり、錯乱的であると同時に優しさにあふれており、文字どおり途方もない行動を引き起こす一方で、きわめて賢明で堅い意志を生みだす。

　いったい誰が動物愛を研究してくれるのだろうか。その根が人間存在のどこまで張っているか、誰が教えてくれるのだろうか。つらつら考えてみるに私の場合はすでに述べたように、動物への慈愛は、動物が話せず、自分の欲求を説明できず、自分の苦痛を伝えられないことから生じていると思う。苦しいのに、どのように、なぜ苦しいのかわれわれに教える手段をまったく持たない生き物――それは怖ろしいし、不安を掻きたてないだろうか。だからこそ私は動物のそばにいるとき絶えず注意を怠らず、何か足りないものはないかと心配し、動物が被っているかもしれない苦痛をきっと誇張して考えるのだ。子供のそばにいる乳母のようなもので、乳母は子供を理解し慰めてやらなければならない、というわけである。

しかし慈愛は憐憫にすぎない。動物への愛はどのように説明されるのか。問題はまったく解決されていない。健康な動物、私を必要としない動物でもなぜこれほどまでに私の友であり、私の姉妹であり、私が求め愛する伴侶であり続けるのか。なぜ私はこのような愛情を感じ、なぜ他のひとは無関心だったり、ときには憎んだりするのか。

最近のことだが、ローマを舞台にした小説『ローマ』(一八九六)のこと〕を書き終えようとしていた頃、この町から一通の長い手紙を受け取り、その手紙にとても感動した。

差出人の名前は明かすべきではないと思う。イタリア軍の佐官、独立の英雄、おそらくかなり高齢で、ずいぶん前に退役したひとである。彼の手紙の目的をあえてここで公表するのは、それが彼の意図に適い、彼をとても喜ばせるだろうと思うからである。

私が自作の中で動物を擁護するよう嘆願するために、そのひとは手紙をよこしたのだった。文面を引用するのが一番いいだろう。「公的にであれ私的にであれ、ローマでは動物にたいしてひどく残酷なことをしても罰せられないということに気づかれたでしょうか。いずれにしても、腹立たしく忌まわしいこの事実は公然と存在しているのです。それを改善しようとしましたが、何の効果もありませんでした。私が思いますに、あなたの力強い言葉、あなたに向けられる世界中の注目、そしてあなたが怒りの言葉を発すれば、かならずや巻き起こるでありましょう世界中の非難をつうじて、あなただけがその奇蹟をもたらしうるのです。これまで生涯にわたって研究してきたこの主題にかんして、私は無数の情報を提供することができます」。

苦しんでいる哀れな動物を守るためのこの老兵の呼びかけほど、感動的なものがあろうか。彼は私の力について思い違いをしているし、私の言葉の威力を過大評価している手紙の一節を引用したことを遺憾に思う。だが実のところ、この動物の擁護者は魅力的で、感動をそそるではないか。彼は生涯をつうじて動物を保護し、それを推進するための闘いに敗れたと認め、隣国の一介の小説家を探し求めてこの問題に興味を抱かせ、動物を擁護してくれるよう依頼し、それによって動物の救済とまではいかなくても、少なくとも慰めを期待しているのである。私の内にいる迷い犬の友が、きっと実直な人間に違いないこの勇敢な老人にたちまち共感を覚えたことを告白しよう。

私の小説は完結し、その中で動物擁護のためには一ページも割くことができなかった。それに急いで付言するならば、ローマで私に動物愛護をうながすような場面には一度も遭遇しなかった。私に手紙をくれたひとの言葉を疑うつもりはない。単に、彼が手紙の中で語っているような残酷な行為はひとつも目にしなかったと言いたいだけである。私の観察では、太陽の国の方に下りていくにつれて動物愛は弱まるように思われたが、おそらく事情はローマとパリで似たようなものだろう。この点にかんして、私は手紙の次のような一節を引用しておく。「ミラノや、一般的に言ってケルト起源のイタリア人にあっては、犬をステッキで殴るという間違いなく公衆の怒りを買うような行為は、民法によって定められた罰金を課されるでしょう。それに対して南部では、もっとも手が込んだ忌まわしい残酷行為でも、通行人にはきわめて堂々とした無関心しか引き起こさないので、なかなか司直が介入できないのです」。これは確かに正しい指摘であり、いつかなされる研究のための資料である。

パリではかつて、生体解剖をおこなう学者をつけ狙い、日傘で彼らに殴りかかる老女たちがいた。そうした老女たちはとても滑稽に見えたものだ。しかし生きた犬を捕まえてそれを切り刻むと考えたときに、この哀れな老女たちの心を捉えたに違いない憤慨の念をひとは想像できるだろうか。彼女たちはあの哀れな犬を愛しているのであり、犬が解剖されるのはまるで自分のからだを切り刻まれるようなものなのだ、ということを思ってほしい。私に手紙をくれた英雄、恐怖も呵責もなく、殺すことや殺されることを恐れずに戦った英雄はきっと、こうした博愛的な人々の大家族に属しているのだ。こうした人々は、話すことや戦うことのできない動物でさえ、いやとりわけそのような動物の場合こそ、苦しんでいると考えると怒りの念を覚えるのである。この公の場を借りて、私は彼にもっとも感動に満ちた敬意を込めて握手を送る次第である。

かつて私は子犬、もっとも小型のグリフォン犬を飼っていた。ファンファンという名前だった。ある日、クール=ラ=レーヌ〔パリのセーヌ河右岸に位置する散歩道〕で催されていた犬の品評会で、私はその犬が大きな猫といっしょに籠の中に入っているのを見つけたのだった。犬はとても優しげな目つきで私を見ていたので、私は商人に話して籠からしばらく出してもらった。地面に立つと、犬はキャスターのついた子犬のように歩き始めた。有頂天になった私は犬を買い取った。

それは狂った子犬だった。買って一週間ほど経ったある朝、犬は際限なしにくるくる回りだした。立っていられないほど疲れて酔ったようになると、やがてつらそうに立ち上がってまた回り始めた。可哀想に思って抱いてやると、絶えず回転していたときのように足を動かしていた。地面に置くと、犬は再び回りだし、それがいつまでも続くのだった。獣医を呼んで相談すると、脳に損傷があるという話で、毒殺して

ゾラとペットの犬。彼は無類の動物好きだった。

あげようと提案してきた。私はきっぱり断った。わが家では動物はみんな大往生を遂げるのであり、庭の片隅で静かに眠っているのである。

　ファンファンはこの最初の発作を克服したように見えた。そして二年間、ファンファンは口では言い表しえないほどに私の人生の一部になった。午前中の四時間の執筆のあいだ、肘掛け椅子に座った私から離れず、私に寄り添っていた。こうしてファンファンは作家としての私のあらゆる苦悩と喜びを分かちあい、休息のときには小さな鼻面を上に向け、澄んだ小さな目で私を見つめるのだった。そのうえ私の日々の散歩にも付いてきて、通行人を笑わせるあのキャスターつきの子犬のような足取りで私の前を進み、戻れば私の椅子の下で眠り、夜はベッドの足もとのクッションの上で過ごすのだった。われわれはきわめて強い絆で結ばれていたので、ほんの短い別れでも私とファンファンはお互いに寂しい思いをした。

　そして突然、ファンファンはまたもや狂った子犬になった。長い間をおいて二、三度発作を起こし、やがて発作の間隔が短くなり、頻繁に起こるようになるとわれわれの生活は耐え難いものになった。回転の狂気におそわれると、犬は際限なしにくるくる回るのだった。私でも肘掛け椅子に座って犬をじっと抱いていることができないくらいだった。悪魔に取り憑かれたも同然で、何時間も犬が私のテーブルのまわりを回るのが聞こえた。とりわけ夜になると、それが聞こえるのが辛かった。ファンファンはこの意図しない、執拗で野蛮な輪舞に絡めとられ、絨毯の上を走り回りながら短い足で絶えず小さな音を立てるのだ。何度私は起きあがって犬を抱きしめ、発作が治まるのを期待しながら一、二時間そのままじっとしていたことだろう。しかし絨毯の上に置くと、犬は再びくるくる回りだすのだった。人々は私を嘲笑い、こんな狂った子犬を部屋で飼うなんて私自身も狂っていると言った。しかし私はほかにどうしようもなかったのである。私がファンファンを抱いて鎮めることができなくなる、澄んだ小さな目で、私に感謝するような、苦しみのあまり物狂おしいあの目でファンファンがもはや私を見てくれなくなる――そう思うだけで私の心は締めつけられた。

こうしてある朝、ファンファンは私の腕の中で私を見つめながら死んだ。軽く痙攣しただけで終わり、私は痙攣した犬の小さなからだがぼろ布のように柔らかくなるのを感じただけであった。目から涙が溢れ出て、胸が張り裂けるような思いだった。それは一匹の動物、小さな動物にすぎなかったが、それを失ってかくも苦しみ、その思い出に強く取り憑かれたので、私の心を感じてもらえるようなページを書き残せると確信して、自分の苦痛について語ろうとしたのである。今では、こうしたことはすべて遠い思い出にすぎず、その後他の苦しみを味わうことになり、この出来事について述べることはあまり意味がないと感じている。しかし当時は言うべきことがたくさんあるように思われたから、この動物愛にかんして深遠で、決定的な真実をいくつか述べられただろう。動物愛は目立たないが強い感情で、周囲の人間がそれを嘲笑しているのはよく知っているが、しかし私の人生を混乱させるほど私を不安に陥れるものなのだ。

そう、なぜ私は狂った子犬にあれほど深く執着したのか。なぜ人間と親しくするように、犬と仲良くなったのか。なぜ大切なひとの死を悼むように、犬の死を嘆いたのか。生きて苦しんでいるものすべてにたいして私が覚える尽きることのない愛情、苦悩にもとづく友愛、そして慈愛の心だけが私をもっとも控えめで、もっとも恵まれない生き物へと向かわせるのだろうか。

ローマから受け取った呼びかけ、動物を助けてくれるよう私に求める一老兵の嘆願書を読んで、私は次のような夢をみた。

動物にはまだ祖国がない。ドイツの犬、イタリアの犬、フランスの犬などはまだない。ステッキで殴られたときに痛がる犬が至るところに存在するだけだ。それならば国を超えて、動物を愛護すべきであるという点にかんしてまず同意できないものだろうか。国境を越えてのこの世界的な動物愛護から、おそらくやがて世界的な人類愛へと至るだろう。世界中の犬が同胞になり、どこでも同じように愛情を込めて愛撫され、同じような正義の法にもとづいて扱われ、祖国という戦闘的で、仲間の殺し合いを生むような概念とは無縁なところで、絶対的な自由主義者たちから成る単一の国民を実現できるならば、それこそまさに幸福な未来都市へと向かう歩みの理想ではないだろうか。すべての国民が愛し保護できるような、そしてすべての国民がそれをつうじて共感できるような国際的な犬——ああ、それは素晴らしい模範ではないか！　そして人類が今からすぐにこの教えに従い、このような法は犬のためだけに作られたのではないと後になって言われるのを期待できるのは、どんなに望ましいことだろう！

しかもそれは単に苦痛の名において、自然界に宿る忌まわしい苦痛を撲滅するためなのである。人類は絶えざる闘い、継続する値打ちのある唯一の闘いをつうじて、この苦痛をできるかぎり和らげるよう努めるべきであろう。それは人間が殴られないようにする法、人間に日々のパンを保証する法、世界的な保護社会の幅広い絆によって人間を結びつけ、ついに地上に平和が訪れるようにする法である。哀れな野良犬の場合と同じように、ステッキで殴られることなく、苦痛を和らげるという唯一の目的に向かって、ごく謙虚に人々が同意に至ることが肝要なのだ。

（『フィガロ』紙、一八九六年三月二十四日）

人口の減少

十年ほど前から、私はある小説のアイデアに取り憑かれている。もっとも、おそらくその第一ページすらけっして書くことはないだろうが[1]。私は生を愛し、世界の動脈が運ぶ途絶えることのない活気に溢れた流れを愛し、労働と力と豊饒を熱愛している。その私は、無頓着で、豊かなあまり計算などしない自然が歩みの途中で失うあらゆる種子や芽のことをしばしば考えた。至るところで生命が繁殖し、無数の生物となって拡散していくし、物質はそうした無数の生物によって震え、活気づく。われわれの一歩一歩が数百万の有機体を押し潰し、われわれ自身も、絶えざる作用のなかで生命が生み出される発酵の温床にほかならない。そして信じがたいほどの浪費と、物質の永遠の闘いのなかで失われ、挫折し、存在する前に破壊されてしまう生命のことを考えてほしい。

植物と樹木が風に託す無数の種のうち、どれほどの種が途中で死滅し、川に落ちて腐り、岩の上で干からび、どこか不毛な土の中で乾燥したり腐敗したりすることだろう。魚が水底に生みつける驚嘆するほど多くの卵のうち、いったいどれほどの卵が嵐にさらわれ、殺戮や災害によって死に絶えることだろう。春に生まれるあらゆる鳥たちや、平原や森に住む自由な動物が生むあらゆる子のうち、どれほどが事故や闘いのせいで失われることだろう。まるで死が生より前に自分の取り分を確保し、生物が光のもとで誕生する前にそこから大量の死者を先取りしようと望んでいたかのように。それは下書きや習作の費用のようなもの、どんな偉大な仕事にもつきまとう喪失であり、落ちた破片を繋ぎ合わせて引き取り、そこから後に別の作品をあらためて創ることになるのである。

人類全体についても同じような喪失、驚くべき種子の浪費が確認できる。人類の種の最良部分は風に吹き飛ばされ、水の中に沈み、不毛な岩山の上に散っていく。しかもここでは、自らがけっして破産しないほど豊かだと知っている善良な自然の無頓着な鷹揚さだけが問題なのではない。思慮と意志も関わっており、しばしば放蕩と犯罪すら関与している。こうしてみごとな研究課題が浮かびあがる。殺人的な種まき人が麦を石ころだらけの畑に蒔いて、ひとを生かすはずの麦を芽のうちから枯らしてしまうように、人間の尊い種子を死滅させるあらゆる喜劇と悲劇が演じられているのだ。

私の小説がもし書かれたならば『廃棄物』という表題になっていただろう。私がその中で描こうと思っていたのは巨大なフレスコ画であり、パリのような都市が現在の姿を保つために、つまり未来の生の常に燃えさかる中心でいるためにどれほどの種子を殺し、生まれてくるはずの人間を呑み尽くし、堕胎をおこなっているかということだった。人々は出生率をめぐる悲劇に気づいていない。そこには忌まわしい裏面、破滅に向かって流れていく地下の暗い湖が隠されている。したがって自分の心の中にあるあらゆる情熱を込めて生への権利を擁護するような詩ほど雄大で、偉大で、まっとうなものはないと思われた。しかしそのためには、もはや私には不可能なほどの努力が必要だろうし、おそらく愚か者が出てきて、そうした主題は『大地』を書いた不潔な作家にいかにも似つかわしいと言明するだろう。ああ、哀れな者たちだ！

いずれにしても、人口減少をめぐって現在鳴らされている警鐘が、私の古くからの考えを再び呼び覚ましたのは事実である。新たに人口調査がおこなわれる度、フランスの人口の伸び率が絶えず低下しており、このままだといずれ人口が減少する日が来ると予測されることが統計によって確認されると、この警鐘が鳴らされる。そして一週間は愛国心が不安に駆られ、嘆き、祖国が疲弊して衰弱し、立ち枯れする怖れがあるのだから危険な状態にあるのだと喚きたてる。未来は人口の多い国の掌中にあると人々は繰り返すが、それは正しい。しかしその後は事態が静まり、フランスの女性たちが以前より子供をたくさん産むようになるわけでもない。

だが、今度ばかりはひとつの事件が起こった。「フランスの人口増加のための国民連合」という団体が設立されたのである。苦笑するひとがいるかもしれないが、意図は素晴らしい。国民連合の最初の会合にわざわざ出席した百人ほどのひとたちは熱意のあるところを示したわけで、それは大いに考慮すべきである。この会合で彼らが有効な対策を打ち出したということではない。人口減少の原因については周知のことが繰り返されただけなのだから。つまりアルコール中毒、田舎の過疎化、高すぎる生活費、そしてとりわけ自分には当然その権利があると思っている安楽な生活を保証するために、子供の数を制限する家族の利己的な打算である。しかし、そこから何らかの動きが生まれるかもしれない。これは何よりもまず風習の問題なのだから、言葉や新聞や書物によって新たな情況と、子供の多い家族の繁栄を助長するような新たな風習の理想をもたらさないかぎり、嘆かわしい現状を変えることはできないと私は考える。

子沢山の父親の税金を軽減すれば、人口増加に大きく貢献できると確信しているらしい国民連合は、とりわけ税制改革に取り組んだ。ああ！　税金の公平さが多少変わったところで、それで十分とは思えない。すでに指摘されたように、生活費が高すぎることに変わりはないから、一家の父親に子供の数を倍にしてほしければ、生活費を半分減らすようにするほうが先決だろう。だがそれは可能だろうか。生活費は常に上昇していくし、そこには深い社会的理由にもとづく経済現象が絡まっているのであり、暴力的な革命がないかぎりその理由を取り除くことはできないだろう。それゆえ、立法者たちが無力に見えるということもあって、私としてはこの務めを人間探究家《モラリスト》と、作家と、詩人にゆだねてほしいのだ。

注意してほしいが、この産児制限という現象に流行や上品さが関与しているのは間違いない。歩道で母親が男の子二、三人、さらに同数の女の子を従えているのを目にすると、ひとは笑う。滑稽で、ほとんど不謹慎に思えるからだ。そんなに子供を作るのは動物だけだ、というわけである。かつては子供がたくさん生まれたブルターニュ地方の村でも、今では知り合いの若く美しい女性がかならず渋面を見せるだろう。実際、まるで悪所を通りすぎたときのように彼女は恥ずかしそうに顔を赤らめた。だが私が想像するに、子沢山の家族ほど美しく強いものはないのだとフランスの若く美しい女性たちを納得させられれば、情況はまったく変わるだろう。多くの子供を養わなければならない父親にとって、おそらく生活条件は以前と同じように厳しいかもしれない。しかし、美の観念は常に勝利を収めるのではないだろうか。子供をたくさん作ることが美しいと見なされれば、多産がひとを気高くするのであれば、至るところで子供の誕生が増えるのではないだろうか。苦しみ、闘うことになるだろうが、最後には、強く美しくなるために新たな社会の理想に従うようになるだろう。

今のケースについて、この五十年間の哲学や文学がおよぼした悪影響を過大視するつもりはない。ただ実際のところ、問題の所在を検討し、係争点を判断していただきたい。

まずそれ以上遡らないとすれば、ショーペンハウアーと生の苦しみという彼の理論、さらには彼が女性と愛をつうじて追求する生への憎悪という考えがある。ショーペンハウアーの子孫たる厭世主義者、醒めた人々、無の愛好者たちはさらに誇張した説を唱える。人間を生むこと自体が罪となるのだ。苦しみを運命づけられている被造物を生み出す権利は、われわれにはない。子供を作らないひと、あらゆる生命力の休止によって生の終焉を夢想するひとこそが賢人というものである。ある種の野蛮な偉大さをそなえたこの理論は矮小化され、愚かなものにされて、あらゆる愚物の常套句、あらゆる放蕩者の言い訳になった。

続いて、ひとりの天才がこの問題に関わる。処女性と諦念を称賛し、無垢で不毛の純粋性を崇高と見なすワーグナーのことだ。トリスタンとイゾルデがかつてその叫びが記されたうちでもっとも激しい情念で愛し合ったにしても、交わって子を成す前に死んでしまうことに変わりはない。そしてこの二人を除けば、白鳥の背に乗り、棕櫚の枝をかかげ、神秘的な杯で愛の死を飲みほすヒーローやヒロインたちの列ばかりではないか！　ああ、エリーザベト〔『タンホイザー』のヒロイン〕にはどんなに悲痛な思いを抱くことか、もしタンホイザーがヴィーナスのもとに戻って子供を作ったらどんなに嬉しいことか！　この巨匠の音楽の至るところで、何やら知れぬ胡乱な理想の名において愛は追い詰められ、断罪され、まるで過ちか苦痛のように示されている。子供には死を、というわけだ！

われらがフランスの小ショーペンハウアーや小ワーグナー、彼らの影響から生まれたわが国の文学全体まで話を広げるならば、息切れした者、変質者、不能者たちが何年も前からフランス中にうごめいている。その間に現れたきわめて強靭な才能の持ち主たちを考慮に入れてのことである。しかし不毛の風が吹き、文学の中でももはや子供が作られないのは明らかではないか。そこでは相も変わらぬ不倫が王者として君臨し、最悪なことに不倫から子供は生まれない。夫の代わりに愛人が女性を孕ませるのならば、善良な自然にとってはそれなりに勘定のなかに入る。しかし子供は邪魔で無粋とされているから、ほとんどけっして登場しない。子供は文学的ではなくなったのだ。だが子供を目的としない愛は究極的には放蕩にすぎない。若さと美しさが関与しているときは、きわめて快い放蕩であることは認めるにしても。

ときには多くの才能が見出される上流階級の心理小説から、もっと下の方に位置するフランス文学の最近の奇妙な徒花、デカダン派や象徴派と名付けられたものへと降りていくと、そこに見られるのはもはや、生み、それを誇る健全で忠実な愛への挑戦にほかならない。性を喪失し、竿のように痩せ細り、女を母や乳母とする器官をもたない女性たちの群だ。未熟な処女たちが薄明の冥界に漂っているようなものである。男性の側も、娘と見間違えられかねない、そして実際に見間違えられるような青白い美青年ばかりだ。子供は下品で、不潔で、恋人たちの知性を損なう恥ずべきものというわけだろう。人々は頭の中だけで交わり、魂の交わりのみをつうじて何かを生み出す。愛が形成される自然の行為を除けば、みずから愛のすべてを実践する。生に死を！　人間の種は風に吹き飛ばされ、無益でないがしろにされたその種を風が撒き散らしてしまうがよい、というわけである！

こうしたカップルばかりで、祖国フランスがどうして小さな市民が増えるのを望めるというのか。もし本当に文学が風俗に影響をおよぼすというのであれば、子供を産まない女性を賞揚し、たくましく力強い

〈処女性〉と題されたルイ・ジャンモの作品。女性の処女性を称賛する世紀末の感性は、母性の否定につながっていた。

男性を軽蔑するこうした文学作品や芸術作品ほど人口減少を助長するものはあるまい。人間を養う偉大なる麦は刈り取られ、白ユリ〔処女性の象徴〕の野が世界を毒している。最悪なのはそこに流行が絡んでいること、知性ある愚か者、屁理屈を言う人間、不可視の闇の分析者たらんとする楽しみのために、われわれがフランスのガリア的健康や、陽気さや、多産の何やら知れぬ破滅へと向かっていることである。

社会主義インターナショナルがこの問題に無関心なのは理解できる。フランスで出生率が減少しても、他の国で増せばそれでいいではないか。まもなく国境が消滅し、人類がひとつの国民となるのを期待している人々にとって、出生の停止がフランスで起ころうと、もっと遠い国で起ころうとどうでもいいことなのだ。そうしたことは歴史の浮き沈みにすぎず、これまで諸国民の盛衰をもたらしてきた多様な原因から生じる予測された結果にすぎない。もしフランスが死すべき運命にあるとすれば、すべて死すべきものが自然に死んでいくように、老いが来れば憔悴して死んでいくだろう。数世紀単位の広い見識をもつ社会主義インターナショナルから見れば、フランスは人類という偉大な全体の中に帰っていくということになる。

もし時間的にも、また国境を越えて空間的にもこのような高みに立つならば、問題は一国民の出生率が減るかどうかということではなく、地球上の人間の総数が増えるか減るかということなのだ。ひとは生の全体的な拡張に興味を抱くほどに生を愛することができるのだろう。しかしその後、どれだけ多くの問題が惹起されることか。唯一の国民に被害をもたらし、大量の犠牲者を出すであろう生存競争の法則、生産が常に消費と正比例するよう望む過酷な法則、そして不平等を生み出し、選別し、闘う愛の法則そのものなどがそれである。ああ、われわれを生かす希望、われわれに約束されている幸福はいったい何世紀後に実現されるというのだろうか。

だが、われわれはまだその段階に至っていない。国境は明日になれば消滅するというものではない。祖国という観念がいまだに人々の心を奮い立たせ、勇気を刺激するのに必要な手段なのだから、いちばん賢明なのは自分の国で、自分の国のために生きることであろう。フランスの母たちよ、フランスがその地位と力と繁栄を守りぬけるように子供を作りたまえ。フランスが生きることは世界の救済のために必要なのだから。人類の解放はフランスから始まったし、あらゆる真理と正義もまたフランスから始まるだろう！

もしフランスがいつか人類と一体化するはずだとすれば、それはあらゆる河が注ぎ込む海のようなものとしてだろう。

フランスで生の廃棄物がなくなり、善良で不滅の女神、永遠の勝利をもたらす女神のように生が崇拝されることを私は望んでいる。力強く自然な文学、雄々しくて健全な文学、言葉と物に挑む誠実さをもち、未来世代の溢れるごとき生の奔流のために子を産む愛をあらためて名誉あらしめ、堅固さと平和の巨大なモニュメントを創りあげてくれるような文学がフランスに登場することを私は望んでいる。そして新たな社会全体がそこから誕生すること、まじめな男女、子供を十二人もち、太陽に向かって人間の歓喜を声高に宣言する夫婦が誕生することを私は望んでいる。

(『フィガロ』紙、一八九六年五月二十三日)

(1) ここでゾラが構想している物語は一八九九年に『豊饒』と題される作品となって結実する。『四福音書』シリーズ第一作にあたるこの作品は、子宝に恵まれるマチューとマリアンヌの家族とその子孫の繁栄を言祝ぎ、産児制限を推奨するマルサス主義の悪影響がそれと対照されている。

第二部

ユダヤ人問題とドレフュス事件

ユダヤ人のために[1]

数年来、私は、フランスにおいてユダヤ人を標的として試みられている中傷キャンペーンの動向[2]を、驚きと嫌悪を募らせながら見守ってきた。私にとって、この様相は奇怪そのものである。奇怪というのは、あらゆる良識、あらゆる真理、あらゆる正義の外に位置するものという意味であり、われわれを数世紀後方に押し戻しかねない、愚かにして盲目的な事態という意味であり、そして、その行き着く先として、あらゆる人間の祖国を血に染める宗教迫害という最悪の凶事しか考えられない事態という意味である。

私はそのことを以下に述べたい。

まず、人々は、ユダヤ人たちの何がけしからんと言い、彼らのどこに咎があると言っているのか。

私自身の友人の中にさえ、ユダヤ人にはどうにも我慢ならない、その手に触れるというだけで嫌悪のあまり身の毛のよだつ思いを禁じ得ない、などという人々がいる。これは身体的な嫌悪である。つまり、白人が黄色人に対して、赤色人が黒人に対して抱く、人種から人種への拒絶反応なのだ。この嫌悪感のうちに、神を十字架につけたユダヤ教徒に対するキリスト教徒の古き怒りが、軽蔑と復讐心の息の長い隔世遺伝となって入り込んでいないかどうか、ここで論じ尽くすつもりはない。ともかく、この身体的嫌悪がユダヤ人嫌いの確固たる、おそらくは唯一の理由である。よって、「なぜ彼らを嫌うのかと言われても、嫌いなものは嫌いなのだ。彼らの鼻を見ただけで、私はもう、いたたまれない気持ちになってしまう。私の体全体が、彼らを異質な存在、反対の存在として感じ取り、むかむかしてしまうのだ」という人々に対しては、もはや何も言ってやるべきことなどないのである。

しかし、実際のところ、こうした人種から人種への敵愾心というだけでは理由として十分ではない。もしもそれだけが理由であるのならば、われわれは、今すぐにも森の奥深くへと帰っていくほかあるまい。われわれが皆同じ叫び方をしていない、なかには毛の生え方が違う連中もいるという理由をもって、種と種のあいだの野蛮な戦争を再開し、互いに喰いつ喰われつする以外にないであろう。文明の努力とは、まさに、同類が完全に同類ではないからといって格闘を始める、こうした未開時代の欲求を消し去ることに傾けられるものであるはずだ。これまで数世紀のあいだ、もろもろの民の歴史は、相互の寛容に関する教訓以外の何物でもなかった。その結果、最終的な夢は、すべての民を普遍的な兄弟愛に連れ戻し、共通の愛に浸すことによって、そのすべてを共通の苦しみから可能な限り救い出すことである、という了解が生まれるところまで到達しているのだ。こうして、この現代においては、人の頭蓋骨の造りが完全に同じではない(3)などという理由によって、憎み合ったり、噛みつき合ったりすることは、世迷い事の最たるものとなり始めている。

その上で、真剣な苦情申し立ての理由に話を進めよう。それは、なによりも社会的な次元に属するものである。以下に、ユダヤ人たちに差し向けられた論告を要約し、その大まかな特徴を示そうと思う。ユダヤ人たちが告発を受けているのは、彼らが国民《ナシオン》のなかの民族《ナシオン》であり、人界を離れて宗教的カーストの生活を営み、そうすることによって国境を越え、現実の祖国をもたない一種の国際的な分派を形成しているという点である。いつの日にか、この分派が勝利するようなことになれば、それは全世界を手中に収めてしまいかねない。ユダヤ人は自分たちのあいだだけで結婚し、近代の人間的絆が弛緩するなかにあって非常に緊密な家族関係を維持している。彼らは互いに支え合い、励まし合い、その隔絶状態のなかで、たぐいまれなる抵抗力と緩慢な征服力を示している。それればかりか、彼らは実践感覚に富んだ思慮深い人種であり、血のなかに営利の欲求、金銭への愛、並はずれた商魂を宿している。それによって、ここ百年のあいだに巨万の富を手中に収め、金銭が王の地位に祭り上げられるこの御時世、絶対的な力の保証をわがものにしている、というわけである。

すべてそうしたことは事実である。ただ、事実を確認する際には、それに対する説明をほどこさねばならない。今述べたことにつけ加えておかねばならないこと、それは、今日存在するユダヤ人とはわれわれ自身が作り上げたもの、つまり、われわれの千八百年の歴史をつうじて行われた馬鹿げた迫害の産物であるという点だ。かつて彼らは、癩者同然、不潔きわまりない居住区に押し込められた。その彼らが自分たちの伝統をそのまま保持し、家族の絆を強めながら、勝者に囲まれた敗者として別個に生きてきたとしても別段驚くには値しない。かつて彼らは、殴打を受け、呪詛の言葉を浴びせられ、不公平と暴力をいやというほど嘗めさせられた。その彼らが、無意識のうちにも遠い未来における復讐の希望を心に宿し、それまでのあいだ、とにもかくにも抵抗し、存続し、他者に打ち勝つ意志を忘れまいと努めてきたとしても驚くには値しないのである。とりわけ、かつて彼らには、広く軽蔑の対象とされていた金銭に関わる領域が蔑みとともに委ねられた。そのことによって、彼らは社会的に商売人、高利貸しに作り替えられたのだ。その彼らが、野蛮な暴力の社会体制から知性と労働の社会体制への移行が完了した時、数世紀にわたる遺伝によって柔軟に熟練しきった脳髄を備え、いつでも一大帝国を築く用意の整った資本の主として立ち現れてきたとしても別段驚くには値しないのである。

そして今日、人間の盲目が産み出したこの創造物を前にしてすっかり恐怖心に取り憑かれ、中世の党派主義的な信仰心によって作り替えられたユダヤ人の姿を見て震え戦きながら、あなた方が対抗措置として思いつくことといえば、紀元一千年の昔に逆戻りし、ふたたび迫害に着手しようということぐらいなのだ！　昔と同じようにユダヤ人が狩り出され、身ぐるみ剥がれ、一か所に寄せ集められ、心に怨恨のみを宿し、勝者たる民のなかにあって敗者たる民としての扱いを受けるようにと、ふたたび聖戦を説き勧めることぐらいのものなのだ！

まったくもって、あなた方は、実におつむの出来のよい腕白坊主だ。社会観念として、実に見事な観念をお持ちでいらっしゃる！

思ってもみたまえ、あなた方、二億人以上のカトリックに対し、ユダヤ人は五百万人を数えるかどうかという程度なのだ。それなのに、あなた方は震え戦き、憲兵の出動を要請し、まるで略奪者の大群が国に襲いかかったかのように、むやみやたらと騒ぎ立てる。勇気とは、まさにこのことである！

私の目に、闘いの条件はまずまず公平なものとして映る。なぜ、商売の分野で、彼らと同じぐらい知的に、彼らと同じぐらい精力的に活動を繰り広げようとしないのか？　かつて私は、後学のため一か月ほど証券取引所に通いつめたことがある。(4)その時、あるカトリックの銀行家が、ユダヤ人のことを話題にしながら私にこう語った。「ああ、連中はわれわれよりも強いのです。これからも、われわれはやられっぱなしでしょうよ」。もしもそれが本当だとしたら、屈辱的の一語に尽きるだろう。しかし、なぜ、それが本当でなければならないのか？　天賦の才というものは、持っているだけでは何の役にも立たないのだ。とにもかくにも労働と知性がすべてを成功に導くのである。私の知り合いにも、すでに非常に際立ったユダヤ人になりきっているキリスト教徒が何人かいる。闘いの場は自由なのだ。ユダヤ人が金銭を愛し、金銭を蓄える術を習得するのにこれまでの数世紀を費やしてきたというのならば、単にその分野で彼らの範に倣い、彼らの能力を自家薬籠中のものとし、そして彼ら自身が用いる武器で彼らをうち負かしてやればよい。すべてはこれに尽きるのだ。彼らに呪詛の言葉を浴びせるなどという無駄な仕事はやめにして、彼らに対する優勢を占めた上で彼らを征服してやればよいのだ。これ以上わかりやすいことはない。それこそは生命の法則である。

あなた方が発している嘆きの叫びが、彼らの耳に、いかに誇りに満ちた充足感として響いていることか。取るに足らない少数派でありながら、相手にこれほどの戦闘規模を用意させているのだから！　朝な朝な、あなた方は彼らに攻撃の言辞を浴びせ、戦いの集合ラッパを吹き鳴らす。あたかも町が敵軍の奇襲攻撃にさらされているというがごとくに！　あなた方の言い分を聞いていると、ただちにゲットーを再建し、ふたたび「ユダヤ人通り」を街に設けて、夕方には鎖を張って出入り禁止にしなければならない、とでも言いたげだ。万人に開かれたわれらが自由都市のただなかにあって、そのような隔離地域はさぞ気持ちのよい風景を呈することでもあろう。こうした状況下、ユダヤ人の側でまったく動揺を見せず、われわれの経済市場の全域で勝利を収め続けている理由が私にはよくわかる気がする。ほかでもない、呪詛の言葉とは、跳ね返って悪しき射手の目を潰す伝説の矢にほかならないのだから。よって、彼らがこの先も勝者であり続けることを望むならば、好きなだけ彼らのことを迫害し続けるがよい！

　今、迫害と言ったが、まったくのところ、あなた方はまだそのような考え方にしがみついているのか。あなた方は、まだ、人々を迫害することによってその存在を抹消できるなどという、おめでたい考えを抱き続けているのか。それならば早く目を覚ました方がいい。事実はその正反対である。人間の大義として、犠牲者の血に潤されて大きく成長しなかったようなものは、いまだかつて存在したためしがない。つまり、ユダヤ人たちがまだこの世にいるのは、あなた方のせいなのだ。彼らとて、自己防衛をし、集団を組み、その人種の内部に頑なに閉じこもることを余儀なくされるようなことがなかったならば、今ごろは跡形もなく消え去っていたにちがいない。逆に今日、彼らのもっとも現実的な力は、それを大げさに言い立てることによってますます目に見えるようにしているあなた方の側から供給されているのだ。危機だ、危機だ、と毎朝繰り返し叫んでいるうちに、本当に危機が作り出されてしまう。民衆に虚仮威しを見せ続けているうちに、本物の怪物が産み落とされてしまうものなのだ。だから、もう語るのはよしたまえ。ユダヤ人がわれわれ同様ただの人間にすぎないことが明らかになれば、彼はわれわれの兄弟となるであろう。

　本来、あなた方が採用すべき戦略は、迫害とは正反対の方向に示されている。両腕を大きく開き、法によって認められた平等を社会的に実現すること。ユダヤ人たちを抱擁し、われわれのうちに吸収、融合してしまうこと。彼らがすぐれた力を有しているというのならば、それをもってわれわれ自身を豊かにする

19世紀末に刊行された反ユダヤ主義の書物の宣伝ポスター。エドゥアール・ドリュモン『ユダヤ人のフランス』(1886)とラファエル・ヴィオー『これら善良なるユダヤ人！』(1898、ドリュモンによる序文つき)

こと。結婚を奨励し、親の世代を和解させる役目を子供たちの世代にまかせること。それこそは、また、唯一それだけが、人間と自由の名にふさわしい統一の事業である。

反ユダヤ主義[5]は、それが現実の影響力を行使しているような国々にあっても、一政党の武器、あるいは深刻な経済状況の反映以上の意味をもつものではない。

しかし、一部の人々が何といってわれわれにそう信じ込ませようと躍起になろうとも、ユダヤ人が金銭という権力の絶対的な主として振る舞っているなどとは決して言えないこのフランスにおいて、反ユダヤ主義は、民衆の内部にまったく根をもたない空中楼閣である。とどのつまりは空騒ぎにすぎないこの運動に少なくとも社会運動の体裁だけは取り繕うために、幾人か、脳味噌に黴がかかった人々の情熱が必要であった。

こうした人々の脳髄は、党派主義者のいかがわしいカトリシズムで沸き立っている。なにせ、かつて神を売り渡し、十字架にかけたユダの末裔を、文学の離れ業によってロトシルド（ロスチャイルド）家の人々のあいだにまで狩り出そうというのだから。加えて、このように火刑台の薪に火を放ち、それを公衆の面前に維持し続けようとする動きには、とにかく何かの騒ぎを起こしてみせる土壌の必要、あるいは自分の文章を読ませ、鳴り物入りで知名度を手に入れようとする妄執も決して無関係ではなかった。幸いにして、その火刑台の炎は単なる飾りの域を出るものとはなっていない。

当て外れは見ていて哀れなほどである。何ということだ。ここ何か月にもわたり、中傷と密告が立て続けに行われた。何人ものユダヤ人が、盗人、人殺しとして告発を受けた。なかには、単に人格を傷つける目的で勝手にユダヤ人にされてしまったキリスト教徒もいる。こうして、ユダヤ世界全体が狩り出され、辱められ、罪を宣告されたのだ！　それでいて、実際に目にすることができたのは、空騒ぎ、下劣な言葉、むき出しの劣情ばかりで、直接行動はまったく見られなかった。一握りの群衆とて暴動を起こすわけでもなく、誰かの頭がかち割られたわけでもなければ、どこかの窓ガラスが一枚割られたわけでもなかった。われらがフランスの民衆は、こうして日々繰り返される内戦への呼びかけには耳を貸さず、毎日どこかのユダヤ人の血を差し出すように求める下劣な扇動のなかにあって理性を保ち続ける、なんと善良にして、賢明、誠実な民衆であろう！　今日日、新聞が、毎朝、朝食として食卓に乗せてくれるのは、もはやキリスト教の聖職者ではなく、できるだけ脂が乗った血色のいいユダヤ人である。いずれにしてもぞっとしない、少なくとも笑止千万の朝食である。そして、すべてこうした扇動の後味として残るのは、人間の所業としてもっとも無分別な、もっとも忌み嫌うべき仕事の醜さばかりである。この仕事はまた、幸いにしてもっとも無駄なものでもある。というのも、通行人たちは、熱狂者たちが身振り手振りをまじえて騒ぎ立てるのを見向きもせず、悪魔はいかがわしい聖水盤のなかで好きなだけもがくにまかせておけばよいとばかり、そのまま通り過ぎてしまうのだから。

見ていて驚き呆れるのは、そういう連中が、みずから必要不可欠にして健常そのものの仕事を遂行しているとの自負を堂々と掲げ回っていることだ。ああ、もしも彼らが真剣にそう信じ込んでいるのだとしたら、なんと気の毒な連中であろう。彼ら自身の身について、なんと惨めな資料を後世に残すつもりなのか。誤謬、虚偽、抜きがたい妬み、とどまるところを知らぬ無分別、すべてそうしたものの山積みに、彼らは日々、自分の持ち分を積み重ねていく。批判精神を備えた人間が殊勝にもこの泥沼に降りていこうとしても、そこにあるのはただ宗教上の情念と均衡を失った知性だけであるということを認めて、後ずさりしてしまうであろう。こうして、反ユダヤの扇動家たちは、社会犯罪者と並んで歴史のさらし台に釘付けにされることになるのだ。犯行自体は未遂でも、たまたま犯行時に彼らをとらえた無分別に邪魔されなければ確実に犯罪を遂行していたにちがいない、そのような社会犯罪者たちと同類の存在としてである。

事実、このような狂信の回帰、このような宗教戦争への駆り立てが、われらの時代、われらの偉大なるパリを舞台に、われらの善良なる民のあいだに起こり得るということ自体に、私はいつも驚愕を禁じ得ないのである。この民主主義と全世界的な寛容の時代、平等、友愛、正義を目指す一つの大きなうねりが四方から起こりつつある、この時代に！　われわれは国境を廃棄し、すべての民からなる共同体を夢見、すべての宗派の聖職者が抱擁し合う宗教会議の開催を訴え、苦しみを介して兄弟の輪を広げ、生きることの悲惨から皆こぞって救われようと人間の慈悲の女神を奉る唯一無二の祭壇を築こうという、そのような段階にまで達しているのだ！　そのなかにあって、「ユダヤ人を殺せ！　ユダヤ人を食いちぎれ！　虐殺、殲滅の再開だ！　火刑台に、竜騎兵作戦[6]に立ち戻るのだ！」などと毎朝わめき立てているのは、ほんの一握りの狂信者、愚者、あるいは狡賢い人間の集団のみである。何かを叫ぶにしても、少しばかり時期というものを考えて欲しいものだ！　愚挙としてこれ以上の愚挙、醜態としてこれ以上の醜態は存在しない！

一部のユダヤ人たちの手に富の心苦しい独占が見られること、それは確かな事実である。しかし、同様の独占は、カトリックのあいだにも、プロテスタントのあいだにも存在するのだ。民衆の不満や怒りを宗教上の情念に引きつけ、それを利用しようとすること。とりわけ、無産階級からの権利要求に応ずるのに、守銭奴を引き渡してやるとの口実のもと、ユダヤ人を好餌として投げ与えること。こうした偽善的にして欺瞞だらけの社会主義こそを糾弾し、壊滅させなければならない。もしも、近い将来、労働法なるものが真実と幸福を目的として実現されるならば、それによって人類全体の再編成が行われることになるだろう。ユダヤ人であるかキリスト教徒であるかなど、まったく意味をなさなくなるであろう。なぜなら、金銭の扱い方は万人にとって同一となり、新しく定められることとなる権利、義務も、万人にとって同一となるであろうから。

ああ、この人類の統一！　もしもわれわれが生きる勇気を保ち、闘いのなかにあって心に希望を失いたくないならば、皆、この統一を信じる努力を怠ってはならない。それはまだはっきりと聞き分けがたい叫び声にすぎない。しかし、この叫びは、真実と正義と平和を待ちわびるすべての民のあいだから立ち上り、徐々にはっきりと、ますます大きく聞こえてくるであろう。われわれは憎しみの武器を捨て去り、国境を越え、都市の交わりのなかで互いに愛し合おうではないか。すべての人種を一つの幸福な家族として溶け合わせるべく、日々の仕事に励もうではないか。そのためには千年の歳月を要するかもしれない。それでも人間愛の最終的な実現に信を寄せ続けようではないか。少なくとも手始めとして、現代という時代の悲惨がわれわれに許す限りにおいて、互いに愛し合おうではないか。狂信者どもは放っておくがよい。刃物の脅威のもとで正義を行うことができると思い込んでいる悪党どもは、森の奥深く、未開状態に回帰するがままに放っておくがよい。

イエスよ、怒り狂った信徒たちに告げたまえ。ユダヤ人たちに対してはすでに赦しを与えたのだ、と。彼らも皆、同じ人間なのだ、と！

（『フィガロ』紙、一八九六年五月十六日）

（1）一八九六年五月十六日、『フィガロ』紙掲載、翌一八九七年、単行本『新・論戦』（九五年十二月一日から九六年六月十三日まで『フィガロ』に掲載した記事を集めたもの）に収録。

（2）ドレフュス事件発生（一八九四年十月）以前のフランスにおける反ユダヤ主義の動向について、ジャック・デュラン『エミール・ゾラとユダヤ問題　一八九〇―一九〇二年』（Jacques Durin, *Emile Zola et la question juive 1890-1902*, Editions G. M, 1989）、ならびに、稲葉三千男『ドレフュス事件とエミール・ゾラ、一八九七年』（創風社、一九九六年、とりわけ「当時の社会状況（二）――反ユダヤ主義」の章）を参照。ゾラにこの一文の執筆をうながす直接の契機となったと考えられる一八九五―九六年の状況としては、集団リンチの趣を呈したドレフュス位階剥奪式（九五年一月五日）、ランド選出議員テオドール・ドゥニの下院での発言「ユダヤ人をフランス中央部に押し戻してはどうか。そこならばスパイ行為もさほど害はあるまい」（同五月二十五、二十七日）、ユダヤ禍根絶の方策を一般に問う『リーブル・パロール』紙による懸賞論文の応募（同十月二十二日）、『リーブル・パロール』紙創刊四周年記念（九六年四月）、同じく『リーブル・パロール』に掲載されたエドゥアール・ドリュモンの記事「われわれが構想するフランスの反ユダヤ主義」（同五月八日）などが挙げられる。とりわけ最後のドリュモンの記事のなかで、小説『ルルド』（九四）以来、保守派、キリスト教教権派から総攻撃を浴びていたゾラがふたたび名指しで揶揄されていた。

（3）十九世紀末、反ユダヤ主義、人種差別主義的言説の構築に「頭蓋学」が果たした役割については、菅野賢治『ドレフュス事件のなかの科学』（青土社、二〇〇二年）を参照。

（4）一八八九年頃、金融界を舞台とする小説『金』（一八九一）の取材のために証券取引所を訪れたことを指すものと思われる。小説構想メモのなかに、ゾラの次のような一節が見られる。「ユダヤ問題が私の主題の奥底に見出されるようにする、という点を忘れないこと。金を主題とする以上、過去と現在におけるユダヤ人の役割全体を喚起せずに済ませることはできないのだから。よって私は、貴族に対するユダヤ人の勝利を描き出そう。かつて下位で蔑まれたユダヤ人が、いまや上位を占める。逆にあれほど上位を誇った貴族は下位に転落するのだ。しかし、主人公としては、成り上がり者で、ユダヤ人を一掃するほどの力をもった人物を据えたい。むしろ、ユダヤ人よりも強い人物というべきか。とにかく、ユダヤ人問題なるものを飛び越えて、金の力をありありと見せつける何ものかである」（デュラン前掲書、六〇頁）。

（5）「反セム主義」という言葉（ここでは「反ユダヤ主義」として訳語を統一する）は、一八七九年、フォイエルバッハ哲学を掲げるドイツの社会主義者、ヴィルヘルム・マールの筆のもとに生まれたと言われる（『非宗教的見地から見たゲルマン性に対するユダヤの勝利』、一八七九）。同年、マールが「反ユダヤ連盟」を結成し、翌一八八〇年、ブリュッセルの『ルヴュー・ド・ベルジック』誌上、マックス・シュルズベルジェが「ドイツにおける反ユダヤ主義」と題してこの新しいユダヤ人排斥運動の潮流を紹介したのがフランス語としての初出と考えられる（ロベール『大辞典』の antisémitisme の項には《1866, Drumont》として語の初出の年号が示されているが、一八六六年、二十二歳のドリュモンが新語を創り出した形跡はなく、『ユダヤのフランス』の刊行年、一八八六年を示そうとした際の誤記と考えられる）。この言葉は、一八八六年、エドゥアール・ドリュモンによる『ユダヤ人のフランス』の爆発的な売れ行きによってフランス語として確実に定着したばかりでなく、同年早々に実現したそのドイツ語訳によって「里帰り」を果たす（ミシェル・ヴィノック『エドゥアール・ドリュモンとその一派――フランスにおける反ユダヤ主義とファシズム』、一九八二年参照）。

（6）ルイ十四世が行った竜騎兵による新教徒迫害。

共和国大統領フェリックス・フォール氏への手紙[1]

［訳者解説］

一八九四年九月末、フランス陸軍の対抗スパイ網をつうじてドイツ大使館付き武官シュヴァルツコッペンの執務室の屑籠から盗み出された一通の手紙（通称「明細書」）が、史上最も有名な冤罪事件の一つ、ドレフュス事件の発端となった。一八九四年十月十五日、スパイ容疑で逮捕された陸軍大尉アルフレッド・ドレフュス（一八五九—一九三〇）は、同年十二月のパリ軍法会議で終身禁固刑を宣告され、以後約四年半、南米ギアナの灼熱の流刑地、悪魔島で生死のあいだを彷徨う（『ドレフュス獄中記——わが生涯の五カ年』、竹村猛訳、中央大学出版部）。彼の無実の証明、再審の実現のため、実兄マチュー・ドレフュス、弁護士エドガール・ドマンジュによる必死の努力、さらにはジャーナリスト、ベルナール＝ラザール、歴史家ガブリエル・モノー、上院副議長オーギュスト・シュレール＝ケストネールらによる言葉以前の「ドレフュス派」としての活動も虚しく、九七年末まで事件の裏舞台は偽書と奸計をもって複雑さの度合いを増す一方であり、再審請求の糸口は依然としてつかめないままであった。九九年、レンヌで開かれた二度目の軍法会議でふたたび有罪判決を受けたのち、大統領特赦により、ドレフュスはようやく自由の身を取り戻す。レンヌ再審判決が破毀され、ドレフュスが完全な名誉回復とともに陸軍に復帰したのは、事件発生から十二年後、一九〇六年のことであった（『事件——マチュー・ドレーフュスの回想』小宮正広訳、時事通信社）。

エミール・ゾラによる「共和国大統領フェリックス・フォール氏への手紙」（「私は告発する！」）は、事件発生から三年余り経た九八年一月、マチュー・ドレフュスによって告発された真犯人エステラジーがパリ軍法会議で無罪放免となり、逆に「ユダヤ組合」の陰謀に敢然と立ち向かった英雄として群衆の歓呼を浴びるなか、ドレフュス擁護運動の起死回生として「雷のようにパリに落ちた」（シャルル・ペギー）。以後、ドレフュス派陣営は、『オーロール』紙政治欄主筆ジョルジュ・クレマンソー、社会主義独立派の機関紙『プティット・レピュブリック』紙を強引にドレフュス擁護に導いたジャン・ジョレスらを加え、再審に向けて新たな局面に突入する。

〔一九〇一年『真実は前進する』に収録するに際しての自注〕

以下の数頁は、一八九八年一月十三日、『オーロール』紙[2]に掲載された。一般にあまり知られていないことであるが、この書簡は、前掲の二通の「手紙[3]」と同様、まず小冊子として印刷された[4]。その小冊子を上梓する段になって、私の脳裏に、今回の手紙を新聞に掲載すれば、より広範囲の読者層を、より大きな反響とともに獲得できるのではないか、という考えが閃いたのだ。つとに『オーロール』紙は、称賛すべき独立不羈の精神と勇気とをもって事件に対する明確な態度を表明していたので、私は迷うことなく同紙に話を持ち込んだ。この日以来、同紙は、私にとって安住の地、自由と真実の演壇となった。実際、私は同紙上ですべてを語ることができた。そのことについて、編集長エルネスト・ヴォーガン氏[5]には深い感謝の念を抱き続けている。――『オーロール』紙が三十万部を売り尽くし、そこから周知のとおりの訴訟事件にいたったわけであるが、その後も、小冊子の方は倉庫に山積みのままであった。そもそも私は、確固たる決断のもとに実行したあの行動の翌日、その先はみずからの裁判の席を待ち、そこから期待どおりの結果が導き出されるようにと願いながら、ひたすら沈黙を守るのがふさわしいと考えていた。

大統領閣下

先に閣下より賜りましたご懇篤な接見[6]に感謝申し上げながらも、以下に、閣下のいわれ正しき栄誉にあえて憂慮の念を抱き、今日までかくも多幸なものとしてあった閣下の権勢の星が、今、もっとも恥ずべき、もっとも払拭しがたき汚れに脅かされていると申し上げることを、どうかお許しいただきたく存じます。

閣下は、これまで閣下に寄せられたさまざまな卑しき誹謗中傷をすべて払い除け、国民の信望を一身に集めてこられました。閣下のお姿は、ロシアとの同盟というフランスにとっての愛国的祝祭の絶頂にあって、まさに光輝に満ち満ちたものと映っております。さらに閣下は、万国博覧会という壮麗なる一大盛事を主宰すべく、目下、着々と準備を進めておられます。この万国博覧会こそは、労働、真理、自由が築き上げたわれらの偉大なる世紀に有終の美を飾るものとなりましょう。しかるに、この忌まわしきドレフュス事件とは、閣下のご芳名――あやうく「閣下のご在位」と言いかねないところでした――にぬられた、

Deuxième Année — Numéro 87

Cinq Centimes

JEUDI 13 JANVIER 1898

Directeur
ERNEST VAUGHAN

L'AURORE

Littéraire, Artistique, Sociale

Directeur
ERNEST VAUGHAN

J'Accuse...!

LETTRE AU PRÉSIDENT DE LA RÉPUBLIQUE

Par ÉMILE ZOLA

LETTRE A M. FÉLIX FAURE

Président de la République

Monsieur le Président,

ゾラの「私は告発する！」が掲載された『オーロール』紙1898年1月13日号。

なんという泥なのでありましょう！　軍法会議[7]は、何者かの命により、エステラジー[8]なる男に無罪放免を言い渡すという暴挙に出たばかりですが、これは、およそ真実なるもの、正義なるものに加えられた侮辱の平手打ちとして例を見ないものであります。もはや手遅れでございます。フランスはこの汚辱を頬に受け、歴史は、このような社会犯罪が行われ得たのが閣下の任期内であったと後世に伝え続けることでありましょう。

彼らがこのような暴挙に出たのですから、私もまた、一つの暴挙に出てご覧に入れましょう。真実を申し上げましょう。私は、以前より約束していたのであります。もしも、正規の手続きにのっとって提訴を受理した司法が正義を十全に遂行することができないようであるならば、この私が真実を口にするであろう、と。私の義務は語ることであります。私は共犯者ではありたくない。このままでは、遠い地で身の毛もよだつような責め苦にあわされ、みずから犯したものでもない罪の償いをさせられている無実の人間の亡霊が、夜ごと夜ごとに私の夢枕に立つことにもなりかねません。

そして、ここで私が一人の誠実な人間としての憤激に渾身の力をこめ、真実を、この真実を声高に叫ぼうと思いますのは、ほかでもない、大統領閣下、閣下に対してなのです。閣下の名誉にかけて、私は閣下がこの真実をご存じないものと確信しております。そして、真の罪人どもの悪逆の群を告発するにしても、国の最高位の判官たる閣下をおいて、一体誰に告発すればよいのでしょう。

まずはドレフュス裁判と、その有罪判決をめぐる真実から申し上げましょう。

一人の邪な心の持ち主が、一切を企み、一切を取り仕切った。それがデュ・パティ・ド・クラム中佐[9]、当時は一介の少佐にすぎなかった男です。彼こそはドレフュス事件のすべてなのであります。彼の行動と責任をめぐる厳正な調査をまって、ようやく事件の全容が隅々まで明らかになるでありましょう。[10]デュ・パティ・ド・クラム中佐ほど、つかみどころのない、複雑怪奇な精神の持ち主とてほかに見当たらないでしょう。小説仕立ての陰謀に取り憑かれ、盗まれた書類、匿名の手紙、人気のない場所での密会、夜陰にまぎれて有無を言わせぬ証拠書類を配り歩く謎の女など、三文新聞小説の手法に特別な嗜好を示す人物であります。ドレフュスに明細書の文面を口述して書き取らせることを思いついたのは彼であった。全面鏡張りの部屋でドレフュスの尋問を行おうと考えたのも彼であった。[11]フォルズィネッティ少佐[12]が述懐しているとおり、深夜、点滅自在の照明器具を携えて、眠りについた被告のかたわらに忍び寄り、その顔面に突如光の束を照射することによって、目覚めの動揺のうちに犯罪の自白をかすめとろうとしたのも彼であった。ここで私がすべてを述べる必要はない。この種の話は、叩けばいくらでも出て来るであろう。私はただ、司法将校としてドレフュスの予審に当たったデュ・パティ・ド・クラム少佐こそは、事件の時間的な展開とその責任の順番からみて、その後引き起こされてしまった恐るべき誤審の最初の罪人であった、という点を明言しておこう。

明細書は、しばらく前から情報局局長サンデール大佐[13]の手に委ねられていた（大佐は、その後、梅毒性進行麻痺にて死亡）。当時から情報の「漏洩」事件はたびたび発生しており、文書の消失も、今日なおそうであり続けているように、頻繁に起こっていたのである。こうして明細書の主に関する調査が行われたのであるが、そのなかで、書き手が参謀本部付きの将校であり、しかも砲兵士官でしかあり得ない、という先験的推論が少しずつ形作られていった。これが二重の誤謬であったことは言をまたない。明細書に関する調査がいかに浅薄な精神をもって行われたかが、ここに如実に示されている。なぜなら、少しでも理性を働かせた調査からは、書類の主が連隊付きの将校以外ではあり得ないことがおのずと浮かび上がってくるからである。(14)

こうして、とにもかくにも参謀本部の内部に限定された捜査が行われ、筆跡の調査が開始された。なんとしても部局内に潜む裏切り者を狩り出し、追放処分に付さねばならないという、一種のお家騒動である。そして、部分的ながらもすでに公のものとなっている筋書きをここで繰り返すまでもなく、最初の嫌疑がドレフュスの身に降り懸かるのと時を同じくして、舞台に登場してきたのがデュ・パティ・ド・クラム少佐であった。その先、ドレフュスの人物像を創り上げたのは、彼、デュ・パティ・ド・クラム少佐である。その時から、いわば事件は彼個人の事件となったのだ。彼は、裏切り者の化けの皮を剝ぎ、必ずや完全な自白に追い込んでみせる、と大見得を切ったのである。たしかに、彼の背後には、知性凡庸とおぼしき陸軍大臣、メルシエ将軍(15)や、キリスト教教権派としての情念に身も心も委ねてしまったらしい参謀総長、ボワデッフル将軍(16)、さらには御都合主義の良心でたいていのことにけりをつけてしまう参謀次長、ゴンス将軍(17)もひかえていた。しかし、実際のところ、そうした将軍連を意のままに操り、彼らに催眠術をかけた人物として、デュ・パティ・ド・クラム少佐をおいて他にはいなかったのである。なにしろ、彼は交霊術、神秘術《オカルティズム》にも通暁し、心霊を相手に話ができる御仁なのだから。彼が、いかなる実験の被験者として哀れなドレフュスを苦しめ、いかなる罠に彼を陥れようとしたか、いかに常軌を逸した尋問を行い、いかに怪物的な想像力を働かせたか、拷問に発揮された彼の錯乱ぶりは、すべて常人の理解をはるかに越えるものばかりである。

位階を剥奪されるドレフュス大尉

ああ、この第一の事件だけで、その真の細部を知る者にとってはすでに悪夢として十分すぎるほどだ！デュ・パティ・ド・クラム少佐がドレフュスを逮捕し、独房に監禁する。その後すかさず彼はドレフュス夫人[18]のもとへ走り、一言でも口外しようものなら夫の命はない、などと言って夫人を恐怖のどん底に突き落とす。その間も、不幸なるドレフュスは身を掻きむしりながら無実を叫んでいたのである。続く予審も、さながら十五世紀の年代記そのままに、神秘のただなかで、乱暴な辻褄合わせの錯綜とともに行われた。そのすべてが、たった一件の子供じみた追訴事項、すなわち、あの馬鹿馬鹿しい明細書だけを根拠としていた。明細書に示されているのは、反逆罪として陳腐であるのみならず、詐欺事件としてもっとも厚かましいものといわねばなるまい。なぜなら、それをもって敵国に売却されたといわれる機密情報など、ほとんどすべてが無価値なものだったからである[19]。私がこの馬鹿げた明細書にこだわるのは、当初、一個の卵にすぎなかったその文書から、のちに正真正銘の犯罪、すなわち正義の否認という現今のフランスが冒されている恐るべき病が発生することになったからだ。私は、いかにしてこの誤審が可能となったのか、各人、直に指で触れるようにして理解してほしいと願うのだ。それがいかにしてデュ・パティ・ド・クラム少佐の陰謀から生まれ、そこにいかにしてメルシエ将軍とボワデッフル、ゴンス両将軍が引き込まれ、徐々にそれぞれの責任をもって誤謬に関与しはじめ、ついにはこの誤謬を神聖なる真実、議論の余地なき真実として強引に押しつけるのが自分たちの義務であると信じるにいたったのか。事の発端において、将軍連の側には不注意と無理解しかなかったのである。せいぜいのところ、将軍連は、環境がしからしめる宗教上の情念と、軍の党派精神がしからしめる偏見とに身を委ねたにすぎなかった。彼らは、いわば愚挙をなすがままに放置してしまったのである。

しかし、ここでドレフュスが軍法会議に引き立てられる。裁判に際しては厳格この上なき非公開が求められた。たとえ、いずこかの裏切り者が敵に国境を開き、ドイツ皇帝をノートル＝ダム教会まで導き入れたとしても、これほど厳重な沈黙と秘密保持の措置は講じられなかったであろう。国民が驚き呆れているあいだに、さまざまな恐るべき事実が囁かれ、「歴史」の女神を憤激させるような裏切り行為の数々が噂となって伝播された。そして、当然のことながら国民は判決を是としたのである。たしかに、この種の犯罪に対して厳しすぎる懲罰というものは存在しない。こうして、国民は、公衆の面前での位階剝奪に拍手喝采を送るであろうし、罪人が悔悟に苛まれながら恥辱の孤島に留まり続けることを望みもするだろう。しかし、ヨーロッパを戦火で包むことにもなりかねず、なんとしてもこの非公開裁判の背後に隠匿されねばならないという公言不可能にして危険きわまりない諸事実というものは一体本当なのだろうか？　否である！　背後にあったのは、ただ、デュ・パティ・ド・クラム少佐による小説仕立てにして、とても正気の沙汰とは思えない想像の産物だけであったのだ。すべては、突飛この上なき新聞連載小説の筋書きをひた隠しに隠すためだけに仕組まれたにすぎなかったのだ。このことを自分の目で確かめようと思う者は、軍法会議の席上で読み上げられた起訴状[20]を注意深く吟味してみれば足りるのである。

ああ、この起訴状の内容空疎たること！　一人の人間がこのような書状にもとづいて有罪判決を受けたというだけで、すでに不正の極みである。ごく普通の良識を備えた人間が、遠い悪魔島[21]で続けられている贖罪に思いを馳せつつこの起訴状に目を通したならば、たちまち憤慨に胸を詰まらせ、怒りの声をあげずにはいられまい。ドレフュスは数か国語を話す――犯罪だ。自宅からは彼の不利になるような証拠書類がまったく発見されなかった――犯罪だ。彼は、時折、故郷[22]に帰る――犯罪だ。彼は勤勉で、何でも知りたがる癖がある――犯罪だ。彼は何事にも動揺しない――犯罪だ。彼は時として動揺する――犯罪だ。すべてこうした作文の稚拙さと、根も葉もない決めつけの数々！　当初、十四もの告訴箇条が存在する、と伝えられていた。いまや残るはただの一箇条、すなわち明細書に関わるものだけになっている。しかも、複数の筆跡鑑定士の見解が一致していたわけではなく、そのうちの一人ゴベール氏[23]などは、あらかじめ望まれた方向で結論を下さなかったという理由で、軍独特の手法によって揺さぶりをかけられたという。当初、二十三名もの将校がドレフュスの有罪を裏付けるような証言を行った、と伝えられていた。その尋問調書は、今日なお未公開である。ただ、皆が皆、そろってドレフュスの有罪を証拠立てようとしたわけではなかったことは確かである。それよりも注目すべきは、証人の全員が陸軍省当局の関係者だったという点だ。つまり、あれは内輪の裁判だったのであり、そこに居合わせた人々は皆、仲間同士だったのだ。このことを忘れてはならない。裁判を起こし、被告を裁き、そして今〔エステラジー裁判をつうじて〕、被告に二度目の裁きを言い渡したのは、すべて参謀本部であったということを。

こうして、唯一、筆跡鑑定士たちの意見紛々たる明細書だけが残った。聞くところによれば、審議室内で、判士たちは当然のごとく無罪放免の結論に傾いていたという。してみれば、今日、有罪判決を正当化するために決定的証拠なる秘密文書の存在を言い立てる人々の絶望的なまでの執拗さもよく理解できようというものだ。この文書は、公表することはできないが、しかしすべてを合法化するものであるという。それを前にしたわれわれは、ひたすらひれ伏すしかない、まさに不可視、不可知の神のような存在！　私は、そのような文書の存在を否定する。あらん限りの力をこめて、その存在を否定する。なるほど、娼婦まがいの女たちが話題とされていたり、自分の妻を自由にさせた見返りとして受け取った額が少なすぎると、あまりにしつこく要求を繰り返したどこかのD…なる男が問題とされていたり、その種の馬鹿げた文書ならば確かに存在するのかもしれない。しかし、国防に直接関わり、公表の翌日には即開戦という事態も招来しかねない文書など、断じて、断じて存在しなかったのだ！　すべては嘘である！　しかも、彼らが平然とそのような嘘をつき、それが嘘であると彼らに認めさせる手段が与えられていないだけに、事態はいっそう忌まわしく、またシニカルなのだ。彼らはフランスを煽り立てられるだけ煽り立てておき、そして、その結果当然沸き上がってくる愛国的熱情の背後に身をかくす。人々の心を乱し、精神を堕落させておいて、その後はぴたりと口を閉ざすのだ。公民精神を逆手にとった大罪として、これほどの例を私は知らない。

大統領閣下、いかにして一つの誤審が起こり得たかという点について、事実関係は以上のとおりです。数々の心証、ドレフュスの財産状況、犯行動機の不在、彼の一貫した無罪主張の叫びには、彼を一人の犠牲者とみなすためには十分すぎるほどであります。ドレフュスは、デュ・パティ・ド・クラム少佐の常軌を逸した想像力、少佐が身を置いているキリスト教教権派の環境、さらには、「汚らわしきユダヤ人」なるものの狩り出し――これこそは現代の恥辱というべきもの――の犠牲となったのです。

こうして、ようやくわれわれはエステラジー事件にたどり着くのであります。そこにいたる三年のあいだ、多くの人々の良心が深く乱され、苦しみ、真相を探し求め、そしてついにドレフュスの無実を確信するにいたりました。

シュレール＝ケストネール氏[24]が疑念を抱き、のちに確信にいたった経緯について、ここでは繰り返すまい。ただ、シュレール＝ケストネール氏が独自の調査を行っているあいだ、参謀本部自体の内部にいくつか重大な出来事があった。サンデール大佐が死去し、ピカール中佐[25]が情報局局長の後釜に座った。そして、この情報局局長の肩書きのもと、局長としての任務の遂行の途上で、ピカール中佐は、ある日、さる大国の要人がエステラジー少佐に宛てた一通の封緘電報を入手した。ピカール中佐の当然の義務として、調査を開始しなければならなかった。しかし、彼が上官たちの意向を尋ねずに行動を起こしたことなど、それまで一度もなかったことも確かである。そこで中佐は、職制上の上官であるゴンス将軍、ついでボワデッフル将軍、さらには、メルシエ将軍のあとを継いで陸軍大臣となったビヨー将軍[26]にみずからの疑念を報告した。昨今、ピカール資料としてさかんに話題に上り、すっかり有名になってしまった資料も、元来、ビヨー資料と呼ばれるべきもの、つまり、ビヨー陸軍大臣の部下が大臣のために作成した資料——今日なお陸軍省に保存されているにちがいないもの——にほかならなかったのである。調査は一八九六年の五月から九月にかけて行われた。そして、ここではっきりと確認しておかねばならないことは、この時点でゴンス将軍がエステラジーの犯罪に確信を抱き、ボワデッフル将軍とビヨー将軍も明細書がエステラジーの筆跡によるものであるという点に疑問を抱いていなかった、という事実だ。ピカール中佐による調査は、この牢固とした確認事項にまで到達していたのである。しかし、それにともなう動揺もまた甚大であった。ほかでもない、エステラジーの有罪には不可避的にドレフュスの再審がともなうからである。それこそは、参謀本部がなんとしても避けたかった事態なのである。

ここには、苦悩に満ち満ちた心理学的瞬間があったにちがいない。思うに、この時点でビヨー将軍は事件にまったくかかわりをもっていなかった。彼は何も知らずに大臣の座に就いたわけであるから、真実を明るみに出そうと思えばできたはずなのである。しかし、彼は、あえてそれを行おうとしなかった。おそらくは世論を恐れる気持ちからであったのだろう。また確実に、参謀本部全体、ボワデッフル将軍、ゴンス将軍とその部下たちを見殺しにすることへの恐れがあったにちがいない。しかし、彼の良心と、彼が陸軍の利益と信じたものとのあいだの葛藤の時はほんの一瞬にすぎなかった。この瞬間が過ぎ去った時、事はすでに手遅れであった。彼は完全に事件に巻き込まれ、その当事者となったのだ。そして、この時から、彼の責任は重みを増す一方であった。彼は、ほかの人々が犯した罪まで背負い込み、ほかの人々と同じぐらい罪人となった。むしろ、ほかの人々以上の罪人というべきかもしれない。なぜなら、彼は正義を行うことのできる立場にありながら、実際のところ、何もしなかったからである。こんなことがあってよいものだろうか！　ここ一年来、ビヨー将軍、さらにはボワデッフル、ゴンス両将軍がドレフュスの無実であることを知りながら、この恐るべき事実を彼らだけの胸にしまい込んできたのだ！　こうした人々が、夜ともなれば安眠をむさぼり、愛する妻子に囲まれて暮らしているというのだから！

ピカール中佐は、清廉の士として義務をまっとうした。彼は正義の名において上官たちに意見を述べ、彼らに懇願しさえした。日々エネルギーを蓄えていくこの雷雲、そして、いったん真実が知れ渡ってしまえば嵐となって一気に襲いかかるであろう、この恐ろしい雷雲の所在を示しながら、上官たちの対応の遅れがいかに不得策であるか、彼らに説き続けたのである。同じことをのちにシュレール＝ケストネール氏もビヨー将軍に述べたのだった。氏は将軍に対し、愛国心にかけてこの事件を取り上げて欲しい、事件が公の災厄となるほど深刻化するまで放置してはならない、と切願したのである。しかし、それも無駄であった。罪はすでに犯されてしまい、参謀本部はその罪をもはや告白することができなくなっていたのである。

こうしてピカール中佐は派遣隊に配置換えとなり、徐々に遠ざけられ、ついにはチュニジアに送り込まれた。そのチュニジアでは、かつてモレス男爵[27]が命を落とした一帯に向けて、ピカール中佐の命も確実に奪われることになるような任務を言い渡すことで、彼の武勇だけを栄誉で包み込もうとする企みさえなされたこともあった。しかし、ゴンス将軍が彼と親密な手紙のやりとりを続けていたことからもわかるように、彼が上層部の不興を買ってしまったわけではない。単に、偶然とはいえ知ってしまったことで不遇の身を強いられてしまう秘密というものがあるのだという、ただそれだけのことだったのだ。

　パリでは、真実が抗いがたく前進を続けていた。そして、予見されていた嵐がいかなる仕方で巻き起こったかは周知のとおりである。シュレール＝ケストネール氏が再審請求を国璽尚書に提出しようとしていた矢先、マチュー・ドレフュス氏がエステラジー少佐を明細書の真の主として告発したのである。ここにいたって、ようやくエステラジー少佐が姿を現した。いくつかの証言によれば、この時、彼は自殺や雲隠れを仄めかしながら、かなり取り乱した様子であったという。しかし、ほどなく彼は一転して強気の姿勢を見せはじめ、その攻撃的とさえいえるような態度をもってパリの人々を驚かせる。ほかでもない、救いの手が彼に差しのべられたからだ。彼は、敵の策動をつぶさに書き記した一通の匿名の手紙を受け取っていた。ある時は、夜陰に乗じて一人の謎めいた女が、これは参謀本部から盗み出されたものである、これが彼の身を窮地から救うことになるであろうといって、一片の書類をわざわざ彼のもとに届けにくるということもあった。私としては、この豊かな想像力に裏打ちされた手管から推して、その背後にデュ・パティ・ド・クラム中佐の影を認めざるを得ないのである。ドレフュスの有罪という彼の労作がいまや危機に瀕していた。彼としては何としてもそれを守りたかったにちがいない。再審ともなれば、せっかくそのおぞましい結末の部分が悪魔島で進行中の、このかくも突飛な、かくも悲劇的な連載小説の筋書きが総崩れを起こしてしまうではないか！　デュ・パティ・ド・クラム中佐にとってはまさに許し難き事態である。その時以来、ピカール中佐とデュ・パティ・ド・クラム中佐とのあいだで、前者は顔を見せ、後者は仮面をつけたままの決闘が始まることとなった。この二人の姿を、われわれはまもなく民事裁判の場でふたたび見出すことになろう。実のところ、みずからの保身に専念するあまり犯した罪を白状しようとしないのは常に参謀本部の側であり、その卑劣さは刻一刻と程度を増しているのだ。

エステラジー少佐の庇護者が一体どういった人々なのか、みずから問うてみた人々は驚愕を禁じ得なかった。まず、闇のなかにデュ・パティ・ド・クラム中佐がいる。彼がすべてを仕組み、すべてを取り仕切ったのだ。用いられた突飛な手段を見れば、彼の手口がおのずと明らかになる。続いてボワデッフル将軍、ゴンス将軍、そしてビヨー将軍その人がいる。彼らは、陸軍当局を公衆の軽侮のなかに突き落としたくない以上、ドレフュスの無実を認めさせるわけにはいかず、エステラジー少佐を無罪放免にする以外になす術をもたなかった。そして、この異常と呼ぶほかはない状況から発した当然の帰結として、渦中にあってただ一人本分をまっとうした清廉の士、ピカール中佐だけが、犠牲者として人々の嘲罵を浴び、処罰を受けることとなったのだ。おお、正義よ、なんと苦々しい絶望が心を締めつけることか！　今では、ピカール中佐こそは文書の偽造者であり、エステラジーを陥れるための葉書電報を捏造したのも彼であった、などと言われるまでになっているのだ。しかし、なぜピカール中佐がそのような挙に出なければならなかったのか。そこにいかなる目的を見出すことができるというのか。動機を示してほしい。ピカール中佐もユダヤ人から金を受け取っていたとでもいうのか。傑作なのは、まさにピカール中佐が反ユダヤ主義者であったということだ。[28] 然り！ われわれは今、こうした汚辱にまみれた見せ物を眼前にしている！ 借金と罪悪を重ね、もはや救いようのない者たちの無実が高々と叫ばれ、他方、一点の汚れもない人生を送っている人間、その名誉そのものに平手打ちが加えられるのだ！ 一つの社会がここまでの段階に達する時、待ち受けているのはもはや自然崩壊のみである。

大統領閣下、なんとしても無罪放免にせねばならなかった犯罪者、エステラジーにまつわる事件とはかくのごときものであります。着手されてからまもなく二か月になろうとしている、この見事な所業の進展を時々刻々たどり直してご覧にいれることもできます。私がここまで事細かに申し上げてきたのはあくまでも物語の概要にすぎず、その全容は、いつの日か炎のような文章をもって事細かに描き出されることとなりましょう。ともかく、こうしてわれわれは、ペリウー将軍、[29] ついでラヴァリー少佐[30]が極悪なる予備調査を行い、そこから悪党どもがいとも晴れやかな顔をし、他方、清廉の士が泥まみれになって出てくる様を見せつけられました。そして、そのまま軍法会議の開廷とあいなったわけです。

そもそも、以前の軍法会議が下した判決を新たな軍法会議がくつがえすなど、はじめから望むべくもないことでありました。

いつでも、いかようにも選ぶことのできる判士の人選について、私は語るつもりさえない。軍人の血のなかを流れ、つねに何よりも高位におかれている規律の観念だけをもってして、すでに判士の公正なる権限を無に帰するためには十分ではないか。規律とは、すなわち従順の謂いである。陸軍大臣という一大指導者が既判事項の信憑性を国民の代表機関〔下院、国民議会〕の前で確認し、大喝采を浴びている時に、軍

ドレフュス事件にかかわった人物たち。ドイツ側に軍事機密を漏らしたエステラジー、裁判でドレフュスやゾラの弁護を務めたラボリ。

法会議がそれをきっぱりと否認してみせることなど考えられようか。組織の上下関係に照らして、それは不可能事なのである。ビヨー将軍はその高らかな宣言をもって判士たちに暗示をかけ、判士たちは突撃命令に従う時のように、理性を働かせることなく判決を下した。彼らが判士席にもちこんだ予見とは、明らかに以下のようなものであった。「ドレフュスは別の軍法会議によって反逆罪を言い渡された。よって彼は有罪である。われわれが構成する軍法会議は彼の無実を宣言する権限をもたない。しかるに、われわれは、エステラジーの有罪判決がそのままドレフュスの無罪宣告を意味するものであることを知っている」。何をもってしても、判士たちをこの循環から脱け出させることができなかった。

彼らは不正なる判決を言い渡した。この判決は、われらが軍法会議に未来永劫のしかかり、今後下される判決をすべて疑惑で汚すことになるだろう。一度目の軍法会議〔ドレフュス裁判〕は愚昧のなせる業であったかもしれない。しかし、二度目のそれ〔エステラジー裁判〕は疑うべくもなく犯罪的である。情状酌量の余地があるとすれば――繰り返しになるが――、軍の最高指導者が、既決事項を反駁の余地のない、個々の人間の権限を越えた神聖なものとして宣言し、下位の者どもがそれに反することを口にすることができなくなっていたという点である。人は軍の名誉を語る。軍を愛し、敬え、と教え諭す。ああ、たしかに、些細な脅威にも決然と身を起こし、フランスの地を守り抜いてくれる軍ならば、いくらでも愛し、いくらでも敬うであろう。その時、軍とはフランスの民そのものであり、われらとてそれに対する愛と敬意を欠くものではない。しかし、今問題となっており、そして今、まさにわれわれの正義の欲求にもとづいて威厳を保つことが望まれている軍は、そうした意味における軍とは違うのだ。軍よりも、むしろサーベルが問題となっているというべきだ。このサーベルこそ、近い将来、敬うべき主《あるじ》としてわれわれに押しつけられるものなのかもしれない。その場合でも、サーベルの柄に信心深く接吻をするなど、それだけは断じて願い下げである！

　すでに申し述べたとおり、ドレフュス事件とは陸軍当局の事件である。参謀本部付きの一将校が同じ参謀本部の同僚たちによって告発を受け、やはり参謀本部の首脳たちの圧力のもとで有罪判決を言い渡された事件である。ここにあらためて繰り返そう。参謀本部全体が有罪とされない以上、ドレフュスが無実の身に立ち帰ることはあり得ないのだ。であればこそ、当局は、新聞キャンペーン、秘密通達、事前の根回し、その他、思いつく限りの手段を用い、ひとえにドレフュスを再度叩きのめすためにのみエステラジーをかばい通したのだ。共和国政府として、この「イエズス会の僧院」――これはビヨー将軍自身が陸軍当局を指して用いた言葉だ――の大掃除がいかに望まれていることか！　すべての蒔き直し、すべての刷新を恐れない、真の意味で力強い、賢明な愛国精神に貫かれた陸軍省はどこにあるのか？　いつ起こるかもしれぬ戦争を前に、国防がいかなる人々の掌中に委ねられているか、そして、祖国の運命が決せられることの聖域が、いかに低劣な陰謀、無駄口、濫費の巣窟となり果てたかを知って震え戦く者が、私の周囲に限ってみてもいかに多いことであろう！　一人の不幸な人間、「汚らわしきユダヤ人」が人身御供にされた、このドレフュス事件が、こうした巣窟に投げかけた容赦なき日の光を前にして人は戦慄を禁じ得ないのだ。ああ、この事件にふんだんに動員された狂気と愚鈍、桁外れの想像力、低劣な警察の手口、異端審問と専制の精神といったら！　その間、数人の金モール組が国民を軍靴で踏みにじり、国家事由などという虚偽と冒瀆の口実のもと、国民の真実と正義の叫びを喉元で押し殺しているのだ！

加えて、不潔きわまりない新聞界に支えを見出し、パリのごろつき連中に擁護の陣を張らせたこと、これが犯罪である。その結果、人間の権利と単純素朴な誠実さが敗れ去り、ごろつき連中が破廉恥にも勝ち誇ることとなってしまった。みずから過ちを押し通す恥知らずの陰謀を企んでおきながら、フランスが自由と正義を愛する諸国民の先頭に立つ高潔なものとしてあって欲しいと願う人々を、逆にフランスを混乱におとしめる人々として告発したこと、これも犯罪である。世論を血迷わせ、錯乱にいたらしめるまで退廃させておいた上で、その世論を忌まわしき所業の遂行のために利用することは犯罪である。醜悪なる反ユダヤ主義の陰にかくれて、貧しく、つつましい民衆に毒を浸透させ、反動と不寛容の情念を煽り立てることは犯罪である。人権の国、自由にして偉大なるフランスも、この反ユダヤ主義の病から回復しない限り余命は長くないであろう。憎しみの業に愛国心を利用することは犯罪である。最後に、人間の科学全体が、真実と正義の間近な完成を目指して努力を重ねている時に、サーベルを近代の神に見立てようとすることは、明らかな犯罪なのである。

われわれがかくも情熱を込めて待ち望んだこの真実と正義が、今、このように辱められ、以前にもまして目につきにくく、輪郭のぼやけたものにされてしまうのを目にする、この痛々しさ！　私には、シュレール=ケストネール氏の心のなかに起こったにちがいない、すべてが一瞬にして崩れ去るような気持ちを察することができる。そして私は、氏がみずから革命的な仕方で行動を起こさなかったことを後悔する日が来るのではないかと思う。ほかでもない、上院での質疑に立った日〔九七年十二月七日〕、はじめからすべてをぶち壊しにする覚悟で、心の丈を洗いざらい述べなかったことに対する後悔である。氏は、偉大なる清廉の士であった。公明正大を生活信条としてきた人間であった。氏は、とりわけ真実が真昼の太陽のように光輝とともに姿を現そうという時に、その発露のためには真実の存在以外のものは必要ないと信じたのだ。なるほど、太陽がこれから輝こうという時に、すべてを転覆させる必要などどこにあろうか？　そして、こうした信頼感に由来する平静が災いして、氏は、かくも残酷な仕打ちを受けたのであった。同じことがピカール中佐にも起こった。中佐は、高貴なまでの威厳とともに、ゴンス将軍からの書簡を公表することを拒んだ。こうした逡巡は、中佐の名誉を高めるのに寄与する一方である。というのも、中佐が規律を遵守しているあいだ、その上官連はといえば、中佐に泥を浴びせる方策を練り、みずから中佐の訴訟のための予備調査を、なんぴとも予期し得なかった屈辱的この上ないやり方で着々と進めていたのだから。こうして、二人の犠牲者、二人の正直者、二人の純粋な心の持ち主が神の御心のなすままに事の運びを委ねているあいだ、別のところで悪魔が跳梁跋扈していた。しかも、ピカール中佐の身の上には次のような忌まわしい出来事さえ起こったのだ。ある歴としたフランスの法廷において、予審報告判事が一人の証人に対し、公開審議の場で攻撃を加え、彼が述べたことはすべて虚偽であると好きなだけ告発し、法廷もそれを黙認する。ついで、この証人が釈明と自己弁護のために法廷に招じ入れられるという段になって審議の非公開が宣告されたのである。このことが、さらなるもう一つの犯罪行為であり、それが全世界の良心から非難を浴びることになるだろう、と私はここに言い切るものである。まったくもって、軍事法廷とは司法について風変わりな考え方を有しているものだ。

大統領閣下、明々白々の真実とはかくのごときものであります。そして、この真実は恐るべきもの、閣下の任期に汚点を留めるものとなりましょう。おそらく、閣下はこの事件に関していかなる権限もお持ちではなく、共和国憲法とご自身の取り巻き連との、いわば囚われ人になっておいでなのでしょう。しかし、そのことは、閣下が人間としての義務を果たさずに済まされることの理由にはなりません。閣下が、この人間としての義務に思いを馳せられますよう、そして、その義務を実際に果たされますよう、切に願うものであります。しかし、このように閣下に申し上げたからといって、私は、勝利が絶望的であるなどという気持ちは毫も抱いておりません。以前にもまして熱のこもった確信とともに、ここに繰り返します。真実は前進し、何ものもその歩みを止めることはないであろう、と。事件は、今日ようやく始まったばかりです。今日ようやく、人々の配置が明らかになったからです。つまり、一方に、光明がもたらされることを望まない罪人たち、他方に、光明がもたらされるためならば命さえ惜しまない正義の人々。すでに別のところでも述べたことを、ここに繰り返し申し上げましょう。真実というものは、それを地中深く埋め込もうとすればするほど、鬱積し、爆発力を持つようになるものである。そして、それが実際に爆発する時、ありとあらゆるものを吹き飛ばさずにはおかないような力を蓄えるようになるものである、と。たった今も〔エステラジーを無罪放免にすることにより〕、われわれが、またの日のために取り返しのつかない災禍の種を用意してしまったのではなかったかどうか、いずれわかる日がくるでしょう。

長々と書き綴ってまいりました。大統領閣下、そろそろ結論に移るべき時です。

私はデュ・パティ・ド・クラム中佐を告発する。(31)中佐は、そうとは意識せずに――と、まずは信じたいものである――誤審の悪魔的な仕掛け人となり、その後、三年ものあいだ、突拍子なく、罪深きことこの上ない数々の裏工作によって、みずから犯した忌まわしき所業を隠蔽しようとした。

私はメルシエ将軍を告発する。将軍は、もとよりの精神の惰弱も手伝ってか、今世紀最大の違法行為の共犯者となった。

私はビヨー将軍を告発する。将軍は、ドレフュス無実の確固たる証拠を手にしていながら、それを握り潰し、政治目的、あるいは危機に面した参謀本部を救う目的で、この人道冒瀆罪、正義冒瀆罪の張本人となった。

私はボワデッフル将軍、ならびにゴンス将軍を告発する。両将軍の一方は、おそらく教権派としての情念にかられ、他方は、陸軍省事務局を神聖にして犯すべからざる奥の院に仕立て上げる件の党派精神に目をくらまされたか、この同じ犯罪の共犯者となった。

私はペリウー将軍とラヴァリー少佐を告発する。二人が極悪非道の名にも値する恐るべき不公平さをもって事前の証人調べを行ったことは、われわれ自身、後者ラヴァリー少佐の報告のなかに、人間の無邪気なまでの厚かましさを示す不朽の記念碑として目にしているとおりである。

私は三名の筆跡鑑定人、ベロム、(32)ヴァリナール、(33)クアール氏(34)を告発する。三氏は、健康診断の末に三氏そろって視力と判断力に欠陥を抱えていたという事実でも明らかにならない限り、虚偽、欺瞞と呼ばざるを得ないような鑑定報告を提出した。

私は陸軍省当局を告発する。省当局は、世論を惑わし、みずからの過ちを覆い隠すため、新聞紙上、とりわけ『エクレール』[35]、『エコー・ド・パリ』[36]両紙上、下劣きわまりない人身攻撃を繰り広げた。

最後に、私は軍法会議を告発する。一度目の軍法会議〔ドレフュス裁判〕は、一通の極秘扱いの書類にもとづいて被告に有罪判決を下すことにより、人権を侵害した。二度目の軍法会議〔エステラジー裁判〕は、何者かの命により、この違法性を隠蔽し、真犯人と知りながらこれを釈放するという新たな司法上の罪を重ねた。

以上のような告発を行いながら、私は、一八八一年七月二十九日施行の出版法第三十条、第三十一条[37]に定められた名誉毀損罪に問われかねない立場にあることを重々承知しております。法の裁きには、むしろ喜んで身を委ねる所存です。

ここに私が告発する人々は、私がこれまで噂を耳にしたり、会ったりしたことが一度もなかった人々です。そうした人々に対し、怨恨や憎悪を抱こうにも抱けるはずがないのです。私にとって、彼らは、社会悪なるものの観念、その精神を形として表している存在にすぎません。そして、私がここに成し遂げようとしている行為は、真実と正義の炸裂を早めるための革命的手段にほかならないのです。

私の情念としては、ただ一つ、人類の名において光明を求める気持ちのみでございます。多難の道を歩んだ末に、今、ようやく幸福への権利を手にした、この人類の名において。この燃え上がる抗議の文面は、私の魂の叫びにほかなりません。私を重罪裁判所に引致されたい。そして、白日のもとで審理を行っていただきたい。
待ち望んでおります。
大統領閣下、深甚なる敬意をお受け取りください。

（『オーロール』紙、一八九八年一月十三日）

（1）ドレフュス事件の政治化に決定的に寄与したこの記念碑的な一文には、大佛次郎訳（『ドレフュス事件』一九三五年、所収）、古賀照一訳（新潮世界文学21『ゾラ』一九七〇年、所収）、稲葉三千男訳（『ドレフュス事件とゾラ、告発』一九九九年、所収）、以上三種の邦訳がある。ここに新たな訳出を試みるに際して、これら三種の訳文を参照し、多くの表現を採用したことを申し添える。なお、一八九七年末から翌九八年初頭にかけて発表されたドレフュス事件関連の五つの文章、「シュレール＝ケストネール氏」（『フィガロ』紙九七年十一月二十五日）、「ユダヤ組合」（同紙十二月一日）、「調書」（同紙十二月五日）、小冊子『若者たちへの手紙』、『フランスへの手紙』（すべて『真実は前進する』一九〇一年、に再録）は、稲葉三千男『ドレフュス事件とゾラ、一八九七年』、『ドレフュス事件とゾラ、告発』のなかに全文訳が収録されている。

（2）『オーロール（曙光）』紙は、エルネスト・ヴォーガンを編集長、ジョルジュ・クレマンソーを政治欄主筆とし、一八九七年十月一日から一九一四年八月二日まで発行された日刊紙。ゾラのこの一文は、一八九八年一月十三日付、同日刊の『オーロール』紙、第一面から第二面にわたり、「私は告発する！…」（J'accuse!…）との大見出しのもとに掲載された。本文末部の表現を拾い出したこの見出しは、クレマンソーの提案によるものといわれる。

（3）訳注（1）の『若者たちへの手紙』、『フランスへの手紙』を指す。

（4）ファスケル社から刊行が予定されていたこの小冊子は今日まで発見されていない。ゾラが述べるとおり「御倉入り」となり、その後廃棄されてしまったものと考えられる。『オーロール』に掲載された本文に若干の訂正をほどこし、一月十四日以降、やはりファスケル社から刊行された十六頁の小冊子は明らかに別物であり、ゾラ研究者、アラン・パジェスは、その二つの版の混同に注意をうながしている（Alain Pagès, *Emile Zola, un intellectuel dans l'affaire Dreyfus*, Librairie Séguier, 1991, p.121 et pp.300-301）。

（5）エルネスト・ヴォーガン（一八四一―一九二九）。第二帝政期、印刷工場、染物工場を経営しながらプルードンの思想に傾倒。一八六七年の第一インターナショナルには、みずからの工場の労働者たちを全員加盟させた。一八七一年、コミューン派として逮捕、一時収監されたのち、ブリュッセルに逃れ、左派諸新聞の寄稿者となる。八〇年、帰国。翌年、アンリ・ロシュフォールの片腕として『アントランシジャン』紙の発行責任者に抜擢されるが、ほどなくロッシュフォールと決裂、『プティ・リヨネ』紙に移って社会主義の論陣を張る。パナマ疑獄に連座し、一八九三年の下院選で落選したジョルジュ・クレマンソーを政治欄主筆に掲げて『オーロール』紙を創刊。著書に、みずからの新聞人としての生涯を語る『悔悟なき回想録』（一九〇二）がある。

（6）前年一八九七年二月十五日、ゾラは、出版社社主ジョルジュ・シャルパンティエのレジオン・ドヌール受勲推薦の件で、エリゼ宮を訪れ、フェリックス・フォールに謁見している。

（7）軍法会議（Conseil de guerre）。一七五一年、大臣ショワズールにより設置された陸海軍内の司法機関。革命初期の「軍法廷」（cour martiale）を経て、革命暦五年（一七九七）ブリュメール月十三日の法、一八四八年五月三日の政令、一八五七年六月九日の法などにより制度化された。各管区に常設のものと、国家の長の判断により必要に応じて設置される臨時のものとがあり、平時と戦時とで法の施行権限がそれぞれ異なる（ドレフュスに言い渡された植民地終身流刑は、平時のものとしては極刑）。陪審団は、通常一名の判士長と六名の判士で構成され、判士長、ならびに判士のうち三名以上は、被告と同等以上の軍階級保持者でなくてはならない（九四年十二月、ドレフュス大尉の裁判には、判士長モーレル大佐以下、エシュマン中佐、フロランタン少佐、パトロン少佐、ガレ少佐、ロッシュ大尉、フレステテール大尉、九八年一月、エステラジー少佐の裁判には、判士長ド・リュクセル将軍以下、ブーゴン大佐、ド・ラメル大佐、マルシー中佐、ゴドレット中佐、カルドン少佐、リヴァル少佐が当たった）。軍法会議の判決に対する上訴は平時にあっては破毀院、戦時にあっては高等軍法会議になされる。一九二八年、一九三四年の制度改革を経て、現在のフランス軍事法典においては、一九六五年七月八日の法にもとづき、軍事犯に対しても普通犯とかわらない法の保護が規定されている。さらに一九八二年七月二十一日の新法により、平時の軍事裁判権が廃止された。

（8）マリー＝シャルル＝フェルディナン・ワルシン・エステラジー（一八四七―一九二三）。十八世紀初頭、ハンガリー独立派ラーコーツィの反乱に加担したとしてオーストリア皇帝に追放され、フランスに亡命したエステルハージ伯爵の血筋に連なる。一八四七年、パリ、クリシー通りに生まれ、ボナパルト高等中学に学ぶ。一八六九年、ローマ教皇軍に入隊。一八七〇年、普仏戦争に際しては外人部隊少尉としてロワール軍に加わり、翌年、フランス第一歩兵連隊少尉に任ぜられる。一八七七年より三年間、参謀本部情報局勤務、八〇年、大尉に昇進してチュニジア遠征に参加。九二年より、第七四歩兵連隊少佐。賭事と女性交遊に親譲りの財産まで蕩尽し、金策の尽きたエステラジー少佐は、九四年七月二十日、パリ駐在ドイツ大使館付武官マクシミリアン・フォン・シュヴァルツコッペンに面会を申し入れ、フランス陸軍に関わる機密情報の売却を持ちかけた。その後、数度にわたる面会、書簡のやり取りを経て、八月末、百二十ミリ砲制動機の使用法に関するものなど、「数日中に入手の見込み」のある軍事情報を箇条書きにして予告するためにエステラジーが書き送った一通の手紙（通称「明細書」）が、六片に引き裂かれてシュヴァルツコッペンの執務室の屑篭に捨て置かれる。折しも清掃婦を装ってドイツ大使館に出入りしていたフランス側の「対抗スパイ」バスチアン夫人が、焼却処分を装って屑篭の中身をそっくりフランス陸軍参謀本部統計局に委ねたのは九月二十六日頃のことであった。

（9）アルマン＝オーギュスト＝シャルル＝フェルディナン＝マリー・メルシエ・デュ・パティ・ド・クラム（一八五三―一九一六）。サン＝シール陸軍士官学校を卒業後、順調に昇級を重ね、ドレフュス事件発生当時、参謀本部第三局配属の少佐であった。一八九四年十月、メルシエ陸軍大臣（後出）の命により「明細書」とドレフュスの自筆文書の鑑定を行い、二つの筆跡のあいだに微妙な差異は存するものの、司法鑑定として一致を結論づけるだけの十分な類似性には疑念の余地がないとの報告書を作成して提出した。その後、ボワデッフル参謀総長から司法警察吏としてドレフュスの取り調べと逮捕の任を命じられた。一八九九年五月、ドレフュス事件に関する偽証の疑いにより逮捕され、翌一九〇〇年、軍職を解かれる。これを不服として訴訟を起こし、のちに軍職への復帰が認められて第一次大戦時にも将校として戦線に赴いた。デュ・パティの曾祖父シャルル＝マルグリット＝ジャン＝バティスト・メルシエ・デュ・パティ（一七四六―八八）は、十八世紀末、マルゼルブの片腕として司法制度改革に取り組んだ有名な司法官であった。判決を誤謬に導く要因として訴訟の非公開、拷問、被疑者の扱いの不平等を厳しく批判し、死刑廃止をも射程に入れた、きわめて近代的な刑法学の理論家として今日も評価が高い（『フランスにおける刑事訴訟に関する書簡』）。時代を下り、デュ・パティ少佐の四男シャルル・デュ・パティは、ナチス・ドイツ占領下、グザヴィエ・ヴァラ、ダルキエ・ド・ペルポワに続く三代目の「ユダヤ問題総合委員会」委員長としてユダヤ人強制収容政策に関与した。

(10) デュ・パティ・ド・クラムを事件の首謀者とみなすこの見誤り――アンリ少佐の存在や、メルシエ将軍以下の直接関与の度合いがいまだ明らかにされていない時点ではやむを得ない見誤り――は、ベルナール＝ラザール『いかに無実の人間を罰するか』の論旨を踏襲した結果と考えられる。「今、この奇怪きわまりない文書〔ドレフュスに対する起訴状〕をもって横面を叩きつけてやらねばならない人間が一人いる。その額に永遠の罪の刻印がふさわしい、卑劣この上なき男である。今後、いかなる場合にも手を差し伸べることを拒まねばならない悪党、この忌まわしいドラマを仕組み、嘘をつき、汚し、拷問に手を染めた男、現代のジェフリーズ〔ジョージ・ジェフリーズ男爵、過酷さで知られる十七世紀英国の裁判官〕にしてラフマ〔イザーク・ド・ラフマ、十七世紀フランスの司法官〕、それは侯爵デュ・パティ・ド・クラム少佐である」(Bernard-Lazare, *Comment on condamne un innocent*, Stock, 1898, p.III)。

(11) ドレフュスに対する尋問は陸軍参謀本部内のボワデッフル将軍（後出）の執務室で行われた。その部屋が「全面鏡張り」(entièrement revêtue de glaces) であったとは明らかに誇張であるが、事実、デュ・パティ少佐は、被疑者の心理的動揺が他の尋問者の目にもはっきりと見えるよう、適当な位置に姿見を配置していた。

(12) フェルディナン＝ドミニク・フォルズィネッティ（一八三九―?）。ドレフュス逮捕時のシェルシュ＝ミディ陸軍監獄司令。一八九四年十月十四日、ドレフュス逮捕の前日、すでに重罪人扱いの厳戒収容体制を整えておくように命ぜられたことを不審に思い、翌日、実際に連行されてきたドレフュスの態度に無実の可能性を察した。獄中のドレフュスの精神状態を気遣い、彼が口述させられた「起訴状」の文面を密かに家族に手渡すなど、当初からドレフュス側に好意的な態度を示した。ドレフュスが流刑地に送られた後、兄マチュー・ドレフュスの相談を受け、ユダヤ問題に通暁したジャーナリスト、ベルナール＝ラザールの協力を取り付けることを提案したのも彼であった。九八年二月、ゾラ裁判に証人として召喚されていながら、彼に発言の許可は下りなかった。

(13) ジャン・サンデール（一八四六―一八九七）。サン＝シール陸軍士官学校卒。一八八七年より、参謀本部第二部局直属の統計局（一八七二年、対抗スパイ網の整備を目的として設置）の局長を務める。病気のため、九五年七月一日、局長の座をピカール少佐（のち中佐、後出）に譲る。九七年五月、全身麻痺により死亡。

(14) 「明細書」の末部には「私は演習に出かけるところです」との一文があり、通常、参謀本部付きの将校は演習に参加しないことから、「明細書」の主は参謀本部外の人間であることが容易に察せられる。しかし、容疑がドレフュスに向けられた後、それは彼がドイツ占領下に置かれたアルザス、ミュルーズへ、時として旅券法を犯して行っていた帰省旅行をカムフラージュするために用いた表現であるとして処理されることとなった。

(15) オーギュスト・メルシエ（一八三三―一九二一）。理工科学校（エコール・ポリテクニーク）卒。砲兵士官として、第二帝政下メキシコ遠征、普仏戦争時メッス防衛戦に加わる。将官昇進は一八八四年と比較的遅かったが、冷静沈着な司令官として陸軍内の信望は篤く、九三年、陸相としてカジミール＝ペリエ内閣入りを果たした際には、左右両陣営からおおむね歓迎を受ける。九四―九五年、第一次、第二次デュピュイ内閣でも陸軍大臣職にとどまり、一九〇〇年一月、右派勢力の圧倒的な支持を得て上院議員選出。ドレフュス事件に際しては、九四年のドレフュス裁判を審議室内への秘密通達という違法手続きによって大きく歪め、九九年、レンヌ再審も「皇帝書簡」なる秘密文書（ドイツ皇帝が直々にドレフュスの名に言及しているとされた文書）の存在をちらつかせながら、再度、強引に有罪判決に導くなど、事件発生当時の陸軍最高権威としての責任を常に問われながら、最後までみずからの非を認めることはなかった。

(16) シャルル・ル・ムトン・ド・ボワデッフル（一八三九―一九一九）。サン＝シール陸軍士官学校卒。第二帝政期、参謀本部付きの将校となり、一八七〇年にはラ・ヴォワジエ気球でパリと国防政府のあいだの連絡将校をつとめた経歴をもつ。七九―八二年、在ロシア・フランス大使館付き武官をつとめて以来、ドイツ封じ込めのための仏露協調路線を積極的に推進する。対露外交におけるフランス側の代表として、一八九二年八月十八日には露仏軍事協定に調印。陸軍の近代化を推し進める参謀総長ミリベル将軍の片腕として活躍し、ミリベルの死後、参謀総長の座を引き継ぐ（一八九四年五月―九八年九月）。「アンリ偽書」の発覚をうけて参謀総長を辞し、帰休。敬虔なキリスト教徒としてイエズス会とのパイプも太い。ドレフュス事件に関しては、メルシエ将軍の証言に左右される付和雷同的な態度が目立ち、参謀総長辞任後は宗教施設に身を寄せて、事件への具体的関与については沈黙を守り続けた。

（17）シャルル=アルチュール・ゴンス（一八三八―一九一七）。一八九四年、ボワデッフルの参謀総長就任と同時に参謀次長を命じられる。外交面で多忙なボワデッフルの腹心として参謀本部の実務を一手に引き受け、情報局の活動にも直接指示を送る立場にあった。とりわけエステラジーに関するピカール情報の隠滅にアンリ少佐とともに深く関与したといわれているが、法廷での彼の証言は、メルシエ証言、ボワデッフル証言の追認の域を決して出るものではなかった。九九年、ボワデッフルと同時に帰休を命じられる。

（18）リュシー・ドレフュス（一八七〇―一九四五）。メッス起源のユダヤ系一族、パリで宝石商を営むアダマール家に生まれる。母ルイーズ（旧姓アズフェルド）は、『フランス語辞典』の編者アドルフ・アズフェルドの一門。兄ポール・ダヴィドとアルフレッド・ドレフュスは理工科学校以来の旧知であり、ともに砲兵士官の道を歩んでいた。家族ぐるみのつきあいをつうじてアルフレッドを知り、一八九〇年、結婚。アダマール家の希望により、アルフレッド・ドレフュスとの婚儀はヴィクトワール街のシナゴーグで、ラビ、ザドック・カーンによって行われた。トロカデロ大通りに構えた新居に、九一年、長男ピエール、九三年、長女ジャンヌが生まれた。

（19）事件史家マルセル・トマによれば、「明細書」に予告されている一連の軍事情報は、軍内回状、軍事専門紙、さらには一般の右派新聞にも普通に掲載されるたぐいの半ば公の情報でしかなく、エステラジーはそれをいかにも入手困難なもののようにみせかけてシュヴァルツコッペンに売却しようとしていたにすぎないとされる

(Marcel Thomas, *Esterhazy ou l'envers de l'affaire Dreyfus*, Vernal/Philippe Lebaud, 1989, p.179)。

（20）九四年のパリ軍法会議でドレフュスに対して読み上げられた起訴状。「ドルムシュヴィル調書」とも呼ばれる。エステラジー裁判を間近に控えた一八九八年一月七日、マチュー・ドレフュスは、非公開の軍法会議に関する資料の公開にともなう機密漏洩罪をあえて犯し、『シエークル』紙に起訴状の全文を掲載する。起訴状は、一月十日頃出版されたベルナール＝ラザールの小冊子『いかにして無実の人間を罰するか』にも収録され、仔細な批判の対象とされた。

（21）南米のフランス植民地ギアナ（現海外県、フランス領ギアナ）の沖合にある孤島。旧体制時代以来、主に政治犯の終身流刑地として利用されていた。

（22）アルザス南部ミュルーズで大規模な商家を営んでいたドレフュス家は、一八七〇年、普仏戦争敗北と、続くアルザス・ロレーヌ割譲により、一家四散を余儀なくされる。父ラファエル（一八一八―一八九三）と長男ジャック（一八四四―一九一五）、のちに三男マチュー（一八五七―一九三〇）がドイツ領のミュルーズに留まり事業を継続し、娘たちと四男アルフレッドは、長女アンリエットの嫁ぎ先であるフランス南西部カルパントラのヴァラブレーグ家をフランス国内の本拠地とした。

（23）アルフレッド・ゴベール（一八三八―？）。フランス銀行専属筆跡鑑定士。一八九四年十月十二日（ドレフュス逮捕の三日前）、法務大臣ゲランから陸軍大臣メルシエに推薦されたアルフレッド・ゴベールは、陸軍省に赴き、「明細書」とドレフュスの筆跡例の拡大写真を手渡される。翌十三日の午前、ゴベールは「明細書の筆跡とドレフュスの筆跡は一致せず」との結論を下し、参謀本部に提出する。しかし、その回答とほぼ同時に、同じ鑑定依頼がパリ警察司法人体測定課のアルフォンス・ベルティヨンのもとに寄せられていた。

（24）オーギュスト・シュレール＝ケストネール（一八三三―一八九九）。アルザス、ミュルーズ生まれ。パリに出て化学を学ぶ。父親の熱烈な共和主義に感化を受け、一八五一年のナポレオン三世によるクーデターの際には、反ボナパルト派の学生グループに与する（そこで、当時医学生であったジョルジュ・クレマンソーを知る）。アルザスのタンで化学工場を営むケストネール家の娘セリーヌと結婚。以来、シュレール＝ケストネール姓を名乗って工場の共同経営者となり、研究所を設立してさまざまな応用化学実験にも着手した。一八七一年二月、上アルザス県から議会に当選するが、アルザス・ロレーヌ併合に反意を唱えて辞職。同年七月、セーヌ県より再選され、ガンベッタ、レナックらとともに共和連合を組織、『レピュブリック・フランセーズ』紙の政治主筆もつとめる。七五年、終身上院議員、九五年二月、上院副議長に就任。ドレフュス事件に関しては、九五年当時から懐疑を抱き、個人的な情報収集につとめていた。九七年七月、ピカール中佐の弁護士ルブロワを介して真犯人エステラジーの存在を知らされ、事件の政治化を決意するが、ピカール情報を有効に活用できないまま反ユダヤ派の激しいプレス・キャンペーンにさらされ、十二月七日の上院発言をもってしても政府の態度を変えさせることはできなかった（先立つ十一月、シュレール=ケストネールがゾラを自宅に招いて情報を提供し、協力を依頼した経緯については、稲葉前掲書を参照）。九八年、癌に冒され、九九年九月十九日、おりしもドレフュスに大統領による特赦が下された日、永眠。故郷アルザスのタンに葬られる。

(25) ジョルジュ・ピカール（一八五四―一九一四）。ストラスブールの収税吏の家に生まれ、一八七二年、家族とともにフランス国籍を選択。サン=シール陸軍士官学校卒業後、植民地戦線（とりわけ八五―八七年、北ベトナム（トンキン）中国国境）で軍功を立て、少佐に昇進、陸軍学校の教師として抜擢され、ミリベル参謀総長の推薦によりガリフェ将軍の参謀もつとめる。一八九五年七月、サンデールの後任として参謀本部統計局局長に就任。翌九六年三月、ドイツ大使館から盗み出された書類のなかに、シュヴァルツコッペンがエステラジーに宛てて書き、そのまま破り捨てたとおぼしき封緘電報「プティ・ブルー」を発見。エステラジーに関する調査の途上、彼の筆跡と、九四年、ドレフュス裁判を決したと言われていた「明細書」の筆跡との完全な一致に気づく。その旨をゴンス将軍に報告するが、徐々に上層部から疎まれ、東部地方への相次ぐ派遣命令の末、九六年十二月、チュニジア配属を命じられる。九七年六月、休暇でパリに戻った際、弁護士ルブロワにすべてを打ち明け、遺書を託す。十一月、エステラジー事件の参考人として呼び戻された彼は、軍部による取り調べを受け、翌九八年一月十一日、エステラジー裁判の結果、「プティ・ブルー」偽造の容疑で逮捕、モン・ヴァレリアン要塞の独房に収監され、十三日（ゾラによる「共和国大統領への手紙」と同日）、正式な調査開始までの禁固刑を言い渡される。九八年二月、ゾラ裁判の証言台に立ち、重要な証言を行うが（その雄姿はマルセル・プルースト『ジャン・サントゥイユ』にも描き出されている）、「職務上の過失」を理由に免職処分となり、以後、九九年六月十三日まで、サンテ監獄、シェルシュ゠ミディ監獄に留め置かれる。一九〇六年、レンヌ再審判決の破毀と同時に将軍として軍職に復帰し、一九〇九年までクレマンソー内閣の陸相をつとめる。

（26）ジャン゠バティスト・ビヨー（一八二八―一九〇七）。サン゠シール陸軍士官学校卒。陸軍中尉として、第二帝政期ほとんどすべての戦線に加わり、普仏戦争時にも将官として活躍した。一八七一年、下院選出をきっかけに政界に足を踏み入れ、八二―八三年、フレシネ内閣、九六年四月―九八年六月、メリーヌ内閣の陸相をつとめる。シュレール゠ケストネールとは一八七一年の下院選出以来の旧知であったが、シュレールによる度重なる要請、説得にもかかわらず、参謀本部の奥深く秘められたドレフュス有罪を示す「決定的証拠」なるものの存在を盾に、メルシエ前陸相、ボワデッフル参謀総長の規定方針を決して見直そうとしなかった。

（27）アントワーヌ゠アメデ・マンカ・ド・ヴァロンブローザ・モレス侯爵（一八五八―一八九六）。サルジニア系貴族の末裔。一時軍職に就くが、世襲の遺産を蕩尽し、アメリカで牧場をはじめる。インド、インドシナ、アフリカなど、フランス植民地軍の赴く先々いたる所に出没し、冒険談、政治演説で人気を博する。植民地拡張政策でフランスとしのぎを削るイギリスと、父ヴァロンブローザ伯爵の宿敵ロスチャイルド家を二大敵とみなし、ドリュモンの『リーブル・パロール』に集う反ユダヤ主義扇動家の一人となる。『リーブル・パロール』紙が「陸軍内のユダヤ人」と題して連載していた反ユダヤ・キャンペーンに端を発する数々の決闘騒ぎの一つとして、モレスは、九二年六月、ユダヤ系将校メイエール大尉と決闘し、相手を死亡させている。九六年五月、ナイル上流におけるイギリス軍の専横を阻止するとして、トゥアレグ人部隊を率いてチュニジアからリビアに潜入を試みるが、途上、現地人のゲリラにより殺害された。

（28）ピカールが、従来、堅固な反ユダヤ主義者であったという見方は、つとにベルナール゠ラザールの第二の『誤審』（一八九七）のなかに示され、ゾラのこの一文や、のちのゾラ裁判の場でも取り沙汰されるにいたって一般に流布し、ジョゼフ・レナックの『ドレフュス事件史』第二巻（一九〇三）からアンリ・ギユマン『エステラジーの謎』（一九六二）まで、ピカールの人物描写の一環として踏襲されてきた。カトリック教徒にしてアルザスの収税吏の家に生まれ育った者として反ユダヤに傾くのはごく自然の態度であるにもかかわらず、事件に際して反ユダヤ的情念に目を眩まされることがなかったピカールは一層賞嘆に値し、また、彼が唱えたドレフュスの無実は反ユダヤ主義者による主張だっただけに一層公正無私のものであったという論旨として受け止めることはできるが、実際にピカールの反ユダヤ主義が史実として立証されているわけではない。

（29）ジョルジュ＝ガブリエル・ド・ペリウー（一八四二―一九〇〇）。ストラスブール生まれ。セーヌ県軍司令官。九七年十一月十五日、マチュー・ドレフュスによるエステラジーの告訴を受けて、陸相ビヨーは、パリ軍事総監ソーシエ将軍に調査を命じ、ソーシエは、かつてチュニジアでエステラジーを配下に置き、彼に高い評価を寄せていたペリユーを調査官として指名する。十一月十七日から十二月三日まで行われた調査の末、エステラジーに対する追訴事項は一つも見当たらないとの報告書をソーシエに提出した。のちのゾラ裁判で証言台に立ったペリユーは、「アンリ偽書」の存在を示す不用意な発言を行い、一貫して軍事機密を盾に証言を拒む参謀本部の足並みを乱す失態を演じた。九九年七月、ガリフェ陸相により軍司令官の職を解かれる。

（30）アレクサンドル＝アルフレッド・ラヴァリー（生没年不詳）。少佐。パリ第一軍法会議付き報告将校。ペリウーによる調査終了後、ソーシエ将軍から軍法会議のための予審調査を命じられ、九七年十二月四日から三十一日まで任に当たる。九八年一月一日、ソーシエに提出された彼の報告書は、「明細書」に対する新たな筆跡鑑定の結論（「明細書」はエステラジーの筆跡を真似て書かれた偽書である）以外、ペリウー報告に何もつけ加えることなく、エステラジーの不起訴を主張していた。ソーシエはラヴァリーの主張を退け、軍法会議の開廷を決定する。

（31）「私は告発する」（j'accuse）という表現は、ベルナール＝ラザールの『いかに無実の人間を罰するか』の本文結論部にも二度用いられている。「この手紙〔イタリア大使館付き武官パニツァルディがドレフュスの実名を挙げてシュヴァルツコッペンに書いたとされる手紙〕はエステラジー少佐による偽書である。そして、もしも、あの有名な秘密書類〔九四年裁判の審議室で、ドレフュス有罪の決定的な証拠として判士たちだけに示された文書の束」のなかにドレフュス大尉の有罪を裏づける手紙が何通か含まれており、それらが疑うべくもなく明細書――実のところエステラジーの筆跡による明細書――の筆跡で書かれているというのであれば、私は、それらの手紙を捏造した人間としてエステラジー少佐を告発し、その共犯者としてデュ・パティ・ド・クラム大佐を告発する」(Bernard-Lazare, *ibid.*, p.V)。

(32) エドメ゠エティエンヌ・ベロム(一八二〇―?)。元大学区視学。セーヌ県民事裁判所付き筆跡鑑定士。

(33) ピエール・ヴァリナール(一八五四―?)。建築家。女性向けモード雑誌『社交界の女性』を編集。セーヌ県民事裁判所付き筆跡鑑定士。

(34) エミール゠ルイ・クアール(一八五五―一九二九)。古文書学校卒。セーヌ・エ・オワーズ県民事裁判所付き筆跡鑑定士。ラヴァリー少佐による予審の一環として「明細書」とエステラジーの筆跡に対する鑑定を依頼されたベロム、ヴァリナール、クアールの三名は、ドレフュスの筆跡を決して問題にしないという条件のもとで鑑定を承諾し、十二月二十六日、「明細書」は何者かがエステラジーの人格の背後にみずからの人格を隠匿しながら書いたものであるとの結論を下し、ラヴァリーに提出した。

(35)『エクレール(雷光)』紙、一八八九年から一九二六年まで発行された日刊紙。経済・金融市場専門情報紙として創刊され、のちにアルフォンス・アンベール、セヴリーヌ、カミーユ・ペルタン、アレクサンドル・ミルランなどを擁し、社会主義、共和派左派の政治色を強める。社主はオーギュスト・サバティエ。財界の裏事情に通じ、ユダヤ系財閥、とりわけロトシルド(ロスチャイルド)銀行を標的として反ユダヤ色を鮮明にする。その傾向は、ドレフュス事件当時、エルネスト・ジュデ、ケネー・ド・ボールペールらの寄稿を得てますます際立っていた。

(36)『エコー・ド・パリ』紙、一八八四年から一九三八年まで発行された日刊紙。普段は特定の政治色をもたない文芸紙であるが、事件当時の政治欄は反ドレフュス、反ユダヤの旗幟を鮮明にした。ベルナール゠ラザールも前掲『いかに無実の人間を罰するか』本文の末部で、『エクレール』『エコー・ド・パリ』の二紙を「参謀本部に買収された新聞」として名指ししている。

(37) 一八八一年七月二十九日の出版法、第三十条、第三十一条は以下のとおり（稲葉三千男『ドレフュス事件とエミール・ゾラ、告発』、一五五頁から転載）。

第三〇条　裁判所、司法官、陸軍と海軍、国家機関ならびに公共機関に対し、本法第二三条および第二八条に記述されている手段のいずれかを用いてなされた名誉毀損は、八日以上一年の禁固および一〇〇フラン以上三〇〇〇フランの罰金、もしくは禁固か罰金かのいずれかで罰せられる。

第三一条　一人もしくは複数の閣僚、下院および上院の一人もしくは複数の議員、公務員、官公庁の受託人および代理人、国から報酬を受ける司祭、常勤もしくは非常勤で公共サーヴィスや公共委任事項を執行する市民に対し、その職務もしくは資質をめぐって、前条と同じ手段でなされた名誉毀損は、同様に罰せられる。陪審員や証人に対し、その証言をめぐってなされた名誉毀損についても、同様である。

陪審団への宣言

[訳者解説]

「共和国大統領への手紙」ののち、陸軍側を原告、ゾラを被告とする「ゾラ裁判」は、厳密には三度行われた。

(一) 九八年二月七日―二十三日、セーヌ地方重罪院(パリ裁判庁舎)。禁固一年、罰金三千フラン(この刑種における最高刑)の有罪判決。四月二日、法廷への呼出の主は陸軍大臣ではなくパリ軍法会議であるべきだったとする被告側の上告をうけて、破毀院による判決破毀。四月六日、パリ軍法会議があらためてゾラを告訴する。

(二) 五月二十三日、セーヌ・エ・オワーズ地方重罪院(ヴェルサイユ)。開廷場所に関する被告側の異議申し立てをうけて延期。六月十六日、破毀院、ゾラの異議申し立てを却下。

(三) 七月十八日、セーヌ・エ・オワーズ地方重罪院(ヴェルサイユ)。被告退席による欠席裁判の末、二月と同様、禁固一年、罰金三千フランの有罪判決。

ドレフュス事件史上、一般に「ゾラ裁判」と呼ばれるのは、九八年二月、十五回の公判を数え、七十名近い証人が次々と証言台に立った最初のゾラ裁判である。あくまでもドレフュス事件とエステラジー事件を切り離し、ゾラ裁判はもっぱら後者にのみ関わるものであるとして、本質的な部分に関しては軍事上の機密を隠れ蓑とする参謀本部側の戦略と、ドレフュス事件に直結する質疑に対して即座に振り下ろされる「今の質問はなかったものとみなします」という判士長ドルゴルグの制止により、裁判としてはゾラ側の敗北に終わったものの、参謀本部首脳部に加えて、ピカール、エステラジー、アンリといった中心人物を公開の民事法廷に引き出し、「アンリ偽書」をめぐるペリユー将軍の不用意な発言を誘うなど、内容面ではドレフュス再審に向けた大きな一歩となった。

〔『真実は前進する』のための自注〕

以下の数頁は、一八九八年二月二十二日、『オーロール』紙に掲載された。

この文面は、新聞掲載の前日、二月二十一日に私が陪審団を前にして読み上げたものである。陪審団はその上で〔翌々日〕私に有罪判決を言い渡したのであった。一月十三日、私の「手紙」〔「共和国大統領フェリックス・フォール氏への手紙」〕が新聞に掲載され、その日のうちに下院は賛成三一二票、反対一二二票で私に対する起訴を決議し、同十八日、陸軍大臣ビヨー将軍が司法大臣に告訴の意を伝えた。二十日、私は召喚状を手にしたが、それは私の「手紙」の全文のうちわずか十五行に関して罪を問うものであった[1]。二月七日、法廷審議が開始され、二十三日まで合計十五回の公判を数えた。そして二十三日、私は禁固一年、罰金三千フランを言い渡されたのである。——これとは別に一月二十一日、三名の筆跡鑑定士、ベロム、ヴァリナール、クアール氏が名誉毀損の訴えを私に対して起こしたことも付記しておく。

陪審員の皆さま

去る一月二十二日の国会審議において、内閣総理大臣メリーヌ氏[2]は、氏に同調する多数派の熱狂的な歓呼のなか、軍の擁護という大役が委ねられる十二名の市民に全幅の信頼をおいていると言明いたしました。陪審員の皆さま、その時、総理が語っていたのはあなた方のことであります。それより前、ビヨー将軍は、国会の演壇の高みから配下の者どもに対し、既決事項を議論の余地なく尊重すべきことを軍命令として伝えることにより、エステラジー少佐を無罪放免にする任を言い渡された軍法会議にあらかじめ自分自身の判決を口述していたものです。今回、それとまったく同じようにして、メリーヌ首相は、軍を侮辱したとして私を告発し、軍の尊厳の名において私に有罪判決を言い渡すよう、あなた方にあらかじめ命を下そうとしたわけです。私はここで、誠実を重んじる人々の良心に訴え、国の司法に対するこのような公権力の圧力を告発いたします。それこそは、自由を信条とする国民の名誉を汚す、唾棄すべき政治手法であります。

陪審員の皆さま、はたしてあなた方がその命に屈するのかどうか、これから見せていただきましょう。

しかし、私が、メリーヌ首相の意志によって、今こうしてあなた方の前に立っているとお考えになるのは間違いです。首相は、大いなる世論の混乱のなか、前進を続ける真実が新たに踏み出そうとする一歩を恐れるあまり、私を告訴する必要性に同意を与えたにすぎない。そのことは万人の知るところです。今、私がこうして皆さまの前におりますのは、私がそれを望んだからにほかなりません。この曖昧模糊として奇怪きわまりない事件をあなた方の法の裁きの場に引き出してやろうと決めたのは、私一人の意志にもとづくものであり、また、フランスがすべてを知り、明確な態度を示すことができるようにするため、フランス司法のもっとも高く、もっとも直接的な顕現であられるあなた方を選んだのも、私一人の自発的な選択によるものです。私の行動にそれ以外の目的はなく、私個人の身は無に等しい。私は、軍の名誉ばかりでなく、危機に瀕した国民全体の名誉をあなた方の手に委ねたことだけをもってよしとし、私の身を犠牲に供したのであります。

よって、仮にあなた方の良心にいまだ完全なる光明がもたらされていないとしても、ご容赦いただかねばなりません。仮にそうであったとしても、それは私の落ち度ではありません。どうやら私は、あなた方にすべての証拠をお見せしようと考えたり、あなた方を今回の事件にふさわしい十分な威厳と権能を備えた唯一の方々とみなしたりすることで夢を見ていたようであります。今回の裁判は、はじめから、あなた方の右の手に何かを与えておいて、それをたちまち左の手から奪い取ってしまうような仕方で進められてしまった。たしかに、あなた方の法の裁きを受け入れるような素振りだけは見られました。しかし、あなた方への信頼は、さる軍法会議の構成員たちの仇をとってくれるだろうとの信頼以上のものではなかった。そして、一部の将校たちはあいかわらず不可侵にして、あなた方の法の権限よりも高い場所に留まり続けたことにかわりはないのです。このような言い方でも、わかる人にはわかっていただけるでしょう。これは偽善のなかの不条理ともいうべきものである。そして、火を見るよりも明らかなこととして浮かび上がってきたのは、今回、人々があなた方の良識を恐れたということ、そして、われわれに言いたいだけ言わせ、あなた方に裁きたいように裁かせる危険を冒す勇気を最後までまったく持てなかったということです。彼らは、スキャンダルの拡散に歯止めをかけたかったのだと言い張ります。しかし、このスキャンダルなるものをあなた方はどうお考えなのか。事件についてあなた方の裁きを求めることを目的とし、この国の民があなた方の姿をかりて裁定者となることを望んだ私の行動について、あなた方は一体どうお考えなのか。さらに彼らは、粉飾を凝らしながら実のところほかの裁判〔ドレフュス裁判〕の再審にほかならない裁判など受け入れるわけにはいかなかった、と言い張ります。そう言い張ることで、実のところ、彼らが恐れていたのはたった一つのことであった、つまり、あなた方が至高の監督能力を振るいはしないか、という点だけであったことをみずから告白しているようなものです。法は、あなた方のうちにその全的な代表の姿を見出すべきものです。私が待ち望んできたもの、そして、常々良き市民として深く敬っておりますものは、そのような選ばれた民の法であって、まかり間違っても、あなた方ご自身を愚弄してやろうとばかりに持ち出されてきた、今回のようないかがわしい法手続きではなかったのであります。

陪審員の皆さま、以上をもってしてすでに、私が夢見ていたまったき光明であなた方を包み込む力を手にすることもできないまま、あなた方の日々のお仕事の邪魔をしてしまったことに対する十分な釈明になっているでしょう。光明を、まったき光明をもたらしたい。私にあったのはそうした熱っぽい欲求だけだったのです。そして、今終えたばかりの審議をつうじて陪審員の皆さまの目にも明らかとなったように、われわれは、あくまでも闇であり続けようとする頑迷な意志を相手に、一歩一歩、闘いを押し進めなければならなかった。真実のほんの一片をもぎ取るために、その都度、丸々一個の戦闘を繰り広げなければならなかった。議論はすべてについて行われたけれども、われわれには一切が拒否された。人々は、われわれの方から証拠が提出されるのをなんとか防ごうと、われわれの側の証人を恐怖で縮み上がらせようとした。しかも、われわれが闘ったのは、もっぱらあなた方のためだったのです。あなた方が、ご自身の良心に照らして悔いのない判決を言い渡すことができるように、その証拠をすっかりあなた方の手に委ねるためだったのです。陪審員の皆さまがこうしたわれわれの努力を斟酌してくださると私は確信しておりますし、また、それによって実際にかなりの解明がもたらされ得たものと確信しております。陪審員の皆さまは、証人の発言をすべてお聞きになった。そして、これから私の弁護人の言に耳を傾けようとなさっている。私の弁護人は真実の話をしてくれるでしょう。すべての人々を興奮の渦に巻き込みながら、その実、誰一人として真相を知らない、この話のすべてを。こうして、今、私は穏やかな気持ちで判決を待つことができます。今や、真実はあなた方の内にある。それがきっと動きを起こしてくれるはずです。

先に申し上げましたとおり、メリーヌ首相は、あなた方の手に軍の名誉を委ねながら、あなた方の下す判決を前もって口述したつもりになっていた。そして今、私自身、あなた方の正義に訴えかけるのは、まさにその軍の名誉の名においてなのです。メリーヌ首相にはきっぱりと異議を申し上げておかねばなりませんが、私は断じて軍の名誉を汚さなかった。私は、むしろ逆に、どこから脅威がやって来ようとも真っ先に身を起こし、フランスの地を守り抜いてくれるであろう、武の国民、われらが親愛なるフランスの兵士たちに対して深い敬愛の念を表明したのだ。私が、その兵士たちを勝利に導く軍の指導者、将軍諸氏を攻撃したというのも、同様に偽りである。陸軍当局の一部の人間がその数々の不正行為によって軍そのものを危機に晒しかねない状況下、それを口に出して言うことが、はたして軍全体に対する侮辱になるのでしょうか。軍をあらゆる危険から救い出そうとすること、そして、今回われわれの争いの唯一の原因となった誤謬が繰り返されないように、それがわれわれを新たな敗北へと導くことのないように、警告の叫びを投げかけることは、まさに良き市民としての責務を果たすことではないでしょうか。こう申し上げながら、なにも自己弁護をしているつもりはありません。私が必要とみなし、実行に移した行動を裁定する労は、歴史に委ねることといたしましょう。ただ、私は断言しておく。エステラジー少佐の手による数々のおぞましい手紙[3]が公表された後もなお憲兵隊員たちが彼を抱擁するがままに放っておく時、それだけですでに軍を汚していることになるのだ、ということを。私は断言する。われらが勇壮なる軍は、軍を擁護するとの口実のもとに下劣な共犯関係をもって逆に軍を汚している悪党の群れによって、日々、陵辱を受けているのだ。そうした連中は、フランスが今なお良きもの、偉大なるものとして保ち続けているすべてのものを泥の中に引きずりおろそうとしているのだ。私は断言する。彼らが「陸軍万歳！」の叫びに「ユダヤ人に死を！」の叫びを混ぜ合わせる時、この偉大なる国民の軍を汚しているのは彼らの方なのである。その上、彼らは「エステラジー万歳！」を叫んだ。ああ、聖ルイ王、バイヤール、コンデ公、オッシュを頭上に戴いた民、幾百もの大勝利をものにしてきた民、共和国と帝国の大いなる戦争の数々をふまえてきた民、その力強さ、優美さ、寛大さをもって全世界に燦然と輝き続けてきた民が、今、「エステラジー万歳」を叫ぶ！　これは、この先、真実と正義を目指すわれわれの努力によってしか雪ぎ落とすことのできない大きな恥辱となりましょう。

　これまで作り上げられてきた伝説は、陪審員の皆さまもご存じのとおりです。いわく、ドレフュスは七人の無謬の将校たちにより、正当に、合法的に裁かれた。その七人の誤謬の可能性を疑うこと自体、軍全体に対する侮辱を意味する。ドレフュスはみずから犯したおぞましき悪行を、当然の見返りとしての責め苦のなかで償っているにすぎない。そして彼がユダヤ人であることから、当然のごとく無国籍者どもが集う国際組合としてユダヤ組合が結成され、恥も外聞もなくあらゆる手練手管を用い、裏切り者の救出のために巨額の資金を集めている。以来、この組合は犯罪に犯罪を重ねてきた。人々の良心を金で買い、命取りとなる争乱のなかにフランスを突き落とし、フランスを敵に売り渡す。もしも、そうした恐るべき計画も実行がままならぬとなったら、いっそのことヨーロッパを全面戦争の火に包んでしまおうと画策している、というわけです。お分かりのとおり、非常にわかりやすく、子供じみて馬鹿馬鹿しいほどの話であります。しかし、汚らわしい新聞は、数か月来、こうした毒を日々のパンとしてわれらが哀れな民衆のあいだにばらまいてきました。してみれば、今、われわれがのっぴきならない危機に瀕しているとしてもまったく不思議はない。ここまで一生懸命になって愚昧と虚偽の種を蒔けば、狂乱が収穫物として刈り取られることになるのは自明の理だからであります。

もちろん私は、陪審員の皆さまがこれまでこの種のお伽噺に熱心に耳を傾けてきたなどと言って、皆さまを侮辱するつもりはありません。私は皆さまのことを存じ上げておりますし、お一人お一人がどういう方であるかもよく心得ております。皆さまは、パリの、わが偉大なるパリの心であり、理性である。私が生を享けたパリ、私が無限の愛情を注いでいるパリ、私が常に研究の対象とし、かれこれ四十年来、私の著作のなかで謳い上げてきた、このパリの心、理性である。そして今、この瞬間に、皆さまの脳のなかで何が起こっているか、ということもよくわかっております。といいますのも、被告としてこの席に着くこととなる前に、私も、あなた方がいらっしゃるその席を占めたことがあるからです(4)。あなた方は、その席で平均的な意見を代表なさっている。英知と正義をまとまりとして体現すべく努めていらっしゃる。のちほど私は、私の思考のなかで、皆さまの審議室にお供いたしましょう。皆さまの努力は、ご自身の市民としての利益を守り通すことに注がれることになると確信しております。そして、それは当然のことながら、あなた方の目からご覧になった全国民の利益にほかならないのです。あなた方が判断を誤ることもあり得ましょう。しかし、その場合でも、どうか、あなた方ご自身の善を確かならしめることが万人の善を確かならしめることになるのだ、というお考えとともに誤っていただきたい。

私には、あなた方が、晩、ランプの灯りの下でご家族と一緒にいらっしゃる姿が見えます。あなた方がご友人と語り合っている声が聞こえてきます。私は、あなた方の作業場、店先にまでお供いたします。あなた方は皆、労働に従事する方々です。商店を営んでいらっしゃる方もいれば、事業に携わっていらっしゃる方もいる。自由業の方もいらっしゃるでしょう。[5]そして、当然ながらあなた方がもっとも心配していらっしゃるのは、商売や事業が落ち込んで、どうにも立ちゆかなくなった状態です。見渡す限り、昨今の経済危機は、経済破綻にまで行き着きかねない趣を呈しております。収入は落ち込み、商取引は日々益々困難なものとなりつつあります。いきおい、皆さまがこの場に携えていらっしゃった考え方、今、私が皆さまの顔にありありと読み取っております考え方は、もうたくさんだ、そろそろお仕舞いにせねばならない、というものになっているのです。さすがに皆さまは、他の多くの人々のように、「無実の男が一人、悪魔島にいたとして、それが一体われわれに何の関わりがあるのだ？　たった一人の人間の利益のために、このように一大国を混乱に陥れる謂われがあろうか」などというところまではいっていらっしゃらない。それでも、皆さまの心の中には、われわれ、真実と正義を渇望してやまない人間たちが引き起こしたこの騒擾が、われわれがその原因になっているとして告発を受けている害悪をもってあまりに高いつけを払わされているのではないか、との呟きが沸き起こっていることにかわりはないのです。陪審員の皆さま、もしも、あなた方が私を有罪とするならば、あなた方の判決文の奥底にあったのはそのことだけであった、つまり、ただ単に自分の家族を安心させたいという気持ち、事業がふたたび軌道に乗って欲しいという欲求、そし

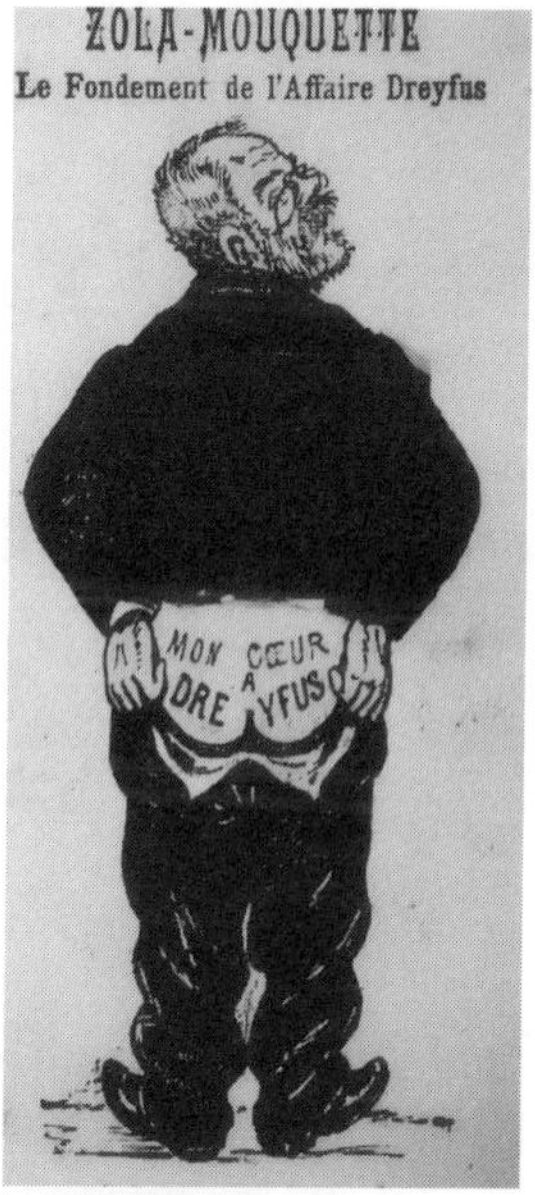

ゾラを揶揄する戯画。
上：「私の心はドレフュスに」（反ドレフュス派の絵葉書）
下：「ほうら、彼ならここだよ！―真実は井戸の底より」（カラン・ダッシュ画）

て、私に懲罰を言い渡すことにより、フランスの利益に反する権利要求の運動に終止符を打つことができるという思い込みだけであった、ということになってしまうでしょう。

ですから、陪審員の皆さま、皆さまが判断を誤るとすれば、それは絶対的な誤りとなるのです。このような言い方をしても、どうか、私が自分の身柄の自由を守ろうとしているのではないという点だけは信じていただけますよう。仮に私に有罪を言い渡したとしても、皆さまはそれによって私を大きくすることにしかならないのです。真実と正義のために苦しむ人間は、威厳と聖性とを身に備えていくものです。陪審員の皆さま、私をご覧ください。私は、買収された人間、嘘つき、裏切り者の顔つきをしておりますか?

もしそうならば、そもそも私が今回のような行動を起こす理由がどこにあるでしょう? 私の背後には、政治的野心も、党派的な情念もありません。私は、人生を著作に捧げてきた一介の自由な作家であります。明日にでも自分の本来の持ち場に戻り、中断された仕事にふたたび取りかかりたいと思っている、一介の作家であります。私をイタリア人と呼んで憚らない人々の愚かさは言うに及びません。(6) フランス人を母とし、ボース生まれの祖父母、その力強い大地の農夫たちの手で育てられた私、七歳で父を亡くし、五十四歳にしてはじめて、ある作品の取材のためにイタリアの土を踏んだ、この私を指してイタリア人なドと。それもこれも、父がヴェネチアという古代の栄光をもって万人の記憶に光り輝く町の出身であったことを、私が非常に誇り高く思うことの妨げにはなりません。百歩譲って私がフランス人ではないとしましょう。その場合、私がフランス語で書き、世界中に何百万部と行き渡らせた四十冊の本は、私をフランスの栄光に与るところのあった一人のフランス人とみなすために、まだ不十分であるというのでしょうか。

再々申し上げておりますように、私は自己弁護をするつもりはございません。ただ、もしも陪審員の皆さまが、私を有罪とすることによってわれらが不幸な国に秩序を取り戻させることができるとお思いになっていらっしゃるならば、その誤りのいかばかりかをお考えいただきたい。今や、お分かりになりませんか。国民の死因となりつつあるもの、それは、一部の人々が意地でも国民をその中に留め置こうとしている暗闇であり、国民があえぎ声を発しながら払拭できずにいるこの不明瞭さなのだ、ということが。すでに犯された過ちに統治者の過ちが積み重ねられ、一つの嘘をつくことによってまた別の嘘をつかねばならなくなる。こうして、誤謬と嘘の山積みは、いつのまにか途轍もない大きさに達してしまうものなのです。一つの誤審が行われてしまった。その日以来、過ちを隠蔽するため、良識と公正に対する日々新たな侵害を繰り返さねばならなかった。罪人の無罪放免の大本にあったのは、無実の人間に対する有罪判決だったのです。そして、今日、今度は私を有罪にするようにとの要請があなた方になされた。しかも、その理由は、祖国が取り返しのつかない悪路に入り込んだのを見、心の痛みをそのまま口に出して叫んだからだという。ならば私を有罪にしてみるがよい。それは、単にこれまでの数々の過ちにさらなる過ちをつけ加えることにしかなるまい。そして、その過ちの重みは、のちのち陪審員の皆さまが歴史のなかで背負っていくことになるのです。私の有罪判決は、皆さまがお望みになり、またわれわれ自身も望んでやまない平和をもたらすどころか、新たな情熱と無秩序の種にしかならないでしょう。升はすでに一杯であります。よもや、その中身を溢れ出させることのありませぬように。

なぜあなた方は、今、この国が直面している恐ろしい危機を正確に把握しようとなさらないのか。人々は、われわれがこのスキャンダルの張本人であり、国民に道を踏み誤らせ、暴動に駆り立てているのは、われわれ、真実と正義を愛する人間たちの方であると説いてやまない。まったくのところ、人を馬鹿にするとはこのことである。ここではビヨー将軍の名を挙げるにとどめるが、将軍は、ここ十八か月ものあいだ、事態を把握していなかったというのか。ピカール大佐は、嵐の到来とそれによるすべての倒壊を回避するためにはビヨー将軍が裁判のやり直しに本気で臨む以外にない、と力説していなかったか。シュレール=ケストネール氏は、将軍に対し、フランスの存亡を思って欲しい、このような最悪の事態だけは回避して欲しいと、目に涙さえして懇願しなかったか。ああ、われわれがスキャンダルの張本人であるなど、とんでもない。われわれの願いは、すべて事の運びを楽にし、和らげることであった。もしも今、国が苦しみの時を迎えているのだとすれば、その責は権力の側にあるのです。真実の光の発揚を抑えることぐらいできそうなものだと自力を過信し、罪人どもを隠匿し、政治的な利益に流されてすべてを撥ね付けてきた権力の側にこそ責がある。その日以来、権力は闇の味方として裏工作しか行ってこなかった。人々の良心が巻き添えとなったこの狂おしい騒動の責任は権力に、もっぱら権力の側にあるのです。

ああ、陪審員の皆さま、ドレフュス事件も、いまやだいぶ小さく見えます。そこから引き起こされたいくつもの恐ろしい問題に比べれば、事件そのものはかなり遠くにかすんで見えるほどです。もはやドレフュス事件など存在しない。今、真に問われているのは、このフランスが人権の祖国としてのフランスであり続けているかどうか、世界に自由をもたらしたのちに正義をもたらすはずであったフランスであり続けているかどうか、ということなのです。われわれは、いまだにもっとも気高く、もっとも友愛に満ち、もっとも寛大な民であり続けているのかどうか。公正と人道という点に関してわれわれが勝ち得てきた名声を、これからもヨーロッパにおいて保ち続けることができるかどうか。われわれがこれまで獲得してきたものとして、それに勝るものはありますまい。今、そのすべてが再問に付されているのではないか。どうか、目をしっかりと見開き、理解していただきたい。このような混乱に突き落とされ、このような恐ろしい危機に直面した以上、フランスの魂は、その深奥まで動揺をきたさずにはいられないのです。一つの民がこのような仕方で揺さぶられる時、その精神的な生命力自体が危険にさらされずには済みません。今という時は、これまでに例をみないほど重大な時です。国民の救いが賭されているのです。

そのことを理解なさってはじめて、陪審員の皆さまも、可能な治療法はただ一つであるとお気づきになるでしょう。ほかでもない、真実を口にし、正義を取り戻させるという治療法です。光の到来を遅れさせるものすべて、闇に闇の厚みを加えようとするものすべては、危機を長引かせ、悪化させることにしか役立ちません。本当の意味でこの事件を打ち切りにする必要を痛感している良き市民の役割は、真昼の光を要求することなのです。このように考えている人間の数は、われわれのあいだですでにかなりの数に上っております。文学、哲学、科学に携わる人間が、知性と理性の名のもと、四方から馳せ参じております。外国、とりわけヨーロッパ全体を走り抜けた戦慄についてはここで申し上げるまでもありません。しかも、外国が常に敵国であるとは限らない。明日にもわれわれの敵国となり得る諸外国については何も言いますまい。しかし、われらが同盟国である大国ロシア、小国ながら寛大の精神に満ちあふれたオランダ、われわれに好意を寄せている北欧の国々、そして、フランス語の土地、スイス、ベルギー、こうした国々までもが、一体なぜ、友愛の情から苦しみを訴え、悲嘆にくれなければならないのでしょう。よもや、皆さまは、世界のなかで孤立したフランスを夢見ていらっしゃるわけではありますまい。それとも、国境を越えて旅をする時、あなた方の公正と人間愛という先祖伝来の名声に微笑みかけてくれる人が誰一人いなくなることを望んでいらっしゃるのでしょうか。

陪審員の皆さま、いかんせん、あなた方もほかの幾多の人々と同様、雷の一撃を待っていらっしゃるのかもしれません。ドレフュス無実の証拠が、雷光のように、ある日突然空から降ってくるのを待ち侘びていらっしゃるのかもしれません。しかし真実というものは、決してそのような歩みを見せるものではありません。真実とは、なにがしかの探究と、なにがしかの知性を要求するものです。証拠を示せ、と人々は言う。しかし、われわれの方では、その証拠をどこに見つけることができるか、とうに知っているのです。ただ、われわれは、各人の魂の奥底でその場所に思いを馳せるにとどめているのです。そして、われわれの愛国心をもっとも不安にさせているのは、いつの日か、軍の名誉を一つの虚偽に分かち難く結びつけてしまった挙げ句に、その証拠による手痛いしっぺ返しを受けざるを得なくなるのではないか、という点なのです。加えて、私がはっきりと言明しておきたいことがあります。われわれがこの審議のための証人として数人の各国大使館関係者を指名した際[7]、われわれの真の意図は、あらかじめそうした方々をこの場に召喚しなくてすむようにすることだったのです。われわれの厚顔無恥を笑う人々もおりました。しかし、外務省においては、誰も笑う者などいなかったと思います。なぜなら、外務省内部ではすべてわかっているはずですから。われわれはただ、真実の全体を知っている人々に向かって、われわれもまた同じ真実を知っているのだということを伝えたかったまでです。この真実は、今、大使館から大使館へと伝えられており、明日にも万人の知るところとなりましょう。数々の踏破不能の手続きによって守られているこの真実を、その在処まで行って探すことは現在のところわれわれにもできません。しかし、政府に知られていないことは何もありません。政府も、われわれ同様ドレフュスの無実を確信するにいたれば、いつ何時でも、なんら危険を冒すことなく、すべての真相を明らかにしてくれる証人たちを見つけることができるでありましょう。

ドレフュスは無実であると、私は誓って申し上げます。そこに私は、私の命、私の名誉を賭けております。今、この荘厳なる瞬間、人類の正義を代表するこの法廷を前にして、国民の顕現そのものである陪審員の皆さま、あなた方を前にして、そして全フランス、全世界を前にして、私はドレフュスの無実を誓う。そして、私の作家としての四十年の経歴、その経歴をつうじて私にもたらされた権威にかけて、私はドレフュスの無実を誓う。私がこれまで獲得したものすべて、私が築き上げた名声、フランス文芸の普及発展に寄与した私の数々の作品にかけて、私はドレフュスの無実を誓う。私の持つすべてのものは崩れ去るがよい。私の作品のすべては朽ち滅びるがよい。もしもドレフュスが無実でなかったならば。しかし、彼は無実である。

今、ありとあらゆるものが私の敵に回っているように思われます。上院も下院も、文民権力も軍権力も、巨大発行部数を誇る数々の新聞も、そしてそれらの新聞に毒されてしまった世論も。私の味方として残っているのは、もっぱら思想であり、真実と正義の理想である。今、私はきわめて穏やかな心境にある。私は勝つであろう。

私は、自分の国が虚偽と不正義のなかに留まり続けることを望まなかった。この場で私に懲罰を加えるのは自由である。他日フランスは、その栄誉の救いに手を貸した者として、私に感謝することであろう。

（『オーロール』紙、一八九八年二月二十二日）

（1）一八八一年七月二十九日の出版法にもとづき、軍に対する名誉毀損に相当するとして、『オーロール』紙発行責任者J＝A・ペランと、その「共犯」としてのゾラの責を問われた「共和国大統領への手紙」中の「十五行」とは以下の二か所である。第六段落――「軍法会議は、何者かの命により、エステラジーなる男に無罪放免を言い渡すという暴挙に出たばかりですが、これは、およそ真実なるもの、正義なるものに加えられた侮辱の平手打ちとして例を見ないものであります。もはや手遅れでございます。フランスはこの汚辱を頬に受け、歴史は、このような社会犯罪が行われ得たのが閣下の任期内であったと、後世に伝え続けることでありましょう」。第三六段落――「私は軍法会議を告発する。（…）二度目の軍法会議は、何者かの命により、この違法性を隠蔽し、真犯人と知りながらこれを釈放するという新たな司法上の罪を重ねた」。

（2）ジュール・メリーヌ（一八三八―一九二五）。第二帝政期、野党共和派として活躍。七二年、ヴォージュ県から下院選出。農業大臣（八三―八五）を経て、九六―九八年、首相。「土への回帰」を唱え、農業経済の改革を推進する。ドレフュス再審には陸相ビヨーとともに一貫して否定的な態度をとり、九八年六月、総辞職を余儀なくされる。一九〇三年、上院選出。

（3）九七年十一月、ペリウー将軍による調査の途上、エステラジーの不起訴処分が濃厚と囁かれていた頃、エステラジーの従姉妹にして元愛人でもあったブランシー夫人は、多額の借金の返済をうやむやにされた腹いせに、かつてエステラジーから受け取った書簡をすべて顧問弁護士の手に委ねる。シュレール＝ケストネールらの働きかけによってブランシー夫人宅の家宅捜索が行われ、すべての書簡がエステラジーの人となりを示す参考資料としてペリウー調査に加えられることとなった。なかでも、とりわけフランスとフランス陸軍に対する怨恨に満ちた言葉が散りばめられた一通は、十一月二十八日、『フィガロ』紙に掲載され、「ユーラン（槍騎兵）の手紙」として一般に知られることとなった。

（4）ゾラは一八八九年九月十八日、同じセーヌ地方重罪院の陪審員に任命され、十月、その任に当たっている（『エミール・ゾラ辞典』「陪審員」（juré）の項）。

（5）上級裁判官アルベール・ドルゴルグを判士長、ブスケ、ロート両上級裁判官を補佐陪審官として構成された陪審団の十二人の正陪審員、ならびに二人の予備陪審員は以下のとおり。ピエール・エムリー（卸売商）、オーギュスト・ルブロン（布団製造請負業）、シャルル・ユエ（野菜栽培業）、エミール・ニゴン（なめし皮職人）、エドゥアール・グレッサン（会社員）、シャルル・フーケ（穀物商）、オーギュスト・デュトリウー（卸売商）、アルベール・シュヴァニエ（ワイン商）、ジョゼフ・ムレール（針金製造工）、ヴィクトル・ベルニエ（銅板細工師）、ジャン・ブーヴィエ（年金生活者）、デジレ・ブリュノ（流行品商）、アントワーヌ・ジュルド（小売商）、アルフレッド・ブクルー（食肉店主）。

（6）ゾラの父、フランチェスコ（フランソワ）・ゾラ（一七九五―一八四七）は、ギリシア人を母とし、当時オーストリアの支配下におかれていたヴェネチアに生まれた。十七歳にしてオーストリア軍で砲兵少尉となるが、二十五歳で軍務を離れて土木技師となり、しばらくイギリスで生活したのち、一八三一年、アルジェリア外人部隊に入隊する。三三年、ふたたび土木技師としてエクス＝アン＝プロヴァンスに身を落ち着け、プロヴァンス地方の運河開発事業に着手する。四〇年、パリで知り合ったエミリー・オペールと結婚し、ほどなくエミールが生まれている。エミールがフランス国籍を取得したのは一八六二年、二十二歳の時であった。ドレフュス事件に際しては、のちの九八年五月二十三、二十五両日、二度目のゾラ裁判に重ね合わせるようにして、『プチ・ジュルナル』紙のエルネスト・ジュデが、ゾラの父親に公金横領の前科があったことを「暴露」する主旨の中傷記事を書き、ゾラは二十八日の『オーロール』紙に反論を掲載するとともにジュデに対する名誉毀損の訴えを起こした。八月三日、ジュデに対し、五千フランの損害賠償の支払いが命じられている。

（7）裁判に先立ち、ゾラは、二百名近い証人の喚問を検事局に要求していた。外国大使館の関係者としては、元ドイツ大使館付き武官シュヴァルツコッペン、イタリア大使館付き武官パニツァルディはもちろん、ドイツ、イタリア、オーストリア、ロシア、イギリス、スペイン各大使館の武官、参事官、書記官らが含まれていたが、いずれも召喚は実現しなかった。

正義

〔訳者解説〕

一八九八年七月十八日、セーヌ・エ・オワーズ県重罪院（ヴェルサイユ）で二度目の有罪判決を受け、イギリスに向けて出発した日から、ドレフュス再審の決定をうけて、翌九九年六月五日、フランスに帰還を果たすまでの十か月半、ゾラは完全なる沈黙を選び、またパリの同志たちからもまったき沈黙を要請されていた。以下は、フランス帰還の当日に発表された、彼の公論の場への復帰宣言である。

〔『真実は前進する』のための自注〕

以下の数頁は、一八九九年六月五日、『オーロール』紙に掲載された。

前掲の記事[1]からこの記事までのあいだに十か月半の歳月が流れた。一八九八年七月十八日、ヴェルサイユ重罪院において、裁判をさらに延期させようとするラボリ弁護士の司法手続き上の試みが失敗に終わったため、われわれは裁判を欠席した。重罪院は、ふたたび私に対して禁固一年と罰金三千フランを言い渡した。その日の夕方のうちに、私はロンドンに向けて出発した。判決が私に通達され、即時執行力をもつようになるのを防ぐためである。——以下に、この長い時間のあいだに生起した主な出来事を要約しておく。一八九八年八月三十一日、アンリ大佐[2]が偽書作成の事実を自白したのち、モン=ヴァレリアン刑務所で自殺を遂げる。九月二十六日、破毀院は〔ドレフュス〕再審の申し立てを受ける。十月二十九日、破毀院はこの申し立てを形式上受理可能とみなし、補充捜査には破毀院自身が当たる旨、公言した。三十一日、ブリソン内閣にかわるデュピュイ内閣が成立。一八九九年二月十六日、フェリックス・フォール大統領死去にともない、十八日、エミール・ルーベ大統領が就任。三月一日、権限剝奪法[3]が両院を通過。そして六月三日、ついに破毀院が一八九四年裁判の判決を破毀するにいたり、六月五日、私はフランスに帰国した。以下に掲げる記事は、その当日の朝、掲載されたものである。——他方、一八九八年八月十日、控訴院は、筆跡鑑定士ベロム、ヴァリナール、クアール三氏の請願により下された判決を追認し、私に、禁固一か月の実刑、罰金一千フラン、ならびに筆跡鑑定士一人あたり一万フランの損害賠償の支払いを命じていた。上記三氏は、私の不在中、九月二十三、二十九両日にわたり、私の自宅で財の差し押さえを行った。十月十日、競売が行われ、テーブル一脚が要求額の総額に相当する三万二千フランで売却された[4]。——七月二十六日、レジオン・ドヌール勲章諮問委員会は、私のオフィシエ章の一時剝奪が相当との判断を下した。

私がフランスを後にして以来、まもなく十一か月になる。十一か月のあいだ、私は、完全なる亡命生活、人知れぬ隠遁生活、そしてまったき沈黙をみずからに課してきた。いわば、真実と正義に望みをかけながら秘密の墓に身を横たえた自死の人間であった。そして、今日、ついに真実が勝利し、正義が君臨したのをうけて、私は蘇生し、フランスの地に帰って元の場所にふたたび身を落ち着ける。

一八九八年七月十八日は、私がありったけの血を流した一日として、生涯、忌まわしい日付であり続けるだろう。七月十八日、私は、さまざまな戦略上の必要に屈し、フランスの名誉のため、私と同じ戦いを続行していた同志たちの意見を容れて、私が愛するものすべて、私の心と精神を日常につなぎとめるあらゆる習慣から私の身を無理矢理引き剝がさなければならなかった。そして、その後も脅迫にさらされ、罵詈雑言を浴びせられる日を幾日過ごしたかわからないが、あの突然の出発は、私が強いられたなかでももっとも残酷な犠牲、大義のために私が受け入れねばならなかった最大の供犠であった。私が監獄を免れようとしたなどと思い、繰り返し言いふらした低劣にして愚かな人々は、みずからその精神の卑しさと理解力の乏しさを露呈せしめたにすぎない。

監獄が一体何だというのだ！　しかも、私が監獄以外の何を求めたというのか。必要とあらば、私は今すぐにでも収監されに行く用意がある！　一連の事の経緯をすべて忘れてしまったのでもないかぎり、監獄を免れたといって私を責めることなどできないはずなのだ。私が、真実の収穫が可能となる畑だけでも用意したいとの一心で、みずから望んで身を呈したあの裁判、そして正義の勝利のためならばと、身の破滅を重々承知の上で燔祭《ホロコースト》に己を差し出し、一時の休息もわずかな自由もすべて捧げた、あの完全なる自己犠牲を忘れてしまったとでもいうのか。私の法律上の顧問団をなしてくれた人々(5)、私の友人たち、そして私自身のこの長きにわたる闘いが、諸事実から可能な限りの光を汲み出すことだけを目的とした無私無欲の闘いにほかならなかったことは、今日、火を見るよりも明らかではないか。われわれが時間稼ぎをしたり、相手の法手続きに別の法手続きをもって応酬したりしたのは、われわれが、聖職者が信徒の魂に責任を負っているといわれるのと同じ意味において、真実に対して責任を負っていたからであり、また、日々輝きを強めながらもまだ弱々しいものにすぎなかった光を、われわれだけの手のなかで消えいるがままに放っておくわけにはいかなかったからである。それは、あたかも強風のなかで灯し続ける、小さな、しかし神聖なランプのようなものであった。われわれは、その火を、数々の虚偽にかき乱された群衆の怒りに抗して守らねばならなかったのである。われわれの戦略とて、ただ一つであった。われわれ自身がこの訴訟事件の主導権を握ること、そこから出来事が触発されて生起してくるように、われわれの事件を可能な限り長引かせること、そして、われわれがかねてより約束していた決定的証拠に相当するものを、われわれ自身の事件のなかから引っ張り出すことである。その際、われわれは、自分たちの身の安全など片時も考えなかった。われわれは、人間の権利の勝利以外のものを目的として行動したことは一度たりともなかった。権利の勝利のためならば、われわれは、われわれの自由、そしてわれわれの命までも投げ出す覚悟でいたのである。

あの七月、ヴェルサイユで、私が身を置くこととなった状況を思い出してほしい。まさに、有無を言わせぬ圧殺であった。しかし、私はそのような形で圧殺されることだけは避けたかった。国会の休会中に、街頭の喧噪の真っ直中で、私に対して刑が執行されるのは望むところではなかった。われわれは、なんとか十月までこぎ着けたかった。それまでに真実がさらなる前進を遂げ、正義がしかるべく行われることになるであろうと期待をつないだのである。さらに忘れてはならないのは、その頃、刻一刻と水面下で進行中であった作業、つまりエステラジー少佐とピカール大佐に対して行われつつあった予審から、われわれが待ち望むすべてのことが明るみに出されるだろうという期待があったことである。当時、エステラジー少佐、ピカール大佐の両者とも身柄を拘束されていた。二人に関する調査が公明正大に行われるならば、そこから当然のごとく眩しいばかりの真相が解き放たれてくるであろうと考えていた。そして、もちろんアンリ大佐の自白と自殺を予測していたわけではないが、遅かれ早かれ、この複雑怪奇きわまりない事件の全容を生々しく陰惨な光で照らし出すような、何らかの出来事が起こるのは必至であろうと思っていた。こうした状況下、時間稼ぎに徹したわれわれの狙いは十分説明がつくはずではないか。正義の利にとってもっとも好都合となるように、自分たちの決定的瞬間は自分たちで定めようと、もっぱら合法的な手段に訴えたわれわれは正しかったのではないか。数限りない苦難を強いられ、しかし、かくも神聖なる闘いにおいて、時宜を見計らうことも敵に打ち勝つための手段だったのではないか。あらゆる犠牲を払ってでも待つ必要があった。われわれが知っていたことのすべて、われわれが期待していたことのすべてが、その秋に向けて勝利との確実な出会いを約束していたからである。繰り返すが、われわれの方で何かを計算した覚えはない。ただ単に、一人の無実の人間を救い、祖国がかつて経験したなかでももっとも恐ろしい精神的危機を回避させることだけが主眼だったのだ。以上のようなやむにやまれぬ理由により、私は、心ならずもフランスを後にしたのだ。そうすることによって、われわれの大義のための一助となり、勝利を確実ならしめることができるとの確信のもとに、十月には必ず帰国するであろうと予告しつつ、フランスの地を発ったのだ。

しかし、今日、私があえて語らずにおくこと、いつの日にか語ることになるであろうこと、それは、この自己犠牲をつうじて私が抱いた身の引き裂かれるような思い、苦々しさである。人々は、私が喧噪から利益を引き出す論戦家や政治家ではないという点を失念している。私は一介の自由な作家である。生涯かけて真実を追い求めるという情熱しか持ち合わせず、あらゆる闘いの場で真実のために戦ってきた一人の作家なのである。かれこれ四十年来、私は、筆の力だけによって、みずからの持てる勇気、労働力、誠実さのすべてを捧げて国に奉仕してきた。その私が言うのだから信じてもらえるだろう。漆黒の夜、たった一人で住み慣れた土地を後にすること、背後にフランスの灯が遠くかすんでいくのを見ることには、身を切るような苦しみがともなうものであるということを。しかも、何を望むといって、世界の民のなかにあって正義の守り手の座を占めるフランスの栄誉と偉大さをおいてほかには何もないという時に。すでに四十冊を下らない著書によってフランスを讃え続けてきた、この私！ 半生をつうじて世界の四方にフランスの名を響き渡らせることだけに努力を注いできた、この私！ その私が、背後からしつこく脅迫と侮辱によって私をつけ回す下司な連中と異常者の猟犬の群れに追われるようにして、住み慣れた土地を捨て、逃げ出さねばならなかったのだ！ 人間の魂が鋼鉄のように焼かれ、その後、不当に受けた傷などには決して弱音を吐かないものとして鍛えられる、まさに苛酷そのものの時期である。そして、その後の長い亡命の月日をつうじて、正義の覚醒を日々待ち焦がれながら、現実にはその遅滞ばかりを見せつけられ、徐々に生者たちの世界から抹消されていく、その苦しみを想像していただけるだろうか。フランスから届く最新情報は、異国の地においても狂乱と災厄の驚くべき反響を巻き起こしていた。十一か月間、毎朝、そうした最新情報を読みながら味わってきた苦しみを、しかし、私は、犯罪者たちのなかの極悪人にいつか味わわせてやりたいなどとは思わない。こうした責め苦をもって長い孤独の時を過ごした人、自分の祖国が瀕している危機を、遠くから、いつもたった一人で噛みしめた経験のある人でなければ、私が味わった悲劇的状況のもと、亡命と呼ばれるものが一体いかなるものであるのか、決してわかってもらえないであろう。私が監獄を避けるため、また、おそらくは外国でユダヤの金をもらって贅沢三昧の暮らしを送るために出ていったのだ、などと想像をめぐらせる人々は悲しむべき人々である。そういう人々に対し、私は、少しばかりの嫌悪と心からの憐憫を抱くのみである。

当初、十月の帰還を予定していた。われわれは、上院、下院が再開されるまで時間稼ぎをし、予想外の出来事――といっても、事の経緯からみてわれわれの目に発生は確実と思われていた出来事――に期待をつないでいたのだ。ところが、この予想外の出来事は、十月を待たずして起こった。アンリ大佐の自白と自殺という形で、早くも八月の末に到来したのだ。

その翌日にも私は帰国しようと思った。私の目に再審は不可避と見えたし、ドレフュスの無実は今すぐにも万人の認めるところとなるだろう、と思われたのだ。そもそも、私は再審以外のものを望んでいたわけではなく、破毀院に提訴が行われた時点で、私は自然にお役ご免となるはずであった。いつでも退場する準備はできていたのである。私自身の訴訟に関しては、すでに単なる形式にすぎないものと思われた。ペリウー将軍、ゴンス将軍、ボワデッフル将軍が提出し、それを根拠として陪審団が私に有罪を言い渡した証拠書類は、死地に逃げ場所を見出した男の手による偽書であったことが判明したのだから。こうして、私が帰国の準備をしていたところへ、パリの友人たち、法律上の顧問、その他、同じ闘いを闘い抜いていたすべての人々から懸念に満ち満ちた手紙が届いた。状況は抜き差しならないものであった。開廷が決定されるどころか、再審の実現はいまだ不確実と思われた。内閣総理ブリソン氏(6)は、次々と立ちはだかる障害に悩まされ、皆に裏切られ、たった一人の警察署長さえ自由に動かせない状況に立ちいたっていた。その結果、過熱した情熱のただなかへの私の帰還は、さらなる暴力沙汰の格好の口実、同志たちの立場の危険、そして、すでにかなり難しい役回りを迫られていた内閣にとって余計な面倒にもなりかねない様相であった。状況を複雑なものにすることは避けたかったので、私は、やむなく、今しばらくの待機に同意したのだった。

ようやく破毀院刑事部に提訴が行われた時にも、私は帰ろうと思った。繰り返すが、私は再審以外のものは何も望んでいなかった。事件が法によって定められた最高法廷の前に持ち出された時点で、私の役割は終わったものとみなしていたのだ。しかし、新たに手紙が何通も届き、そこには、私に待つように、性急な行動は何も起こさないように懇願する言葉が並べてあるのだった。私の目には非常に単純に思えた状況は、人々のいうところによると、逆に曖昧さと危険に満ち満ちたものであるということであった。私の名、私の人格は、鎮火しかけた火災にふたたび火を放つ松明以外のものではあり得なかったのである。そうした理由により、私の顧問団は、私の良き市民としての感情に訴え、世論が必然的にわれわれの側につくであろう日を待って平静を保つことの必要を説明し、われわれの哀れな国をふたたび擾乱に突き落とすことは避けなければならない、と説いたのである。事件の展開そのものは良好であったが、しかし、まだ何も終わったわけではなかった。私の性急さが災いして、勝ち誇る真実の到来を遅らせてしまうようなことになったら、私自身、どれほど後悔を残すことになるだろう！　こうして私は、再度自分の意志を曲げ、孤独と沈黙の苦しみのなかに留まり続けることにしたのである。

破毀院刑事部が再審要請を受け入れ、大がかりな調査の開始を決定した時も、私はもちろん帰ろうと思った。しかし、正直に告白するが、その時ばかりは私の勇気も限界に達していた。その調査が何か月も続くであろうことはわかっていたし、その間、私が味わわねばならない絶えざる不安も当然のこととして予感されたのである。実際のところ、その時点ですでに十分な光明がもたらされていなかっただろうか。バール破毀院判事(7)による報告、マノー総検事長(8)の論告、モルナール弁護士(9)の弁論は、私が堂々と帰国するためにはすでに十分な真実を打ち立てていなかったか。私が「共和国大統領への手紙」のなかで行った数々の告発はすべて正しかった。私の役割は果たされ、その後、私は一市井人の生活に戻るだけでよかった。こうして、友人たちが引き続き私の帰還に反対の意を伝えてきた時、私がまず感じたのは、大きな悲しみであり、憤りであった。友人たちは、あいかわらず闘いの渦中にあった。彼らが私に書いてよこすところによると、私は彼らと同じように状況を判断することができないのであって、破毀院刑事部の調査と平行して私の裁判を再開させることは、危険にして誤った選択肢だというのであった。ただでさえ再審に否定的な態度を示している新しい内閣〔デュピュイ内閣〕は、私の裁判を開くことについて、それがわざとらしい牽制策であり、何かにつけて新たな動乱を起こそうとする口実であると思うかもしれない。いずれにせよ、今、破毀院は絶対なる平静を必要としており、私が民衆の情念をかき立てることによって破毀院を困らせるようなことは控えるべきであり、一度かき立てられた民衆の情念は必ずやわれわれ自身の立場を悪くするために利用されることになるだろう、というのだ。もちろん私も反駁を試みた。顧問全員の意志に反して、誰にも予告することなく、ある晩ひょっこりパリに舞い戻ってやろうか、と考えたこともあった。この時、かろうじて英知が私を引き留め、さらに長い苦渋の月日を堪え忍ぶことにした。

私がかれこれ十一か月も帰還しなかった理由は以上のとおりである。あえて離れた場所に陣を構えることによって、私は、陣の先頭に立った日と同様、もっぱら真実と正義の兵士として行動したつもりである。私は、必要とあらば、亡命、完全なる消滅さえ厭わない、良き市民であり続けた。良き市民として、私は、国が平静を取り戻すよう、この桁外れの事件に関する法の審議をいたずらに興奮させたりしないよう、いったんこの世での存在をやめることさえ受け入れたのである。また、勝利の確信のなかにあって、私が自分自身の裁判を最後の拠り所として保ち続けたことも付け加えておかねばならない。私の裁判は、いうなれば、ささやかな聖なるランプであった。悪しき権力が日の光を消してしまうようなことになった時、いつでも火を入れ直して灯りを取れるようにする、そういうものとしてあった。私の自己放棄は、まったき沈黙の域にまで押し進められた。私は単なる死人ではなく、語らない死人であろうと欲したのである。いったん国境を越えた後、私は黙して語らない術を心得ていた。人は、みずから語ることの責任をとることができる場所にあるのでない限り、何も語るべきではないのだ。誰も私の声を耳にしなかったし、誰も私の姿を見ることがなかった。繰り返すが、私は、外国人とて誰一人知ることのなかった墓、不可侵の蟄居にあったのだ。私と接触したことを仄めかすジャーナリストが何人かいたけれども、あれはすべて作り事である。私は誰とも面会せず、誰に知られることもなく、砂漠に生きていたのだ。十一か月の自発的な追放の時期を、私は、私の沈黙自体を威厳と愛国心の印とし、国に平和を取り戻させるために苦しみ抜いた。その時期を経て、今、私の国がどんなに私に対して冷酷な態度を見せ、何を口実に私を責めることができようか、と一人自問してみるのだ。

そして今、すべては終わった。真実が炸裂し、正義が回復されたがゆえに、私は帰るのだ。私は静かに、勝利のすがすがしさのうちに帰還を果たしたいと願う。私の帰還によって、ほんのささいな騒動、ほんの小さな街頭行動さえも起きてほしくない。私のことを、ほんの一瞬たりとも民衆示威行動の下劣な扇動者と混同するようなことがあれば、それは私にとって不本意きわまりないことである。外にいて沈黙を保ちおおせたように、私は、物静かな一市民として、国民の輪のなかにふたたび自分の場所を取り戻すことができるであろう。誰の邪魔をするわけでもなく、これ以上誰からも干渉を受けることもなく、慎ましく本来の仕事の場に戻っていく一市民として。

正しき事業が果たされた今、かりに私が有用な働き手の一人であったという評価が成り立つとしても、私は喝采も報酬も望まない。私個人の身にはいささかの価値もなかった。私が擁護した主義主張こそが、かくも美しく、かくも人間的であったのだ。勝利を収めたのは真実の方であり、それ以外ではあり得なかったのだ。最初の瞬間から、私は真実を確信し、確かな足取りで歩み始めた。その分だけ、私の勇気は少なくて済んだと言えるだろう。すべては単純そのものであった。唯一の讃辞として、人が私について述べて欲しいと思うのは、私が愚か者でも悪人でもなかったということである。そもそも報酬などを云々するまでもなく、私は、無実の人間を、四年来、生きたまま、ただひたすら死の苦しみを嘗めさせられていた墓から救い出すのに尽力したのだという思いとともに、その無実の人間の姿を思い浮かべることができるという報酬を手にしているのだ。ああ、彼が帰ってくるという思い、彼が自由の身となり、その両手を握りしめることができるという思いだけで、私は、目が潤うばかりの筆舌に尽くしがたい情動に深く揺り動かされるのだ。その瞬間だけで、私の気苦労の見返りとしては十分であろう。私の友人たち、そして私は、そこで一つの良き行いを達成したことになり、フランスの心正しき人々は、われわれに対するいくばくかの感謝を保ち続けるだろう。われわれのことを愛してくれる一家族があり、われわれのことを祝福してくれる妻と子供たちがいる。人権と人類の連帯の勝利をその身のうちに体現し得たことについて、われわれにいくばくかの義理がある人間がいる。見返りとして、それ以上の何を望むというのか。

その上でなお、たとえ現在の闘いが私にとっては終わりを告げたとはいえ、たとえ私がこの勝利から政治家としての信任、地位、名誉など、いっさいの分け前を欲していないとはいえ、たとえ私の唯一の野心が、この手に筆を握ることができる限り、筆によって真実の闘いを続行することのみであるとはいえ、これから別の闘いに移る前に、この闘いにおける私の慎重さ、私の慎み深さがいかばかりのものであったか、知っておいて欲しいと思う。私の「共和国大統領への手紙」に浴びせられた下劣な罵倒の声を人は今でも覚えているだろうか。その時、私は軍の冒瀆者、金で買われた人間、無国籍者としての扱いを受けた。文壇の友人たちは、私が犯した罪の恐ろしさに度肝を抜かれ、嫌悪感を募らせ、私から遠ざかり、私を見捨てていった。今になって書いた本人の良心に重くのしかかっているであろうような中傷記事も、さまざまに書かれたものだ。しかし、あの当時は、どんなに野卑で、どれほど正気を見失い、どれほど傲慢の病に冒された作家でも、これほど粗末で、嘘八百で、犯罪的な手紙を国家の長に向けて書いたためしはない、などと言われたものだ。私のあの哀れな「手紙」を、今、読み直してほしい。私の方でも、正直なところ、あの手紙には恥で顔を赤らめている次第である。あの手紙のあまりの遠慮深さ、日和見、おそらくは怯懦という言葉さえ当てはまる文章の質に対する恥である。というのも、告白のついでにすべてあけすけに述べるならば、私自身、あの一文のなかで実に多くの事柄に甘味をつけ、多くの部分を沈黙に付したことを今になって認めることができるのである。そうした事柄は、今でこそすべて真実であることが確かめられているものの、あの当時、そのあまりの奇怪さ、あまりの理不尽さに、私自身、もう少し疑ってみた方がよいだろうと判断したものである。たしかに、私はアンリの存在を察してはいたが、証拠がなかったため、彼の存在を問題にするのは賢明ではないと考えたのだった。その他、多くの逸話が打ち明け話として私の耳にも届いていたが、それらはあまりにも恐ろしいものだったので、そこから派生する悪影響を恐れて、文章にする危険を冒す権限は自分にはないと思った。そうした話が今日すべて本当であったことが知られ、平々凡々たる真実として万人の知るところとなっているというのだから！　こうして、私の哀れな「手紙」はもはや季節はずれとなっている。あどけない、少年向け教養小説そのままの体である。崇高にして手強い現実と見比べるならば、自信のない小説家がおずおずと書いた創作物のようでさえある。

繰り返すが、私には勝ち誇りたいという必要も欲求もない。ただ、のちの出来事によって、現在、私が行った告発のすべてについての証拠が打ち立てられたことだけは確認しておく必要がある。私に告発された人々のなかで、その後の調査の眩しい光のもと、有罪が証明されなかったような人は一人もいない。私が予告し、予見したことは、今、すべて眼前にすっくと立ち、燦然と光り輝いている。そして、私が穏やかな気持ちとともに誇り高く思っているのは、私の「手紙」が暴力性を免れてあり、たしかに憤りには満ち満ちていながら、普段の私の物腰に似つかわしいものであった、ということである。そこには侮蔑の言葉一つ、行き過ぎた表現一つ見当たらないはずだ。そこにあるのは、もっぱら国家の長に正義の実現を要求する一市民の気高いまでの苦悩である。それが、私のすべての作品が辿った道筋でもあった。それまでも、私は、本一冊、記事一ページ書くたびに、虚偽と中傷をいやというほど浴びせられていた。その都度、

ドレフュス支持者の写真葉書（左からピカール、ドレフュス、ゾラ）

翌日には私の方に理があったことを相手も認めざるを得なくなるのであったが。

よって今、私の心は、怒りも恨みもなく、澄み切っている。もしも、自分の心の脆弱さに引きずられ、知性が命じる軽侮を是とするならば、私は、大いなる赦しさえ唱え始めかねないところだ。悪人どもは公衆からの永遠の侮蔑という懲罰に委ねて、そのまま放っておくにこしたことはない、などと考えかねないところでもある。しかし、私の信ずるところによれば、刑法による必然的な制裁というものは存在し、最終的な議論として、なんらかの容赦ない見せしめが行われなければ、そして司法によって重度の犯罪者たちに懲罰が課されなければ、一般民衆は今回犯された罪の規模を信じるところまで行き着かないだろう、というのも当を得ていると思う。群衆に物事をわからせるためには、さらし台を立てなければならないということだ。よって、私はネメシスの女神に復讐という必然の事業を任せ、それに手を貸すことはすまいと思う。そして、私の詩人としての鷹揚さのうちに、理想が勝利したことだけをもってよしとしながら、残された憤懣の種はただ一つ、ピカール大佐がいまだに監獄の門のもとに繋がれているという恐ろしい思考のみとなっている。ピカールが逮捕されるということ自体、彼をかれこれ一年近くも罪人として牢獄に留め置いているということ自体、そして、司法の茶番劇の最悪のシナリオによって彼の責め苦を引き延ばしているということ自体、常人の理性を狂わせるばかりの異常事態である。この最高級の不正に手を染めたすべての人々の頭上に、汚点は永久に消しがたいものとして残るであろう。もしも、明日、ピカールが自由の身とならないようであれば、それは、拷問者、嘘つき、文書偽造者の罪に汚れた手に、フランスが産んだもっとも高貴、もっとも英雄的にして、もっとも栄光に包まれた人間を委ねてしまったという、この説明のしようのない狂態からフランスそのものが決して立ち直ることができないことを意味する。

ピカールが自由の身を取り戻して、ようやくこの事業は完成を見ることであろう。そして、われわれが蒔いた種から刈り取られるのは憎しみではなく、善意、公正、無限の希望である。その種は大きく成長しなければならない。今日の段階では、その豊かさがかろうじて予見されるにとどまっている。すべての政党が自沈し、国は二派に分裂した。一方には過去の反動勢力があり、他方には、未来に向けて歩み始める精査、真実、廉直の精神がある。この布陣こそは唯一論理的なものであり、われわれとしては、それを明日の勝利のために維持しなければならない。だから、筆により、言葉により、行動により、仕事に取りかかろうではないか。進歩と解放の仕事に！　それは八九年［フランス革命］の総仕上げとなろう。知性と良心の平和革命、連帯の民主主義である。それは、悪しき権力から解き放たれ、ようやく労働法に基礎をおいた、富の公正なる分配を可能にする民主主義であろう。その時、ようやく自由なるフランス、正義の守り手としてのフランスは、次世紀の正しき社会の予告者として、諸国民のあいだに至高の地位を取り戻すであろう。フランスが果たすべき歴史的役割として、私にはそれ以外のものは考えられない。フランスは、これに匹敵する栄光の輝きをこれまで経験したことはなかったのである。

今、私は自分の家にいる。検事長は、欠席裁判によって禁固一年と罰金三千フランを私に言い渡したヴェルサイユ重罪院の判決を、いつでも好きな時に通達させることができる。そして、われわれは、陪審団の前でふたたび相対することになるだろう。

私の身を法廷の被告席に置くことで、私が望んだのは真実と正義のみであった。その真実と正義は、今、現実に存在している。私の裁判はもはや何の役にも立たず、私自身の興味すら引かない。正義は、ただ、真実を望むこと自体が犯罪であるのかどうか、その一点について結論を述べ伝えるだけでよいのだ。

（『オーロール』紙、一八九九年六月五日）

（1）一八九八年七月十六日、『オーロール』に掲載された「内閣総理大臣ブリソンへの手紙」を指す。

（2）ユベール＝ジョゼフ・アンリ（一八四六―一八九八）。マルヌ県の農家に生まれる。一八七〇年、普仏戦争に主計曹長として参戦し、七二年、少尉。七五年、参謀総長ミリベルによって副官に引き立てられ、七七年、統計局に配属。八六年から、チュニジア、トンキン、アルジェリアなど植民地部隊を経巡り、九三年、ふたたび参謀本部統計局に配属される。九四年、「明細書」が発見された当時、統計局には、局長サンデール以下、コルディエ少佐、アンリ少佐、ロート大尉、マトン大尉、グリブラン書記の五名が配属されていた。対抗スパイ網の実務に際して、アンリは、外国語の不得手を独特の警察的な感性をもって補いながら、サンデール大佐の篤い信頼を得ていた。それだけに、サンデールの後任として送り込まれたピカール中佐には敵意を露わにしていたといわれる。九六年十一月、ピカール左遷ののち、統計局の事実上の局長となり、ゴンス将軍、デュ・パティ少佐、エステラジーらと謀って（それぞれの正確な関与の度合いは不明であるが）数々の偽書を作成した。九八年八月三十一日、「アンリ偽書」の捏造の事実を陸相カヴェニャックの前で自白し、モン=ヴァレリアンの独房に収監される。その夜のうちに独房内で自刃したとされているが、収監前の身体検査にもかかわらず刃物を持っていたことの不自然さ、また、死の直前、妻に宛てて至急面会に来るよう手紙を書いていることなどから、他殺説も拭いきれない。いずれにせよ、サンデール大佐の病死、アンリ少佐の死により、事件の中心部分に関わる細部が数多く謎のまま残されることとなった。死後、反ドレフュス派によって「アンリ寡婦のための義捐金」運動が展開されたほか、アクシオン・フランセーズの領袖シャルル・モラスは「アンリ偽書」を「愛国的偽書」と呼び、アンリに対する賞賛を惜しまなかった。

（3）一八九八年十月、リュシー・ドレフュスが行った再審請求が破毀院刑事部によって受理され、十一月一日から翌九九年二月九日まで百日間にわたり、一五〇人以上の証人を召喚して予審が行われる。そのさなか、破毀院民事部長ジュール・ケネー・ド・ボールペールが、刑事部があまりにピカール中佐に肩入れした予審を行っていると批判して破毀院民事部を辞任するという騒ぎが持ち上がった（一月八日）。これを承けて、反再審派の議員らは「権限剝奪法」案を国会に提出する（一月二十八日）。それによると、破毀院刑事部は、以後、単独での破毀請求の審理権を剝奪され、審理部と民事部を交えた合同部として予審に当たることとされ、しかも、この場合に限り、改正は遡及的に進行中の審理にも適用されることとなっていた。世論を巻き込んだ激しい論争の末、法案は二月十日下院、二月二十八日上院で可決される。その結果、リュシー・ドレフュスの破毀請求をうけて行われた刑事部の審理は、ほかの二部と合同でやり直しを余儀なくされたが、当初、再審には否定的と見られていた刑事部以外の二部は、反ドレフュス派、再審反対派の期待を裏切って刑事部による予審を全面的に有効とみなし、六月三日、三部合同の上、大多数の賛成により九四年のドレフュス裁判の判決を破毀し、軍法会議のやり直しを命じた。法治国家の原則と国家事由の圧力との闘いとして、フランス法制史上有名な事例である。ドレフュス事件史の文脈の上では、政府の主導により遡及力まで備えた法改正が行われたことで、結果的に、刑事部以外の二部も司法の自律に対する強い意識をもって九四年判決の破毀に臨むこととなり、のちのレンヌ再審破毀に向けて破毀院内の結束を強めたともいわれる。また、国会内でも、共和主義と法治国家の原則を唱えて法案に反対した議員たちを再審派として結束させることになり、権限剝奪法は、法案提出者たちの狙いとは裏腹に、司法、政治の天秤を事実上大きくドレフュス側に傾かせる作用をもった。

(4) この時、ゾラの私財を守ろうと、書店主ウージェーヌ・ファスケル、作家オクタヴ・ミルボーが機転をきかせ、最初に競売にかけられた品を、支払いが命じられていた額ちょうどの三万二千フランで競り落とすことにした。こうして、ジョゼフ・レナックから供出された三万二千フランでテーブル一脚が競り落とされただけで競売は散会となった。

(5) 具体的には、九八年二月の裁判でゾラの弁護士をつとめたラボリ、『オーロール』発行責任者ペランの弁護士をつとめたアルベール・クレマンソーとその兄ジョルジュのほかに、ルブロワ弁護士、トラリウー、レナック、マチュー・ドレフュスらを指す。

(6) アンリ・ブリソン（一八三五—一九一二）。元弁護士。一八七一年、セーヌから国民議会選出。一八八一年から一九一二年に死去するまで、たびたび下院議長をつとめる。一八八五年四月—十二月、第一次内閣組閣。ブーランジェ事件に際しては共和国防衛派に与する。一八九五年一月、カジミール=ペリエ辞任にともなう大統領選に出馬するが、フェリックス・フォールに破れる。一八九八年六月—十月、第二次内閣を組閣するが、ドレフュス事件をめぐる陸相の相次ぐ辞任（カヴェニャック、ズュールランダン、シャノワーヌ）により政権基盤を失う。九九年—〇二年、ワルデック=ルソー内閣を支持し、集会法、宗教団体法の成立に尽力。

(7) アルフォンス・バール（一八五〇—一九四二）。一八七二年、パリ弁護士会に登録。マルセイユ、パリで検事をつとめる。九二年、破毀院上級裁判官、一九〇五年、破毀院刑事部長。

(8) ジャン=ピエール・マノー（一八二二—一九〇八）。一八四四年、パリ弁護士会に登録。一八四八年、二月革命に際しては、ルドリュ=ロランの私設秘書をつとめる。七〇年、トゥールーズを皮切りに司法職に入り、八二

年、破毀院上級裁判官、九三年、破毀院総検事長。

(9) アンリ・モルナール(一八五九―一九二八)。法学博士。国務院、破毀院付き弁護士。九八年、ゾラ裁判に際しては、パリ、ヴェルサイユ両重罪院の判決に対するゾラ側の上告を支持していた。九九年のドレフュス裁判判決破毀に続いて、一九〇四年、レンヌ再審判決の破毀請求の受理にも尽力し、〇六年にはレンヌ再審破毀弁論を担当することとなる。

アルフレッド・ドレフュス夫人への手紙

〔訳者解説〕

一八九九年八月七日から九月九日まで、レンヌで開かれたドレフュスに対する二度目の軍法会議は、ドレフュスの無実とエステラジーの有罪を示す幾多の証拠にもかかわらず、元陸軍大臣メルシエ将軍が存在を仄めかす「皇帝書簡」なる機密文書の効力により、陸軍の「面子を立てる」格好でふたたび有罪判決をドレフュスに言い渡した。ドレフュス本人による再々度の破毀請求の意志も、彼の健康状態に対する懸念から押しとどめられ、九月十九日、大統領による特赦が下される。ドレフュスはカルパントラのヴァラブレーグ宅に身を寄せ、静養生活に入る。

〔『真実は前進する』のための自注〕

以下の数頁は、一八九九年九月二十九日、『オーロール』紙に掲載された。

私がこの手紙を書いたのは、九月十九日、ルーベ大統領がアルフレッド・ドレフュスの特赦令に署名し、二度にわたって有罪判決をうけた無実の人間が家族のもとに帰ることができた日である。私は、私自身の裁判がヴェルサイユ重罪院で再び行われる時まで沈黙を守ろう、何かを語るとすればもっぱら法廷の場にしよう、と心に決めていた。しかし、口を閉ざしているわけにはいかないような状況が、いくつかあったことも事実である。

拝啓

今日、無実の人間、殉教者が、あなたの手に返されます。夫であり父である人間が、その妻、息子、娘の手に返されるのです(1)。こうして、ようやく元通りの輪を取り戻した家族に、真っ先にお届けしたい私の思いは、慰みであり、喜びであります。私が掲げ続けている市民としての喪は別として、また、正義の魂がうめき声を発し続けているこの怒りに満ちた苦悩、反抗の気持ちはそのままとして、私は、良き涙に浸されたこの歓喜の瞬間を、今、あなたとともに味わっております。墓から命と自由をもってふたたび蘇った死者をあなたが腕に抱いた、この瞬間。それだけですでに、今日という日は勝利と祝祭の記念すべき一日であります。

私は思い描いております。ランプの光のもと、家族水入らずで過ごす最初の夕べを。戸は閉め切られ、街頭の卑劣な叫びも家の敷居を越えて入ってくることはない。二人の子がそこにおり、父は長旅から帰ってきている。かくも長く、かくも暗かった、あの旅から。二人の子は父にキスをする。二人の子は父が旅の話をしてくれるのを待っているけれども、父がそれを話してやるのはずっと先のこととなろう。なんと心休まる平穏。不幸の埋め合わせとなるべき未来に向けた、なんという希望であろう。そのあいだも母は

取り戻された家族の輪

いそいそと立ち働く。これまであれほどの気丈さをもって務めを果たしてきた母にも、まだ一つ、果たすべき務めが残されている。すなわち、一度十字架にかけられた人間、そして今、自分の手に返されたこの不幸な人間の救いを、みずからの気遣い、みずからの優しさによって完遂するという務めが。閉め切られたこの家を、優しさが眠りに誘う。家族の笑顔があふれるこの慎ましい部屋を、限りない善意が四方から浸す。そして、われわれもそこにいる。闇のなか、口にすべき言葉もなく、ただ、これまでの努力が報いられたという安堵の気持ちを噛みしめながら。今日のこの情景を待ち望んだわれわれ、何か月も前から、この幸福の瞬間のためだけに闘っている、われわれ全員がそこにいる。

私自身のことをお話ししましょう。正直に申し上げますならば、私の仕事は、当初、なによりもまず人類の連帯、慈悲、そして人間愛の仕事にほかなりませんでした。一人の無実の人間が、およそ考え得る限りの責め苦にあわされていた。私の眼中にはそれしかなく、私はその人間を苦しみから解き放つことだけを目的として闘いに加わったのです。彼の無実が私にとって証明済みと思われた瞬間、私のうちに一つの恐ろしいほどの強迫観念が宿りました。かの哀れな人間が、自分自身で解きほぐすことさえかなわない奇怪きわまりない運命に見舞われ、それまで苦しみ抜いてきたことのすべて、そして、その時もなお高い壁に囲まれた独房のなかで死に直面しながら苦しみ続けていたものすべてに対する思いです。頭蓋の下の嵐(2)といって、これに比すべきものはあるだろうか。今日また明日と繰り返される夜明けの薄明かりを目にしながら、彼はどのような望みに貪られて生きているのだろう、と。それ以来、私の生、私の勇気は、もっぱら慈悲によって保たれてきました。この拷問に終止符を打つこと、そして、受刑者が白日の下に引き戻され、家族の手に返され、受けた傷を家族に癒してもらうことができるようにするために、取りのけなければならない石を取り除くことが、私の唯一の目標となったのです。

事に感傷を混ぜ合わせている、と政治家諸氏は肩をすくめて見せます。たしかに、そのとおり。この時、何かに抗し難く捕らえられてしまったのは、もっぱら私の心でした。私は、ユダヤ人、カトリック、マホメット教徒の別なく、苦しみのどん底におかれた人間を助けに駆けつけるつもりでおりました。当初、すべては単純な誤審にすぎまいと考えておりました。彼を鎖に繋ぎ、悪に染め抜かれた穴ぐらで踏みつけにし、ひたすらその死を待つという、この罪の大きさを知らなかったのです。よって、その時点ではまだ名さえ知られていなかった罪人たちに対して、私は別段怒りも抱いてはおりませんでした。単に哀れな人間に対する同情によって普段の仕事から引き離されてしまった一人の作家として、私は、いかなる政治目的も追求せず、いかなる党にも奉仕するつもりはありませんでした。私が奉仕する党があるとすれば、この闘いの当初から、それは人類という党にほかなりませんでした。

そして、その後、私が徐々に理解していったのは、われわれに課された任務の恐ろしいばかりの難しさです。闘いが繰り広げられ、規模を拡大していくにつれて、私は、無実の人間の解放が超人的な努力を要するものとなろうという感触を強めていきました。ありとあらゆる社会権力がわれわれを阻止しようと手を組み合っているのに対し、われわれにあったのは、ただ真実の力のみでした。埋葬済みの人間を蘇生させるには、奇蹟を起こす以外にありません。この苛酷な二年のあいだ、彼を呼び戻すこと、彼を生きて家族に返すことは無理かもしれないと、私は何度諦めそうになったことでしょう。彼はあいかわらず遙か彼方、墓の中におり、われわれが、百人、千人、二千人かかって挑んでも、不正に不正が積み重ねられてずっしりと重くなった石はびくとも動かないのでした。最後の努力を試みる前に、われわれの腕の方が駄目になってしまうのではないか、と心配さえしたものです。この石は決して動かないのかもしれない。多分いつか、ずっと後になってから、真実を手にし、正義を実現することができるのかもしれない。しかし、その頃、彼、あの不幸な人間はとっくに死んでしまっているだろう。ついに彼の妻、子供は、帰還の勝ち誇った口づけを彼にしてやることができずに終わることになるかもしれない、と。

しかし今日、われわれはその奇蹟を成し遂げたのです。二年にわたる大がかりな闘いが、不可能を可能なものにし、われわれの夢を成就せしめたのです。今こうして、受刑者が十字架から降り、無実の人間が自由の身となり、そしてあなたの夫があなたの手に返されたのですから。彼はもう二度と苦しむことはないでしょう。われわれの心の苦しみも、よって終わりを告げ、始末に負えないぐらいわれわれの夜の眠りを妨げる要因ももはやないわけです。だからこそ、繰り返しますが、今日という日は勝利と祝祭の記念すべき一日なのです。ささやかながらも、われわれ全員の心があなたの心と通じ合っております。あなた方に共感を抱いてやまない全世界の深い感動のなか、ランプの灯りのもと、あなた方が家族だけで過ごすこの最初の夕べを思い描きながら、妻として、母として、心が涙で崩れそうになるような気持ちを抱かない女性はいないでしょう。

たしかに、この特赦は苦々しいものであります。あれほどの肉体的拷問のあとで、このような精神的拷問が課されるなどということがあってよいものでしょうか。そして、本来、もっぱら正義から勝ち取らねばならないはずのものを、慈悲から獲得するという、この状況はなんという本末転倒でしょう。

最悪なことに、この最新の不正に行き着くにあたっては、何から何まで、すべてが手を携えていたらしい。まず判士たちがそれを望んだ。慈悲憐憫の顔をした恐ろしい偽善に避難所を求めることになると知った上で、犯罪者たちを救うために、無実の人間にさらなる平手打ちを食らわせたのです。「君は名誉を欲しているが、われわれとしては、君の法的な不名誉が君に責め苦を味わわせた人々の犯罪を覆い隠してくれるようにするため、君には自由の施ししか与えるつもりはない」というわけです。これまで行われてきた一連の卑劣な行為のなかでも、これほど人間の尊厳に対する質の悪い冒瀆はありませんでした。神の慈悲に嘘をつかせ、神の慈悲を虚偽の道具とし、それをもって無実の横面をひっぱたく暴挙には、もはや形容すべき言葉も見つかりません。しかも、そのあいだ、殺人鬼が、ご大層な飾り紐、羽根飾りで軍服を飾り、堂々と街路を練り歩いているというのですから！

その上、かくも偉大なる国の政府が、いまいましいまでの弱腰をみせ、正義の主となるべきところで慈悲の施し役に甘んじるとは、見ていてなんと悲しい光景でありましょう。力にものを言わせる集団の矜持を前にして怖じ気づき、不正をもって事態の沈静をはかることができると信じ、嘘と毒にまみれたいわく言い難い抱擁の解決を夢見る、こうした姿勢は、自発的盲目の最たるものです。政府は、レンヌの破廉恥なる判決の翌日、ほかならぬその判決によってかくも惨めに愚弄された国の最高司法権威、破毀院に、判決を移送してやるべきではなかったでしょうか。国の救いは、その必要不可欠な勇断のなかにこそあったのではないでしょうか。それが全世界の前でわれわれの名誉を救い、法治の精神をわれわれのもとに復活させる行為ではなかったでしょうか。本当の事態の沈静は、正義のなかにしかあり得ず、あらゆる怯懦は新たなる熱病の原因にしかなりません。これまでわれわれに欠けていたもの、それは、虚偽に浮かされ、道を踏み誤った国民を正しい道に帰してやるべく、みずからの義務の行き着くところまで歩を進めようとする、そのような勇気ある政府でした。

しかし、われわれの堕落の度合いというのは計り知れないもので、われわれは、現政府が慈悲あふれる態度を見せたとして、逆にそれを讃えるまでになっているのです。先祖の森から這い出してきてわれわれのあいだをうろついている野蛮の群れ、その野獣の牙に常にさらされながら、今回、政府は、なんという大胆さ、なんという気概を示したことか、というのです。雄々しくあることが不可能である時には善良であること、それだけですでに賞賛に値することではないか、というわけです。しかし、国そのものの正当な栄光のためには、その時で直ちになされるべきであった名誉回復を、あなたの夫は、この先、堂々と面を高くして待つことができるのです。なぜなら、地上のすべての民の前にして、無実の人間として彼以上の存在はほかにいないのですから。

あなたの夫、ああ、彼に対するわれわれの賞賛、敬意、信奉がいかばかりのものであるか、あなたに直《じか》に述べさせてください。あなたの夫は、理由もなく、人間の愚昧と悪意のただなかで苦しみに苦しみ抜きました。できることならば、彼が受けた傷のひとつひとつを愛情をこめて手当てして差し上げたい。しかし、われわれは、償いなど不可能であることもわかっております。社会は、あれほどまでにしつこい責め苦の犠牲にされた殉教者に対する負債を、決して埋め合わせることはできないでしょう。だからこそ、われわれは、われわれ一人一人の心の中に彼に捧げる聖壇をもうけるのです。彼に何かを捧げるにしても、心から友愛を信じる気持ち以上に、純粋で、貴重なものとてほかに持ち合わせないからです。彼は英雄となりました。その苦しみが大きかった分だけ、ほかの英雄よりも偉大な存在となりました。不正による苦しみが彼を聖別したのです。以来、彼は、崇高にして純然たる姿で、神々が――といっても人間の心に訴えかける神々のことですが――善意の永遠の開花を準備しているこの未来の殿堂に入ったのです。彼があなたに書いた数々の手紙は不滅です。これからも、人間の魂から絞り出された無実の叫びとしてもっとも美しいものであり続けるでしょう。これまであれ以上に悲劇的な運命の雷に打たれた人間はおりませんでしたし、また、今日、人々の敬意と愛情を集めてこれほど高い場所まで登り詰めた人間もまたとおりません。

その後、あたかもあの悪人どもが彼をさらに偉大にしてやろうと欲したかのように、レンヌ裁判という最高度の苦しみの場が彼に与えられました。十字架から降ろされ、力尽き、もはや精神力によってしか体を支えることができない状態にあった殉教者の前に、彼らは野蛮にして下品な姿を次々と晒した。彼に唾を吐きかけ、ナイフでめった突きにし、彼の傷に毒液と酢を注いだのです。それでも彼は、まったき自制の人間として、不平の言葉一つ漏らさず、気高い勇気、真実に対する静かな確信をもって見事な態度を貫き通しました。その態度は、これから何世代にもわたって人々の驚きの種となるでしょう。その情景は、あまりに美しく、あまりに胸を打つものでした。ですから、公判ごとに被告の無実がますます疑えないものとなっていった一か月にもおよぶ審議ののち、下された不正なる判決が全世界の人々を一斉に立ち上がらせたのです。運命はその完遂の時を迎えつつあった。無実の人は神のような存在になりつつあった。すべては忘れ難き模範を世界に示すためであったのです。

ここで、われわれは頂点に達します。これに勝る栄光、これに勝る称揚はありません。この期に及んでは、法的な名誉回復、司法上の無実を示す文言に一体いかほどの意味があるのか、とさえ思われてきます。今日を限りとして、彼の無実を確信していない良識人など世界のどこを探しても見当たらないのですから。そして、今、その無実の人が、世界の四隅において人類連帯の象徴となったのですから。キリストの宗教が形を整え、一部の民族を宗派に加えるのに四世紀の歳月を要したのに対し、二度の有罪判決を受けたこの無実の人が築いた宗教は、一瞬にして世界を駆けめぐり、文明の恩恵にあずかるすべての民族を巨大な人類の輪としてまとめ上げたのです。歴史のなかにこのような世界的連帯の先例を探してみても、私には見つけることができません。二度の有罪判決を受けた無実の人は、世界の民の友愛のために、連帯と正義の思想を守るために、百年の哲学論争、百年の博愛理論以上のことを成し遂げたのです。歴史がはじまって以来はじめて、全人類が解放を求める声、公正と寛容のための反抗の声を一つに合わせた。あたかも全人類がたった一つの民、これまで幾多の詩人たちが夢見てきた唯一の友愛の民を形作ったかのように。

苦しみによって選ばれ、そして今、みずからの身をもって世界の交わりを実現させた、この人間こそ讃えられてあれ、敬われてあれ！

彼は、今、家庭という安らかな避難所で、あなたの恭しい両手にふたたび温められながら、静かに、心穏やかに眠ることができます。彼の栄光を打ち立てる仕事は、われわれにお任せください。栄光を授与するのが、元来、われわれ詩人たちの仕事です。われわれの時代の人間としてこれほど感動的な記憶を残す者はほかにいなかったと言われるよう、精一杯仕事に打ち込むつもりです。すでに、彼の栄光を讃えて何冊もの書物が書かれ、彼の無実を証明し、その殉教を称揚するための書き物は書棚からあふれんばかりです。それに対して悪人どもの側では、装幀本にしろ冊子にしろ、彼らに関する文書資料は数えるほどしかありません。真実を愛する人々は、歴史に貢献してやまないでありましょう。気の遠くなるような調査をめぐる数限りない資料を公表し、それによって、いつの日にか事実が最終的に確定されることでありましょ

レンヌ再審開廷（1899年8月7日）

う。今、着々と準備されているのは明日の判決文なのです。その判決こそは勝利の無罪判決であり、輝かしい償いでありましょう。その後は、世代から世代へ、すべての人々が栄光に包まれた受難者の記憶の前に跪き、先人たちが犯した罪の許しを請うのです。

そして、また、罪人どもを永遠にさらし台にはりつけにするのも、われわれ詩人たちの仕事です。われわれの弾劾の対象となった人間たちは、世代から世代へと、すべての人々の侮蔑、揶揄の的となるのです。われわれ詩人たちから不名誉の宣告を受け、その後の時代をつうじて汚らわしいぼろ切れのような存在になってしまった罪人の名前はいくらでも挙げることができます。内在的正義なるものは、この懲罰をほかの誰の手にも委ねることなく保存しておき、そして、社会悪、犯罪のあまりの大きさゆえに通常の法廷の手を免れてあるような人間どもがいた場合、そうした人間を諸世紀の呪いとして後代に伝える任務を詩人に委ねるのです。もちろん、下劣な魂の持ち主、一日かぎりの享楽者たちにとっては、後世の呪いなど、どうなってもかまわない遠い懲罰にすぎないこともわかっております。軍靴にものを言わせて勝利をもぎ取る。彼らのはしたない食欲を満足させるのは、そうした暴力による成功なのですから。死んだ後、墓がどうなろうと知ったことではない。不名誉が何だ。恥で顔を赤らめようにも、もう生きていないのだから、というわけです。われわれが見せつけられた恥ずべき光景は、こうした魂の下劣さによって説明がつきます。ずうずうしいまでの虚偽、見え透いたごまかし、あっけにとられるほどの厚顔無恥、すべてその場かぎりのものでしかなく、本当は罪人どもの破滅を早めるものでしかないはずであるのに。彼らは、末裔というものを持たないのでしょうか。恥の赤らみが、のちに彼らの子どもたち、孫たちの頬に浮かぶことになってもお構いなしなのでしょうか。

ああ、哀れな熱狂者たちよ。彼らは、われわれがこれから彼らの名を釘付けにしてやろうと思っている、このさらし台が、その実、先だって彼ら自身の手で立てられたものであるという事実さえ疑ってみようとしないようであります。そこには、特殊な環境、職業意識によって変形させられてしまった、さぞかし鈍い頭蓋が含まれているのでしょう。たとえば、軍の名誉を救うためと称して、無実の人間に再度有罪を言い渡したレンヌの判士たち。これ以上の愚鈍を想像できましょうか。軍のため！　ああ、たしかに彼らは軍をこの不正の冒険に巻き込みながら、なんという貢献を軍に対して行ったのでしょう。見えているのは常にお粗末で近視眼的な目標のみで、明日という日さえ思い描く能力も持ち合わせないのです。必要なのは、何人かの罪深い首領を救うことだった。それが、軍法会議なるものの自殺を意味することになろうともお構いなしです。そこにこそ、彼らが犯したもう一つの犯罪があるのです。つまり、軍の名誉を台無しにしてしまったこと、必要以上の混乱、必要以上の怒りをばらまく張本人になってしまったことです。そのようなわけで、今回、政府が無実を特赦という形でかろうじて認めたのは、このままでは社会のいくばくかの平穏と引き替えにみずから正義の否認に追い込まれてしまうと考えた末、ここで過ちを修復しておかねばならないという喫緊の必要に屈したまでのことだったのです。

しかし、忘れなければなりません。とりわけ、相手を蔑む術を学ばなければなりません。卑劣と陵辱を蔑むことは人生のさまざまな場面で大きな支えとなります。私自身、この蔑みの術を首尾よく行使してきました。私は、かれこれ四十年、物書きの仕事を続けております。かれこれ四十年、私は、自分の作品のひとつひとつに浴びせられた罵詈雑言を蔑むことで自分を支えてまいりました。そして、われわれが真実と正義のために闘ってきた、この二年というものは、われわれの周囲であまりの醜さが怒濤のように渦巻きましたので、それをかいくぐってきたわれわれは、もはやどんな中傷にも傷を受けない、永遠の鎧を身に纏うにいたったのです。汚らわしい書物、腹の底から汚れた人間どもは、すでに私個人の人生からは抹消済みです。そういう人間たちは、私にとってはすでに無きに等しい。私は、彼らの名前を偶然目にすることがあっても見向きもしませんし、彼らの書いたものはたとえ抜粋であってもすべて飛ばします。単に精神衛生の問題です。私は、まだ彼らが同じことを続けているのかどうか知りません。そうした人間どもがこぞって汚水口に押し流されていくあいだにも、私の蔑みの心はとっくに彼らの存在を思考の範囲から駆逐済みなのです。

そして、私が今、無実の人に説き勧めたいのは、数限りない残酷な罵詈雑言を軽侮の念とともに忘れ去ることであります。すでに彼は、あまりにかけ離れ、あまりの高みに達しているのですから、もはや人々の罵詈雑言などに傷つけられたりする謂われはありません。あなたの腕に抱かれ、明るい陽のもとで、吠え立てる群衆などからは遠く距離を保ち、彼のもとに世界中から押し寄せる共感の大合唱だけを耳にしながら、人生を生き直していただきたい。殉教の役目を果たし終え、今、何よりも休息を必要としている人間に平和がもたらされますように。そして、あなたが彼を愛し、癒してゆく隠棲生活のなかで、これから彼の周囲にあるものとしては、ただ、人物と事物との心のこもった慰みだけでありますように。

われわれの方では闘いを継続していきます。明日からも、正義を求めて、昨日までと同様の辛い闘いを続行します。われわれに必要なのは無実の人間の名誉回復です。彼自身の名誉回復のためであるよりは——彼はすでに十分栄光に包まれているのですから——、むしろ、この途方もない不正を放置したままでは確実に死滅を余儀なくされる、このフランスの名誉回復のためです。

諸国民の目にフランスの名誉を回復させること。フランスがあの汚辱の判決を破毀する日の到来を早めること。これが、この先、われわれの日々の努力目標となりましょう。偉大なる国は正義なしでは生きていけないものです。そして、われわれの国は、最高司法権力に対する平手打ち、市民ひとりひとりに関わる法の蹂躙という、この汚辱を消し去らないかぎり、喪に服した状態にとどまり続けるのです。法の保障が消え失せる時、社会の絆は解かれ、すべてが崩壊します。しかも、こうした権利をないがしろにして省みない態度には、あまりに屈強な厚顔無恥、あまりにずうずうしい空威張りがともなっておりましたので、この先、隣国の人々を前にして恥で顔を赤らめずにいたいと思っても、厄事は厄事として沈黙を決め込んだり、遺骸を秘密裏に埋葬したりする方便さえ見当たらない有様です。世界全体が目にし耳にしたわけですから、償いは世界全体の前で行われなければなりません。しかも、過ちがそうであったのと同様、響き渡るような大轟音をもってです。

栄誉なきフランス、孤立し、軽蔑の的となったフランスを望むこと自体、すでに犯罪的な夢想でありま す。おそらく多くの外国人が、われらの万国博覧会にやって来るでありましょう。来夏、ランプの光と音楽の喧噪のなか、縁日に駆けつけるようにして外国から人々がパリに押し寄せるのでしょう。しかし、それだけでわれわれの誇りを満足させるために十分でしょうか。地球の四隅からやって来るこの訪問者の大群から、金銭だけではなく尊敬の念も置いていってもらえるよう、努力すべきではないでしょうか。われわれは、われわれの産業、科学、芸術を言祝ぎ、この一世紀のあいだに成し遂げたわれわれの業績を展示してみせる。ところが、同時にわれわれの正義を展示するだけの勇気がはたして持てるでしょうか。私の目にはまだ、シャン=ド=マルス広場に見せ物として再現された悪魔島という、外国のある風刺画の意匠が焼き付いております。私は、恥辱なるものには身を焼かれるような思いを抱く人間であります。フランスが正しき国民としての地位に復活を遂げずして、どうして万国博覧会の幕を切って落とすことができるのか、私には理解できません。なによりもまず、無実の人間が名誉を回復しなければならない。その時、フランスも彼とともに名誉を回復するでありましょう。

しかし、最後に繰り返し申し上げておきましょう。あなたは、あなたの夫に自由を取り戻させ、そして、これから名誉をも取り戻させようとしている、この良き市民たちに望みを託すことができます。一人として戦闘から逃げ出す者はいないでしょう。彼らは、正義のために闘うことによって、フランスの国のために闘っているのだということを知っているからです。無実の人間の素晴らしい兄〔マチュー・ドレフュス〕が、ふたたび彼らに勇気と知恵の模範を示してくれることでしょう。そして、今回、最愛の存在をあなたにお返しするにあたり、われわれは、彼を完全に自由な状態、完全に虚偽の告発を雪ぎ落とした状態でお返しすることはできませんでしたが、今しばらく、ほんの少しの辛抱をお願い申し上げておきます。われわれは、あなたの子供たちがそれほど大きくならないうちに、彼の名が法的にあらゆる汚れを完全に洗い落としているだろうと確信しております。

この愛しい子供たち。今日、私の思いは抑え難く彼らのもとに飛び、父の腕に抱かれた彼らの姿を眼前にしてしまいます。あなたがこれまでどれほどの用心深さ、どれほどの細やかさの奇蹟によって、彼らをまったき無知のなかに留め置いてきたか、私はよく存じております。彼らは、父が旅行中なのだと信じていた。その後、彼らの知性も目を覚まし、事を知りたがるようになり、かくも長き不在の理由を説明して欲しいと問いを発しはじめた。しかし、殉教者がいまだかの地、墓のなかにいる時、その無実の証拠がいまだ数えるほどの信者たちの目にしか示されていなかった時に、彼らに何を言ってやることができたでしょうか。あなたの心は、圧し潰されんばかりの苦しみを味わったにちがいありません。しかし、ここ数週間、あなたの夫の無実が太陽の灼熱の光とともに万人の目に明らかになった時、私は、私自身の希望としてこんな風景を思い描いたものです。あなたが二人の子供の手を取り、あのレンヌの留置所に連れていく。子供たちが英雄そのままの父の姿をあの場所に見出し、その記憶を永遠に刻みつけるようにするためです。そして、あなたは子供たちに話してやる。父がいかに不当な苦しみを耐え抜いてきたか、父の精神的偉大さがいかなる域に達するものであったか、そして、父に人間世界の不正を忘れさせるためにも、これからいかに情熱のこもった優しさで父のことを愛さねばならないか、ということを。そうなさっていたら、おそらく彼らの小さな魂は、沐浴のようにしてこの雄々しき徳の力を全身に浴びたことでもありましょう。

しかし、まだ決して遅くはありません。いつの夕べにか、団欒のランプの灯りのもと、家庭の心安らぐ平和のなかで、父は子供たちを抱き上げ、膝の上に座らせ、この悲劇的な話の一部始終を語ってやることでしょう。父を尊敬し、賞賛せよといわれても、その父がいかに尊敬、賞賛に値する人であるかを知っていなければなりません。彼がすべてを語り終えるであろう、その時、子供たちは、この世にこれほど人々の讃辞を浴び、これほど深く人々の心を揺り動かした殉教者はほかにいなかったのだ、ということを知るでありましょう。彼らは父のことを誇り高く思い、その姓を名乗ることに栄誉を感じるでありましょう。人間の悪と卑怯さが実現を許してしまったものとしてもっとも恐ろしい運命のもとで、神々しいまでにみずからの身を清く保った、勇気と克己の人間の姓として。いつの日か、無実の人間の息子や娘の方ではなく、加害者たちの子孫こそが、世界中の憎悪のなか、深い恥辱を味わわねばならない時が来るでありましょう。

私の深い敬意の印をお受け取りください。

(『オーロール』紙、一八九九年九月二十九日)

(1) 一八九四年十月、ドレフュスが逮捕された時、長男ピエールは三歳、長女ジャンヌは一歳であった。九九年秋に再会を果たした時、二人はそれぞれ八歳、六歳に達している。
(2)「頭蓋のなかの嵐」(Une tempête sous un crâne)。ヴィクトル・ユゴー『レ・ミゼラブル』の有名な章の題名。

〈訳者解説1〉

時代を見るまなざし――ジャーナリスト、ゾラ

小倉孝誠

ジャーナリスト、ゾラの射程

小説家、美術評論家、文学理論家として知られているエミール・ゾラにはもうひとつ重要な側面があった。すなわちジャーナリズムでの活躍であり、それは小説を構想し、芸術を論じ、自然主義の理論を練りあげる作業と密接なつながりをもっていた。

そもそも、ゾラの執筆活動はジャーナリスティックなテクストを書くことから始まった。小説家になる以前にジャーナリストだったのである。作家として売れるようになるまでは、生活の資を稼ぐためという現実的な必要性があったが、『居酒屋』（一八七七）の成功で充分な収入を手にするようになって以降もしばらくは、新聞・雑誌に寄稿することをやめなかった。一八八〇年代に入って多忙になり、『ルーゴン＝マッカール叢書』に専念したいということもあってジャーナリズムに寄稿することはほとんど止めるが、一八九〇年代の半ばから再び同時代の問題を論じるようになり、やがてドレフュス事件にコミットしていく。

ジャーナリスト、ゾラと言えば、ドレフュス事件がすぐに想起されるだろうが、彼の活動はこの事件で

の華々しい、そして同時にイギリス亡命という過酷な運命をもたらした言説に限られるものではない（ゾラとドレフュス事件については、菅野賢治氏の解説を参照していただきたい）。彼は若い頃まず書評・劇評の類から出発し、激動の年である一八七一年には議会通信を定期的に書いている。そしてその後は、同時代の世論を賑わせたさまざまな出来事、事件、現象について無数の時評を執筆したのである。政治、社会、文化、風俗の動きをすばやく捉え、それをときにポレミックな調子で論じた。宗教、教育、青少年の問題、犯罪、女性の地位、家庭、男女関係の力学などあらゆる話題がゾラの耳目を引きつけ、彼の知性を刺激してやまなかった。ゾラには先天的と言えるほどに、ジャーナリストとしての鋭い嗅覚がそなわっていたのである。そしてそれは、彼の小説作品とのあいだに強い主題上の連関を織りなしている。小説家ゾラとジャーナリスト、ゾラのあいだに断絶はなく、前者は後者に育まれ、後者は前者によって磨かれたと言えるだろう。

これはゾラに特有の姿勢ではない。彼をはじめとしてモーパッサンや、ジュール・ヴァレスや、オクターヴ・ミルボーなど当時の作家の多くが、文壇とジャーナリズムという二つの世界を活動の場にしていたのである。フロベールのように田舎になかば隠棲してひたすら文学に沈潜できた作家は、むしろ例外にほかならない。本質的に新しいもの好きで、好奇心が旺盛で、同時代の出来事と風俗に絶えず関心を抱きつづけたゾラにとって、ジャーナリスティックな仕事はみずからの知性を覚醒させ、感性のみずみずしさを保つための手段であったろう。さらに彼の場合、新聞に記事を書くことは自分の文体を錬磨するのにも役だったと、本書に収録されている「訣別の辞」の中で述べている。

私に忠告を求める若い作家にたいして、「泳ぎを学ぶため水に飛び込むように、ジャーナリズムの世界に必死で飛び込みなさい」と私は答えよう。現在ではそれが唯一の男らしい学校であり、ひとはそこで他人と交じり合い、逞しくなれる。そしてまた作家の職業という特殊な観点からいっても、ジャーナリズムで毎日書く記事という恐るべき金床の上でひとは自分の文体を鍛えられるのだ。(中略)現代の最良の作家たちはこの試練を経て来なかっただろうか。われわれは皆ジャーナリズムの子供であり、われわれは皆そこで最初の地位を手に入れたのだ。ジャーナリズムこそがわれわれの文体を磨き、われわれに資料の大部分を提供してくれたのだ。ただしジャーナリズムに利用されるのではなく、それを利用するためにはかなり足腰がしっかりしていなければならない。ジャーナリズムは自らにふさわしい人間だけを受け入れる。

パリおよび地方の新聞、さらには外国の雑誌にいたるまで、ゾラが発表した記事は膨大な数に上る。そのなかで重要な位置をしめる文学評論と美術評論にかんしては、生前からすでに単行本にまとめられていた。ドレフュス事件関係のテクストを収めた『真実は前進する』(一九〇一)についても、同様である。しかし、一八六〇年代から七〇年代にかけて新聞に掲載された政治、社会、風俗をめぐる記事の多くを、ゾラは単行本に収録しなかった。それらをすべてまとめれば数十巻になるだろうと言われている。二十世紀になって、当初の発表紙誌のなかに埋もれていたテクストを一定のテーマのもとに編纂した書物が何冊か現れ、それを継承しつつアンリ・ミットランが監修したセルクル・デュ・リーヴル・プレシュー社の『ゾラ全集』(全十五巻、一九六六—七〇)において、新たにジャーナリスティックなテクストが二巻(「時評と論争」)にまとめられた。そして没後百年を機に、本年(二〇〇二)から二年かけて刊行される新しいゾラ全集(全二十一巻)にも、これまで単行本未収のテクストが数多く収録されるはずである。

本書はセルクル版の全集にもとづき、訳者がテーマ別に記事を選択して編んだものである。文学評論、美術評論はそれぞれ〈ゾラ・セレクション〉で一巻立てているので、ここではそれらを除いて多方面にわたる話題を取りあげた。第一部「社会・文化・風俗」は政治、社会、文化、風俗をめぐる多様な記事を、第二部「ユダヤ人問題とドレフュス事件」は、ゾラのジャーナリスティックな活動において特権的な位置をしめるドレフュス事件関係の発言をまとめている。

ジャーナリスト、ゾラはあらゆるテーマをめぐって常に熱く論じた。何を信じ何を否定するか、何を愛し何を憎むか、何を評価し何を軽蔑するか、歯に衣着せずに語った。そのために多くの同志に囲まれ、同時に多くの敵をつくった。彼の最初の評論集は『わが憎悪』(一八六六)と題されているが、このタイトルはゾラの論述様式のあり方をよく示している。もちろん憎悪だけでは不毛であり、愛や理想に裏うちされない憎悪はなにも生み出さない。ゾラが憎悪するものを強く断罪したのは、それだけ愛するものを情熱的に擁護したということでもある。どっちつかずの、微温的な姿勢ほどゾラの精神から遠いものはない。真実と労働を愛し、自由な検討を追求する一方で、欺瞞と卑劣を嫌い、不正を憎んだゾラ。論争を好み、しばしば矯激な調子で批判を繰りひろげたゾラ。ミットランによれば、そのような論争家としての相貌はミシュレやユゴーを思わせるものがあるという(1)。しかしその矯激な調子のなかに、論争的な口調のなかに、理想を求める高潔な心を見過ごしてはならない。ゾラは根本的に倫理的な人間だった。

ジャーナリスト、ゾラは文字どおりあらゆるテーマに触れ、あらゆる問題を論じた。「時代の証人」と記せば月並みな言葉になるが、少なくとも十九世紀後半のフランス作家にかんするかぎり、ゾラほどこの言葉がふさわしい作家はいない。十九世紀最後の三十年間は現代フランスの基礎を据えた時代であり、当時のフランス社会に突きつけられた諸問題は現代フランスがいまだに抱える問題でもある。そしてそのいくつかは、今日の日本ともけっして無縁ではない。細部の思い違いや些細な誤解などはあるにしても、それはたいしたことではないだろう。ゾラは出来事を引き起こした心性の変化を見ぬき、現象の背後にある本質を洞察するのに卓越した能力を発揮した。彼が書き残した多くの記事を読み解くことによって、われわれは当時のフランスの断面図を俯瞰することになるのである。

社会と風俗を読む

第一部には、一八七〇年代初頭から九〇年代半ばまで、四半世紀にわたって発表されたテクストを七つの主題に分類して収めた。異なる時期に、異なる新聞・雑誌に寄せられ、ときには異なる単行本に収録されている記事を、それぞれの主題にそって新たに配列しなおしたものである。ゾラが協力した新聞・雑誌は多数にのぼり、寄稿の頻度や、発表した記事の性質はさまざまであった。各新聞・雑誌の性格、ゾラがそれに寄稿するにいたった経緯、彼が寄せた記事の内容などをここで網羅的に叙述する紙幅はない(2)。ただし、本書に採録した記事が発表された三つの新聞・雑誌については、簡単なコメントを付しておきたい。

『クロッシュ』紙——ルイ・ユルバックが一八六八年十二月に創刊した急進派の新聞で、初め週刊だったが六九年十二月十九日から日刊となり、一八七二年十二月二十日まで続いた。ゾラは一八七〇年二月二日から八月十七日までの間に二十三篇、さらに一八七一年二月十九日から翌年十二月二十日にかけて三六八篇の記事を発表した。その中のかなりのものが『パリ通信』と題されて、セルクル版ゾラ全集の第十四巻に収められている。

『フィガロ』紙——ヴィルメッサンによって一八五四年に創刊され、一八六六年十一月十七日以降に日刊となる。第二帝政時代は社交界をめぐる話題や三面記事で成功を収め、第三共和制期に入ると保守的な新聞になった。ゾラがこの新聞に寄せた記事は一八六五年九月二十四日から一八六七年六月十八日にかけて十七篇、一八八〇年九月六日から翌年九月二十二日にかけて五十五篇（その多くが『論戦』としてまとめられた）、さらに一八九五年十二月から翌年九月にかけて二十数篇（そのうち十八篇が『新・論戦』に収められる）に上る。

『ヨーロッパ通報』誌――ロシアのペテルブルグで刊行されていた月刊誌で、ロシア文学史上、重要な意義をもつ。一八六六年に創刊されたリベラルな傾向の雑誌で、西ヨーロッパの文学、思想、社会などの紹介に多くのページを割きつつ、一九一八年まで続いた。ゾラはパリに在住していたツルゲーネフを介してこの雑誌から寄稿を依頼され、毎号二十四ページの紙幅をあたえられた。彼のテクストはもちろんロシア語に訳されて掲載された。一八七五年三月から一八八〇年十二月までに、ゾラは「パリ便り」という枠組みで六十四篇のテクストを発表しており、その多くはフランス語の原文で『実験小説論』などの評論集に収められることになる。生前に単行本にまとめられなかったテクストが、セルクル版全集では『現代フランス研究』という表題のもとに集められている。なかにはゾラのフランス語原文が発見されず、『ヨーロッパ通報』誌から仏訳されたテクストもあり、邦訳はそれにもとづく。

訳出したテクストの大部分は、『ゾラ全集』第十四巻所収の『パリ通信』、『現代フランスの研究』、『論戦』、そして『新・論戦』から採られている。例外は全集第十二巻に収められている『批評論集』から採った「ジャーナリズムの功罪」（六四三―六四六頁）と、第十巻に収められている『実験小説論』から採った「共和国と文学」（一三七九―一四〇一頁）の二篇だけである。なお紙幅の都合で、いくつかの記事については一部を省略し、その箇所を要約するにとどめた。ご了承願いたい。

以下のページでは、各章で論じられているテーマの要点を記し、その社会的・時代的背景を注釈したい。またゾラのジャーナリスティックな記事と小説のあいだには、主題やエピソードの点で深い結びつきがあるので、そのつどあわせて指摘することにする。

一、女性

この章には女性をめぐる一連の論考を収めた。ただし女性をめぐる文章といっても、女性のことだけが話題になっているわけではない。女性をめぐる情況は同時代の社会と価値体系、そして男と女の関係全体のなかで規定されるから、女性の問題は同時に男性の問題でもある。

ゾラは社会を構成する女性たちを階級的なカテゴリーに分類して、叙述を進めていく。労働者階級の女性、小ブルジョワジーの女性、上層ブルジョワジーの女性、そして貴族の女性である。一八六〇年代の末、『ルーゴン＝マッカール叢書』の構想を練る段階でゾラは、時代の全体像を提示するために階級の視点から社会をとらえていた（詳しくはプレ企画『いま、なぜゾラか』第三章を参照していただきたい）。女性にかんする考察でも同じような思考の枠組みを採用していることになる。それぞれの記事では、各カテゴリーに属する典型的な家庭に生まれた娘の成長を一般論として語りながら、女性たちの運命の推移を描いていく。子供時代、家庭環境、教育、夫婦生活の危機などがそこで強調されるテーマである。

それぞれの記事で異なる階層に属する女性の生涯を素描するにさいして、ゾラは特定の側面にアクセントを置いている。おおざっぱに言えば労働者階級と売春、小ブルジョワジーと不倫、上層ブルジョワジーと無知の危険、そして貴族と社会的寄与である。もちろんこうした特定の側面だけを論じているのではなく、女性たちの日常生活をこまかに叙述しながら、諸階級に特有の次元をあぶり出そうとしたのである。

その意味で女性史、ジェンダーヒストリーの観点からみても興味深い記事になっていると思う。このような叙述スタイルは、一八四〇年代に流行した「生理学」という文学ジャンルを思わせる。その代表作『フランス人の自画像』(一八四〇―四二)が示すように、「生理学」とはさまざまな階層に属し、さまざまな職業にたずさわる人々の習俗と生態を、精彩に富むエピソードをまじえながら、ときに辛辣な調子で記述した形式である。

十九世紀フランス女性とゾラの名誉のために付言させてもらうならば、売春、不倫、無知といった暗い陰が女性の生涯を覆いつくしていたわけではない。本セクションでは訳出しなかったが、同時期に書かれた「堅気の女性たち」と題された記事からも分かるように、家庭と社会をささえるまっとうな女性たちの存在をゾラが忘れていたわけではない。彼の小説にも、たくましく、律儀で、聡明で、やさしい働き者の女性はたくさん登場する。労働空間における女性をあざやかに表象したのは、ゾラ文学の大きな功績なのである。

女性とその身体はゾラの小説において主要なテーマのひとつだから、以下ではそれぞれの記事の意義を簡潔に述べてみたい。

「いかにして娼婦は生まれるか」

パリの場末で生まれ育つ貧しい労働者の娘がたどる顛末を語った記事である。外国人女性、地方から流れついた女性などもいるが、首都の娼婦は首都で生まれた民衆の娘たちが大きな供給源になっていた。貧困とすさんだ家庭環境が彼女たちを売春の世界に送りこんでいく、とゾラは指摘する。ジェルヴェーズとクーポーの娘ナナの境遇(『居酒屋』、『ナナ』を参照)は、まさしくこの記事で述べられているような娘たちのそれと重なりあうものである。

最後のページで、作家は娼婦が度しがたいほど愚かで、娼婦と付き合うのがじつにむなしいことだと主張している。ときに誇張された筆致になっているのは、ゾラの戦略であろう。彼がここで暗に否定しようとしているのは、気高い心をもち、崇高な愛に殉じる娼婦というロマン主義的な神話であり、聡明で美しい高級娼婦たちが、上流社会の男たちを手玉にとり、ときには政財界の決定に関与していたという第二帝政期の伝説めいたエピソードである。前者の例として、たとえばバルザックの『人間喜劇』に登場するエステルやコラリー、さらにはデュマ・フィス『椿姫』（一八四六）のヒロイン、マルグリットなどが想起されるだろう。後者の例としては、コラ・パールなど盛名をはせた「ドゥミ＝モンデーヌ（裏社交界の女）」たちが思い浮かぶ。『ナナ』のなかで高級娼婦の生態を描き、その浪費癖、卑劣さ、愚鈍、破廉恥ぶりを語ったゾラは、そうした娼婦をめぐる神話的な表象を払拭した。

「ブルジョワジーと不倫」

現代の日本では不倫がなにか楽しいことであるかのように、興味本位なかたちで語られることが多く、文学、テレビドラマ、週刊誌、ワイドショーなどに格好の話題を提供している。他方で不倫こそ純粋な愛だという言説もあり（それゆえ「家庭外恋愛」という表現がときに用いられる）、不倫のさまざまなケースを紹介しながら、現代の男女関係のあり方を模索するルポルタージュもかなり出まわっている。誰もが不倫をするわけではないが、今や日常的な愛のシーンになっているのかもしれない。

不倫（あるいは姦通）は世紀末フランスにおいて小さからぬ問題だった。もちろんそれ以前からあらゆる階層に見られる現象ではあったが、十九世紀末にいたって不倫は本質的にブルジョワジーにかかわる問題になった。この社会階級において不倫がもっとも頻繁におこなわれ、家庭的にもっとも多くの悲劇を引きおこし、法的にもっとも複雑な争いに発展し、社会的にもっとも深刻な結果をもたらしたからである。

ゾラはブルジョワ女性の不倫を三つのカテゴリーに分類している。「神経的な錯乱」ゆえに密通する女性、「贅沢への欲求」ゆえに男に身をまかせる女性、そして「愚かさ」のために禁じられた愛にのめり込んでいく女性、である。とりわけ第三のカテゴリーがいちばん蔓延しているのだが、これは両親が娘をかわいがるあまり外部の世界から隔離し、いわば殺菌された家庭空間（ゾラは「温室」という言葉を使っている）のなかで育てられたせいで、無知と無邪気さを内面化してしまった女たちである。いずれにしても、不倫とは官能や激しい情念がからまるドラマではなく、閉鎖的な環境とあやまった教育がもたらした嘆かわしい結末にすぎない。女性の不幸と逸脱は、彼女たちが家庭でも学校でも正しい教育を受けていないことにそのおもな原因が求められる。ゾラがさまざまな機会に教育の問題を論じ、その改革を唱えたのは理由のないことではなかった。世紀末フランスの女性たちが道ならぬ関係に踏みだしたとすれば、それは愛のためではなく、むしろ愛を知らなかったからなのである。

みずからが分類した不倫の三類型を、ゾラは一八八二年の小説『ごった煮』のなかで具体化してみせる。主人公オクターヴ・ムーレがマリー、ベルト、ヴァレリーという人妻たちと取り結ぶ関係は、女性の側からすれば上記の三つのタイプに対応しているのだ。

バルザックからフロベールを経てゾラにいたるまで、禁断の愛は小説の特権的なテーマのひとつだった。さらには同時代のジャーナリスト、法律家、医者たちもそれぞれの観点から不倫について論じた。ブルジョワ社会において、それは家庭と社会の秩序を脅かす重大な違反行為と見なされたからであり、単なる興味本位の話題につきるものではなかった。ゾラの論考はそうした時代の風潮に鋭く切りこんだものとして評価できるだろう（なおこの主題については、小倉孝誠『十九世紀フランス　愛・恐怖・群衆』の第二章「姦通の生理学」を参照いただければ幸いである）。

「上流階級の女性」

ブルジョワジーの中でも上流の階層に属する女性たちは、一見もっとも幸福で穏やかな生活を約束されているように思われる。何の不自由もなく育てられる彼女たちだが、しかしまさにそれゆえひとつの危険が待ち構えている、とゾラは警告する。彼がしばしば用いる言葉を借用するならば、「温室」の中で成長した上流階級の女性たちは、人間や世間のことに無知なままである。寄宿学校であれ、自宅で雇い入れる家庭教師であれ、教育の内容はまったく空疎で、実際的な知識はまったく伝達されず、もっぱら社交生活のために生きるべく運命づけられている女性として訓育される。個性を育むことではなく、ひとつの鋳型に嵌めこむことが問題なのだ。ゾラはそのために上流階級の女性たちを断罪するのではなく、そうした慣習によって彼女たちの世界が再生産されていくことを指摘しているのである。

「貴族の女性たち」

『ヨーロッパ通報』誌一八七八年十一月号に掲載された「フランス女性の諸タイプ」の第五章だけを抜粋して訳出したもの。ちなみに第一章は農村の女性、第二章は女工、第三部は中産階級の女性、第四章は上流階級の女性を論じている。

強いられた無知と無経験、愛以外のあらゆるものによって仕組まれる結婚生活の不幸などは、貴族の女性とブルジョワ女性に共通している。この記事で興味深いのは、作家が女性と宗教の結びつきを強調し、それをつうじて聖職者が女性の心をしばしば支配していると主張していることである。カトリックの司祭が告解制度や教育をつうじて女性の精神生活を掌握し、さらには家庭の私生活にまで介入しようとしている、そしてそれが結果的に社会の保守化につながっているという指摘は、十九世紀前半から反教権主義者《アンチクレリカル》によってなされてきた。その代表がジュール・ミシュレである。ゾラ自身も『プラッサンの征服』(一八七四)において、ヒロインを言葉巧みに洗脳して信仰の道に誘いこみ、彼女を利用してみずからの地歩を築いていくフォージャ神父という悪魔じみた人物を登場させている。

二、教育

教育は十九世紀フランスが直面した重要な問題のひとつであった。

一七八九年の革命によって近代国家への道を歩み始めたフランスにとって、すべての国民に教育をほどこして社会にふさわしい市民を養成することが焦眉の課題になる。現代であればどのような国家でも政府や自治体が教育行政の根幹を定めているように、十九世紀フランスでも国家が積極的に教育政策に介入してきた。しかし当時は、教育の領域で国家と同じくらいに、あるいはそれ以上に権力をふるっていた機構があった。カトリック教会と修道会(とりわけイエズス会)である。実際、十九世紀の教育史をたどってみると、国家と教会のヘゲモニー争いという様相を呈している。国家が推進したのは宗教色のない、世俗的な教育で、フランス語、地理、歴史、数学、博物学などを授業科目にしようとしたのに対し、教会がめざしたのはカトリックの教えにもとづく道徳であり、聖書購読と教理問答《カテシスム》がおもな教育だった。

第一帝政、復古王政の時代に初等教育はカトリック教会にゆだねられ、子供たちの多くは司祭から教育をさずけられていた。反カトリック的な七月王政期に入ると、一八三三年のギゾー法によって、各市町村に世俗の小学校と、各県ごとに教員養成のための師範学校を設立することが義務づけられた。こうして一八四〇年代には、世俗の初等教員が教壇に立つようになったのである。教育をめぐる国家と教会の主導権争いは、とりわけ共和制のもとで熾烈なものになる。その背景には、カトリック勢力が政治的には保守的で、王政や帝政をしばしば積極的に支持したために、共和派の反感を買ったという事情がある。こうして第二共和制下の一八四八年に公教育相カルノーが教育の世俗化を唱え、共和主義的な市民教育を奨励しようとして初等教育の無償・義務化の法案を議会に提出する。しかしその審議が続いているさなか、同年十二月の選挙で大統領に選ばれたルイ・ナポレオンのもとで新内閣が発足すると、その教育相に王党派のファルーが指名されてカルノー法案を葬りさる。それに代わって提出されたファルー法は、修道会、とりわけイエズス会の中等教育への進出を制度的に保証するものであった。そしてカトリック教会と国家が親和関係を築いた第二帝政期（一八五二―七〇）は、民衆教育を教会にゆだねるというファルー法の精神を継承したのである。

情況がおおきく変化したのは第三共和制に入ってからだ。国民の教育を教会当局にまかせるのではなく国家が指導すべきだというのは、ほとんど第三共和制の国是となる。一八七〇年代はまだ王党派やボナパルト派の勢力が根強く残っており、成立してまもない、したがって不安定な共和政府はそうした勢力と闘わなければならず、教育問題は政治戦線のひとつだったのである。(3) ところで死後出版となったゾラの『真実』（一九〇三）は、ドレフュス事件の構図を軍隊から小学校に移しかえて、主人公マルクがユダヤ人教師の名誉回復のために闘うという物語である。この作品では、学校教育をめぐる共和派とカトリック修道会、つまり世俗権力と宗教権力の抗争が太い縦糸として織りこまれている。

ゾラが一八七二年に発表した**「非宗教的な教育」**と題された論説は、こうした社会の動きを背景にして書かれたものである。共和国を支持し、民衆にたいする非宗教的な教育こそ来るべき市民を育成し、共和国の礎石になるだろうと確信する彼は、トレボワによる教育運動に熱い称賛の言葉をささげている。トレボワが創立した質素な学校にこそフランスの未来があるというゾラの予言めいた言葉は、その後の歴史によって裏づけられることになるだろう。一八八〇年には、「カミーユ・セー法」が可決されて、女子教育を国家が引き受けることが宣言され、女子のための中等教育が制度化される。さらに一八八二年には、「フェリー法」によって初等公教育の世俗化・義務化・無償が定められた。このフェリー法は、フランス公教育の基本原則として今日に至っているのである。

「フランスの学校と学校生活」では、ゾラが南仏の小都市エクスとパリで過ごした中等学校時代の思い出が語られている。田舎の秀才が大都市の学校に編入したら、凡庸な生徒にすぎないことを悟ってプライドが傷つけられた、というのは今でもよくある話でほほえましい。すでにいっぱしの大人だというパリの中等学校生の生態と風俗の描写は、社会史的にきわめて興味深い。ボヘミアン的な学生の生活は文学でしばしば語られたが（たとえばミュルジェールの『ボヘミアン生活情景』やフロベールの『感情教育』）、中等学校生の生活の細部が語られているのは貴重な証言だろうと思う。

家庭であれ学校であれ、教育の功罪にたいしてゾラはきわめて敏感である。前章で見たように、同時代の女性が不幸におちいるとすれば、その原因のひとつは教育が現代社会の要請に応えていないからだと彼は指摘していた。同じようにゾラは、古典教育を偏重する中等教育が社会の要求からあまりにかけ離れているために、バカロレアに合格した若者が時代に適応できないとして、その弊害を指摘する（青少年の教育問題は、『ヨーロッパ通報』一八七八年四月号に掲載された「現代フランスの青年」という記事のなかでもあらためて取りあげられている）。実践的で、社会に役立つ教育だけが良い教育なのか、社会のニーズに即座に応えられるいずれにしても、ゾラに教育評論家的な側面があったことは注目されてよい。いくつかの疑問が読者の心をよぎらないではない。それは現代日本においても重大な問いかけなのだから。教育ほどたちまち古びてしまうのではないか、知識と教養を身につけること自体に価値はないのか、など

三、ジャーナリズム

ゾラのジャーナリスティックなテクストで構成される本巻に、あえて「ジャーナリズム」の章を設けたのは、彼が当時のジャーナリズムをどのように捉え、ジャーナリストという職業をどのように理解していたかを明らかにするためである。いわば、みずからジャーナリストだったゾラの自己認識のあり方を探ってみようというわけだ。

「**フランスの新聞・雑誌**」は、一八七〇年代のフランス（とりわけパリ）で発行されていたおもな新聞について、創刊に至る経緯、紙面構成、思想傾向などを詳しく記述している。当時のジャーナリズム界の網羅的な見取り図を示したもので、ジャーナリズムの歴史をたどるうえで貴重な貢献になっている。そこで言及されている、あるいは批判されている新聞のいくつかはゾラがかつて寄稿し、この記事を書いた頃に記事を寄せ、そして後年になって協力する新聞である。長年にわたる体験をつうじてジャーナリズムの裏表を知りつくしていたゾラだけに、彼の叙述にはなまなましい臨場感がただよう。

第一節において著者は、七月王政期から一八七〇年代に至るまでの新聞の歴史を跡づけてみせる。そしていちばん大きな変化は、オピニオン紙からニュース紙への移行にあるとする。かつての新聞は、日々の事件や出来事を迅速に報道することを目的にしていたのではなく、特定の見解や思想を表明するのが使命だった。当然ながら、新聞はきわめて政治色が強く、ときには特定の党派との結びつきを隠さなかった。

読者はみずからの信条やイデオロギーを代弁してくれるような新聞を、定期購読したのである。第二帝政期の一八六〇年代以降、そうしたオピニオン紙に代わって、日々新たなニュースをすばやく報道する新聞(それが現代では一般的な新聞の定義だろう)が主流になる。その流れを促したのは社会の動きの速さであり、鉄道や電信の発達にともなう情報流通の加速化である。

ゾラの見方は大筋において正しい。堅固な思想と誇りにみちた論調によってある種の高貴さをもっていたかつてのオピニオン紙に、ゾラは郷愁を隠さない。そして事件の報道や、皮相な時評欄が幅をきかせる同時代の大衆紙が、威厳を欠いているという。しかし他方でゾラは単に昔のジャーナリズムを懐かしむのではなく、オピニオン紙からニュース紙への移りゆきは歴史の流れだとする。世界が変わり、人間が変われば、それを表現し、代弁するジャーナリズムも変化せざるをえないだろう。そのうえでゾラは、旧来の新聞に見られた節度ある見識と、新たなタイプの新聞に特徴的なニュースの多様性と豊かさ、生き生きした文体を併せもつような新聞を理想と見なした。

ゾラの記述を補うために、十九世紀半ばのジャーナリズムの情況をもう少し詳しくふりかえってみよう。

七月王政は、フランス近代ジャーナリズムの草創期にあたる。『シエークル』紙や『ナシオナル』紙など重要な新聞がこの時代に発刊されている。とりわけ衝撃的だったのは、ジラルダンが一八三六年に創刊した『プレス』紙で、はじめて商業広告を載せることによって購読料を他紙の半分にまで引き下げ、さらには流行作家の新聞小説を掲載して売り上げを伸ばした。だが、新聞の発行にはさまざまな制約が課されていたことを忘れてはならない。たとえば、一部につき六サンチームの検閲郵税が課され、それが価格にははねかえったから、発行部数はおのずから制限されざるをえなかった。新聞以外でも、おもに政治・経済・社会問題をあつかう定期刊行物には保証金が義務づけられた。

第二帝政は、行政側がとったこのような措置を維持したのみならず、監視をいっそう強めることによって言論の自由をきびしく制限しようとした。一八五一年十二月には、言論上の違法行為が軽罪裁判所で裁かれることになった。翌年二月に発布された政令はとりわけ悪名高く、それによれば、新たに新聞を創刊する場合にはあらかじめ政府の認可を得る必要があり、議会の審議内容を報道する際には、政府の公式記録にもとづいてそうしなければならなかった。しかも、明確な基準が示されないまま、権力側はほとんど恣意的に「警告」という手段を用いて新聞の論調にまであからさまに介入できたのである。

ただし、第二帝政がジャーナリズムにたいして監視と抑圧のまなざしを向けたことは確かだとしても、その点だけを強調するのは一面的にすぎるだろう。反体制派の新聞は絶えず廃刊に追いこまれるという脅威にさらされていたのは事実だが、逆に政治の問題にふれなければ官憲を怖れる必要はなかったし、一部六サンチームという検閲郵税は免除されていた。また一八五六年の法律によって、非政治的な新聞はパリのみならず地方でも予約購読以外のばら売りが可能となり、発行部数の伸びにつながった。

このような制度的な要因とともに、そしてそれ以上に技術的、社会的な変化がジャーナリズムの大衆化に拍車をかけた。技術革新がもたらした印刷術の進歩と安価な用紙の生産、鉄道と電信の普及にともなう情報の量と速度の増大、教育改革にともなう民衆の識字率の上昇、産業の発展にともなって、資本家や財界人が新聞・雑誌を利用することの利益に気づいたこと、などである。こうして「自由帝政」と呼ばれもした一八六〇年代に、フランスのジャーナリズムは急速に大衆化していった。その趨勢を如実にあらわしていたのが、ゾラも記事のなかで論じている『フィガロ』紙と『プチ・ジュルナル』紙だった。

ヴィルメッサンが創刊した『フィガロ』紙は、社交界の話題や際物的な三面記事で部数を伸ばし、ヴィクトル・ユゴーの息のかかった『ラペル』紙は、彼のカリスマ的な影響力によって共和主義者たちのあいだに一定数の読者をもった。ふたつの新聞の発刊の経緯、編集方針、販売戦略などをめぐる暴露めいた裏話はかなり興味深いし、ジャーナリズム業界の舞台裏に通じていたゾラだけに、ときにはきわめて辛辣なその叙述にもなまなましい現実感がともなう。画家を主人公とする彼の芸術家小説『作品』(一八八六)には、新聞・雑誌で時評を担当する記者や批評家たちが登場して、この世界の内幕をかいま見せてくれる。そのひとり、良心的で見識に富み、主人公クロードの作品の独創性を理解する唯一の人間サンドーズは、かなりの程度までゾラの自画像と言われる。

注目に値するのは『プチ・ジュルナル』にたいするゾラの判断である。一八六三年二月一日に創刊されたこの新聞は、他紙の半分の版型で(「プチ」とは小さいという意味)、政治色を排除することによって検閲郵税を免れ、一部五サンチーム(＝一スー)で売り出された大衆紙である。他の新聞の三分の一の値段であり、革命的な販売戦略だった。ゾラは『プチ・ジュルナル』成功の原因として、誰にでも分かる平易な文体で書かれた三面記事的な話題のおもしろさを挙げているが、しかしそれだけではない。時評欄では科学や学問上の発見が分かりやすく解説され、ときに道徳的な教訓をまじえるというように、民衆にたいする啓蒙的な配慮にあふれていた。さらに一八六〇―七〇年代にはポンソン・デュ・テラーユやエミール・ガボリオの冒険小説、犯罪小説を連載することによって読者の購買欲をそそった。啓蒙と娯楽――大衆的な新聞・雑誌のコンセプトは、現代にいたるまで変わらない。『プチ・ジュルナル』がそれまで活字と無縁だった者たちの心をとらえ、新たな読者階級を創造したとゾラが評価するのは、きわめて正しい認識と言えるだろう。

その後『プチ・ジュルナル』は、一八六九年のトロップマン事件の報道などで発行部数を飛躍的に伸ばし、一八九〇年代にはついに百万部に達する。当時はその他にも『タン』紙や『プチ・パリジアン』紙などもやはり百万の部数を誇るようになり、フランス史上まさに大衆新聞の黄金時代を迎えた。その趨勢を決定づけたのが『プチ・ジュルナル』の出現であり、一八七〇年代の時点でゾラはその革新性をあざやかに見ぬいていたのである。

「訣別の辞」と**「ジャーナリズムの功罪」**に共通した議論は、ゾラが文学的な観点からジャーナリズムを積極的に擁護していることである。新聞・雑誌に毎日のように記事を書いていると筆が荒れ、純粋な文学的野心が風化してしまう、ジャーナリズムは若い才能を抹殺する危険がある、といった嘆きは当時からすでにつぶやかれていた。それに対してゾラは真っ向から反駁し、新聞・雑誌に寄稿するのは職業作家をめざす者にとって格好の修行であり、若い作家はそれによって文体を鍛えられると主張する。そして真の能力と意欲をそなえた者はジャーナリズムによって疲弊するどころか、まさに創造性の膂力をたくわえるのだと語る。確かに現代のジャーナリズムは安易なセンセーショナリズムの陥穽にさらされ、読者の側は真実ではなく興奮だけを求めようとする傾向がある（それは十九世紀末のフランス人にかぎったことではないだろう）。しかし新聞が社会の啓蒙と、新たな価値の普及に不可欠であることは否定できない。ここにはみずからジャーナリズム界に棲息し、そこで文学的感性を培ったゾラの矜持にみちた口調が感じられる。

四、文学

この章には文学をめぐるふたつの記事を収めた。ただし、〈ゾラ・セレクション〉第八巻『文学評論集』で訳出されることになる、『実験小説論』（一八八〇）や『自然主義の小説家たち』（一八八一）を構成する諸論考とちがって、このふたつの記事は作家論や作品論ではないし、文学理論の展開をめざしているわけでもない。そうではなくて、文学と政治、文学と出版界の関係という旧くて新しい問題を実作者の立場から論じたものである。作家の活動が繰り広げられる政治・社会的な環境と、文化的な空間の現状を分析することによって、文学によりふさわしい風土を構想してみせる。

「共和国と文学」は、一八七七年の総選挙で与党となった共和派の指導者たちに向けられた告発文と言っていいだろう。昔からの共和主義者で、時の政府といかなる繋がりもないと冒頭で宣言するゾラは、その自由と独立性を恃んで、新たな共和政府がそれに先立つ政府以上に文学にたいして寛容なわけではないと断罪する。その断罪の背景には、ガンベッタに近い政治家フロケが、一八七九年に『居酒屋』の作家は「民衆を侮辱している」と批判したことや、翌年ガンベッタの介入により、『ナナ』を連載していた新聞がゾラに削除を求めた、といった事情が絡んでいる。

ゾラは憤慨するが、それと同時に、共和主義政府ですら新しい文学の流れである自然主義に無理解であることに深い失望をあじわう。社会制度、宗教、教育などの面では革新性を標榜する共和制が、こと文学にかんするかぎりは、かつての王政や帝政と同じように新潮流に不信のまなざしを向ける。あらゆる権力は思想を警戒し、文学を疑うという通例を、共和政府もまた免れえなかったということだ。しかしゾラによれば、時代は真実の探求に向かっており、それを原理とする自然主義文学こそ新たな時代の表現であり、共和国はそのことを承認すべきなのである。「共和国は自然主義的なものであろう、さもなくば存在しないであろう」(本文一一四頁)という定式は有名な一句であり、その後さまざまに変奏されることになる(たとえば、アンドレ・ブルトンの『ナジャ』に読まれる「美は痙攣的なものであろう、さもなくば存在しないであろう」という一節)。そして権力側の検閲を一度ならずこうむったゾラは、作家のためにまったき表現の自由を要求するのである。

「著者と出版人」は、ゾラの友人だった作家ブールジェと出版人ルメールのあいだで争われた訴訟に端を発して、出版をめぐる作家と出版人の利害対立の根底にあるものは何かを明らかにしようとする。

訴訟の原因は、ルメールがブールジェの作品の発行部数をはっきり告げず、したがって印税をごまかしているのではないかと作家が疑惑を抱いたからである。出版人のほうが証拠書類の提出を拒んだせいで、疑惑はほとんど確証に変わり、ブールジェは勝訴した。現在ではほとんど考えられないような事件だが、ゾラが記事の中で述べているように、駆け出しの作家にいわば投資して世に出してやった出版人のなかには、その作家が有名になって利益をもたらすようになっても、かつての恩義を盾にして正式な出版契約など守ろうとしない者がいたのである。ブールジェの提訴はそれにたいする抗議だった。

要するに、作家の著作権をいかに守るかということが問題なのだが、一八九〇年代前半にフランス文芸家協会長を務めたゾラにしてみれば、これが文学者全体の利害に関係する大問題だったことは言うまでもない。[4]この記事のほかにも、ゾラはほぼ同時期の一八九六年四月、それぞれ「文芸家協会、その現状」、「文芸家協会、その理想」、「著作権」と題された記事を矢継ぎ早に『フィガロ』紙に発表して、この問題に世論の関心を向けようとした（いずれもその後『新・論戦』に収められる）。折しもパリで著作権をめぐる国際会議が開催されていたときで、「著作権」においてはフランス文学の海賊版、無許可の翻訳などが野放しになっていたロシアの現状を憂い、著作権の国際条約であるベルヌ条約にロシアを加盟させるべきだ、と力説している。

五、宗教

民衆と群衆の動きを語り、産業革命が生み出した新たな空間を表象したゾラは、徹底して現代社会にこだわりつづけた作家である。ところがそのゾラの作品に、はるか昔から存在し、文学の中で伝統的な位置をしめてきた人物類型が登場する。カトリックの司祭である。『プラッサンの征服』(一八七四)のフォージャ司祭、『ムーレ神父のあやまち』(一八七五)の主人公セルジュ、さらには『三都市』シリーズの主人公ピエール・フロマンなどが、代表的な作中人物であろう。そして彼らが登場する作品では、教会と世俗の政治権力の癒着、生の昂揚を抑圧する聖職の弊害、社会の不正や貧困をまえにしての信仰の無力など、宗教のさまざまな次元がテーマ化されている。そもそも『ルーゴン=マッカール叢書』の構想において、司祭は「特殊な集団」を構成する職業として社会の重要な一部だった。ということはつまり、ゾラの文学宇宙にあって宗教、とりわけカトリシズムが無視しがたい意義をおびているということだ。

十九世紀フランス思想の底流に「反教権主義《アンチクレリカリスム》」という考えがあった。聖職者は宗教と道徳の領域だけにその活動を限定して、政治や教育など公的領域に介入すべきでない、という思想である。それと同時に、政治や教育にたずさわる者は、宗教的権威とのつながりを払拭して世俗的な次元で活動すべきであるとされる。一般に共和主義は反教権的であり、第三共和制の初期にはとりわけその傾向が著しかった。すでに第二帝政時代から共和主義を奉じていたゾラは筋金入りの反教権主義者であり、そのことが彼の教育観にあらわれていることはすでに見たとおりである。

この章に収められた**「ルルドの奇蹟と政治」**は、カトリック王党派の議員たちが聖地ルルドに赴いて、神の奇蹟にすがろうとしていることの時代錯誤性を、何人かの政治家をはっきり名指しながら痛烈に揶揄した文章である。ルルドは南仏ピレネー山脈のふもとにある町で、一八五八年、この地の洞窟で羊飼いの少女ベルナデットが聖母マリアの姿を目にし、さらにその近くに奇蹟的な治癒効果をもつ泉が湧いたことから、その後一大巡礼地に発展した。十九世紀半ばはマリア信仰が頂点に達した時代であり、カトリック王党派のルルド巡礼はそうした時代風潮を利用した行為だった。

『三都市』の第一作『ルルド』（一八九四）で、病や障害に冒された人々の巡礼団につきしたがってこの町にやって来たピエール・フロマン神父の懐疑を語り、次作『ローマ』（一八九六）でカトリック当局の頑迷固陋ぶりを描いたように、ゾラは晩年にいたっても反教権主義的な姿勢を変えなかった。それどころか、世紀末になって神秘主義やカトリシズムが勢いを回復し、「科学の破産」を声高に叫ぶようになると、ゾラの宗教批判はいっそう激しさを増す。公表されなかった**「科学とカトリシズム」**と題されたテクストは、科学と実証主義の立場から、宗教の一形態にすぎないカトリシズムが未来の社会において果たす役割は極小化していくだろうと予言する。

いや、カトリシズムだけではない。それ以前の一八八〇年代には、『フィガロ』紙に載った「プロテスタンティズム」や「プロテスタントへの返答」（いずれも『論戦』に所収）の中で、ゾラはカトリシズム以上にプロテスタンティズムを激しく指弾していた。宗教改革の時代にプロテスタンティズムは良心と自由検証の精神を体現し、その後は近代の自由主義思想の母胎となったが、現在では教条的で、抑圧的で、個性を抹殺する不毛な思想にすぎない、政治と宗教の領域ではカトリシズム以上に反動的だ、とゾラは述べる。そしてスイスやドイツを例に引きながら、プロテスタント国はいまや文学と芸術において創造性を失いつつあるとさえ言う。

六、パリ

近代フランス文学において、首都パリの表象はもっとも重要で、もっとも頻繁に浮上するテーマのひとつである。他の国の首都に較べても、これほどしばしば物語られ、描かれてきた都市はないのではないかと思われるほどだ。そして十九世紀前半のパリを徹底的に語ったのがバルザックだとすれば、十九世紀後半のパリをもっとも体系的に表象したのは疑いもなくゾラである。早くも『テレーズ・ラカン』（一八六七）ではパリの廃れたパサージュの陰鬱な雰囲気を喚起しているし、『ルーゴン＝マッカール叢書』全二十巻のうち半分はパリが舞台であり、晩年の大作『パリ』（一八九八）では、アナーキズム・テロと政界の腐敗に揺れる世紀末の首都を描きだした。そこではパリが動き、ざわめき、活動し、享楽にふけり、熱狂し、燃えあがる。[5] ゾラは変貌していくパリの町を愛し、同時に、近代化が生みだす病弊をするどく把握していた。

　そうしたゾラのことだから、同時代のパリで生起するあらゆる種類の出来事や習俗に無関心でいられなかった。このセクションに収めた四篇の記事は一八七〇年代前半に書かれたテクストで、いずれもゾラが路上観察や風俗ウォッチングの素晴らしい才能に恵まれていたことを示す。

　「オスマン時代のパリの浄化」は、第二帝政期のセーヌ県知事オスマンによって実行された首都改造が、民衆を町の中心部から追いだし、周縁地帯と郊外に隔離するという結果をもたらしたことを強調している。**「ロンシャンの競馬」**は、パリ最大の競馬場であるロンシャンでのレースを素材に、娯楽空間の風俗を描く。民衆の賭博は禁じながら、上流階級のためには競馬という賭博を合法的に保護しているのは権力側の恥ずべき欺瞞だ、というのはゾラの持論であり、彼は賭博場の内部を取材したルポルタージュ記事まで書いている。**「パリの廃墟をめぐる散策」**では、普仏戦争とパリ・コミューンで町がこうむった戦禍の痕跡をたどり、戦争前の周囲の城壁地帯（当時のパリは城壁で囲まれていた）での庶民の生活シーンを追想する。そして**「パリ、一八七五年六月」**では、ロンシャンでの閲兵式、初夏の女性ファッション、自殺という悲劇的な現象などが語られる。

　どの記事も短いながら、ゾラの観察眼の確かさをよく示している。民衆の祭り、競馬場に集う人々の身ぶりとレースの緊迫感、戦争でいたんだ家や公共建造物のなまなましい細部、夏の衣裳に着替えた女性たちの華やいだ雰囲気、絶望のあまりみずからの命を絶つ者たちのしぐさ。そうした細部がじつにヴィヴィッドに捉えられ、まるで画家が路上を歩きながらスケッチしていくように、あるいは写真家がカメラのシャッターを切るように、ゾラは感覚的な要素をすばやく把握し、動きと表情を見のがさず、ものと空間の構成を瞬時に理解する。その描写はしばしば同時代の印象派絵画を想起させるし、晩年のゾラが写真に熱中したのは偶然ではない。他方で、ときに露呈するきわめて辛辣な筆致。たとえば「ロンシャンの競馬」で作家は、「馬種改良」という大義名分のもとで競馬という賭博を催すことの無意味さと偽善性を揶揄している。

ゾラの場合、小説家であることとジャーナリストであることが、たがいに補いあって文学宇宙を豊かにしていく。そして路上観察者ゾラが脳裏にたくわえた多様なイメージは、作品の具体的なエピソードや場面となって活用されることになる。四篇の記事を読みながら、われわれはそこに『居酒屋』(一八七七)での場末に暮らす庶民の生活シーン、『ナナ』(一八八〇)のなかの有名な競馬の場面、『壊滅』(一八九二)における戦禍の叙述、そして『ボヌール・デ・ダム百貨店』(一八八三)の女性たちがまとう衣裳の描写などが、ここですでに萌芽として現れていることに気づくのである。

七、風俗と社会

最後のセクションには、それぞれ異なるテーマを扱いながら、いずれも同時代性に富むきわめてアクチュアルな記事を集めた。以下では、各記事が提起している争点をかいつまんで解説しよう。

「万国博覧会の開幕」

十九世紀パリで繰り広げられた最大のイベントのひとつが、万国博覧会である。世界初の万博が開催されたのは一八五一年のロンドンだが、その後このイベントの中心はパリに移る。一八五五年、一八六七年、一八七八年、一八八九年、そして一九〇〇年と、フランスの首都は十九世紀後半ほぼ十年に一度のペースで、あわせて五回も万博を開催している。パリはまさに博覧会都市だったのだ。

ゾラが報告しているのは一八七八年の万博、つまり第三共和制に入ってから初めての万博である。このことはきわめて重要だ。なぜかというとゾラ自身が冒頭で力説しているように、この万博は、一八七〇年の普仏戦争と翌年の内乱によって深い痛手を負ったフランスが、わずか七年で蘇生したことを内外に知らしめるという目的があったからだ。経済的、物質的、人的に莫大な被害をこうむり、存亡の危機にさらされたかに見えるフランスは、国民の努力と政府の政策によって短期間のうちに国力をみごとに回復したということである。戦争に敗れたフランスは勝ったドイツよりも今や豊かであり、武器による敗北を産業による勝利で償った、とゾラはめずらしく愛国心を昂揚させながら述べる。

時代と国に関係なく、技術と産業の祭典である万国博覧会は、国家がその威信と権勢をかけて催す一大イベントであり、政治ショーにほかならない。しかし第二帝政から第三共和制へと政体が移ったとき、おのずと権力側の意図は変化した。第二帝政期におこなわれた万博、とりわけ一八六七年のそれは、ナポレオン三世みずからが支持したサン=シモン主義的な殖産興業イデオロギーのもとに、フランス産業革命の成果を諸国に示すというねらいがあった。そしてヴィクトリア女王治下の大英帝国と張りあって、大国フランスの威信を見せつけ、皇帝の絶対権力を誇示しようとしたのである。

それに対して一八七八年の万博においては、国家再建をめざす合法的な共和政府が、軍事クーデタという非合法な手段によって成立した帝政との差異を際立たせる必要があった。だからこそ規模を大きく拡大し、シャイヨーの丘にトロカデロ宮を新たに建設し、そこで開幕のセレモニーを催したのである。まだ共和制が盤石になっていなかったこの時期、共和派は王党派やボナパルト派の影響をしりぞけ、国民の支持を得てみずからの権力を固める必要があった。万博はそのために格好の出来事だったのである。ゾラが述べているように、一八七八年の万博は何の支障もなく実現したわけではなく、異なる党派どうしの思惑とさまざまな政治事件が交錯するという情況のなかで、共和派がかろうじて主導権を握って開幕にこぎつけたのだった。それは産業の祭典であり、そしてそれ以上に権力のディスプレー装置であった。

開幕セレモニーの様子と、そこに押し寄せた多数の見物客の動きはじつに鮮やかに叙述されている。『ルーゴン家の繁栄』(一八七一)で叛徒の群れを、『ボヌール・デ・ダム百貨店』でデパートに殺到する女性客を、『ジェルミナール』(一八八五)では蜂起した炭鉱労働者の歩みを、『壊滅』では潰走する軍隊を、そして『ルルド』では聖地に蝟集する巡礼団を描いたゾラは、まさしくあらゆる種類の近代的群衆を描き、その運動とメカニズムを語った最初の作家である。この記事では、万博に集う祝祭的群衆がスケッチされている。ちなみにゾラは、『金』(一八九一)において、一八六七年の帝政の万博をエピソードのひとつとして取りこんでおり、「陽をあびてはためく万国博覧会の旗、シャン=ド=マルスの飾り照明と音楽、通りにあふれる世界中の群衆が、汲みつくせぬ富と至上権を夢みさせ、パリを陶酔させた」(第八章)と書き記している。

「離婚と文学」

ヨーロッパでは中世以来、離婚が禁じられていた。教会で、神の代理人としての司祭によって執りおこなわれる結婚は神聖な儀式であり、聖書の教えにもとづいてカトリック教会が離婚に強く反対してきたからである。その慣習を破ってフランスではじめて離婚が法制化されたのは、革命さなかの一七九二年九月二十日のこと。しかし王政復古期の一八一六年に離婚は再び禁止される。別居は認められたが、それは暫定的な措置にすぎず、別の男性あるいは女性との新たな結婚はもちろん許されなかった。

その後は何度かにわたって離婚法復活の動きが表面化したものの、結局は実現しないままだった。それにしても、男女の不幸な結びつきを法的に解消させる手段として離婚を復活させたいという世論は根強く、第三共和制が成立すると反教権主義の高まりにともなって勢いを増す。こうした情況を背景にして、一八七〇―八〇年代にかけて、離婚をめぐる問題がフランス社会でかまびすしい議論を巻きおこしたのである。とりわけ一八八〇年前後には、離婚の賛成派、反対派の双方からさまざまな著作が刊行されて、論争が沸騰していた。離婚は家庭、社会、宗教、さらには医学にまでかかわる重大問題だったからである。その議論の中心にいた人物が、共和派の政治家アルフレッド・ナケであった。ゾラが記事の冒頭で言及しているのは、そのナケが下院に提出した法案（より正確には一八一六年の離婚禁止法を廃止するという法案）が一八八一年二月七日に否決されたという事件である。議員総数四六三、賛成二一六票、反対二四七票、三十一票の差であった。

ゾラの記事は離婚法案が却下された直後に執筆されたもので、いずれにしても離婚が復活するのは時間の問題だろうと予測している。彼自身は法的措置としての離婚には賛成するが、それによって当事者の男女がより幸福になれるとは考えない。理性が命じる離婚は感情の領域では事態を改善するとは思えない、と言うのである。

ゾラは離婚と文学の関係について語っているが、それは二重の意味においてであった。

第一に、文学は離婚の正当性を認識させるうえで大きな役割を果たした。十九世紀文学には不幸な夫婦生活、あるいは愛を感じない夫に隷従する妻の悲劇を物語る作品が少なくない。とりわけブルジョワ社会を舞台とした作品に見られる傾向で、その場合、妻はしばしば不倫の誘惑にかられる、あるいは不倫の恋にはしる。もちろんそのことは非難されるにしても、作家たちはそこに至る感情の流れを説得的に描いていた。しかも結婚している女性の恋は当時のブルジョワ社会においてタブーだったからこそ、そこから内面のドラマや、社会と情熱の葛藤などが生じていく。バルザックの『谷間の百合』、ジョルジュ・サンドの『アンディアナ』、フロベールの『ボヴァリー夫人』、さらにフランス以外に例を求めるならばトルストイの『アンナ・カレーニナ』などが想起されよう。みずから不幸な結婚に苦しみ、夫と別居して恋多き人生をおくったサンドは、文学を離婚を復活させるためのプロパガンダにしたくらいである。そしてゾラ自身すでに、この論考が書かれる十年前に『獲物の分け前』において、若い人妻と義理の息子の禁じられた愛の物語を綴ってみせた。

不幸な結婚を解消する手段としての離婚にとりわけ世論の注意を向けさせたのは、演劇だった。ゾラがデュマ・フィス、オージエ、サルドゥーら同時代の人気劇作家の名をあげているのは、そのためである。数多くの観客の前で繰り広げられる演劇は、文学ジャンルであると同時に一種のメディアであり、したがって大衆への影響力が大きかった。とりわけ離婚という社会問題をテーマにした芝居は、直接的なインパクトを発揮しえたのである。ジャーナリストとして鋭い嗅覚をそなえていたゾラが、そのことに気づかないはずはなかった。現代フランスの歴史家フランシス・ロンサンもまた、結婚と離婚をあつかった当時の戯曲のタイトルを列挙しながら、演劇ジャンルが離婚の復活と、その後の離婚法の改定に大きく貢献したことを強調している(6)。

第二に、しかしもし離婚が合法化されれば、離婚が認められていなかった時代における結婚の悲劇や不倫をテーマにしたデュマ・フィスやサルドゥーの作品は、急速にその意義を失うだろう、ゾラは言う。さらに、愛、嫉妬、裏切り、夫婦の危機などをテーマにした文学は、これまでと同じような構図を保つことはできないだろう。結婚が解消できないときに、みずからの誇りと家庭の名誉をまもるために不実な妻を殺す夫は（それが、たとえばデュマ・フィスの主題である）、悲劇の主人公になりえた。離婚が認められれば、不実な妻（あるいは夫）とは別れればすむ話で、不倫を個人的に罰する行為はたんなる犯罪でしかない。殺すべきか、許すべきか、それはもはや内面のドラマではなく刑法の問題である。こうしてゾラは、離婚が新たな風俗をもたらし、したがって新たな文学の可能性を生みだすだろうと予想するのである。

その後の現実に話を移すと、アルフレッド・ナケは一八八一年の挫折にめげることなく、その後も忍耐強く啓蒙と政治活動をつづけ、ついに離婚を復活させることに成功した。一八八四年七月十九日のことである。

後日談をひとつ。ゾラは一八八八年、四十八歳のときにメダンの女中だった二十一歳のジャンヌ・ロズロと愛人関係になった。その後ジャンヌはゾラとのあいだに二人の子供をもうける。一八九一年の末に、ゾラの妻アレクサンドリーヌは二人の関係を知り、離婚を真剣に考えたらしい。しかし友人たちが取りなして思い止まらせ、ゾラ自身も離婚を望まなかった。そのほうが妻にとって幸いだと考えていたゾラは、アレクサンドリーヌとジャンヌという二人の女性との二重生活を並行させなければならなかったし、それが彼につらい葛藤を強いることにもなった。男の身勝手と言えばそれまでだが、晩年のゾラが、ことさらのように愛し合う男女の幸福な結合を繰りかえし語ったのは、みずからの良心の疚しさの裏返しだったのかもしれない。

「動物への愛」

めずらしくゾラが個人的な思い出を語っている文章である。しかも話題はペット動物。

ゾラは少年時代からたいへん動物が好きだった。犬、猫、鶏などを飼い、メダンに別荘を構えると家畜小屋や家禽飼育場を作らせて、うさぎや馬なども飼った。書斎や庭で膝に犬を抱いたゾラの姿が、数多くの写真におさめられている。だからこそと言うべきか、彼の作品にはしばしば動物が登場する。「小説のなかで動物を重視すること。犬、猫、鳥など動物を作中人物として創りだすこと」と、ゾラは『ルーゴン＝マッカール叢書』の準備メモのなかに書き記している。実際ゾラの作品に現れる動物は、物語のうえで大きな役割を演じることが少なくない。『テレーズ・ラカン』では猫のフランソワがヒロインの生活を見つめ、断罪する無言の審判者となっているし、『生きる歓び』（一八八四）では、犬のマチューと猫のミヌーシュがシャントー家と苦楽をともにする伴侶である。

この記事のなかで、ゾラは神への愛、親兄弟への愛、子供への愛と同じく、動物への愛も人間にとってきわめて自然な感情ではないだろうかと問いかける。そして動物愛がどのようにして生まれるのか、心理学や生理学は納得のいく説明をしてくれないと言う（現代の心理学はおそらく何らかの回答を用意しているだろうが）。

ところでゾラの動物好きは、単なる個人の趣味の問題ではすまされない側面をもっている。人間と動物の関係という観点からすれば、十九世紀は感性が大きく変化した時代である。おおざっぱに言うならば、動物を保護するべきであるという思想がまさにこの時代に生まれた。そこからペット愛好まではあまり遠くない。戦争や暴動がしばしば起こった十九世紀において、動物への愛を説くことは同胞にたいする優しさと寛容をすすめることであり、とりわけ都市では、階級的な対立を未然に防ぐための方策とさえ考えられていた。こうしてまずイギリスで一八二〇―三〇年代に動物虐待防止法や、動物をつかったブラッドスポーツを禁じる法が設けられ、フランスでは一八四六年に「動物愛護協会」が設立され、その四年後には動物愛護法（グラモン法）が制定されて、公共の場で家畜を虐待すると罰金刑を科されることになった(7)。

しかも歴史家モーリス・アギュロンによれば、そこには十九世紀フランスに特有の思想問題が絡まっていた。たかが動物のことと侮ってはいけない。人間界と動物界をはっきり区別するカトリック側が動物愛護にほとんど無関心だったのに対し、共和派は人間を自然界の一部と見なして人間と動物のあいだに連続性を認め、したがって動物愛護運動を積極的に支持した。動物を愛し、いたわることは、ひとを愛し、いたわることにつながる、それは迫害されている弱者たちへの配慮をうながすと考えられたのだ。動物愛護の思想は共和主義との関係が深いということになる。それはひとつのイデオロギーなのだ。

さて、動物への愛を感動的に語ったこの記事が一八九六年三月二十四日『フィガロ』紙に掲載されると、たちまち大きな反響を呼んだ。好んで人間の獣的な側面を描き、近代社会の暗部を析出させ、しばしば下品な作家と非難されていたあのゾラが熱烈なペット愛好家であったとは！　ゾラのもとには世の動物好きたちから多数のファンレターと感謝の手紙が舞い込み、ついには同年五月に動物愛護協会から表彰されてしまう。その答礼スピーチのなかで彼は、協会の活動は人類に正義と憐憫の情が何であるかをしめしてくれる神聖な活動であると讃えた。

「人口の減少」

最後の記事は人口の減少、より正確には子供の出生率の低下に警鐘を鳴らす文章である。言うまでもなく近年の日本は同じ問題を抱えており、その意味でも興味深い。

フランスは広く肥沃な国土をもち、気候にも恵まれているせいで昔から食糧の生産性が高く、それが子供の高い出生率と、子供を育てる好条件を保つのに寄与していた。その結果、ヨーロッパ諸国のなかでもっとも人口の多い国だった。フランスの国力を維持してきた要因のひとつがそこにあり、たとえばナポレオンの時代にフランスが対外的な戦争に強かったのは、ナポレオンの軍事的知略もさることながら、兵隊や将校の数が他国にくらべて多かったことも大きな要素と言われる。

ところが十九世紀後半になると、出生率が目立って下がり始めたのである。主な原因はフランス人家庭が産児制限をかつて以上に厳密に実践するようになったからで、ゾラに言わせれば、子供の数が少ないことが上品で洗練されていると考えられるようになった。もちろん、とりわけ都市部での生活費の高騰も影響している。さらに、アルコール中毒、梅毒、結核など死亡率が高く、死に至らないまでも人間の生殖機能を損なうおそれのある病が流行して、大きな社会問題になったことも無視しえない。実際こうした情況を前にして、フランス人は人種的に衰弱し、民族的に衰退しつつあるのではないかという危惧がまことしやかに公言された。「退化（あるいは変質）dégénérescence」論と呼ばれる理論である。

そうした言説に通じていたはずのゾラは、出生率の低下をもたらした文化的な要因としてショーペンハウアーの厭世哲学や、不毛の処女性を礼讃するワーグナーの音楽、さらには家庭、愛、母性といったテーマを貶めるデカダン文学や象徴派までも糾弾する。そして子供の多い家族ほど美しいものはないとして、フランス女性たちに子供をたくさん産むよう促す。ゾラの批判がどこまで正鵠を射ているか、また彼の呼びかけがどれほどの効果を発揮したかはさしあたり問題ではない。確かなのは、出生率の低下にともなう人口減少の危険が、世紀末フランスでは差し迫った脅威と感じられていたということである。

ゾラの出産奨励イデオロギーは、『四福音書』の第一作『豊饒』（一八九九）と題された小説のなかで、子宝に恵まれるマチューとマリアンヌ、そしてその子孫たちの繁栄を謳うユートピア物語をつうじてあらためて主張されている。これを、一作家の個人的な夢想と呼ぶにはあまりに政治的な含意が大きいのだ。というのも、ドイツへの復讐を唱える愛国主義に支えられ、海外での植民地拡張を国策にしていた第三共和制もまた産めよ殖やせよと奨励していたからである。人口の増加は、軍国主義と植民地政策の条件でもあったということだ。こうしてポスト=コロニアリズムの現代から見れば、大家族と家父長制の繁栄を言祝ぐ『豊饒』の構図は、植民地主義イデオロギーとみごとに一致してしまう（もちろん、ゾラが実際に植民地主義に賛成したということではない）。

（1）Henri Mitterand, *Zola journaliste, de l'affaire Manet à l'affaire Dreyfus*, Armand Colin, 1962, p.248.

（2）この点にかんする詳しい情報については、次の二冊の著作を参照していただきたい。
Henri Mitterand et Halina Suwala, *Emile Zola journaliste. Bibliographie chronologique et analytique (1859-1881)*, Les Belles Lettres, 1968 ; Roger Ripoll, *Emile Zola journaliste. Bibliographie chronologique et analytique* II *(Le Semaphore de Marseille, 1871-1877)*, Les Belles Lettres, 1972.
また、尾崎和郎『若きジャーナリスト　エミール・ゾラ』（誠文堂新光社、一九八二）は、一八六〇—七〇年代にゾラが発表した文芸時評、美術批評、そして議会通信を分析しながら、作家の美学と政治思想を明らかにしようとした手堅い研究である。

（3）十九世紀フランスの教育をめぐる国家とカトリック教会の角逐については、次の著作を参照していただきたい。Antoine Prost, *L'Histoire de l'enseignement en France, 1800-1967*, Armand Colin, 1968.（近代フランスの教育史に関する基本文献）　谷川稔『十字架と三色旗』、山川出版社、一九九七年。

（4）当時の作家と出版社の関係、印税システムなど、文学市場における作家の情況については、宮下志朗『読書の首都パリ』（みすず書房、一九九八）、および『書物史のために』（晶文社、二〇〇二）に詳しい。ゾラを論じた章がふくまれている。またフランス語の著作としては次が参考になる。Jean-Yves Mollier, *L'Argent et les lettres: histoire du capitalisme d'édition 1880-1920*, Fayard, 1988.

（5）ゾラ文学におけるパリの主題については、次の研究が参考になる。René Ternois, *Zola et son temps.* 《*Lourdes*》, 《*Rome*》, 《*Paris*》, Les Belles Lettres, 1962; Stefan Max, *Les Métamorphoses de la grande ville dans* 《*Les Rougon-Macquart*》, Nizet, 1966.

（6）Francis Ronsin, *Les Divorciaires. Affrontements politiques et conceptions du mariage dans la France du XIXe siècle*, Aubier, 1992, pp. 187-189.

（7）この問題をめぐる詳細にかんしては、小倉孝誠『19世紀フランス　愛・恐怖・群衆』（人文書院、一九九七）、第一章「動物たちの十九世紀」を参照していただきたい。

〈訳者解説2〉

終わりなきゾラ裁判

菅野賢治

本巻第二部「ユダヤ人問題とドレフュス事件」として、『新・論戦』(一八九七)から「ユダヤ人のために」、『真実は前進する』(一九〇一)から「共和国大統領フェリックス・フォール氏への手紙」(「私は告発する!」)、「陪審団への宣言」、「正義」、「アルフレッド・ドレフュス夫人への手紙」、計五篇を収録した。初版のファスケル版以来、単行本として版を重ねてきた『真実は前進する』、ならびにセルクル版全集「時評と論争」第二巻には、これ以外にもドレフュス事件関係の記事、書簡、手記などが多数まとめられているが、本巻では、事件介入以前(九六年時点)におけるゾラのユダヤ観と「私は告発する」(九八年一月)からイギリス亡命を経てレンヌ再審後のドレフュス特赦(九九年九月)までのゾラの発言と行動を、事件の経緯と平行して浮かび上がらせることを主眼とした。

十九世紀末から二十世紀初頭にかけて、正確には十二年間にわたって繰り広げられたドレフュス事件を、便宜上、①潜伏期(一八九四〜九七年、ドレフュス逮捕からエステラジーの浮上まで)、②絶頂期(九八〜九九年、ゾラの「私は告発する!」からレンヌ再審、大統領令による特赦まで)、③回復期(一九〇〇〜〇六年、パリ万博からレンヌ判決破毀、ドレフュス名誉回復まで）の三つの時期に分けて考えることができる。訳注で述べたとおり、九七年末から九八年初頭にかけて発表され、ゾラの「参戦」を跡づけるとともに、潜伏期から絶頂期への橋渡しとして重要な意味をもつ五篇（いうまでもなく「私は告発する！」を含む）については、稲葉三千男『ドレフュス事件とゾラ、一八九七年』『ドレフュス事件とゾラ、告発』（いずれも創風社）に、その全訳と詳細な訳注、ならびに執筆の経緯をめぐる行き届いた解説がある。時間の流れに沿って、本巻第二部の前に繋ぎ合わせるような形で参照していただきたい。なお、潜伏期におけるドレフュス側の動向、とりわけベルナール＝ラザールが果たした役割について、拙著『ドレフュス事件のなかの科学』（青土社、二〇〇二）第六章「資料の意味」もあわせて参照していただければ幸いである。

「ユダヤ人のために」

一八九六年五月十六日付けの『フィガロ』紙に掲載されたこの一文は、題名、内容ともに明らかにユダヤ人擁護の一文である。「十九世紀をつうじて」というのが史実か否か、少なくとも八〇年代に限っていえば最大のベストセラーであったことは疑いを容れないエドゥアール・ドリュモンの『ユダヤのフランス』（一八八六年初版）が、人種人類学、社会進化論、遺伝病理学などもっともらしい学術の言説を駆使しながら民衆のユダヤ恐怖を煽り立て、ユニオン・ジェネラル銀行の倒産、パナマ疑獄、典礼殺人の風説といった政治・社会現象とあいまって十字軍以来の反ユダヤ熱を行き渡らせた時代、ゾラは、『ルーゴン＝マッカール叢書』の絵巻として民衆の病理と健康をともに描き尽くした人間観察者としての揺るぎない自信とともに、フランスの健全なる民衆はそのような反ユダヤ主義扇動家の愚昧と短見に決して惑わされることがないだろう、との見通しを明らかにする。

ユダヤ人は「血のなかに営利の欲求、金銭への愛、並はずれた商魂を宿し」ており、それによって「金銭が王の地位に祭り上げられるこの御時世、絶対的な力の保証をわがものにしている」という反ユダヤ主義者たちの常套句を要約してみせた後、「すべてそうしたことは事実である」とあっさり追認を与え、「数世紀にわたる遺伝によって柔軟に熟練しきった脳髄を備え」たユダヤ人が「一大帝国を築く用意の整った資本の主として立ち現れてきたとしても別段驚くには値しない」と言い切るゾラの論の運び、そして、ユダヤ人を嫌悪している暇があったら彼らと同じぐらい経済・金融の領域に地歩を占めるべく努めてみるがよい、という論全体の主旨に、百年余を経た今日の常識はやや戸惑いを覚えるだろう。しかしそれこそは、十九世紀末、ユダヤをめぐる社会言説の台座であった。反ユダヤ派の社会主義が「資本」の害悪をもっぱらユダヤ人のもとに見出そうとしているあいだ、親ユダヤ派（ないし反=反ユダヤ派）の社会主義は、富の平等分配と、万人にとって公正な労働価値への参与の実現を待って、ユダヤに対する反感、偏見も自然消滅することを予告していたのである。

少なくともゾラのこの一文において、「ユダヤ人問題」なるものは、ヨーロッパの知性が宗教上の偏見と頭蓋学を筆頭とする人種科学の妄説から解き放たれた暁に、あくまでも「社会的なるもの」の次元で解決可能なものとして提示されている。それに対し、現実のドレフュス事件（ゾラがこの一文を書いた時点ですでに発生済みであり、水面下で着々と起爆力を蓄え続けていた事件）は、欧米の諸都市におけるユダヤ移民労働者の問題、そして勃興するシオニズムという新しい歴史の文脈とともに、「社会的なるもの」への還元が到底不可能な「民族（国民）的なるもの」の底なしの淵を覗かせる出来事となった。明らかにバルザックの小説に登場するユダヤ人（ゴプセック、ニューシンゲンなど）を意識して書かれたといわれる『金』（一八九一）、ならびに、この「ユダヤ人のために」の一文で展開されているゾラのユダヤ観がドレフュス事件を経てどのように変化し、またどのように変化しなかったのか、フランスにおけるユダヤ観の変遷史の一齣として詳細な論究に値するテーマであろう。

「共和国大統領フェリックス・フォール氏への手紙」（「私は告発する！」）

革命や大戦の勃発時はさておき、歴史上、分刻み、秒刻みの再構築に値する一日として一八九八年一月十三日に匹敵する日付はなかなか見当たるまい。事実、ゾラ研究家アラン・パジェスは、近著『一八九八年一月十三日、私は告発する！』（一九九八）のなかで、ゾラの手で淀んだ水面に投じられた巨大な石塊が、円形の波動となってパリの隅々にまで伝播してゆく様を刻一刻と描き出している。一九九五年、事件百周年にあわせて放映されたテレビ映画「ドレフュス事件」（イヴ・ボワッセ監督、ホルヘ・センプルン脚本）でも、ゾラが「手紙」の原稿をオーロール社に持ち込み、編集長エルネスト・ヴォーガン、政治欄主筆ジョルジュ・クレマンソーの周囲に新聞社の事務員、植字工、校正係、帯封係を全員集めて、インクも生乾きの草稿を滔々と読み聞かせる場面には、作品の最大の山場として秒刻みの迫真性がこめられていた。また、事件の現実の進行に架空の登場人物を織り交ぜて構成されたニコラ・ウェイルの歴史ミステリー小説『オーロール殺人事件』（一九九四）では、ゾラ本人による原稿朗読のあと、夜明けの第一面掲載に間に合わせようとさっそく組み版に取りかかった植字工が背後から何者かによって喉をかき切られる（もちろんこの部分はフィクションである）という筋書きが「いかにもありそうなこと」として実に見事に填め込まれている。

一八九八年一月、ドレフュス事件をドレフュス事件たらしめ、真実を真実として湧出せしめたのが、抽象論としてのイデオロギー批判でも、慎重にして厳密な史実考証でもなく、あらゆる汚辱に手を染める覚悟の定まった一作家のドラマツルギーの才だったのではないか、という訳者の仮説は、すでにプレ企画『いま、なぜゾラか』の拙文のなかに示したとおりである。ゾラのこの一文は、書き手から読み手へ型どおりに委ねられる論説などではなく、一種のパフォーマンスである。読み手、観客はあくまでも新聞の一般読者でありながら、また、今日の第五共和政とは大きく異なり政治的実権をほとんど持たない、いわば「お飾り」的な存在にすぎなかった第三共和国の大統領に実のある対応を期待することの無理も重々承知の上で(「おそらく、閣下はこの事件に関していかなる権限もお持ちではなく、共和国憲法とご自身の取り巻き連との、いわば囚われ人になっておいでなのでしょう」)、形式上、舞台袖にいるとされた国家の長に話しかける「アパルテ」の技法(訳出にあたっては、ゾラの目先が舞台袖から観客席へ転じられたと判断される箇所で、「です」「ます」調を「だ」「である」調に切り替えた——逆も同様である)。「罪人」として舞台上に引きずり出される人物も、ゾラ個人にとっては「社会悪なるものの観念、その精神を具現している存在」にすぎず、「怨恨や憎悪」の対象とはなり得ないと言いながら、「三文新聞小説の手法に特別な嗜好を示す人物」(デュ・パティ)、「もとよりの精神の惰弱」(メルシエ)、「キリスト教教権派の情念に身も心も委ねた」(ボワデッフル)、「御都合主義の良心でたいていのことにけりをつけてしまう」(ゴンス)、「視力と判断力に欠陥」(三名の筆跡鑑定士)など、個人的中傷そのままの表現を散りばめる不敵さ。そして、なによりも文章全体に溢れる〝芝居気〟。これこそは、煩瑣な裁判資料や自称「科学的」筆跡鑑定報告の迷宮から抜け出し、一編のドラマのように事件を把握したいという一八九八年初頭の一般読者の欲求に見事に応えるものであった。事件をドラマとして提示しようにも、みずから物事にドラマ性を感じない人間には到底不可能な業である。

一般にあまり顧みられることのない点であるが、フランス陸軍に対する名誉毀損の嫌疑でゾラに差し向けられた起訴箇条が、何百行にもわたる本文中、「何者かの命により」を含む二文、わずか十五行に限定されていたという事実こそは、「私は告発する！」の真の効力をあますところなく物語るものである。実のところ、ここにゾラが書き上げたドラマの筋書き自体が、偽を偽のまま押し隠し、手抜かりを手抜かりとして先送りするしか能のない権力全体に対する「毀損」の意味をもっているにもかかわらず、権力側は、その全文を問題にすること、つまり彼のドラマに引き込まれることが、自動的にみずからの非を認める第一歩になることを十分認識していた。中傷を突きつけ、敵の応酬を待ち、その応酬そのものが当の相手の「ぼろ」を露呈せしめずにはおかないような構造。第二帝政時代以来、幾度となない紙上論争、筆禍事件をくぐり抜けた老練なジャーナリストの技をそこに見て取るべきであろう。

「陪審団への宣言」

卸売商、布団製造請負業、野菜栽培業、なめし皮職人、会社員、穀物商、ワイン商、針金製造業……。軍事裁判ではない文民裁判の陪審員が、当時、いかなる基準、いかなる手続きで任命されていたのか詳らかにしないが、ゾラ裁判を担当した十二名の正陪審員、二名の予備陪審員の職業を列挙してみると、ゾラが陪審団を指して「民の力のもっとも直接的な顕現」という表現を繰り返し用いる理由も自然に頷ける。それらの職業名のなかに、ゾラが世に送り出した数十冊の小説のいずこかに登場しなかったものがいくつ数えられるだろう？　彼は今、いわばみずからの作品群のなかから生身の人間となって飛び出してきた十二名の手に正義の審判を委ねたのだ。

それだけに事後のゾラの失望は大きく、この宣言の翌々日に言い渡された有罪判決は心に重くのしかかったことでもあろう。職業的司法官である判士長ドルゴルグと二名の補佐陪審員が、あらかじめどれほど軍の意向に左右されていたものか、また、彼らが実際の審理の過程で十二名の陪審員たちにどれほどの影響力を行使し得たのかも定かではないが、法廷審議は、ゾラの表現どおり、陪審の「右の手に何かを与えておいて、それをたちまち左の手から奪い取ってしまうような仕方」で進められてしまった。途中、質疑がドレフュス事件の核心に触れそうになる度にドルゴルグの口から繰り返され、当時、流行語として市井に流布した「今の質問はなかったものとみなします」(la question ne sera pas posée)の一句に象徴されるように、民の顕現たる法廷は、この時、原告席と傍聴席にずらりと居並ぶ将軍連のサーベルが立てる音を耳に、事件の本質に踏み込む勇気を最後まで示すことができなかった。司法の型に則って、判決の主眼はゾラが軍の名誉を毀損したか否かの一点に絞られ、なおかつゾラとその弁護人の側では、二度の軍法会議が「何者かの命により」ドレフュスに有罪を、エステラジーに無罪を言い渡したという証拠を提出できない以上、敗北は必至であった。

しかしその一方で、弁護士ラボリ、そしてドレフュス派として証言台に立った人々が、度重なる制止をかいくぐり、巧みな婉曲表現とぎりぎりの法廷戦術を駆使しながら放った言葉の矢が、長期的に見て陸軍参謀本部の大きなダメージとなったことは否定できない。のちの破毀院、レンヌ再審、レンヌ判決破棄の途上、そして今日にいたるドレフュス事件研究のなかで、『ゾラ裁判記録』からなんらかの言葉が引用される時、それは決まってその場では「なかったもの」とみなされた質疑の方であり、逆に、なんら掣肘を受けず、合法的に粛々と繰り広げられた弁舌など、もはやまったく無価値なものになり果てているという事実のなかに、ゾラ裁判の意義は十全に語り尽くされているだろう。フランスは、ゾラの予言どおり、「その栄誉に手を貸した者として」彼に感謝し続けることになったわけである。

「正義」

「漆黒の夜、たった一人で住み慣れた土地を後にすること、背後にフランスの灯が遠くかすんでいくのを見ることには、身を切るような苦しみがともなうものである」――九八年七月十八日深夜、英仏海峡を越え、十九日朝、ロンドンのヴィクトリア駅に一人降り立ったゾラは、クレマンソーに指示されていたとおり「グロヴナー・ホテル」にたどり着き、「パスカル」という偽名（自著『パスカル博士』にあやかったか）でチェックインを済ませる。五年前、九三年にフランス文芸協会を代表してロンドンを訪れ、イギリスの作家連、著名人、新聞記者たちに囲まれながら、連日の講演会と毎夜のレセプションをこなした時とは雲泥の差だ。今回、取る物も取りあえず海峡を渡ってきた彼を出迎えたのは、イギリスでの彼の翻訳者アーネスト・ヴィゼテリー一人である。訪問客とて、フランスから事件関係の最新情報とドレフュス派の指令を携えてやってきたベルナール＝ラザール、フェルナン・デムランのみであった。外出を控え、ホテル内で不得意な英語を駆使しながらの不便な生活が始まる。その後、人目を避けるようにホテルを転々とし（偽名も「パスカル」から「ボーシャン」に変え）、八月、ロンドン西郊ウェイブリッジの「ペン」館、九月、同じくロンドン西郊アドルストーンの「サマーフィールド」館に腰を落ち着ける。「ペン」館では、「四福音書」の第一巻『豊饒』（九九年刊）のために休みなく筆を動かし、「サマーフィールド」館にしばしの安住の地を見出すや、十年来の愛人ジャンヌ・ロズロとその二人の子供を呼び寄せ、久々に訪れた長い「休暇」を利用して従来の写真趣味にもかなり打ち込んだ。アンリの死（九八年八月三十一日）にともない、再審は不可避との見通しが濃厚になった十月半ばには、ロンドン市内、アッパー・ノーウッド地区の瀟洒な「クイーンズ・ホテル」にアパルトマンを借り切り、いまだ公に正体を明かすわけにはいかずとも、比較的自由にロンドン散策を楽しんでいたようである（アラン・パジェス『エミール・ゾラ、ドレフュス事件のなかの知識人』）。

こうしてみると、「秘密の墓に身を横たえた自死の人間」として「正義」の一文に描き出された満身創痍の憂鬱な亡命者のイメージは、ロンドン到着後一か月の孤独感は別として、必ずしも実際のイギリス亡命生活のすべてを正確に映し出すものではなかったわけだ。しかし、イメージはイメージであり、日常生活はあくまでも日常生活である。しかも、この件に関しては、ガーンジー島から「小ナポレオン」のフランスを睥睨し、日々、海と神を相手に哲学的対話を交わす一方、愛人を近隣に住まわせ、交霊術の実践と古美術の収集を怠らなかったヴィクトル・ユゴーという偉大なる先例もある。

「正義」のなかでゾラが繰り返し強調しているのは、当初二、三か月のつもりであった彼の亡命生活が結局十か月半もの長きにわたってしまった理由が、敗訴による意気消沈でも身柄拘束の恐れでもなく、あくまでもパリに残ってドレフュス再審のための闘いを続行している同志たちからの度重なる制止であったという点である。ロンドンでフランス語新聞を読みふけるゾラに、パリの緊迫した空気がどれほど具体的に把握できていたかはわからないが、彼の不用意な帰還が「さらなる暴力沙汰の格好の口実」になりかねないというパリの同志たちの懸念は決して誇張の産物ではなかった。たとえば九八年秋、長期化の様相を見せ始めたパリの土工たちのストライキに便乗し（それを鎮圧するとの口実のもと）、「愛国者同盟」の過激分子と軍の一部が結託してクーデターを計画したことがあった。この時、クーデターの首謀者たちは、ユダヤ系の国会議員や、マチュー・ドレフュス、ドマンジュ、ラボリ、クレマンソー、ジョレス、ジョゼフ・レナックらドレフュス派要人を全員逮捕し、シェルシュ＝ミディ陸軍監獄に拘束されていたピカールを殺害して、不可避となりつつあったドレフュスの再審を一気に流産させようと目論んでいたといわれる。軍部、王党派、教権派の出方次第では第三共和政と議会制民主主義自体が潰える可能性も十分あり、のちのヴィシーのような政体が四十年以上も早く成立していたかもしれない、それほどの危機的状況であった。シャルル・ペギーが、カルティエ・ラタンに設立したばかりの書店の地下室をドレフュス派実行部隊の本拠地とし、机の引き出しに常に装填済みのリボルバーを入れておくなどして厳戒体制を敷いていた時期である。

そのような折、ゾラが「誰にも予告することなく、ある晩ひょっこりパリに舞い戻っ」たりしたならば、ドレフュス派の実行部隊にとっては警護に当たらねばならない要人を一人余計に抱える結果にしかならなかったであろう。当時、ゾラが素手でパリの町中を歩くことは、ピカール、いや、ドレフュス本人がそうするのと同じ程度の暴挙にほかならなかった。その意味で、九八年夏から九九年春にかけてのゾラの身柄は、ドレフュス、ピカールにも劣らない重要性を間違いなく帯びていたわけである。

「アルフレッド・ドレフュス夫人への手紙」

一口に「ドレフュス派陣営」といっても、その内部は決して一枚岩ではなかった。皆、それぞれの「界」を背負い、それぞれの経歴を背景として事件に参加してきた生身の人間である。たとえ守るべき「大義」は一つでも、押し通すべき「主義」はドレフュス主義者の数だけ存在したと考えるべきであろう。九四年裁判の判決破毀にいたる戦略上の問題、レンヌ再審に向けた主任弁護士の選択、大統領令による特赦の受け入れ方、さらには悪名高き「大赦法」（事件に付随して発生したいっさいの民事、刑事訴訟の放棄を命じるもの）の是非をめぐって、ドレフュス家とベルナール＝ラザールの意見対立、ラボリとピカールの不和、クレマンソーとワルデック＝ルソーのあいだの温度差など、その都度ドレフュス派内部に走った亀裂を数え上げれば際限ないほどである。二十世紀の事件研究においては、ドレフュス派＝対＝反ドレフュス派の構図を鮮明にする必要から、また、ドレフュス派内部の対立を反ユダヤ勢力によって逆手にとられまいとの気遣いもあって、この側面に十分な光が当てられてきたとはいいがたい。ドレフュス派の「大義」について――少なくとも真摯な歴史研究の上では――疑義の余地がなくなった今日、「主義」の対立まで含めたドレフュス派内部の人間的葛藤劇を辿りなおす「ドレフュス主義史」再編の必要が強く感じられる所以である。

ゾラがこの「手紙」の冒頭自注で述べているとおり、彼にも「口を閉ざしているわけにはいかないような状況」はいくつもあった。とりわけ、レンヌ再審の判決を破毀院に差し戻さないことを暗黙の交換条件として与えられた特赦には言葉にならないほどの憤りを覚えた。「大赦法」によってあらゆるものがご破算にされてしまうよりは、翌年の万国博を中止してでも、ドレフュス裁判はもちろん、彼自身にまつわる訴訟を含めてすべてを最初からやり直してほしい、というのが彼の偽らざる願いであったにちがいない。ここでドレフュス夫人に対して用いられた文体の「優しさ」は、表面的な言葉遣いの穏やかさなどではなく、「闇の中、口にすべき言葉もなく、〔…〕われわれ全員がそこにいる」としてドレフュス擁護派の内的葛藤を大きく包み込む、不言不語の配慮そのもののなかにある。

「あなたの子供たちがそれほど大きくならないうちに、彼の名が法的にあらゆる汚れを完全に洗い落としているだろうと確信しております」——一九〇二年に不慮の事故死（他殺説も完全には払拭されていない）を遂げたゾラがその予告された一日に立ち会うことはなかったが、これもほぼ彼の予言どおり、長男ピエールが十五歳、長女ジャンヌが十三歳に達した一九〇六年にドレフュスの法的な名誉回復が完全なものとなる。唯一、ゾラの予言が的を射抜けなかった点を指摘するならば、それは「手紙」の末部、「いつの日か、無実の人間の息子や娘の方ではなく、加害者たちの子孫こそが、世界中の憎悪のなか、深い恥辱を味わわねばならない日が来るでありましょう」という箇所なのかもしれない。

一九〇八年、ゾラの遺灰のパンテオン移送を記念する式典の当日、二発の凶弾で傷を負わねばならなかったのは、元の加害者たちやその子孫ではなく、犠牲者本人たるドレフュスであった（しかもこの時、いたって簡略な刑事手続きの末に犯人は不起訴となった）。フェルディナン・ゼッカの無声映画「ドレフュス事件」（一九〇八）の上映は常に煙幕と投石によって妨害され続け、一九三五年、ドレフュスの死に際しては、アクシオン・フランセーズをはじめとする反ユダヤ勢力が、三十余年の埃を払い落として一斉にドレフュス有罪説を唱え始める。続く三〇年代後半、『ジュ・スイ・パルトゥ』紙など反ユダヤ派諸新聞の紙上では「ドレフュス」の名が「裏切り者」の同義語として普通に用いられるほどであった。ナチス・ドイツ占領下、ヴィシー時代ともなれば、ドレフュス事件への言及が歴史教科書から抹消され、エドゥアール・ドリュモンの記念像除幕式が盛大に催される。それればかりではない。まさに「加害者の子孫」たるシャルル・デュ・パティ(デュ・パティ少佐の四男)が、グザヴィエ・ヴァラ、ダルキエ・ド・ペルポワに続く三代目の「ユダヤ問題総合委員会」委員長として抜擢されているのだ。

一九四五年、対独協力者として有罪判決を受けたシャルル・モラスの「これはドレフュスの復讐である!」の一句をもって幕を開けたフランスの戦後は、事件の真相をめぐる公式見解をしばらく慎重に回避し続けた。ジャン・シェラスの映画「ドレフュス、あるいは許し難き真実」(一九七四)の封切りに際しては、タイトルを「ベル・エポック」に変えるようにとのお達しが下り、また、かつて屈辱のドレフュス再審の舞台となったレンヌ市の市議会が、新しい文化会館を左派勢力の提案どおり「ドレフュス館」と名づけようとした際、右派勢力がそれを力づくで押しとどめるといった出来事もあった(結局、妥協の産物として採用された名称が「ゾラ館」であった!)。八〇年代、フランソワ・ミッテランがドレフュスの記念像建立を文化相ジャック・ラングに命じ、彫刻家ティムが像を完成させた時、国防省は、その設置場所としてかつてドレフュスの位階剥奪式が行われた士官学校の中庭を提供することを拒んだ。激しい論争の末、チュイルリー公園での除幕式に漕ぎ着けたその数日後、アルフレッドの孫シャルル・ドレフュスは、モンパルナスの祖父の墓碑がペンキの鉤十字で汚されているのを発見する……。アンドレ・フィグラ『あのD…ドレフュスの奴が』をはじめとする「修正派」の著書が国民戦線の党員集会などで販売され続けている今日、真の意味でのドレフュス裁判、ゾラ裁判にいまだ決して閉廷は告げられていない。

*　*

折しも、本巻の脱稿間際、稲葉三千男先生の訃報に接した。大学院生時代、先生が先にお書きになった『ドレフュス事件とゾラ――抵抗のジャーナリズム』(青木書店、一九七九)を頼りに、手探りで事件研究を開始した者として、心から哀悼の意を表したい。一九九六年三月に開催されたシンポジウム「ドレフュス事件が意味するもの――百年の区切りを経て」(日本フランス語フランス文学会関東支部大会、於文教大学)では、拙い発表を終えた訳者に、先生は会場から質問の形式であたたかい励ましの言葉をかけてくださった。以来、ゾラ研究、ドレフュス事件研究のみならず、フランス・ジャーナリズム史について直に詳しくお話をうかがう機会をもちたいと念じながら、ついに果たすことができなかった。『ドレフュス事件とゾラ、告発』(一九九九)の「あとがき」に、同じ総題のもと、第三巻「裁判」と第四巻「亡命から勝利まで」、少なくとも二巻の続編が予告されており(訳者は、稲葉先生ならば、必ずや第五巻『私は告発する!』の余韻――ドレフュス事件と二十世紀」まで射程を広げずにはおかれないだろう、と勝手に想像していた)、その順次刊行を心待ちにしていただけに、本巻を先生にお届けし、ご批判をいただくことができないのが誠に残念である。心からご冥福をお祈りする。

編訳者紹介

小倉孝誠（おぐら・こうせい）
1956年生まれ。東京大学大学院博士課程中退。パリ第4大学文学博士。現在、東京都立大学人文学部助教授。専門は、近代フランスの文学と文化史。著書に『19世紀フランス　夢と創造』（1995年、人文書院、渋沢クローデル賞受賞）『歴史と表象』（1997年、新曜社）『近代フランスの事件簿――犯罪・文学・社会』（2000年、淡交社）他、訳書にコルバン『音の風景』（1997年、藤原書店）、バルザック『あら皮』（2000年、藤原書店）、フロベール『紋切型辞典』（2000年、岩波文庫）、コルバン『風景と人間』（2002年、藤原書店）他多数。

菅野賢治（かんの・けんじ）
1962年生まれ。東京大学大学院人文科学研究科博士課程単位取得退学。パリ第10大学文学博士。現在、東京都立大学助教授。専門は、第三共和政期・ドイツ占領期のフランス文学、社会思想。著書に『セリーヌを読む』（1998年、国書刊行会、有田英也・富山太佳夫編・共著）『ポール・レオトーの肖像』（2001年、水声社）『ドレフュス事件のなかの科学』（2002年、青土社）他。

〈ゾラ・セレクション〉第10巻

時代を読む　1870-1900

2002年11月30日　初版第1刷発行©

編訳者　小倉孝誠　菅野賢治

発行者　藤原良雄

発行所　株式会社　藤原書店

〒162-0041　東京都新宿区早稲田鶴巻町523
電話　03（5272）0301
FAX　03（5272）0450
振替　00160-4-17013

印刷・製本　美研プリンティング

落丁本・乱丁本はお取替えいたします
定価はカバーに表示してあります

Printed in Japan
ISBN-4-89434-311-8

7　金融小説名篇集　吉田典子・宮下志朗 訳=解説
〈対談〉青木雄二×鹿島茂

ゴプセック――高利貸し観察記　*Gobseck*
ニュシンゲン銀行――偽装倒産物語　*La Maison Nucingen*
名うてのゴディサール――だまされたセールスマン　*L'Illustre Gaudissart*
骨董室――手形偽造物語　*Le Cabinet des antiques*

528頁　**3200円**（1999年11月刊）◇4-89434-155-7

高利貸しのゴプセック、銀行家ニュシンゲン、凄腕のセールスマン、ゴディサール。いずれ劣らぬ個性をもった「人間喜劇」の名脇役が主役となる三篇と、青年貴族が手形偽造で捕まるまでに破滅する「骨董室」を収めた作品集。「いまの時代は、日本の経済がバルザック的になってきたといえますね。」（青木雄二氏評）

8・9　娼婦の栄光と悲惨――悪党ヴォートラン最後の変身（2分冊）
Splendeurs et misères des courtisanes　飯島耕一 訳=解説
〈対談〉池内紀×山田登世子

⑧448頁 ⑨448頁　各**3200円**（2000年12月刊）⑧◇4-89434-208-1 ⑨◇4-89434-209-X

『幻滅』で出会った闇の人物ヴォートランと美貌の詩人リュシアン。彼らに襲いかかる最後の運命は？「社会の管理化が進むなか、消えていくものと生き残る者とがふるいにかけられ、ヒーローのありえた時代が終わりつつあることが、ここにはっきり描かれている。」（池内紀氏評）

10　あら皮――欲望の哲学　小倉孝誠 訳=解説
La Peau de chagrin　〈対談〉植島啓司×山田登世子

448頁　**3200円**（2000年3月刊）◇4-89434-170-0

絶望し、自殺まで考えた青年が手にした「あら皮」。それは、寿命と引き換えに願いを叶える魔法の皮であった。その後の青年はいかに？「外側から見ると欲望まるだしの人間が、内側から見ると全然違っている。それがバルザックの秘密だと思う。」（植島啓司氏評）

11・12　従妹《いとこ》ベット――好色一代記（2分冊）　山田登世子 訳=解説
La Cousine Bette　〈対談〉松浦寿輝×山田登世子

⑪352頁 ⑫352頁　各**3200円**（2001年7月刊）⑪◇4-89434-241-3 ⑫◇4-89434-242-1

美しい妻に愛されながらも、義理の従妹ベットと素人娼婦ヴァレリーに操られ、快楽を追い求め徹底的に堕ちていく放蕩貴族ユロの物語。「滑稽なまでの激しい情念が崇高なものに転じるさまが描かれている。」（松浦寿輝氏評）

13　従兄《いとこ》ポンス――収集家の悲劇　柏木隆雄 訳=解説
Le Cousin Pons　〈対談〉福田和也×鹿島茂

504頁　**3200円**（1999年9月刊）◇4-89434-146-8

骨董収集に没頭する、成功に無欲な老音楽家ポンスと友人シュムッケ。心優しい二人の友情と、ポンスの収集品を狙う貪欲な輩の蠢く資本主義社会の諸相を描いた、バルザック最晩年の作品。「小説の異常な情報量。今だったら、それだけで長篇を書けるような話が十もある。」（福田和也氏評）

別巻1　バルザック「人間喜劇」ハンドブック　大矢タカヤス 編
奥田恭士・片桐祐・佐野栄一・菅原珠子・山﨑朱美子=共同執筆

264頁　**3000円**（2000年5月刊）◇4-89434-180-8

「登場人物辞典」、「家系図」、「作品内年表」、「服飾解説」からなる、バルザック愛読者待望の本邦初オリジナルハンドブック。

別巻2　バルザック「人間喜劇」全作品あらすじ
大矢タカヤス 編　奥田恭士・片桐祐・佐野栄一=共同執筆

432頁　**3800円**（1999年5月刊）◇4-89434-135-2

思想的にも方法的にも相矛盾するほどの多彩な傾向をもった百篇近くの作品群からなる、広大な「人間喜劇」の世界を鳥瞰する画期的試み。コンパクトでありながら、あたかも作品を読み進んでいるかのような臨場感を味わえる。当時のイラストをふんだんに収め、詳しい「バルザック年譜」も附す。

売春の社会史の大作

娼婦

A・コルバン
杉村和子監訳

アナール派初の、そして世界初の、社会史と呼べる売春の歴史学。常識が人類の誕生以来変わらぬものと見なしている「世界最古の職業」と「性の欲望」が歴史の中で変容する様を、経済・社会・政治の近代化の歴史から鮮やかに描き出す大作。

A5上製　六三二頁　**七六〇〇円**
（一九九一年二月刊）
◇4-938661-20-9

LES FILLES DE NOCE　Alain CORBIN

「嗅覚革命」を活写

においの歴史

〈嗅覚と社会的想像力〉

A・コルバン　山田登世子・鹿島茂訳

アナール派を代表して「感性の歴史学」という新領野を拓く。悪臭を嫌悪し、芳香を愛でるという現代人に自明の感受性が、いつ、どこで誕生したのか？　一八世紀西欧の歴史の中の「嗅覚革命」を辿り、公衆衛生学の誕生と悪臭退治の起源を浮き彫る名著。

A5上製　四〇〇頁　**四九〇〇円**
（一九九〇年一二月刊）
◇4-938661-16-0

LE MIASME ET LA JONQUILLE　Alain CORBIN

趣味と階級の関係を精緻に分析

ディスタンクシオン〈社会的判断力批判〉Ⅰ・Ⅱ

P・ブルデュー　石井洋二郎訳

ブルデューの主著。絵画、音楽、映画、読書、料理、部屋、服装、スポーツ、友人、しぐさ、意見、結婚……。毎日の暮らしの「好み」の中にある階級化のメカニズムを、独自の概念で実証。

第８回渋沢クローデル賞受賞

A5上製　Ⅰ五一二、Ⅱ五〇〇頁
各五九〇〇円（一九九〇年四月刊）
Ⅰ◇4-938661-05-5　Ⅱ◇4-938661-06-3

LA DISTINCTION　Pierre BOURDIEU

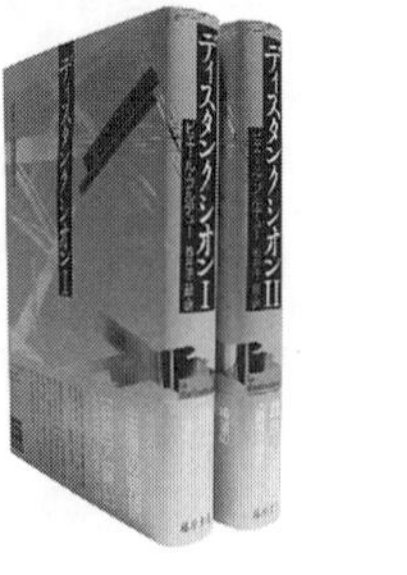

初の本格的文学・芸術論

芸術の規則Ⅰ・Ⅱ

P・ブルデュー
石井洋二郎訳

作家・批評家・出版者・読者が織りなす象徴空間としての〈文学場〉の生成と構造を活写する、文芸批評をのりこえる「作品科学」の誕生宣言。好敵手デリダらとの共闘作業、「国際作家会議」への、著者の学的決意の迸る名品。

A5上製　Ⅰ三一二、Ⅱ三二〇頁
Ⅰ四一〇〇円、Ⅱ四〇七八円
（Ⅰ一九九五年二月刊 Ⅱ一九九六年一月刊）
Ⅰ◇4-89434-009-7　Ⅱ◇4-89434-030-5

LES RÈGLES DE L'ART　Pierre BOURDIEU

感性の歴史学の新領野

涙の歴史

A・ヴァンサン＝ビュフォー
持田明子訳

ミシュレ、コルバンに続き感性の歴史学に挑む気鋭の著者が、厖大なテキストを渉猟し、流転する涙のレトリックと、そのコミュニケーションの論理を活写する。近代的感性の誕生を、こころとからだの間としての涙の歴史から描く、コルバン、ペロー絶賛の書。

四六上製　四三二頁　**四二七二円**
（一九九四年七月刊）◇4-938661-96-9

HISTOIRE DES LARMES
Anne VINCENT-BUFFAULT

自然科学・人文科学の統合

気候の歴史

E・ル＝ロワ＝ラデュリ
稲垣文雄訳

ブローデルが称えた伝説的名著ついに完訳なる。諸学の専門化・細分化が進む中、知の総合の企てに挑戦した野心的大著。関連自然科学諸分野の成果と、歴史家の独擅場たる古文書データを総合した初の学際的な気候の歴史。

A5上製　五一二頁　**八八〇〇円**
（二〇〇〇年六月刊）◇4-89434-181-6

HISTOIRE DU CLIMAT DEPUIS L'AN MIL
Emmanuel LE ROY LADURIE

アナール派、古典中の古典

〈ＦＳ版〉新しい歴史

（歴史人類学への道）

E・ル＝ロワ＝ラデュリ
樺山紘一・木下賢一・相良匡俊・中原嘉子・福井憲彦訳

［新版特別解説］黒田日出男
「『新しい歴史』を左手にもち、右脇にかの講談社版『日本の歴史』を積み上げているわたしは、両者を読み比べてみて、たった一冊の『新しい歴史』に軍配をあげたい気分である。」

B6変並製　三三六頁　**二〇〇〇円**
（一九九一年九月／二〇〇二年六月刊）◇4-89434-265-0

HISTOIRE DU CLIMAT DEPUIS L'AN MIL
Emmanuel LE ROY LADURIE

待望久しい増補改訂された新版

〈新版〉新しい世界史

（世界で子供たちに歴史はどう語られているか）

M・フェロー　大野一道訳

世界各国の「歴史教科書」の争点。南アフリカ、インド、イラン、トルコ、ソ連、アルメニア、ポーランド、中国、日本、合衆国、オーストラリア、メキシコ他。［新版特別解説］勝俣誠（アフリカ史）佐藤信夫（アルメニア史）

A5並製　五二八頁　**三八〇〇円**
（二〇〇一年五月刊）◇4-89434-232-4

COMMENT ON RACONTE L'HISTOIRE AUX ENFANTS A TRAVER LE MONDE ENTIER
Marc FERRO